龙榆生词学研究

LONG YUSHENG CIXUE YANJIU

童雯霞　著

版权所有　翻印必究

图书在版编目（CIP）数据

龙榆生词学研究/童雯霞著. ——广州：中山大学出版社，2024.12.
ISBN 978-7-306-08250-3

Ⅰ．I207.23

中国国家版本馆 CIP 数据核字第 2024L573T7 号

出 版 人：	王天琪
策划编辑：	曾育林
责任编辑：	陈　芳
封面设计：	林绵华
责任校对：	王洪霞
责任技编：	靳晓虹

出版发行：中山大学出版社
电　　话：编辑部 020-84113349，84110776，84111997，84110779，84110283
　　　　　发行部 020-84111998，84111981，84111160
地　　址：广州市新港西路 135 号
邮　　编：510275　　传　　真：020-84036565
网　　址：http://www.zsup.com.cn　　E-mail：zdcbs@mail.sysu.edu.cn
印 刷 者：广东虎彩云印刷有限公司
规　　格：787mm×1092mm　1/16　21.25 印张　360 千字
版次印次：2024 年 12 月第 1 版　2024 年 12 月第 1 次印刷
定　　价：88.00 元

如发现本书因印装质量影响阅读，请与出版社发行部联系调换。

国家社科基金后期资助项目
出版说明

后期资助项目是国家社科基金设立的一类重要项目，旨在鼓励广大社科研究者潜心治学，支持基础研究多出优秀成果。它是经过严格评审，从接近完成的科研成果中遴选立项的。为扩大后期资助项目的影响，更好地推动学术发展，促成成果转化，全国哲学社会科学工作办公室按照"统一设计、统一标识、统一版式、形成系列"的总体要求，组织出版国家社科基金后期资助项目成果。

全国哲学社会科学工作办公室

谨以此书献给中山大学一百周年华诞
（1924—2024）

序

  2024年是一个相当特殊的年份，中山大学创校一百周年在这一年，中国语言文学系建系一百周年也在这一年。一个系与一个学校同龄，这种光荣当然是值得珍惜的。对于我服务了近三十年的学校和单位，付出一定的精力参与百年校庆、主持百年系庆，就成为我今年9月份之后的主要工作。现在校庆与系庆都告一个段落，繁华渐歇，我的生活也回归到日常，而年轮也悄然到了2024年的最后一天。天空澄净高远，朝阳斜侵入户，生活的美好在不经意之间活泼泼地呈现在眼前，甲辰龙年就这样走到了尾声。

  龙年的煞尾，我突然想起了龙榆生。这里面也许没有逻辑，但有情感的关联。

  六年前，我指导童雯霞以龙榆生词学为研究主体的博士学位论文顺利完成了答辩，她获得了博士学位。这对于一个在工作很多年之后回到学校来读书的人来说，其实很不容易。这种不容易体现在：其一，雯霞此前任职《羊城晚报》，工作堪称风生水起，她聪明而且勤奋，业绩出色，也早早晋升了正高职称，在这个时候"急流勇退"，确实需要一点"舍得"的勇气。她果断回到中山大学来读书，数年之间，我竟然没有察觉她有在"权衡"得失之后的失落感。她进得很勇猛，退得也安心。其二，她此前多年疏离于学术圈，入学后的博士学位论文选题又选择了一个比较棘手的龙榆生，这注定了她的读书与思考会额外增加不少难度。我曾经委婉地跟她说过研究龙榆生之不易，但她居然不为所动，这大概也与她比较执着的性格有关。她认准的事情便"衣带渐宽终不悔"，要一路顽强地走下去。

  说实话，这样的性格是适合从事学术研究的，尤其适合从事中国古代文学的研究。因为古代文学的研究从一开始确立论题的兴奋，很快就要经历穿越沉沦于文献的迷茫、上下求索理论的苦闷和统筹逻辑体系的艰辛。而一旦成功穿越了这一过程，则体会到的学术之快乐也非常人可及。从本质上来说，学术研究不可能以快乐贯穿全过程，而总体平淡的快乐往往也导向大致平凡的学术经历。也许只有经历了异常的艰辛，才能获得过人的快乐和经得起时间检验的学术成果。

我觉得雯霞是经历了这一学术的完整历练的。她家在广州，有家庭需要照顾，比全日制住校的学生要费去不少额外的精力。但她克服了种种生活中的困难，在规定学制之内，相当顺利地完成了博士学业，因为她知道能够安心读书的每一天都是非常珍贵、不可重复的。

六年前，她就有意出版这部 20 多万字的书稿。我虽觉有点匆忙，但也觉得就完成的部分来说，总体稳健，先出版接受学术界的检验，以后有机会再修订，也未尝不可。为此我还写了一篇不短的序，鼓励她以后继续做更精深、更宏阔的研究。但她很快意识到对书稿沉潜含玩的必要性；更重要的是，她以博士学位论文为基础申请国家社科基金后期资助项目获得了立项。主动修订的愿望加上立项的客观要求，她也因此获得了不少珍贵的外审意见，这些都促使她静下心来，重新打理这部已有一定格局和水平的"旧著"。经过数年的文献收集，她的眼界大开，对龙榆生词学的理解也提升到了新的境界。我相信，她获得的快乐也应该由此而倍增。

大概在今年 10 月份，雯霞的书稿就放在了我的案头。我虽偶尔也翻翻，甚至也抽看过其中的一两个章节，但也一直没有完整的时间通读这部书稿。公务的因循不息、频繁的出差，使得我长时间只能拥有零散读书的状态，这也带来了我思考的涣散，以至于迟迟未能提笔作序。近数日将雯霞书稿从头至尾通读一遍，又找出她当年的博士学位论文，两相对勘，我才知道这部书稿虽然只比博士学位论文多了数万字，但已经"面目全非"，即便是相同的章节，从文字、材料到观点，都做了很大的修订，有点近乎"重写"。去年年底，我曾应《文学遗产》编辑部之约，写过一篇关于我们如何介入学术史的文章，里面就谈及"重写""重评"的问题。大意是说，大凡经典，都有重思、重写、重评的必要性，因为经典之所以成为经典，就在于其意蕴的丰富、复杂和开放的延展性。但一旦"重"字当头，就意味着对学术史和对自我的双重挑战，不是换个人写就叫"重写"，在学术史基础上开出一片新的天地，那才是重写的意义所在。

雯霞的著作当然不属于"重写"的范围，但她极具重写的精神。

她原来对龙榆生的词史之学、批评之学等便多有发明，但在经过数年的深入思考之后，她对这些章节的改写焕然一新，新材料的大量补入使相关论证更为有力，文字也更为精要。而对龙榆生词学的现代性、词学活动与词学传播等，则做了新的开掘；对龙榆生的图谱、词韵、词乐、声调之学则做了整体有序而深入的研究。如此，龙榆生曾提出的词学八事——图谱之学、词乐之学、词韵之学、词史之学、校勘之学、声调之学、批评之学、目录之学，就在这部书稿中有了相当全面的体现。

其实，龙榆生所提出的词学研究的基本格局，本身就极具张力，要系统认知的难度可想而知。譬如对词的音乐性的研究，往往令人知难而退。我曾在十多年前写过一篇《论倚声》的文章，如今回想，当初曾困惑其中久之，方略有所悟，但稍有所悟之后，也不敢再在这一条道路上盘桓，而是匆匆离开。雯霞的长处主要在于对史料的把握和理论的研究，但雯霞克服了此前在词的音乐性方面的知识短板，沉下心来，细致勾勒其基本的学科格局。我很清楚这一对自己的挑战，该要付出多大的心力。

雯霞是我的学生，关于这部书稿的评价，我实在不宜说太多，我只是清楚她为此付出的努力之大；而关于书稿的质量，我清晰地看到了她在博士学位论文基础上所开掘出的新境和转境。一直持续的努力、从未松懈的探索，我认为这就是一种可贵的学术精神。

我愿意与我的学生一起共勉这种珍贵的学术精神。

彭玉平
2024 年 12 月 31 日

目 录

绪 论 …………………………………………………………… 1

第一章 龙榆生的声调之学、图谱之学、词乐之学与词韵之学 …… 29
  第一节 核心理论：声情相谐的五大范式 ………………… 32
  第二节 新体乐歌：变革词体的治世之音 ………………… 43
  第三节 融古通今：声调之学的词学底色 ………………… 63
  第四节 加减之妙：《唐宋词格律》的词谱价值 …………… 66
  第五节 四声之争：原始语境与词学思潮 ………………… 82
  第六节 倚声而作：词体辨析与韵文发展之关系 ………… 89

第二章 龙榆生的批评之学 ……………………………………… 97
  第一节 雅言滋养：论唐五代词学之内蕴与审美 ………… 98
  第二节 别建一宗：取宋词疏密二派之长 ………………… 104
  第三节 衰颓健起：元明清词的底蕴与外象 ……………… 121
  第四节 评以致用：近人词作的批评立场与现实意义 …… 130

第三章 龙榆生的词史之学 ……………………………………… 153
  第一节 博闻体纯：从《词史要略》见"完美词史"之
           标准 ……………………………………………… 153
  第二节 词选探微：唐宋词史演进之道与编选个性 ……… 160
  第三节 词心见史：近三百年词史分期及词风嬗递 ……… 175
  第四节 选择之道：龙榆生与胡适的词学之"争" ……… 191

第四章 龙榆生的校勘之学与目录之学 ………………………… 207
  第一节 虚实并到：《梦窗词选笺》的编选宗旨与笺注特色 … 208

1

第二节　词有大事：笺注朱祖谋纪事词的文史学价值………… 218
　　第三节　后出转精：龙榆生对朱祖谋校勘学的继承与发微…… 224
　　第四节　从入之途：《水云楼词》"解题"与龙榆生的目录学
　　　　　　实践……………………………………………………… 235

第五章　龙榆生的词学活动与传播………………………………… 246
　第一节　主持风会：龙榆生词学交游考………………………… 246
　第二节　传播记事："彊村授砚"图诗词文考述………………… 271
　第三节　通变革新：五份刊物的创刊思路与编辑进路………… 283

结语：龙榆生词学研究的独特风貌………………………………… 297

主要参考书目及论文………………………………………………… 316

后　　记……………………………………………………………… 324

绪　　论

这是一部对龙榆生词学思想做出系统研究的论述之作。

龙榆生（1902～1966），1902 年 4 月 26 日出生于江西万载县株潭镇凫塘村，名沐勋，字榆生，在堂兄弟中排行第七，自称"龙七"；号忍寒词人、怨红词客、劳劳亭长等。平生爱竹，40 岁之后，并用"箨公"一名。1948 年后，又名"元亮"。书斋名曾用杏花春雨楼、风雨龙吟室、受砚庐、忍寒庐、荒鸡警梦室、小五柳堂、葵倾室、怀珠室等。作为民国重要的词论家、词刊主编、词人，龙榆生在词学理论上建树甚丰，在学术研究领域一直是热门人物。然而，由于龙榆生的词学活动丰富至极，创办的《词学季刊》声名太显，其诸多论著又往往与便学、普及相关，加之清末民初词学大家辈出，故龙榆生在此前词学研究史中常以群体性的方式出现。2015 年，《龙榆生全集》出版，此后新材料陆续整理刊出①，龙榆生的词学文论、词话批评、词学校勘、词集创作、词学交游等著述以系统性的方式问世，其关于词学内涵的诠释、词学理论的阐发、词学思想与词学活动的关联遂以整体性、立体化的样貌呈现，部分隐而未彰的词学主张、与词学学术史关联的词学思想渐次清晰。基于此，本书将激活新旧材料、缕析新旧文化之于龙榆生词学思想的影响，探讨龙榆生词学思想的理论内核、创新特色及人文情怀。

龙榆生治学受到三种学术风格的影响。一是清末民国以朱祖谋为代表的传统词学家的词学思想，这一词学研究的主流谱系以经学为基础，侧重校勘、文献的搜集与整理，论词尊体，尤务声韵，重视实践，延续了历代传统词学研究理论形态。二是以胡适为代表的新派文学家的文学主张，新派文学家将词学置于白话文文学的历史坐标中，寻找文学规律与原理，用以解释词学发生与演变的历史，展示了具有现代性的知识图

---

① 《龙榆生全集》（2015 年由上海古籍出版社出版）、《龙榆生师友书札》（2019 年由浙江古籍出版社出版）、《龙榆生未刊诗学稿》（2022 年由复旦大学出版社出版）。

景，这一脉的学术思想极具理论锋芒和批评个性。三是以夏承焘、唐圭璋等人为代表的同辈词学家开拓的词学研究理路，他们以现代著述的方式为词史等理论问题贡献了丰富而有层次的研究范式与学术路径。上述三种学术风格在当时的学术界产生了较大的影响，龙榆生兼师众长，含纳其中的合理性，主张并致力于建立现代的词学研究体系与理论。

民国词学研究者中，龙榆生的词学成就是别具特色的。他对现代词学发展的重要贡献之一是细分词学学科分支，其词学思想主要体现于其所划分的声调之学、词乐之学、词韵之学、词史之学、批评之学、校勘之学、目录之学、图谱之学八个词学研究领域。本书循此八个领域，围绕龙榆生词学理论建构框架，系统考察龙榆生词学理论的渊源、实践、特色及其对20世纪词学发展的突破与贡献。

一、治词缘起与词学素养

龙榆生生平与治词之关系大抵可分为四个阶段。

（一）1902～1927年：师从黄侃

龙榆生青少年时期有两次系统学习阶段，一段是在家乡私塾发蒙时期，一段是在担任集美中学部国文教员时期[①]。

龙榆生自幼在父亲严格督导下通读《史记》《文选》《资治通鉴》等经典文献。由于身体羸弱，高小毕业后，龙榆生在家自学。他苦读黄侃在北大教学期间编写的讲义——《文字学》《广韵学》《文心雕龙札记》等[②]。龙榆生说："我最初治学的门径，间接是从北大国文系得来，这是无庸否认的。"[③] 黄侃亦为龙榆生的文章做些点评，二人自此结下师生之谊。

[①] 张晖：《龙榆生先生年谱》，上海，学林出版社，2001年，第18页。

[②] 据俞平伯在《清真词释·序》中的回忆，黄侃在北京大学授课时为学生推荐的词学书目包括：词选有张惠言《词选》、董士锡《续词选》、周济《宋四家词选》和《词辨》、冯煦《唐五代词选》、《花间集》、《绝妙好词》；专集有柳永《乐章集》、周邦彦《清真集》、姜夔《白石道人歌曲》、吴文英《梦窗甲乙丙丁稿》等。俞平伯：《俞平伯论古诗词》，上海，复旦大学出版社，2006年，第165页。

[③] 龙榆生：《自传：苴葑生涯过廿年》，张晖编《忍寒庐学记——龙榆生的生平与学术》，北京，生活·读书·新知三联书店，2014年，第7页。

  1921年，龙榆生前往武昌师从黄侃习声韵、文字与词章之学。这段经历于龙榆生有渡学之义，"专从词的一方面努力，这动机还是由黄先生触发的"①。声韵、文字等训练为龙榆生日后治词做了知识储备，其提倡的"声调之学"、撰写的《声韵学》等著作与这段学习经历有关。

  第二个系统学习阶段在1924年至1928年的上半年，彼时龙榆生任教于厦门集美中学。此期间的龙榆生对新学产生了浓厚的兴趣："努力的向各方面去寻求新的知识，把时人的作品，不拘新旧，以及翻译的文学、哲学、社会科学等等，涉猎了许多。又深恨我往年不曾多学外国语，以致不能直接去读西洋书籍。听到人家说，读东文化比较容易，我就特地买了不少的日本书，请同事黄开绳先生……来教我读。"② 他开始关注日本文学与文化，这为其日后与日本诗人谈诗论学打下基础。

  在国学方面，龙榆生师从厦门大学国文系主任、同光体诗歌领袖陈衍，主攻诗歌创作与研究。"予弱冠任教厦门，尝从闽县陈石遗先生（衍）问诗学。"③ 陈衍奖掖后进，认为龙榆生的绝句近杨诚斋，便悉心指导龙榆生。

  由此可见，龙榆生虽旧学出身，但早在青年时期便意识到不可固守一端，而应用包容、向学之心看待新旧文学之交锋、中外文化之碰撞。此思路贯穿其日后求学、治词之生涯，在其开创词学现代化之路、探索新体乐歌发展、搭建中日古典韵文文化沟通桥梁等方面均有体现。

  （二）1928～1939年：师从彊村

  1928年9月，龙榆生前往上海暨南大学国文系任教职，步入人生的黄金十年。言其"黄金"，原因有三。

  一是搭建事业平台。1928年，龙榆生在全国著名的大学——暨南大学任职，地点是经济文化重镇上海。抵沪后，他"先后见过陈散原、

---

 ① 龙榆生：《自传：苴藉生涯过廿年》，张晖编《忍寒庐学记——龙榆生的生平与学术》，北京，生活·读书·新知三联书店，2014年，第8页。
 ② 龙榆生：《自传：苴藉生涯过廿年》，张晖编《忍寒庐学记——龙榆生的生平与学术》，北京，生活·读书·新知三联书店，2014年，第16页。
 ③ 龙榆生：《忍寒漫录（十）》，张晖主编《龙榆生全集》第九卷，上海，上海古籍出版社，2015年，第104页。

郑苏戡、朱彊村、王病山、程十发、李拔可、张菊生、高梦旦、蔡子民、胡适之诸先生"①，自此跳脱茫然的人生状态，正式走上治词之路。上海的学术平台很高，龙榆生从小学教员一跃而为大学教师，此时心情、状态如其1929年所作《雨后》句，"好是郊原新出浴，参差树色当山看"②。

二是幸遇恩师入词坛。龙榆生的为人与学识得到陈三立、夏敬观、朱祖谋等多位前辈、词坛大家的认可。龙榆生"最喜亲近的，要算散原、彊村二老"③，他服膺朱学，在词学研究方面常常请益，"我因为在暨南教词的关系，后来兴趣就渐渐的转向词学那一个方面去，和彊村先生的关系，也就日见密切起来"④。龙榆生"每于星期日，自真如走虹口东有恒路先生寓庐质疑请益。先生乐为诱导，亦每以校词之事相委"⑤。随朱祖谋研词的龙榆生迅速进入民国词学研究中心，"他（按：指朱祖谋）替我扬誉，替我指示研究词学的方针，叫我不致自误误人，这是我终身不能忘的"⑥。

1931年，朱祖谋去世前将双砚和遗稿托付给龙榆生。次年，"一·二八"事变爆发，龙榆生避难租界时仍在整理彊村遗稿，躲在音乐专科学校一间仅可容膝的地下室里校录彊村遗稿，撰写题跋，历数月成《彊村遗书》⑦。龙榆生不负师托，其执着精神与专业水平为词坛大家所认可，龙榆生因此驰誉南北。

在学问传承方面，龙榆生受朱祖谋影响颇深。朱祖谋有"律博士"之称，长于清词古籍的整理，校注《东坡乐府》、编选《宋词三百首》，

---

① 龙榆生：《自传：苜蓿生涯过廿年》，张晖编《忍寒庐学记——龙榆生的生平与学术》，北京，生活·读书·新知三联书店，2014年，第24页。
② 张晖主编：《龙榆生全集》第四卷，上海，上海古籍出版社，2015年，第73页。
③ 龙榆生：《自传：苜蓿生涯过廿年》，张晖编《忍寒庐学记——龙榆生的生平与学术》，北京，生活·读书·新知三联书店，2014年，第24页。
④ 龙榆生：《自传：苜蓿生涯过廿年》，张晖编《忍寒庐学记——龙榆生的生平与学术》，北京，生活·读书·新知三联书店，2014年，第25页。
⑤ 龙榆生：《彊村晚岁词稿跋》，张晖主编《龙榆生全集》第九卷，上海，上海古籍出版社，2015年，第164页。
⑥ 龙榆生：《自传：苜蓿生涯过廿年》，张晖编《忍寒庐学记——龙榆生的生平与学术》，北京，生活·读书·新知三联书店，2014年，第25页。
⑦ 龙榆生：《乐坛怀旧录》，张晖主编《龙榆生全集》第九卷，上海，上海古籍出版社，2015年，第344页。

对梦窗词在当时的盛行有揄扬之功。龙榆生继承师学又不囿师说，应时代之需标举苏辛，进行清词的整理校勘后续工作，《东坡乐府笺》《唐宋名家词选》《唐五代宋词选》等著述皆可见他对师学的传承与创新。

三是术业专攻词学显。1929年，龙榆生开始写作发表词学论著，撰写《周清真评传》《辛稼轩年谱》《周清真词研究》等宏文，自此走上研究之路。他早年的学术扛鼎之作多诞生于20世纪30年代：词学著作有《中国韵文史》（1934年）、《唐宋名家词选》（1934年）、《东坡乐府笺》（1936年）、《唐五代宋词选》（1937年）等；校辑著述有《彊村遗书》（1932年）；同时主编了20世纪30年代最著名的词学刊物——《词学季刊》（1933～1937年）；撰写了《从旧体歌词之声韵组织推测新体乐歌应取之途径》（1934年）、《研究词学之商榷》（1934年）等词学论文。

这个时期的龙榆生精力充沛，学术思想活跃，学术论文和学术专著在数量上和质量上都为词坛瞩目。十年间，他以大学教授身份步入词坛，在青年学子中推广词学创作与词学理论，启发年轻人从词学作品中感受救国济世的力量，在普及推广词学中探索新体乐歌之方向。他身兼《词学季刊》负责人，以此联系海内外词人，更于1936年2月任职中山大学之际，在广州筹建《夏声》月刊。十年间，龙榆生以词会友，广结词缘，作词、治词、组织词坛活动，凡此多能，皆有建树，自此奠定"民国词坛三大家"（按：另两位为夏承焘、唐圭璋）之一的社会地位和学术地位。

（三）1940～1948年：关注清词

1940年至1945年，龙榆生创办了《同声月刊》。刊物的征稿、编辑、校对、发行工作多由他承担。《同声月刊》的创办重新唤起龙榆生的诗学研究兴趣，他在刊中增加"今诗苑"栏目收入今人古体诗、近体诗，并撰写了一些论诗的论文，如《诗教复兴论》（1940年）、《如何建立中国诗歌之新体系》（1942年）等。这六年，龙榆生在词学方面的论著主要有《同声月刊缘起》（1940年）、《晚近词风之转变》（1941年）、《创制新体乐歌之途径》（1942年）等。他也有一些短小的随笔论词：《忍寒漫录》、《读词随笔》（1941年）、《清词经眼录》（1941年）、《况蕙风之论词》（1941年）、《陈海绡先生之词学》（1942年）

等。可见他这一阶段治词的关注点落在"清词家及选本"上，并着手编选《近三百年名家词选》。

1947年2月，《唐宋名家词选》印行第五版。1948年，龙榆生在钱仁康、戴天吉的资助下出版《忍寒词》，夏敬观、张尔田作序，陈曾寿题签，书中并录夏敬观新制《授砚图》。

(四) 1949～1966年：整理词论

中华人民共和国成立后，龙榆生寓居上海，直至逝世。这一时期，龙榆生的词学研究主要体现在四个方面。

第一，对上一阶段的学术成果做了进一步的整理、修正，主攻方向仍是词学。他删订《唐宋名家词选》（1955年出版，1957年第四次出版），整理出版《近三百年名家词选》（1956年），校订《苏门四学士词》（1957年）、《樵歌》（1958年），重版《东坡乐府笺》（1958年），整理《词学季刊》合订本（1965年）。他以白话写了论词论文和随笔：《试论朱敦儒的樵歌》（1956年）、《我们应该怎么样继承传统来创作民族形式的新体诗》（1956年）、《试谈辛弃疾词》（1957年）、《谈谈词的艺术特征》（1957年）、《宋词发展的几个阶段》（1957年）、《重印东坡乐府笺序论》（1957年）、《与吴则虞论碧山词书》（1956年）、《读王船山记》（1963年）等。文章观点与中华人民共和国成立前撰写的文章观点大体相近。

第二，倡导"声调之学"。因任职于上海音乐学院，龙榆生的讲义多谈"声调之学"，其晚岁的研究重点放在音韵学上。1959年，他为上海音乐学院撰写讲义《词曲概论》（龙榆生逝世后，讲义由上海古籍出版社出版）和《音韵学》（后更名为《汉语歌词声律学》，已佚），并出版《词学十讲》（1962年）、《唐宋词定格》（1959年脱稿，1962年更名为《唐宋词格律》）、《词学概论》（1964年作，已佚）等。

第三，整理文献手稿。龙榆生在中华人民共和国成立前便以词集刊刻闻名。《词学季刊》中"辑佚""杂缀""补白"等栏目收录清以来的词人词集。中华人民共和国成立后，龙榆生董理多部词集并作跋、撰序，写有《彊村先生手写蛰庵词跋》（1964年）、《王龙唱和词册跋》等50多篇。

第四，创作大量诗词。据《龙榆生全集》第四卷诗词集，1950年至 1966 年,龙榆生作诗 440 首、词 411 首,创作数量三倍于前。这一时期的诗词作品大多反映时代环境和精神心态方面的变化,部分作品延续了此前忧心多思、细腻伤感的风格。

二、龙榆生词学研究现状述评

龙榆生一生著述甚丰,本书主要对已公开的文献材料进行研究。目前,龙榆生公开出版的文字主要有以下几种。

2015 年 12 月,《龙榆生全集》由上海古籍出版社出版。《龙榆生全集》共九卷。第一、第二两卷为专著,第三卷为论文集,第四卷为诗词集,第五、第六卷为笺注,第七、第八卷为词选,第九卷为杂著。各卷以时间为序,全面收录龙榆生的著作、论文、题跋、随笔杂论、诗词创作等。

2016 年 5 月,"龙榆生选名人尺牍三种"由上海古籍出版社整理出版,这是该系列丛书在民国后的首次再版。"龙榆生选名人尺牍三种"包括《苏黄尺牍选》《曾国藩家书选》和《古今名人书牍选》。龙榆生推崇苏轼的诗词,亦推重其文,他说,"尺牍是应世的主要文字,而《苏黄尺牍》又是古今尺牍中第一部杰作"①。推崇苏轼的诗、词、文与曾国藩的家书,大抵与时代环境有关,龙榆生鼓励乱世之中的青年要成为对国家有用的人。他认为曾国藩家书的内容,大多是"教他家里的人要立志做个有益于国家社会的人"②,"青年们把他的话来做个立身处世的指南针,是不特有益于个人,而且是大可造福于国家社会的"③。龙榆生选注了从汉代到近代 22 家 72 封书信编成《古今名人书牍选》,作为"中学国文补充读本第一集"。它的注较《曾国藩家书选》及《苏黄尺牍选》要详细些,有"民国老课本"之貌。

2017 年 3 月 9 日,"字响调圆:龙榆生藏现当代文化名人手札展"在中国现代文学馆开幕。展览陈列了龙榆生与硕学通儒往来手札一百多件,内容涉及切磋读书体会、讨论社会问题、言述离别思念、应和诗词

---

① 龙榆生选注:《苏黄尺牍选·导言》,上海,上海古籍出版社,2016 年,第 17 页。
② 龙榆生选注:《曾国藩家书选·导言》,上海,上海古籍出版社,2016 年,第 7 页。
③ 龙榆生选注:《曾国藩家书选·导言》,上海,上海古籍出版社,2016 年,第 9 页。

唱酬等。这些文献是研究龙榆生学术、生活的珍贵材料。2019年，策展人张瑞田出版《龙榆生师友书札》（浙江古籍出版社）。

倪春军搜集龙榆生的集外佚文时发现诗学文献，2022年，结为《龙榆生未刊诗学稿》，由复旦大学出版社出版。诗学文稿可见龙榆生选诗手眼，对于学人了解龙榆生的诗学研究和诗学思想有重要的学术价值。

龙榆生的弟子徐培均先生在"龙榆生教授百年诞辰纪念暨中国古代文学学科建设研讨会"上总结龙榆生在词学学科领域的五大贡献："重视词曲校勘；重视词话的整理；重视词谱研究；重视格律与音韵的研究；重视词人笔记的整理"[①]。其中有四大贡献与目录校勘有关，另一个贡献是声调之学。笔者以为，龙榆生的贡献还可以再予补充。在20世纪三四十年代，龙榆生以《词学季刊》《同声月刊》这两本刊物为载体，主持东南词学讲席，连接海内外词学家，治词授业，创作践行，成为蜚声海外的一代词学大师。他精通传统文化，入黄侃、陈衍、朱祖谋等门下，吸收、继承、弘扬历代韵文文学之长，对词学理论进行现代化的探索与拓展，在文献整理、诗词赏析、音韵声律、版本勘校等方面均有建树。他尤其重视词的音乐性，提出诗教复兴、再造国乐的理念，并做出了很多有益的尝试，因此，龙榆生的词学贡献是多方面的。本书详考龙榆生的生平事迹、著述及搜集的文献，对龙榆生的声调之学、词学批评、词史理论、词之文献目录学、词学创作等多方面的学术成果、贡献进行研究。

近30年来，学术界对龙榆生的研究渐有繁盛之势。20世纪90年代以来，关于龙榆生词学理论的研究取得了不少成就，主要集中在词学传播、理论创立、词学专著单篇研究等方面，可以分为整体研究，个案、专题研究，纪念回顾和新材料的发现四类。

（一）整体研究

20世纪90年代，宋路霞撰写《现代词人龙榆生及其词学贡献》指出：龙榆生创办了现代仅有的专门从事词学研究的大型刊物《词学季

---

① 程国赋：《"龙榆生教授百年诞辰纪念暨中国古代文学学科建设研讨会"在暨南大学召开》，《文学遗产》2003年第5期，第16页。

刊》和《同声月刊》；强调词的音乐性质，对词曲的创作与研究有直接的指导作用；在古为今用、推陈出新方面做了大胆的尝试。① 这是早期研究龙榆生的文章，持论谨慎，以总体把握为主，具体分析为辅。

段晓华的《浅析龙榆生的词学观》将龙榆生的词学学术体系上的成就概括为"声调之学""批评之学""目录之学"三方面。② 1934年4月，龙榆生撰写《研究词学之商榷》，概括出词学研究的八个方向：图谱之学、词乐之学、词韵之学、词史之学、校勘之学、声调之学、批评之学、目录之学，称前五项为前人已经营者，后三项"所望于海内之治词学者"③。龙榆生在词学"声调之学""批评之学""目录之学"方面具有开拓之功。在段晓华一文的基础上，张宏生、张晖撰写的《龙榆生的词学成就及其特色》进一步细化龙榆生的词学贡献，分为"整理词籍，创办词刊""推源溯流，发覆阐微""研求声律，辨析格调""重视普及，意在提高"四个方面。④ 此文全面而准确地概括了龙榆生词学研究的内容与思想。

施议对的《中国词学学的奠基人——民国四大词人之三：龙榆生》用了六篇文字对龙榆生其人及其词学理论进行全方位的梳理，行文为对话体。⑤ 徐培均《试论龙榆生先生的词与词论及其学术地位》与《龙榆生全集·序》⑥内容相仿，从其人、其学入手，论述龙榆生的词学贡献。⑦ 徐培均随龙榆生学词，对龙榆生的创作亦有研究："他早期的词作，继承唐宋以来优秀传统，讲究韵味秾挚，意格纯正；后期之词，则

---

① 宋路霞：《现代词人龙榆生及其词学贡献》，《文学遗产》1990年第4期，第114~119页。
② 段晓华：《浅析龙榆生的词学观》，《江西师范大学学报》（社会科学版），1998年第4期，第46页。
③ 龙榆生：《研究词学之商榷》，张晖主编《龙榆生全集》第三卷，上海，上海古籍出版社，2015年，第243页。
④ 张宏生、张晖：《龙榆生的词学成就及其特色》，《江西社会科学》2004年第3期，第208~215页。
⑤ 施议对：《中国词学学的奠基人——民国四大词人之三：龙榆生》，《文史知识》2010年第5~10期。
⑥ 作于2015年3月。
⑦ 徐培均：《试论龙榆生先生的词与词论及其学术地位》，《北京大学学报》（哲学社会科学版）2015年第4期，第29~36页。

顺应时代，反映一定思想"①，"前期远绍晚唐五代和南北宋之名家，婉美清泚，韵味秾挚，纯乎词人之词……后期词多贴近现实，紧跟时代，风格旷放，语言质朴，若以意境韵味求之，则鲜矣"②。今之学者多研究龙榆生的词学目录整理与词学传播，对龙榆生的创作研究较少，徐先生此文对龙榆生创作的评价甚为精准。

　　张晖为龙榆生研究的专家，出版《龙榆生先生年谱》③《忍寒庐学记——龙榆生的生平与学术》④ 等书。张晖自本科时期起研究龙榆生，在对龙榆生的年谱修订、龙榆生词学成就的研究等方面颇有建树。

　　2003年1月18日至21日，暨南大学文学院与中国社会科学院文学研究所、《光明日报》文艺部、《文学评论》编辑部、《文学遗产》编辑部等单位联合举办了"龙榆生教授百年诞辰纪念暨中国古代文学学科建设研讨会"，来自海内外的40多位专家、学者围绕龙榆生的学术成就展开讨论，所论内容与结论大致与前述相近。

　　整体研究方面，有学者将龙榆生的成就放入现代词学的发展中予以综合考量，对具体而微的重要个案进行宏观把握。比如彭玉平在《词学的古典与现代——词学学科体系与学术源流初探》一文中打通古典词学到现代词学发展之路，指出"真正将词作为一门学问或科学来看待的，应该从龙榆生开始"⑤。彭先生肯定了龙榆生构建现代词学体系的合理性，"以图谱之学、音律之学、词韵之学、词史之学、校勘之学、声调之学、批评之学、目录之学建构起来的词学体系，不仅是既往'词学'的历史反映，也是以科学的精神考量词学而得出的合理结果"；同时也指出龙榆生学术研究中的偏差，如："对词的别集和总集就显得重视不够，虽然'目录之学'涉及到词集的提要，但'提要'与系统的研究毕竟尚有很大的距离……'词史之学'，从理念上来说，龙榆生的理解似乎存有偏差，他以张宗橚《词林纪事》、王国维《清真先生遗

---

① 徐培均：《试论龙榆生先生的词与词论及其学术地位》，《北京大学学报》（哲学社会科学版）2015年第4期，第29页。
② 张晖主编：《龙榆生全集》第一卷，上海，上海古籍出版社，2015年，"序"第11页。
③ 张晖主编：《龙榆生先生年谱》，上海，学林出版社，2001年。
④ 张晖编：《忍寒庐学记——龙榆生的生平与学术》，北京，生活·读书·新知三联书店，2014年。
⑤ 彭玉平：《词学的古典与现代——词学学科体系与学术源流初探》，《中山大学学报》（社会科学版）2006年第1期，第7页。

事》及夏承焘《唐宋词人年谱》为已有词史研究的典范，即在学理上难以自足。"① 彭先生是首位将龙榆生词学思想放入现代词史发展中予以系统观照的学者，他对于龙榆生词学理论基础判断至今仍为不易之论。

彭玉平的《民国时期的词体观念》②从文体变革理论入手，鞭辟入里地分析龙榆生词律理论与新体乐歌创作之得失，指出"龙榆生提出的自制新词以入新曲的主张，既坚持了'词'的传统特征，又从词的可持续发展角度拓展了新的领域，其观念是深可信服的"。此文是首篇从文体学的角度对龙榆生词学理论进行研究的论文。站在时代变革与文体学史的高度来看待龙榆生提出的新体乐歌理论，彭先生认为"龙榆生的这种合古今中外于一体的变革思路……从理论上来说，应该也是可行的"，即使"没有最终形成体制上的稳定性"，"然前瞻未来，对新体乐歌在体制上的最后完成，我们倒是不妨抱持乐观其成的心态，只是还需要时间的磨练而已"。彭先生指出新体乐歌的可行性，分析其未成气候之原因，预见此种文体未来发展之态势。龙榆生重视词的音乐性，提出新体乐歌理论是龙榆生创新词体的实践，此为表象；深层次的原因是，他欲打通传统词学理论与现代词学研究之间的壁垒。因此，重视新体乐歌的研究对于分析龙榆生词学理论之于词体新进的学术价值和实践价值均有重要意义。

曾大兴《20世纪词学名家研究》③、陈水云《中国词学的现代转型》④ 和《现代词学的师承与谱系》⑤、曹辛华《20世纪中国古代文学研究史·词学卷》⑥、谢桃坊《中国词学史》⑦ 等著作，均专辟文字介绍龙榆生。学者们聚焦龙榆生在推动现代词学转型方面所做的努力。曾大兴《20世纪词学名家研究》第十五章"龙榆生的词学主张与实践"，

---

① 彭玉平：《词的古典与现代——词学学科体系与学术源流初探》，《中山大学学报》（社会科学版）2006年第1期，第8页。
② 彭玉平：《民国时期的词体观念》，《文学遗产》2007年第5期，第119页。
③ 曾大兴：《20世纪词学名家研究》，北京，中华书局，2011年。
④ 陈水云：《中国词学的现代转型》，北京，社会科学文献出版社，2016年。
⑤ 陈水云：《现代词学的师承与谱系》，《河北大学学报》（哲学社会科学版）2016年第1期，第38～45页。
⑥ 曹辛华：《20世纪中国古代文学研究史·词学卷》，上海，东方出版中心，2006年。
⑦ 谢桃坊：《中国词学史》，成都，四川人民出版社，2015年。

从"为'词学'定位""标举苏、辛""发掘词的'声情'"和"探索'新体乐歌'的道路"四个方面总结龙榆生的词学贡献。陈水云《中国词学的现代转型》在"现代词学家思想与方法的进步"一章中对龙榆生词学研究的现代品格进行探讨,他说"不拟对他的词学成就进行讨论,而是从现代性角度考察他的研究对于词学转型的现代意义",具体从"推尊苏辛与倡言诗教""探索创作'新体乐歌'""声调之学与批评之学""创办词学专刊"四个方面展开论述。①

梅向东在《龙榆生词学的"奇崛"范畴及其现代意义》中拈出"奇崛"二字,认为这是评价龙榆生词学理论批评体系的关纽。他指出,龙榆生是在重释贺铸、周邦彦词艺术经验基础上建构了"奇崛"的范畴。②

近20年来,有高校古代文学学生研究龙榆生的学术思想。台湾"中央"大学中国文学研究所徐秀菁的硕士学位论文《龙沐勋词学之研究》(2004年),南开大学熊烨的硕士学位论文《龙榆生先生词学研究》(2010年)以龙榆生词学论著为研究对象,研究了龙榆生的交游师承、理论主张、创作实践、词学活动,展现了龙榆生词学的承继性与开创性。福建师范大学龙婷的硕士学位论文《龙榆生论唐五代词》(2016年)考察了龙榆生对唐五代词史、名家词、词体研究状况。上述文章对龙榆生的词学研究领域均有涉及,但研究内容和框架还可再丰富。笔者认为对龙榆生词学思想进行全面、整体研究的空间仍然存在。

(二)个案、专题研究

在个案、专题研究方面,学者们的研究成果可以归入声调之学、词史之学、词之批评学、校勘目录学以及词学活动和创作五大领域。

1. 声调之学

研求声韵与辨析格调是龙榆生词学理论中重要的组成部分。傅宇斌《论龙榆生的声调之学》从龙榆生声调之学的建立、运用和当代意义三个方面阐述,分析龙榆生倡导"声调之学"的起因是他参与了新体乐

---

① 陈水云:《中国词学的现代转型》,北京,社会科学文献出版社,2016年,第351页。
② 梅向东:《龙榆生词学的"奇崛"范畴及其现代意义》,《中国韵文学刊》2012年第2期,第59~63页。

歌运动，但最根本的原因是对于"图谱之学"和"词乐之学"的反思。作者认为，当代词学建设需要"声调之学"，提出当代词学创作宜遵从《词林》和《词林正韵》，这样"既符合'声调之学'的精神，也符合词律的要求"。① 傅宇斌《龙榆生"声调之学"论衡》与此文内容相近，在研究龙榆生词学音韵领域方面走在前列。②

赵宏祥、段晓华撰写的《龙榆生詹安泰词律研究比较》，从调谱、用韵、四声三方面对龙榆生、詹安泰的词律研究进行梳理与比较，认为：龙榆生"形成了一系列以'声情'为核心的词律研究理论，具有很强的现实操作性"；詹安泰先生则"整理推导出一套脉络清晰的词律研究体系，一改过去传统词学在词律方面的琐碎凌乱"。作者提出将二位先生的方法相结合以探索今日词学的研究与创作。③ 姚鹏举《论龙榆生〈唐宋词格律〉的书名、体例与宗旨》认为，《唐宋词格律》和《词学十讲》发展了早年的声调之学，共同形成了系统的倚声学理论。④ 金婷婷、刘兴晖《对白与独白：近代新歌中的有"我"之境》探讨了祈愿歌与龙榆生的"三愿体"之间的关系，推进了歌与诗关系的研究，指出由歌词中的"我"借"你"之角色的抒情独白"变一己之情为众人之情……促进了歌词的现代转型"。⑤

龙榆生研究"声情"原理30年，这个过程涵盖新体乐歌的创制和"图谱之学、词乐之学、词韵之学"的研究。从古至今，由中而外，"声情"原理的最终建立既受益于古代乐律、音韵的滋养，也获益于与西洋音乐的碰撞。龙榆生对"声调之学"的设想是，通过解剖富有音乐性的词的内部组织来复通词的"声情"。这样的原理推导是否可行？在词乐已失的情况下，这种方法是具备科学性与想象力的，但亦有其局限性。目前，学界对龙榆生"声调之学"的研究止于声韵、曲调层面，

---

① 傅宇斌：《论龙榆生的声调之学》，《2010年词学国际学术研讨会论文集》，2010年，第608~612页。
② 傅宇斌：《龙榆生"声调之学"论衡》，《文艺评论》2012年第12期，第99~105页。
③ 赵宏祥、段晓华：《龙榆生詹安泰词律研究比较》，《江西科技师范学院学报》（社会科学版）2011年第3期，第108~112页。
④ 姚鹏举：《论龙榆生〈唐宋词格律〉的书名、体例与宗旨》，《词学》2021年第45辑，第249~268页。
⑤ 金婷婷、刘兴晖：《对白与独白：近代新歌中的有"我"之境》，《星海音乐学院学报》2021年第3期，第20页。

对于"声调之学"与"新体乐歌"的关系点到即止,因此有必要再次从龙榆生关于"声学"的所有文本出发,重新推衍"声情"原理。

2. 词史之学

龙榆生主张学苏、辛一派,在国运衰微之际,龙榆生寄望以苏、辛词风振奋青年学子团结向上、保家卫国的精神。研究者们关注了这个方向,成果如马大勇、谭若丽《论龙榆生标举苏辛的词学祈向》①、赵艳娜《苏辛精神与词学的现代转型——以龙榆生词学为考察对象》②、马晴《龙榆生的词学思想与批评》③、梅向东《龙榆生词学的苏、辛精神》④。在苏辛精神的指引下,龙榆生的词学创作与研究显示了一种现代品格。

一直以来,学界将"标举苏辛"作为龙榆生词学思想成果的一个重要标签。龙榆生"标举苏辛"仅仅是因为时代需求吗?"标举苏辛"出现在龙榆生论述史之学、词选之学、词学批评等多领域,有何区别与联系?从20世纪30年代至人生暮年,龙榆生从未放弃对辛弃疾词的研究,其研究成果有何变化?通读龙榆生的词论可以发现,他"标举"的不仅仅是苏辛,还有贺铸、周邦彦二家。受到周济《宋四家词选》的启发,龙榆生提出学苏、辛、贺、周四家,这是对周济"以周邦彦、辛弃疾、王沂孙、吴文英四家分领一代,其他各家附属于四家之后"的常州词派主张的修正。从目前的文献来看,"标举苏辛"受到张尔田等人的质疑。翻检他们的通信内容可知,时贤更多的是注意到龙榆生举起"主苏辛"的旗帜,却忽略了他做出的调整与修正——龙榆生增加"兼备刚柔之美"的贺铸、周邦彦二家,以避免出现单一学苏辛词而造成"犷悍之习"的弊端。因此实有必要勾连龙榆生研究成果的变化来理解"标举苏辛"在龙榆生词学思想中的学术价值和意义。

3. 词之批评学

词选见词家手眼,龙榆生编选的《唐宋名人词选》《唐五代宋词

---

① 马大勇、谭若丽《论龙榆生标举苏辛的词学祈向》,《词学》2014年第31辑,第211~220页。

② 赵艳娜:《苏辛精神与词学的现代转型——以龙榆生词学为考察对象》,安庆师范学院硕士学位论文,2013年。

③ 马晴:《龙榆生的词学思想与批评》,《文艺评论》2013年第8期,第80~83页。

④ 梅向东:《龙榆生词学的苏、辛精神》,《安庆师范学院学报》(社会科学版)2012年第4期,第1~5页。

选》和《近三百年名家词选》为现当代词学研究之重。沙先一《论〈近三百年名家词选〉选词学价值》认为，龙榆生对有清以来三百年词史的整体批评主要体现于《近三百年名家词选》。在编撰体例和编选思路上，这本词选"与以往清词选本均有不同，既有学植深厚的传统词学之功底，又具有现代学术之眼光，具有较强的开拓意识与创新意识，体现了新颖的选词学观念"①。在研究龙榆生唐宋词理论的文章中，傅宇斌的《龙榆生的唐宋词研究》一文落笔周全，以龙榆生六本专著（《辛稼轩年谱》《中国韵文史》《龙榆生词学论文集》《词曲概论》《词学十讲》《东坡乐府笺》）、两本词选（《唐宋名家词选》《唐五代宋词选》）、一本词律（《唐宋词格律》）为基础，对"词体的起源及演变""唐宋词的分期及词风演进""唐宋著名词人的个案研究""东坡词的研究"四个方面进行探索，分析细密。②孙启洲在《"风格"批评的流衍与中国词学的现代转型》中对龙榆生主张以动态流变的方式分析词人词作的特点予以关注："龙榆生的词学风格论，更注重风格作为一种流动形态的呈现，辩证地分析不同时期词人创作的细微变化，并且在词人风格研究的基础之上，进一步延伸至词派乃至词的时代风格流变的探讨，标志着现代词学风格论体系的不断完善和成熟。"③傅宇斌从横向维度通盘考虑龙榆生词学批评之周详，孙启洲则从纵向维度深挖龙榆生词学批评之特性。

《唐宋名家词选》是龙榆生的重要词学著作，中华人民共和国成立前后版本略异。中华人民共和国成立前的版本重周（周邦彦）、吴（吴文英），中华人民共和国成立后的版本重苏（苏轼）、辛（辛弃疾），研究者们大多注意到这个变化。许菊芳《龙榆生〈唐宋名家词选〉选学价值探微》主要谈三个问题：一是龙榆生对贺铸词的推重，二是从参引文献看龙榆生的词评标准，三是《唐宋名家词选》对保存与传播《历代词人考略》的意义。④龙榆生的《唐宋名家词选》和《近三百年

---

① 沙先一：《论〈近三百年名家词选〉选词学价值》，《徐州师范大学学报》（哲学社会科学版）2009年第2期，第42~48页。
② 傅宇斌：《龙榆生的唐宋词研究》，《文学遗产》2016年第2期，第177~188页。
③ 孙启洲：《"风格"批评的流衍与中国词学的现代转型》，《安徽大学学报》（哲学社会科学版）2021年第5期，第87~88页。
④ 许菊芳：《龙榆生〈唐宋名家词选〉选学价值探微》，《北京社会科学》2014年第2期，第52~57页。

名家词选》受学界关注，研究成果丰硕。学者多进行横向比较，如论述朱祖谋的《宋词三百首》，多与龙榆生的《唐宋名家词选》做比较；研究清词尤其是《箧中词》《广箧中词》，常与龙榆生的《近三百年名家词选》一并分析。那么，词选还有没有研究的空间呢？笔者认为至少有三个论题还可以再做深挖。

第一是《唐五代宋词选》的选词意义与特色。《唐五代宋词选》面向初入门的学词者，词选在注释、集评、词人小传等方面的展现略于《唐宋名家词选》。比较后可发现，《唐五代宋词选》并非微缩版的《唐宋名家词选》。从两个选本收词差异来看，《唐五代宋词选》体现了龙榆生在普及词学时的主张：以"声调之学"论，该词选更注重平仄、声情、诵读；以"批评之学"论，龙榆生所选、所评偏重豪放一派；以"词史之学"论，龙榆生首次明确提出唐宋词史的分期——词的萌芽时期、词的培养时期和词的成熟时期。龙榆生在《唐五代宋词选》中的挑选方向体现了他在国运时势堪忧、新旧文化冲突下重新思考的词学祈向，即编选适应时代需求的唐宋词选。由此，也可以引出第二个论题：《唐五代宋词选》与民国词选尤其是风靡于学生中的胡适《词选》，在编选思路上有何异同？如何解读这些异同？第三个论题，与龙榆生的清词及近代词研究有关。在编选唐宋词选时，龙榆生提出"词选四标准"——"便歌""传人""开宗""尊体"。此四条标准在编选近三百年词时难以套用。清词不被管弦，何以"便歌"？有清以来词作繁盛，未经过足够长的时间考验，何种词作能被盖棺定论为"传人"？词至宋已风格俱全、各体完备，"开宗""尊体"难以作为考量清词的标准，如何选定近三百年词？谭献、叶恭绰的思路有二：一是沿用常州词派的编选标准，二是广博选之。从龙榆生"去我见""选能代表作家最高标准作品"的词史观和批评观来看，他似乎并不完全认同谭、叶的操选思路，那么他的标准是什么？龙榆生没有宏文以述，但从《近三百年名家词选》出发，或许能窥见一二。另外，《近三百年名家词选》有两个版本，唯一的不同在于1962年删除了陈曾寿词。宋希於2015年1月8日在《南方都市报》A10版刊发《龙榆生删改〈近三百年名家词选〉的隐情》，这篇随笔钩沉了龙榆生删除陈曾寿词的历史。龙榆生最初为何要删陈曾寿词，且一删就是20首？笔者认为这其中隐含了龙榆生在近代名家中所表现的选词态度，有再探讨的价值。

4. 校勘目录学

龙榆生在词籍的校勘、目录等文献学方面用力颇多，他笺校的词集为后来的研究者提供了真实、珍贵的文献材料。周维、陈燕《龙榆生校勘之学及其贡献》对龙榆生的校勘学问做了归纳，认为龙榆生词籍校勘有十大特征，即择善本、订词题、校正误、补脱、补遗佚、存本色、存疑、校调名、校用韵和证本事。① 20 世纪 80 年代，学者补正龙榆生的《东坡乐府笺》，如吴企明《〈东坡乐府笺〉斠补偶记》②，王松龄《〈东坡乐府笺〉补正（一）》《〈东坡乐府笺〉补正（二）》③，崔海正《苏东坡词考释——兼补〈东坡乐府笺〉》④，周禾、余斯大、袁照《对一本书的两种看法》⑤，陈永正《东坡词笺注补正》⑥，薛瑞生《学术批评不能置学术规范于不顾——就〈东坡词笺注补正〉答陈永正》⑦等均与此领域相关。其中，唐玲玲《〈东坡乐府〉的版本及对龙榆生〈东坡乐府笺〉的评论》对勘《苏轼诗集》《全宋词》《东坡全集》《苏东坡全集后集》《苏东坡全集续集》等书，指出《东坡乐府笺》在编年、解释、笺注、赏析等问题上的疏漏，计 22 条⑧，材料翔实，考订细密，推论严谨。赵晓兰、佟博《龙榆生〈东坡乐府笺〉与傅干〈注坡词〉》一文比较两书异同，列举了《东坡乐府笺》对《注坡词》的采录、增补、订正、漏收和沿袭讹误之处。⑨

---

① 周维、陈燕：《龙榆生校勘之学及其贡献》，《宁夏大学学报》（人文社会科学版）2012 年第 2 期，第 101～104 页。

② 吴企明：《〈东坡乐府笺〉斠补偶记》，《杭州大学学报》（哲学社会科学版）1982 年第 2 期，第 28～35 页。

③ 王松龄：《〈东坡乐府笺〉补正（一）》《〈东坡乐府笺〉补正（二）》，分别载于《上海师范大学学报》（哲学社会科学版）1986 年第 3 期，第 41～49 页；1987 年第 1 期，第 47～52 页。

④ 崔海正：《苏东坡词考释——兼补〈东坡乐府笺〉》，《曲靖师专学报》（社会科学版）1988 年第 4 期，第 40～45 页。

⑤ 周禾、余斯大、袁照：《对一本书的两种看法》，《读书》1991 年第 11 期，第 83～85 页。

⑥ 陈永正：《东坡词笺注补正》，《南京师范大学文学院学报》2002 年第 4 期，第 45～48 页。

⑦ 薛瑞生：《学术批评不能置学术规范于不顾——就〈东坡词笺注补正〉答陈永正》，《南京师范大学文学院学报》2012 年第 1 期，第 26～33 页。

⑧ 唐玲玲：《东坡乐府研究》，成都，巴蜀书社，1992 年，第 272～293 页。

⑨ 赵晓兰、佟博：《龙榆生〈东坡乐府笺〉与傅干〈注坡词〉》，《辽东学院学报》（社会科学版）2010 年第 4 期，第 122～130 页。

词学的校勘学、目录学在龙榆生的研究中占有重要比例。值得注意的有四点。第一，龙榆生做了大量词集辑佚、校勘、笺注、目录的工作，尤以清词为主，而他的这些成果有许多分散于词话、随笔、序跋中，综合叙述之外还应从现有文献材料中点滴收集再予研究。第二，作为一名文史学家，龙榆生的词学文献学研究与词学批评、词史研究密不可分，重要的词学文献学理论均与批评有关，如"作家史迹之宜重考""版本善恶之宜详辨""词家品藻之宜特慎"①；再如，他通过选笺"梦窗词"表达了对民国词坛"梦窗热"的不同看法，选词和笺注展现了龙榆生对梦窗词的评骘与对民国梦窗热的反思，表达了对民国词坛过度考索梦窗词的不满。因此，评价龙榆生的词学文献学思想时应将其文史观、批评观并入考虑。第三，作为20世纪最重要的词学活动家，龙榆生在词学文献学方面的研究常与其词学活动密切相连，龙榆生的关注内容又主要集中于清词、民国词的辑佚、整理，他的编纂呈现出动态理路，结合同时代词家风格、词坛风貌进行综合研究将有助于进一步理解龙榆生"以词存人""词有大事"的思想，也能够更客观地评定他在词学文献学中的贡献。正如傅宇斌在《龙榆生与现代词学目录学的建立》中指出："龙榆生对词学目录学的继承、发展和革新主要体现在两个方面：一是强调对词人生平及创作事实的考证；二是强调对词人风格的评论应在全面的词史视野下，注重对词人风格历程的把握，以及对词人创作得失的中肯批评。"②第四，在词集校勘、目录辑佚等方面，龙榆生没有留下巨著与宏文，但他做了大量扎实的基础性工作，通过梳理其研究工作可以窥见龙榆生对词学文献学学科的理论构想。基于以上四点的思考，笔者认为有必要再做深入研究。

5. 词学活动和创作

词学活动、词学创作贯穿龙榆生治词生涯始终，对龙榆生词学活动的研究多集中于创办刊物、交游中的书信考索二事；学界评点龙榆生词学创作的专论较少。

（1）创办刊物。创办《词学季刊》《同声月刊》等刊物是龙榆生

---

① 龙榆生：《研究词学之商榷》，张晖主编《龙榆生全集》第三卷，上海，上海古籍出版社，2015年，第254～255页。

② 傅宇斌：《龙榆生与现代词学目录学的建立》，《社会科学战线》2021年第4期，第147页。

最重要的词学贡献之一。兰玲的《论〈词学季刊〉对现代词学的建构》从"《词学季刊》的创办背景、宗旨与影响""《词学季刊》对传统词学的反思和对现代词学发展的探索""《词学季刊》对现代词学的建构"和"《词学季刊》对现代词学生态的反映"四个方面探讨了《词学季刊》在文学史上的地位和贡献，认为这份刊物是"现代词学的总枢纽和理论阵地，是反映现代词学史最直接最集中的窗口，它把现代词学史上最优秀的词学家凝聚起来，发表了大量具有学术典范意义的论著，在继承传统词学研究方法的基础上，积极建构现代词学研究体系，最终推动了词学学科的建立，在词学史上具有承上启下的重要地位和十分重要的词学史研究价值"[①]。

赵丽萍、胡永启《龙榆生创办〈词学季刊〉的宗旨与举措》从创刊宗旨、栏目稿源、市场情况来论述龙榆生的编辑思路。[②] 惠勤、甘松《〈词学季刊〉与〈词学〉：词学界的两面旗帜》阐述了《词学季刊》作为时代标杆所彰显的现代词学气质。[③] 傅宇斌著作《现代词学的建立——〈词学季刊〉与20世纪三四十年代的词学》厘析了《词学季刊》对现代词学的内容、性质、时段、意义的影响，围绕《词学季刊》的创办、20世纪30年代的词学圈活动分析龙榆生对民国词坛、现代词学的贡献。[④]

惠联芳《〈彊邨遗书〉编纂过程考》从《彊村遗书》的编纂过程分析民国学术的传承，同时挖掘了《词学季刊》对于《彊村遗书》出版的意义："朱彊邨这样一位在学问做派上相当传统的'遗民'，其'遗书'的刊布却多借助于现代学术传播媒介，这是颇为意味深长的。"[⑤]《彊村遗书》出版前在《词学季刊》的创刊号、第一期、第二

---

① 兰玲：《论〈词学季刊〉对现代词学的建构》，《青岛大学师范学院学报》（社会科学版）2011年第1期，第62页。
② 赵丽萍、胡永启：《龙榆生创办〈词学季刊〉的宗旨与举措》，《昌吉学院学报》（社会科学版）2011年第3期，第81～84页。
③ 惠勤、甘松：《〈词学季刊〉与〈词学〉：词学界的两面旗帜》，《编辑学刊》2010年第6期，第68～71页。
④ 傅宇斌：《现代词学的建立——〈词学季刊〉与20世纪三四十年代的词学》，北京，商务印书馆，2013年。
⑤ 惠联芳：《〈彊邨遗书〉编纂过程考》，《社会科学论坛》2014年第10期，第41～42页。

期都做了相关信息的发布,扩大了这本书的学术影响,此后朱祖谋的纪念文字、图片、本事考证等也都及时刊登在《词学季刊》上。

张文昌、朱惠国的《现代文艺专刊与民国旧体词的创作——以四种民国刊物为例》将《词学季刊》和《同声月刊》定义为现代文艺专刊,认为这两本刊物作为一种传播媒介在民国词创作生态与格局的构建中发挥了重要作用,保存了珍贵而丰富的词作文献,培养了一批词学后备人才,为此后词学刊物的编纂提供了借鉴。[1]

学界关于这两本刊物的研究较为全面。然而,龙榆生不仅仅创办了这两份刊物,他创办或主要参与编辑的与诗词相关的刊物大致有三种类型五份刊物。第一种类型是专业旧体诗词学刊物《词学季刊》和《同声月刊》,涉及诗词创作、词史研究、词籍整理、词艺评论等。第二种类型是探索旧体诗词与新体乐歌相融合的杂志《乐艺》和《夏声》月刊,这两种杂志包含音乐内容。第三种类型是打破以旧体诗词为代表的旧文化与以白话文为代表的新文化之间隔膜的文学杂志《求是》。这五份刊物承载着龙榆生对促进新旧词学、新旧文化融合发展的良好愿望,在展现20世纪三四十年代中国词学的发展面貌与成果中起了很重要的作用。笔者认为有必要通过对五份杂志的不同定位、办刊初衷、栏目分类等进行综合分析,以此勾勒龙榆生利用现代传播手段、渠道重振雅音的轴线。[2]

(2) 书信往来。龙榆生的诗词、书信内容反映了他与同时代重要词人之间的关系,学者们从龙榆生交游书信入手,探索民国诗词群体面貌。如李剑亮《民国教授与民国词社》、曹辛华《民国词群体流派考论》。有的研究着力于龙榆生的交游考,如胡可先的《近三十年夏承焘研究述论》以夏承焘为中心,对两位词人的关系进行了考察[3];张怡《龙榆生交游词研究》将龙榆生的交游词分为赠答词、记游词、祝怀词三部分[4];胡永启《日记所见夏承焘与龙榆生交游——以〈天风阁学词

---

[1] 张文昌、朱惠国:《现代文艺专刊与民国旧体词的创作——以四种民国刊物为例》,《南京师范大学文学院学报》2021年第1期,第178~188页。

[2] 童雯霞:《论龙榆生创刊思路和编辑进路》,《中国出版》2020年第3期,第52~56页。

[3] 胡可先:《近三十年夏承焘研究述论》,《中文学术前沿》2012年第2期,第43~58页。

[4] 张怡:《龙榆生交游词研究》,《现代物业》(中旬刊)2012年第1期,第57~59页。

日记〉所载书札为中心》,以《天风阁学词日记》所载两人间的通信为中心,考察两位词家相识、相交的人生经历,认为龙榆生"早年积极主动、为艺术而治词,晚年顺应以政治鉴定替代艺术批评的学界要求、为现况而治词"①。部分文章强于历史考述,而对于词人通过交流研究词学理论等问题仍有阐发的空间。

(3) 诗词创作。龙榆生的诗词创作多收于《忍寒词》和《风雨龙吟丛稿》,2012 年由复旦大学出版社全面整理后出版,名为《忍寒诗词歌词集》。1996 年上海诗词学会"诗选"编委会《上海近百年诗词选》、2004 年毛谷风选编《当代百家诗词钞》、2007 年中国社会科学院秋韵诗社编《秋之韵:中国社会科学院学者诗词选》、2008 年刘梦芙编著《二十世纪中华词选》等选集也收入了龙榆生的诗词作品。

胡迎建《风雨龙吟响彻空——论龙榆生诗词》将龙榆生的词分为"愤懑悲怆的感时词""凄婉悱恻的咏怀词""情深意切的赠答词""寓意深沉的咏物词"和"旨趣洋溢的题画词",认为龙榆生词"于北宋学苏东坡、贺东山,磊落奔逸;于南宋学姜白石、辛稼轩,清雄俊爽;而苍凉沉厚则有似元遗山"。此文对龙榆生的诗歌创作有所涉及,指出龙榆生词风在新中国成立前后略有区别:"前者沉郁,后者婉畅,然莫不留下时代的印痕,谓之词史不为过。"② 杜运威探微抗战时期龙榆生词风转向,认为"龙榆生早期词作学步苏辛,整体呈现清雄俊爽的风貌;然在抗战时期,龙榆生词作表现出苍凉沉郁的风貌"③。学界对龙榆生创作的研究多集中在词学方面,对龙榆生诗歌论述甚少。赵家晨将龙榆生列为同光体诗人,认为龙榆生"与活跃在民国诗坛上的同光体诗人交游甚多,其诗歌风格多效同光体。他的诗歌从内容上除了继承旧体诗主要吟咏的题材之外,又增添了时代新气象;诗歌特征既秉承了同光体诗派特有的求新、求涩、求异的特征,又有着自己质朴自然的气质"④。此后,赵家晨再将龙榆生、夏敬观等江西籍民国词人归为同光体词人进

---

① 胡永启:《日记所见夏承焘与龙榆生交游——以〈天风阁学词日记〉所载书札为中心》,《泰山学院学报》2016 年第 1 期,第 35 页。
② 胡迎建:《风雨龙吟响彻空——论龙榆生诗词》,《中华诗词》2013 年第 5 期,第 73 页。
③ 杜运威:《抗战时期龙榆生词风转向与词心探微》,《山西大同大学学报》(社会科学版)2021 年第 3 期,第 79 页。
④ 赵家晨:《论同光体诗人龙榆生的诗歌》,《南昌航空大学学报》(社会科学版)2017 年第 2 期,第 50 页。

行研究,指出"《词学季刊》的创办,意味着群体的词风转变由此开启,标志着同光体词人群体龙、夏一支的形成"①。关注龙榆生诗作、词作及其诗词学渊源有助于深入理解其创作思想及民国旧体诗词之特色。

词学创作是龙榆生词学活动的体现,目前被收入《龙榆生全集》(第四卷)的诗词作品写于1924年至1966年,有诗560首,词583首。"龙榆生的词学理论如何指导旧体词实践"有一探究竟之价值。南京师范大学周翔的硕士学位论文《龙榆生诗词创作研究》(2018年)对此有所阐发。目前学界对龙榆生词风、诗风的分析在龙榆生词学思想史的研究中较为薄弱,故深入研究龙榆生词作风格有其必要性和重要性,而品鉴其词作的风格仍需从其词学思想、主张入手。

（三）纪念回顾

纪念回顾方面的成果大致分为两类:一类是媒体传播,一类是纪念类文字。近年来,媒体对龙榆生的学术成就做了钩沉式的报道,相关报道重在传播龙榆生学问对后世的影响。

1956年9月,上海古典文学出版社出版《近三百年名家词选》,收入近三百年名家词67家518首;1962年11月,中华书局上海编辑所出版的新版收入近三百年名家词66家498首,删去陈曾寿（仁先）的20首词。宋希於的《龙榆生删改〈近三百年名家词选〉的隐情》钩沉删除陈曾寿词的历史,从《近三百年名家词选》1956年初版与1962年新版的删改处看龙榆生处境之变与思想之易。②

《新京报·书评周刊》2016年7月9日B01～B05版刊出《龙榆生全集》专题报道,报道共4篇5版——《龙吟余音 讲不全的龙榆生》《身后有知音,隔世闻榆生》《全不全,风雨盖不住龙吟》和《阅读龙榆生:词人生命中的声音与性情》,讲述《龙榆生全集》的编撰过程及影响。

纪念文字基本上是龙榆生的子女、学生以回顾的方式对其治学为人

---

① 赵家晨:《论同光体词人群体的抗战词》,《中国韵文学刊》2018年第4期,第92页。
② 宋希於:《龙榆生删改〈近三百年名家词选〉的隐情》,《南方都市报》2015年1月8日。

所做的评说，张晖将文章收入《忍寒庐学记——龙榆生的生平与学术》中。这些文章多已发表，如许学受《忆著名诗词专家龙榆生老师》①、张晖《徘徊在文化与政治之间——汪伪时期词人龙榆生的活动》②、刘经富《书香氤氲的凫鸭塘——龙榆生先生的家学渊源》③、徐培均《嘤其鸣矣 求其友声——龙榆生与夏承焘词学因缘述论》④ 等。纪念文章的体裁主要是散文随笔，从不同角度追溯、分析了龙榆生的家学渊源、人生际遇；也有部分文章涉及对龙榆生交游词的研究，如曹旅宁《叶恭绰的李后主去世一千年纪事词墨迹——兼谈黄永年先生与龙榆生先生的交往》⑤、虞万里《马一浮与龙榆生》⑥、廖太燕《"略似尧章仰石湖"：陈毅与龙榆生》⑦、张樾晖《陈寅恪与龙榆生的诗函往来》⑧、张东荪《关于对稼轩摸鱼儿词的理解：致龙榆生信（1954年8月19日）》⑨ 等。龙榆生曾与音乐家合作创制新体乐歌，钱仁康《龙榆生先生的音乐因缘》⑩、吴玫《艺术歌曲〈玫瑰三愿〉赏析》⑪ 等文章回顾了龙榆生在这方面的经历与成就。

目前，龙榆生的后人龙英才、龙雅宜在南京师范大学民国旧体文学文化研究所设立了"龙榆生研究基金"，鼓励学者从事民国旧体文学创作、研究，并与中国韵文学会共同设立"龙榆生文学奖"。2015年，南京师范大学在曹辛华教授（现任上海大学教授）的主持下成立了"龙榆生研究室"，研究龙榆生词学思想等相关课题。

---

① 张晖编：《忍寒庐学记——龙榆生的生平与学术》，北京，生活·读书·新知三联书店，2014年，第86～87页。
② 张晖编：《忍寒庐学记——龙榆生的生平与学术》，北京，生活·读书·新知三联书店，2014年，第165～181页。
③ 张晖编：《忍寒庐学记——龙榆生的生平与学术》，北京，生活·读书·新知三联书店，2014年，第202～211页。
④ 徐培均：《嘤其鸣矣 求其友声——龙榆生与夏承焘词学因缘述论》，《词学》2014年第32辑，第155～166页。
⑤ 曹旅宁：《叶恭绰的李后主去世一千年纪事词墨迹——兼谈黄永年先生与龙榆生先生的交往》，《中国典籍与文化》2010年第3期，第153～154页。
⑥ 虞万里：《马一浮与龙榆生》，《中国文化》2010年第1期，第106～119页。
⑦ 廖太燕：《"略似尧章仰石湖"：陈毅与龙榆生》，《书屋》2013年第11期，第4～9页。
⑧ 张樾晖：《陈寅恪与龙榆生的诗函往来》，《文教资料》2000年第1期，第70～74页。
⑨ 张东荪：《关于对稼轩摸鱼儿词的理解：致龙榆生信（1954年8月19日）》，《博览群书》2002年第9期，第58～59页。
⑩ 钱仁康：《龙榆生先生的音乐因缘》，《文教资料》1999年第5期，第15～17页。
⑪ 吴玫：《艺术歌曲〈玫瑰三愿〉赏析》，《黄河之声》2015年第24期，第80～81页。

（四）新材料的发现

继 2015 年《龙榆生全集》刊出后，学者们继续整理龙榆生的集外佚文，龙榆生后人亦将龙榆生未刊手稿交由学者整理。2022 年，倪春军整理出版了《龙榆生未刊诗学稿》，其中收录龙榆生编纂的三种诗学文献：《唐宋诗学概论》和《诗词学》两书系 20 世纪 30 年代龙榆生执教上海国立暨南大学时期讲义，为残稿；龙榆生后人保存的《朱弦集》为 1947 年龙榆生手抄的唐宋绝句诗选。尽管龙榆生以词学名世，但诗学却以敦厚的伟力照拂、滋养、温润了龙榆生的一生。龙榆生治学经历是由诗而词，在朱祖谋辞世前，龙榆生"袖二诗"终获托钵——诗歌助力龙榆生敲开治词之门。在学术的道路上，龙榆生从诗学溯起源来治词史、辨词体，从诗韵、诗境上求金针以创新体、谱新声，从诗学传统寻依据以办刊物、示主张。诗歌给予龙榆生向上的力量，身处人生低谷，龙榆生手抄唐宋绝句，结《朱弦集》赠予行将远行台湾的女儿，"使携之行箧，为朝夕吟讽之资"①，感叹"骨肉天伦之爱出于至性，亦诗教之所由生"②。因此，回归诗歌再行探索，是了解龙榆生的诗词学研究、学术思想等的来路。除此之外，民国词人与龙榆生的书信往来陆续为学者发现。如方韶毅《夏承焘友朋未刊书札一束》收入龙榆生手札三通，部分内容涉及 1953 年全国第二次文代会后夏承焘、龙榆生合作编选《宋词选注》的选目思路。③ 虽然此书未能完成，但手札内容有助于理解龙榆生晚年的选词标准。

总体来看，龙榆生词学思想研究在多个领域开花结果，有待形成系统而深微的研究。因此，笔者拟从词学缘起，声调之学、图谱之学、词乐之学与词韵之学，批评之学，词史之学，校勘之学与目录之学，词学传播等六个方面再行深挖，祈以探究龙榆生词学思想、理论体系及其现代意义。

---

① 龙榆生著，倪春军编：《龙榆生未刊诗学稿》，上海，复旦大学出版社，2022 年，第 241 页。

② 龙榆生著，倪春军编：《龙榆生未刊诗学稿》，上海，复旦大学出版社，2022 年，第 241 页。

③ 方韶毅：《夏承焘友朋未刊书札一束》，《中国韵文学刊》2022 年第 2 期，第 68 页。

三、成章要旨与意义

本书凡五章。围绕龙榆生词学理论建构论文框架，系统考察龙榆生词学理论的渊源、实践、特色及其对 20 世纪词学发展的突破与贡献。

第一章关注声调之学、图谱之学、词乐之学与词韵之学。

龙榆生构建音韵、文体、音乐、批评、政教五维体系。他毕生致力于"声调之学"研究，前后长达 30 年，其理论贡献主要体现于创"学"和创"体"两端。在词乐已失的情况下，龙榆生经由分析词的组织结构来探求文字语言与音乐语言的关系，最终整理出词情、声情相谐的填词法式，并名之"倚声学"，此为创"学"。他变革词体，将声情法式的研究成果运用于创制新体乐歌中，与当时优秀的音乐家合作谱写了一批适应时代所需的新诗词，此为创"体"。

声调之学理论在词体发展、流变大势中反思本源之妙，且与现代学界提倡的"尊重第一、崇尚首创"精神实质相通。新体乐歌理论是龙榆生创新词体的实践，他欲融传统词学理论于现代词学研究之中，进而实现"诗教复兴"的愿望。声调之学、创制新体乐歌是龙榆生古为今用、复兴词学和实现文以载道理想的开拓之举。这套法式是"声调之学"的核心理论，对鉴赏、创作有现实的指导意义。诗发乎情而成于声，诗教兴则国运昌。彼时，传统词学遭受新文化运动和纷争时局的双重冲击，声调之学和新体乐歌承载了龙榆生"诗教复兴"的理想，故龙榆生的"声学"研究既有词学之思的底色，又隐含传统士大夫寄望于文以载道的政治意蕴。

龙榆生在图谱之学、词乐之学与词韵之学理论的推衍上皆有创获，且呈现阶段性变化。本书对上述内容的研究思路是，通过案例的阐释与鉴别把握龙榆生在上述词学领域的研究特点及影响。

《唐宋词格律》最初为龙榆生的讲义，写作时体例未统一，间有错漏，此书的价值未引起学界足够的重视。剖析该书的写作宗旨和写作体例可见，此书将谱例与词史、词论、词乐、词格等知识汇为一编，融赏析与创作为一体，实具创新性，是便学与普及的填词用书，初具由传统词谱向现代词谱转型的特点。

晚清民初词学史上著名的"四声之争"是龙榆生与同时期冒广生、

夏敬观、詹安泰、夏承焘、吴眉孙、张尔田等人在词乐、词韵之学上的一次学术大讨论，这场交锋是词学家们对民国以来"梦窗热"的冷思考。龙榆生动态变化的观点部分湮没于学界对于"四声之争"的整体研究中。事实上，龙榆生在论争前的酝酿阶段已陆续发文，其观点随"词乐之学""词韵之学"的研究成果不断变化，故完整、立体展现龙榆生在"四声之争"中的观点变化将有助于站在历史的原始语境还原龙榆生的观点。

第二章考察批评之学。龙榆生的词学批评体现了较强的时代性与批判性。龙榆生所倡导的词学批评之学由"词史之学与批评之学结合而成"①，故此章的写作以史分节，从唐五代论至近代，围绕龙榆生各时期的词学批评做专题研究，突出龙榆生词学批评的标准立场与现实意义，其中重点关注龙榆生细致考察的26位词家：温庭筠、韦庄、冯延巳、晏殊、欧阳修、晏几道、柳永、苏轼、秦观、贺铸、周邦彦、辛弃疾、姜夔、王沂孙、吴文英、张炎、周密、李清照、李煜、朱敦儒、王鹏运、文廷式、郑文焯、况周颐、朱祖谋、陈洵。此26家皆为对词体演进、词派形成有卓越之功者，经由词家词作入手，龙榆生描绘了中国词学批评与词史发展的轨迹线与平面图。

在民国文学批评新风尚的影响下，龙榆生"词史之学与批评之学"相结合的研究思路彰显了内化反思、通变革新的气质，尤其是其评近人词作的批评立场更是显示出"为我"的目的，即为我所用，评以致用，这使得龙榆生的近人词作的批评具有现实性、实用性与导向性。

另外，本章对词学"风格论""流派论""选词标准"等亦做关注，参鉴词学批评理论发展实况及词学批评理论建构，探讨龙榆生词学批评理论对20世纪词学研究发展的现实效应。

第三章专论词史之学。本章写作紧密围绕龙榆生在词史之学中的三个研究方向：一是词与其他韵文之关系，包括词之起源与发展、词之体性与结构等；二是词体在唐宋之发展和唐宋词人、词作研究；三是清至近代词人、词作研究。龙榆生在词史之学的研究中批判地接受了胡适的观点，对"词史分期""词人分类""诗词合流"等关键性问题进行了深入的思考，然其论述颇为繁杂，胡适对龙榆生公开"质疑"之文从

---

① 彭玉平：《况周颐与晚清民国词学》，北京，中华书局，2021年，第103页。

未回应,因此本章重在还原观点所出、所处的历史语境,厘清纷争的标准和体系,把握二人观点的关联与阶段性特征,对 20 世纪前中期胡适、胡云翼、刘毓盘、龙榆生等的词史观点再行梳理与辨析。

第四章考论校勘之学与目录之学。由于师承、兴趣之异,民国词家的词学文献学研究各有重点,赵尊岳着意明词的整理研究,夏承焘致力于宋词人年谱的编纂,唐圭璋辑选全宋词,而师承朱祖谋的龙榆生则致意于晚清词集的校勘、辑佚、补失和目录题解。龙榆生整理了《彊村遗书》、保存大量清代词家词作和近人词作,在词集校勘、辑佚上做了细碎复杂的基础性工作。也许是过于耗费精力,在校勘之学的学科建设中,他没有留下巨制与宏文,但通过梳理、考订其研究工作,依旧可以窥见龙榆生对词学校勘学的理论构想,以及他对于朱祖谋在该领域的继承与超越。本章探究龙榆生目录之学、图谱之学的思想、方法与研究框架,探析龙榆生经由目录之学、图谱之学的研究为 20 世纪初词学发展注入新风,并使其成为重要词学理论之缘由。

第五章综析词学活动与传播。龙榆生与词学大师、词学同辈、词学爱好者多有往来。清末民初是传统文化吐故纳新的重要时期,龙榆生的交游群体中既有本土学者,也有异域词人;既有官员,也有布衣;既有旧式传统词人,也有留洋归国的音乐家。本章借由挖掘交游、讲学、办刊等词学活动,论述龙榆生继承、发展、推广传统词学的贡献与理论转化之成因,注重将词学传播置于中日关系的变动、国内局势的变化之中,勾勒 20 世纪初词学研究谱系与民国词人群体活动、创作情况。

龙榆生的求学路程并不顺畅,治学之路亦颇坎坷。他靠着天分、勤奋与师友的扶持成长为一代词学大家。独特的成长、求学经历让他在治词思路上与众不同:一方面他有传统词学家的深厚底蕴,另一方面他也有接纳新学、独立创新的治学理念。龙榆生精研古典声律,致力于挽救旧体诗词的颓势;又勇于开拓,推广"新体乐歌"。他敬重恩师朱祖谋,困境中为其整理遗稿;又不囿师说,跳出常州词派的审美旨趣创作、治学。

20 世纪 30 年代初期,中国词学处于传统与现代的交锋时期,以龙榆生为代表的传统词家不得不直面交锋时期出现的矛盾与分歧。一方面,传统的旧体词学观正在退出主流文坛,逐渐失去主流话语权;另一方面,胡适所代表的新派词学家影响甚广,新派词学家以白话词作为主要研究样本的选词标准与审美取向，正在隔断传统词学精致闲雅的主体面貌。尽管新派词学家的词学思想缺乏足够的理论支撑，也缺少传统词学家的支持，但传统词学家意识到，唯有积极思考、主动发声，才能将带有传统词学思想基因的词学理论拉回至主流文化视野中。龙榆生、叶恭绰、张尔田、詹安泰等传统词学家从传统词学理论出发，推进新时代的词学理论研究，重新评价以胡适为代表的新派文学家的词学思想，重新审视笼罩清末民初的常州词派的词学观。在修正、完善词学理论的同时，他们初步实现新旧两种词学思想在理论上的融合与实践中的交汇。在这个过程中，龙榆生付出了巨大的努力。结合龙榆生的词学理论、词学创作和词学批评，可以厘清近现代词学发展的轨迹及创作变化，进而探求民国词体观念的变迁。

龙榆生与传统词学家、新派词学家过从甚密；他治词授业，转益多师，与海内外词学家声气相通。龙榆生的交游是了解近现代词人群体的生存状态、词学思想、治学风貌的途径之一。

龙榆生是一位具有批评精神的研究者。他对于传统词学的思维方式进行了继承与扬弃，创造性地改造出一门较新的科学的研究方法，以较为完善的研究体系摄了词学历史、词家精神、词学创作、词学文献等词学研究的主要范畴。他是一位虔诚的文化传播者。他对于学术的专注与韧性催生了那个时代最重要的词学刊物与传播平台，在这个新的词学研究谱系和传播平台上，富有开拓精神的词学研究者气候渐成，深具学术价值的思想与争论获得了一定的学术话语权。他是一位勇于实践的先行者，他把理论看作一个在实践中探究的过程，积极反思传统词学面临的危机，认为现代词学应该承担教育的责任，并在实践中塑造民族情感。社会形态变化、新旧文化冲突，龙榆生的学术思想必然也受到新文化运动的冲击，而词学研究中的忧世情怀与政治关怀使得他的学术呈现出有别于其他词学家的特色。他在词学各领域中的研究成果不是孤立的，而是相互关联并能相互转化的。从上述意义上而言，对龙榆生词学思想的深入研究具有重要意义。龙榆生的词学批评理论及其创作在我国现当代词学发展史上显现出独特风貌与重要价值，笔者祈以探寻龙榆生词学思想从传统到现代的行进轨迹，在局势的变化、群体选择的歧异、词学宗尚的异趋之中揭示 20 世纪中国词学思想现代化的演进规律。

第一章　龙榆生的声调之学、图谱之学、词乐之学与词韵之学

词是文本与音乐之结合体。1934年4月，龙榆生撰写《研究词学之商榷》，概括出词学研究的八个方向：图谱之学、词乐之学、词韵之学、词史之学、校勘之学、声调之学、批评之学、目录之学。前五项民国之前已有研究。后三项"所望于海内之治词学者"①。其中，图谱之学、词乐之学、声调之学、词韵之学皆与词之音乐性有关。

龙榆生对词之音乐性的研究起源于对词体本源的探索。在《词体之演进》中，他为词正名，"词不称作而称填，明此体之句度声韵，一依曲拍为准"，又说，"诗、乐本有相互关系：诗歌体制，往往与音乐之变革，互为推移"，并引元稹《乐府古题·序》证，"歌、曲、词、调四者，既皆由乐以定词；则后来依曲拍而制之词，其命名必托始于此"②。龙榆生认为，音乐性是词的本质属性之一，研词须从音乐入手。

但现实状况是，至清代，唐宋宫律、词律构成的"图谱之学"已停留在纸面，"词为声学，而大晟遗谱，早已荡为云烟。即《白石道人歌曲》旁缀音谱，经近代学者之钩稽考索，亦不能规复宋人歌词之旧，重被管弦"③。学者研究《白石道人歌曲》的音谱却未找到重现宋人歌词的密钥，遑论配乐演绎——故以古之乐谱来推衍词之音乐性是行不通的。于是龙榆生提出"声调之学"的概念："词虽脱离音乐，而要不能不承认其为最富于音乐性之文学。即其句度之参差长短，与语调之疾徐轻重，叶韵之疏密清浊，比类而推求之，其曲中所表之声情，必尤可

---

① 龙榆生：《研究词学之商榷》，张晖主编《龙榆生全集》第三卷，上海，上海古籍出版社，2015年，第243页。

② 龙榆生：《词体之演进》，张晖主编《龙榆生全集》第三卷，上海，上海古籍出版社，2015年，第110～111页。

③ 龙榆生：《研究词学之商榷》，张晖主编《龙榆生全集》第三卷，上海，上海古籍出版社，2015年，第242页。

睹。吾人不妨于诸家'图谱之学'外,别为'声调之学'。"① 词是音乐语言与文学语言密不可分的艺术形式,纯文本研究不能作为研词的唯一通道,仍需从词的音乐语言入手来探究词的艺术特征。

> 它(按:指词)的长短参差的句法和错综变化的韵律,是经过音乐的陶冶,而和作者起伏变化的感情相适应的。一调有一调的声情,在句法和韵位上构成一个统一体……我们要了解词的艺术特征,仍得向它的声律上去体会,得向各个不同曲调的结构上去体会。②

从这段表述可知,龙榆生提出的"声调之学",核心原理是通过解剖富有音乐性的词的内部组织来复通词的"声情"。使用"复通术"进行词学鉴赏并不能真的让人们听到古乐,而是在想象中感受词的声音与情貌,稍加领会以得"弦外之音"③。在词乐已失的情况下,这种推论方式具有一定的科学性与想象力。

龙榆生不通音律,尝言"余喜研究唐宋歌词,辄以不通乐律为恨"④。或许因为这个,在研词的 30 多年间,他用力最勤的领域便是"声调之学"。在上溯求索词之"声情"后,他利用研究成果培育词的新"声情",即创制"新体乐歌"。探索声调之学、创制新体乐歌可以说是龙榆生古为今用、复兴词学和实现文以载道理想的开拓之举。

在龙榆生的词学研究体系中,图谱之学、词乐之学与词韵之学是对词的音乐本体特征的研究。他认为,自宋张炎《词源》始,"词乃成为专门之学"⑤。"专门之学"研究的主要内容是格律、音乐、用韵,分别

---

① 龙榆生:《研究词学之商榷》,张晖主编《龙榆生全集》第三卷,上海,上海古籍出版社,2015 年,第 243 页。
② 龙榆生:《谈谈词的艺术特征》,张晖主编《龙榆生全集》第三卷,上海,上海古籍出版社,2015 年,第 631 页。
③ 龙榆生:《研究词学之商榷》,张晖主编《龙榆生全集》第三卷,上海,上海古籍出版社,2015 年,第 243 页。
④ 龙榆生:《从旧体歌词之声韵组织推测新体乐歌应取之途径》,张晖主编《龙榆生全集》第三卷,上海,上海古籍出版社,2015 年,第 228 页。
⑤ 龙榆生:《研究词学之商榷》,张晖主编《龙榆生全集》第三卷,上海,上海古籍出版社,2015 年,第 241 页。

对应"图谱之学""词乐之学"与"词韵之学"。他以对上述三领域的探求为始，创造性地衍生出"声调之学"。其所倡"声调之学"理论可从"图谱之学""词乐之学"与"词韵之学"溯源，综合后"三学"之精要，并在当时实验性地推出新体乐歌践行这一理论，最终共同构成"倚声学"的理论基础。因此，龙榆生在"图谱之学""词乐之学"与"词韵之学"领域的研究规模亦宏。

龙榆生在主编《词学季刊》期间刊发了一系列民国词学家论述声律之学、词韵之学的文章，比较重要的有：龙榆生的《选词与选调》《晚近词风之转变》，陈能群的《填词句读与平仄格式》《诗律与词律》《词用平仄四声要诀》《辟方音说》，夏敬观的《词律拾遗补》《词律拾遗再补》《词调索引》《戈顺卿词林正韵纠正》，吴眉孙的《与夏瞿禅书》《致夏瞿禅书》《与友人论填词四声书》《宋词阳上作去辨》《四声说》《与张孟劬先生论四声第一通》《与张孟劬先生论四声第二通》，冒广生的《倾杯考》《东鳞西爪录》，张尔田的《与龙榆生论四声书》，施则敬的《与龙榆生论四声书》，俞陛云的《花犯四声之比勘》等。上述关于平仄四声的文章在发表后形成重要的词学争论，即1940年前后发生在午社的"四声之争"。除此之外，夏敬观的《词律拾遗补》《词律拾遗再补》亦有重要的词学文献学价值，他共补词调四十五种，词体一百二十体。

在创办《同声月刊》时，龙榆生更为重视文本与音乐的关系，他着力推出了一批论述词乐之学的文章，比如高齐贤的《乐史零缣》，赵尊岳的《歌词臆说》《玉田生讴曲旨要详解》《读乐学轨范札记》，陈能群的《词用平仄四声要诀》《诗律与词律》《论曲犯》《论禸指声》《论四清声寄煞》《论宋大曲与小唱之不同》《论燕乐四声二十八调》《论月律》，夏敬观的《论古乐音阶与今乐音阶之比例》《论九宫大成谱》《宋法曲大曲索隐》，冒广生的《宋曲章句》，钱万选的《宫调辨歧》《姜夔鬲溪梅令曲谱说明》（并录钱万选译此曲谱），刘云翔的《吴歌与词》，等等。词是音乐与文字相结合的韵文，在不被管弦的民国词坛，龙榆生组织发表大量研究词律、词韵、词谱的文章，推进了词乐之学研究的规模化与系统化。

第一节 核心理论：声情相谐的五大范式

龙榆生"声调之学"的研究历经30年。

第一阶段：为创制新体乐歌而研究词的"声韵组织"，从"声""词""情"三方面填词创作。这一阶段的主要理论文章是《从旧体歌词之声韵组织推测新体乐歌应取之途径》（1932年）。

为创制"新体乐歌"的歌词探求写作路径，龙榆生从"声韵组织"开始了对词韵之学与词乐之学的研究。此文明确提出倚声制词要使词之本体适配于表达情绪——龙榆生名之为"表情"。词何以"表情"？他提出从"声""词""情"三方面综合考量（见表1-1）——龙榆生名之为"三条件"。此三条件"明于声韵配合之理，进而错综变化，以成创格"[①]。

表1-1 "表情"三条件

条件	含义	路径逻辑	效果
声	声调	运用四声平仄实现轻重相权，徐疾相应[②]	和谐美听
词	句度	运用长短相间实现与情感的缓急相应[③]	富于音乐性[④]
情	押韵	运用四声韵部表现悲欢离合、激壮温柔种种不同情绪[⑤]	恰称词情

龙榆生的想法是，通过"声""词""情"三要素之合力填出"创格"之词，这为在词乐已失的情况下如何填出高水平的词指出路径，

[①] 龙榆生：《从旧体歌词之声韵组织推测新体乐歌应取之途径》，张晖主编《龙榆生全集》第三卷，上海，上海古籍出版社，2015年，第240页。

[②] 龙榆生：《从旧体歌词之声韵组织推测新体乐歌应取之途径》，张晖主编《龙榆生全集》第三卷，上海，上海古籍出版社，2015年，第239页。

[③] 龙榆生：《从旧体歌词之声韵组织推测新体乐歌应取之途径》，张晖主编《龙榆生全集》第三卷，上海，上海古籍出版社，2015年，第240页。

[④] 龙榆生：《从旧体歌词之声韵组织推测新体乐歌应取之途径》，张晖主编《龙榆生全集》第三卷，上海，上海古籍出版社，2015年，第229页。

[⑤] 龙榆生：《从旧体歌词之声韵组织推测新体乐歌应取之途径》，张晖主编《龙榆生全集》第三卷，上海，上海古籍出版社，2015年，第240页。

即"不受曲调之束缚,可以自由抒写"①。他认为,这条路径可用于依曲牌填词,亦可用于创制"新体乐歌"的歌词。如此一来,音乐家在为"新体乐歌"配曲时便"可免除诘屈聱牙之病",歌词之本体也具备表情的各种条件。

第二阶段:回归传统词学研究本体上来,正式提出"声调之学"。龙榆生在1934年撰写的《研究词学之商榷》中将"声调之学"与"批评之学""目录之学"分开而论,显示其已在词学研究的整体研究中专事"声调之学"。这一转向意味着,龙榆生这一时期的研究较第一阶段更精密。

提出词情与表情不相应的问题。以秦观、黄公度的《千秋岁》和李煜、谢逸的《浪淘沙》为例,龙榆生指出,同一词牌可以表达截然相反的情感。造成这种现象的原因是,黄公度、谢逸等不通音律的文人在填词时不择腔调,仅以句度长短为填词准则,率意而为,所填之词看似完整、无误,但失去词牌本应有的"弦外之音",不能准确地表达曲情。他通过比较分析的方法厘清了仅依曲牌填词之误,而这种填词思路误导后人已逾千年。

探求依谱填词的准则。龙榆生着手研究的第一步是溯本求源,"取号称知音识曲之作家"中"曲调之最初作品"②;第二步分析"句度之参差长短""语调之疾徐轻重""叶韵之疏密清浊"③ 三个方面的关系,以"推求其复杂关系,从文字上领会其声情"④;第三步是罗列、比对"同一曲调之词,加以排比归纳"⑤,以此推测词牌应表达的原始曲情。

至此,龙榆生已经明确"声调之学"研究的主体和标准,拟从"曲调之最初作品"——选调、"句度之参差长短"——句度长短、"语

---

① 龙榆生:《从旧体歌词之声韵组织推测新体乐歌应取之途径》,张晖主编《龙榆生全集》第三卷,上海,上海古籍出版社,2015年,第240页。
② 龙榆生:《研究词学之商榷》,张晖主编《龙榆生全集》第三卷,上海,上海古籍出版社,2015年,第244页。
③ 龙榆生:《研究词学之商榷》,张晖主编《龙榆生全集》第三卷,上海,上海古籍出版社,2015年,第244页。
④ 龙榆生:《研究词学之商榷》,张晖主编《龙榆生全集》第三卷,上海,上海古籍出版社,2015年,第245页。
⑤ 龙榆生:《研究词学之商榷》,张晖主编《龙榆生全集》第三卷,上海,上海古籍出版社,2015年,第245页。

调之疾徐轻重"——选韵、"叶韵之疏密清浊"——韵位疏密和平仄四声入手,推求此五者之间的关系。龙榆生所用的研究方法主要是溯本求源法和案例比较法,理论框架渐趋完善,且兼具实践性,能为无乐填词所用。

第三阶段:构建"倚声学"(惜未成书)。"填词既为倚声之学"①。在理论上,龙榆生运用"声调之学"的原理破解"声情"相谐之密码,分析作品、导学推广;在实践中,运用"声调之学"的原理复通词的"声情",进而填词创作,谱制新体乐歌。

1937年,龙榆生撰写《倚声学》,此后相继发表《令词之声韵组成》《选词与选调》等与"声情"相关的研究成果,理论渐趋完善。中华人民共和国成立后,龙榆生撰写了《词曲概论》(1959年),在为上海戏剧学院承办的研究班学生讲授词学时撰写了《词学十讲》(1962年)、《唐宋词格律》(1962年)。此三部讲义是其精研"声调之学"后的重要著作。尤其是《词曲概论》下篇"论法式"六章,有五章论词之"声情":"论平仄四声在词曲结构上的安排和作用""韵位疏密与表情的关系""韵位的平仄转换与表情的关系""宋词长调的结构和声韵安排""试论用入声和上去声的长调"。

从词学研究体系而言,《唐宋词格律》属图谱之学②,但龙榆生编写时除了对各种词牌考镜源流(考索调名、题解、宫调流变,列举例词)、严标平仄和用韵、区分定格与变格外,还加入了"声情"标准。《凡例》称:"每一词牌,皆说明来历及所属宫调,间或指出适宜表达何种情感。其无从查考或可泛用者从略。"③ 晚年之作虽未精审④,但《唐宋词格律》的编纂无意之中为"倚声学"补上了最后一个模块——用工具书、模板的形式完善了赏词、填词从理论到实践的导学路径。对

---

① 龙榆生:《词学十讲》,张晖主编《龙榆生全集》第二卷,上海,上海古籍出版社,2015年,第22页。
② 也有学者认为,《唐宋词格律》不是一本词谱,相关内容参见蔡国强《论〈唐宋词格律〉不是词谱》,《中国韵文学刊》2019年第2期,第67~72页。
③ 龙榆生:《唐宋词格律·凡例》,张晖主编《龙榆生全集》第二卷,上海,上海古籍出版社,2015年,第145页。
④ 有学者指出该书的相关错漏,参见姚鹏举《论龙榆生〈唐宋词格律〉的书名、体例与宗旨》(《词学》第45辑)和蔡国强《论〈唐宋词格律〉不是词谱》(《中国韵文学刊》2019年第2期)。

于"声情"标准的考虑使得这套学词、填词体系更便学、精密,也让"倚声学"的理论更融通、严谨。

龙榆生的"声调之学"并未停留在理论层面,他积极将理论用于实践。他创办了《词学月刊》、《夏声》月刊、《同声月刊》等刊物,发表一系列词学作品,并与优秀音乐家一道创制新体乐歌,其中不乏流传至今的《玫瑰三愿》等脍炙人口的一代名曲。

龙榆生的"声调之学"以"声情"为核心。在对"声调之学"长达30年的探索中,龙榆生将最初从文本出发反推词体音乐结构的设想,具化为探求选调、句度长短、选韵、韵位疏密、四声平仄五者关系,到最终整合为破解声情关系的"法式"。这标志着他的"声学"研究从原理建构的设想层面演进为比较完备而成熟的理论体系,从其撰写《倚声学》的书名来看,或许他还曾希望为这门学科命名为"倚声学"。由此推测,"倚声学"是以声调之学为基础,将图谱之学、词乐之学和词韵之学的原理综合而成的一门学科。

一、论选调与声情之关系

填词定下情绪与基调后,首先要确定词牌名与韵脚。词牌在产生之初,往往对应一种情感,追寻源头能捕捉到词牌所代表的音乐声情,这便是"曲情相应"。"考虑这个词牌所表达的声情与自己所要表达的思想感情能否相应,这就是填词家所谓选调问题"①,龙榆生沿着"节奏和音乐的关系""词牌起源"两条线索研究"选调"。

词牌、曲牌都有特定的节奏,而这些节奏恰恰是音乐表情的体现,即"节拍""调性"。词乐消亡后,有研究者认为,唐宋长短句中的令、引、近、慢依据字数长短分类,如清人毛先舒在《填词名解》中说:"凡填词五十八字以内为小令;自五十九字始,至九十字止为中调;九十一字以外者,俱长调也。此古人定例也。"② 龙榆生否认了这种仅从字面上理解词之节奏的观点,他认为令、引、近、慢的差别,"原来是

---

① 龙榆生:《词曲概论》,张晖主编《龙榆生全集》第一卷,上海,上海古籍出版社,2015年,第385页。
② 〔清〕毛先舒:《填词名解》卷一"红窗迥"条,张璋、职承让、张骅、张博宁编纂《历代词话》(上),郑州,大象出版社,2002年,第828页。

音乐上的关系，而不是单独指篇幅的短长"①。又说，"我疑心就是标明了'慢'字的长调，在一曲之中，也有它的抑扬高下、轻重缓急的不同音节"②。用今天的流行歌曲来理解节奏与音乐情绪的关系亦可通晓明畅，如慢节奏的歌曲适合表现舒缓、哀伤等情绪，而快节奏的歌曲则更适合表达激烈、兴奋等情绪。龙榆生对于词牌名所展现的节奏、节拍的发现，确实是与音乐声情息息相关的。

当时有些填词者拘于四声平仄，而不知词牌源起和词牌所代表的音乐内涵，因此"尽管平仄声韵一点儿不差，但最主要的各个曲调原有的声情却被弄反了，那当然是很难感动人心的"③。由是，龙榆生着手考究部分词牌名之由来，借由此径考察词乐中最基本的喜怒哀乐的情绪。他在研究中发现，滥用词牌、悖逆声情的情况在宋代就已经出现，并以《寿楼春》为例进行说明：此曲牌本为凄调，"而倚声填词者，误用为献寿之作，如此之类，宋人即多有之"④。这是一种望文生义产生的错误，宋人之作已见混淆。

龙榆生将今存词牌的情况分成两大类。

第一类词情清晰，又可分为两种情况：一种情况是虽为古调但词情清晰，如《忆江南》《浣溪沙》通常表现的是温婉的情绪；另一种情况是宋代词家创制的新调，研究者可寻其源头，了解词意，判明声情，如柳永、周邦彦、贺铸、姜夔诸家创调。

第二类是情况未明的流行之调，这种情况就要考述词牌之来源，比较同一词牌不同词作的声情差别，反推词牌的基本意义及混用情况。龙榆生说，"推究其声之所从来，与其声韵组织所以异同之故，依类比勘，以得其情"，"其必不可知者，亦附诸'盖阙'之义可耳"⑤。

---

① 龙榆生：《词曲概论》，张晖主编《龙榆生全集》第一卷，上海，上海古籍出版社，2015年，第383页。
② 龙榆生：《词曲概论》，张晖主编《龙榆生全集》第一卷，上海，上海古籍出版社，2015年，第384页。
③ 龙榆生：《词曲十讲》之第三讲"选调和选韵"，张晖主编《龙榆生全集》第二卷，上海，上海古籍出版社，2015年，第22页。
④ 龙榆生：《填词与选调》，张晖主编《龙榆生全集》第三卷，上海，上海古籍出版社，2015年，第373页。
⑤ 龙榆生：《填词与选调》，张晖主编《龙榆生全集》第三卷，上海，上海古籍出版社，2015年，第374页。

周邦彦《兰陵王》（柳阴直）写的是离情。龙榆生在考述《兰陵王》的词牌名时引《碧鸡漫志》中"兰陵王齐长恭勇冠三军后武士歌咏之"的故事，证此调"属于激壮，尤可推想。激壮之音，流为悲愤，为怨怼，并由不平之气，有以激发之"①。了解《兰陵王》的音乐情绪再来读周邦彦的这首词，便可明确周邦彦要写的是"激越之态"的离情。

龙榆生从程大昌《演繁露》推断《六州歌头》"出于边塞鼓吹曲，而'音调悲壮'，'闻其歌使人慷慨'，尤足以想见此曲之声情"②。了解这个词牌的来源后再读贺铸《六州歌头》（少年侠气），便可理解词之悲壮情绪，还能感受到隐藏其中的感慨激昂与满腔侠义。

"喜怒哀乐"只是简单的情绪，龙榆生结合词牌的相关资料与大家经典之作进行考证、解读，比较准确地参透词作复杂、细腻的情绪。二者互参，较为科学，一方面能考证词牌的原始含义，另一方面也能体悟词作的深层意味，让填词、鉴赏皆有所倚。更重要的是，这种方法还原了词调所代表的音乐本色，亦可引导填词者联想曲调原本的快慢节奏。

二、论选韵与声情之关系

选调是填词的第一步，第二步便是选韵。选调与选韵的契合度最终决定词情与声情的和谐度，龙榆生说："填词选调与声韵配合之理，盖有其不可逾越者在，而其要亦惟词情与声情相称而已。"③ 他在研究选韵后发现，韵部的作用有两个：一是吟诵，二是帮助整首词定下情感基调和情绪走向。龙榆生寄望于探索韵部规律，找出不同韵部所契合的不同词情："韵部关系整个声情的变化，有的适宜表达豪壮激烈情感，有的适宜表达哀怨缠绵情感，非得注意选用，才能恰如其分地把各种不同

---

① 龙榆生：《填词与选调》，张晖主编《龙榆生全集》第三卷，上海，上海古籍出版社，2015年，第377页。
② 龙榆生：《填词与选调》，张晖主编《龙榆生全集》第三卷，上海，上海古籍出版社，2015年，第377页。
③ 龙榆生：《填词与选调》，张晖主编《龙榆生全集》第三卷，上海，上海古籍出版社，2015年，第378页。

情感充分表达出来，这就是填词家所谓选韵问题。"①

选韵的基本规律是什么呢？龙榆生曾有总结："四声韵部，性质各异，大抵入声韵宜抒凄壮激烈，或幽洁险峻之情，上、去声韵宜抒缠绵往复，或清新婉丽之情，平声韵其音最长……至词之协韵，例以平、入独用，上、去合用，曲则四声通协。"②龙榆生的选韵研究是以四声平仄为基础，既分别圈定平、上、去、入各自的功用，又对"平、入"和"上、去"组合运用的情况进行考察。

不仅如此，龙榆生还对平声韵在不同韵部的微妙差别加以细分。"大抵东、钟、江、阳、歌、麻等部，发扬洪亮，宜抒豪壮之情，支、微、齐、灰、寒、删等部，凄清柔靡，宜抒宛曲之情，倚色选声，是在作者之善为审度。"③他以《六州歌头》一调为例，列举贺铸、张孝祥、韩元吉三位词人作品，证明同一词牌下韵部不同的词作传递的声情也不尽相同。同用平韵，贺铸《六州歌头》（少年侠气）用的是"东"部，张孝祥《六州歌头》（长淮望断）改用"庚、青"部，韩元吉《六州歌头》（春风著意）用"齐、微"部。比较之后发现，张孝祥词"虽仍骏发踔厉，不失为悲壮激烈之音，然以较之贺词，已稍不逮"，韩元吉词则"萎而不振，非复激壮之音矣"④。龙榆生解剖的案例非常典型，这种方法可举一反三，比如剖析声韵变化与词作内容的关系，也适用于分析柳永、周邦彦、姜夔等词家创制的新调与后人填词换韵所作之异同。在分析换韵的情况时，龙榆生推衍出决定声情的是主韵，副韵对于声情的表现意义不大。"在唐宋间所有曲调，有既叶平韵，又叶仄韵者，显有主副之别，其副韵为使者音节繁变，增益声情之美，于调节情感，较少关系。"⑤

---

① 龙榆生：《词曲概论》，张晖主编《龙榆生全集》第一卷，上海，上海古籍出版社，2015 年，第 385 页。
② 龙榆生：《创制新体乐歌之途径》，张晖主编《龙榆生全集》第三卷，上海，上海古籍出版社，2015 年，第 531 页。
③ 龙榆生：《创制新体乐歌之途径》，张晖主编《龙榆生全集》第三卷，上海，上海古籍出版社，2015 年，第 531 页。
④ 龙榆生：《填词与选调》，张晖主编《龙榆生全集》第三卷，上海，上海古籍出版社，2015 年，第 378 页。
⑤ 龙榆生：《令词之声韵组织》，张晖主编《龙榆生全集》第三卷，上海，上海古籍出版社，2015 年，第 371 页。

语言是动态变化的，龙榆生曾考虑重新制定一套韵部表，以适应当时的语言环境，不过从现有材料来看，这项工作并未完成。

三、论韵位疏密与声情之关系

在探求四声平仄和韵部规律后，龙榆生进一步发掘韵位疏密与调节情感的关系。韵位疏密与声情之关系的大致规律是"韵位过密的，例宜表达激切紧促的思想感情""韵位均调的，例宜表达低回掩抑的凄婉情调"①。在此基础上，龙榆生细分韵位疏密在令词、长调中所展现的不同规律。

令词从近体诗演变而来，因此韵位关系比较简单，分为句句押韵和隔句押韵两种情况："句句叶韵者，其情绪之转变，为较急促；隔句叶韵者，乃较缓和"②。长调稍显复杂。和婉的声情，韵位通常相距不远，"大多数是隔句一协或三句一协"，"还有的开端连协，接着隔句一协，仿佛五、七言近体诗押韵方式"③。韵位相隔太远的，"如《沁园春》上下阕都有四句成一片段，句末收音有谐有拗，构成一种庄严整肃气象，是最适宜于铺张排比，显示雍容博大器宇的"；"韵位相隔过远，要靠善于换气才能掌握它的音节态度，用来表达缠绵委婉而又紧张迫促的心情"④，如秦观《八六子》（倚危亭）。

以上规律适用于解读大部分词作。一般来说，隔句押韵的现象在词作中最为常见。均匀押韵，词作显得谐婉。句句押韵者亦有，如贺铸《六州歌头》（少年侠气），读来豪迈而急迫，这便是韵位较密。龙榆生用这种方法分析冯延巳的《谒金门》（风乍起），自有其独到的体悟："全阕句句押韵，一句一换一个意思，步步逼紧，不是充分活衬出一个

---

① 龙榆生：《词学十讲》之第五讲"论韵位安排与表情关系"，张晖主编《龙榆生全集》第二卷，上海，上海古籍出版社，2015年，第50页。
② 龙榆生：《令词之声韵组织》，张晖主编《龙榆生全集》第三卷，上海，上海古籍出版社，2015年，第371页。
③ 龙榆生：《词学十讲》之第五讲"论韵位安排与表情关系"，张晖主编《龙榆生全集》第二卷，上海，上海古籍出版社，2015年，第53～54页。
④ 龙榆生：《词学十讲》之第五讲"论韵位安排与表情关系"，张晖主编《龙榆生全集》第二卷，上海，上海古籍出版社，2015年，第56～57页。

伤春少妇的迫切心情来了吗?"① 他找出韵位安放的规律，以此分析词作，帮助赏词者理解作者勾勒的画面和质感，尽力弥补词作的无音之憾。

四、论平仄四声与声情之关系

选好韵部后，还需要合理运用平仄字。四声清浊与音谱关系密切，排好平仄一则利于吟诵，也便歌，"吻合声腔，不致拗嗓"②；二则龙榆生发现，"平仄配合，与协韵差别，皆能影响于表情"③。在平仄四声的研究中，他尤为关注领字和落脚字的用法、平仄递转的现象。

领字是一句之首，龙榆生比较柳永《八声甘州》、周邦彦《忆旧游》、姜夔《眉妩》等词发现，领字起到"领起下文、顶住上文的特等任务"。在长调慢曲中，领字是"转筋换骨的关纽所在，必须使用激厉劲远的去声字，才能担当得起"④。在小令中，"凡四字相连作'平平仄平'的句子，其第三字都该用去声字，才能把音调激起"⑤。

龙榆生对词之豪放一派甚为关注。他指出，这一类词之所以能在和谐中见拗怒，关键在于落脚字均用仄声。"和谐中见拗怒"的声情"使人感到峭拔劲挺，显示一种凛然不可侵犯的颜色，所以许多豪放作家都爱使用"⑥，如"三十功名尘与土，八千里路云和月"（岳飞），"琴里新声风响佩，笔端醉墨鸦栖壁"（辛弃疾），"铁马晓嘶营壁冷，楼船夜渡风涛急"（刘克庄）。龙榆生结合领字与落脚字的用法，揭示豪放词斑斓外表所指向的平仄使用密码，发现词之声情在不同表象下的潜在

---

① 龙榆生：《词学十讲》之第五讲"论韵位安排与表情关系"，张晖主编《龙榆生全集》第二卷，上海，上海古籍出版社，2015年，第51页。
② 龙榆生：《词学十讲》之第八讲"论四声阴阳"，张晖主编《龙榆生全集》第二卷，上海，上海古籍出版社，2015年，第105页。
③ 龙榆生：《填词与选调》，张晖主编《龙榆生全集》第三卷，上海，上海古籍出版社，2015年，第381页。
④ 龙榆生：《词学十讲》之第八讲"论四声阴阳"，张晖主编《龙榆生全集》第二卷，上海，上海古籍出版社，2015年，第106页。
⑤ 龙榆生：《词学十讲》之第八讲"论四声阴阳"，张晖主编《龙榆生全集》第二卷，上海，上海古籍出版社，2015年，第112页。
⑥ 龙榆生：《词学十讲》之第六讲"论对偶"，张晖主编《龙榆生全集》第二卷，上海，上海古籍出版社，2015年，第73页。

规律。

字句平仄安排有规律可循,但平仄递转的现象鲜有人注意。《菩萨蛮》和《虞美人》,下阕四换韵,两句一换。龙榆生分析道:"(《菩萨蛮》)的韵位安排,虽然在整体上看来,相当匀称,但两句一转,句句押韵,便表现为繁音促节,先短叹后长吁。"① 晚年,在《词曲概论》的编写过程中,他更加细密地思考这种现象,总结出 14 种情况:①上片仄韵,下片换平韵(韦庄《清平乐》例);②单调小令平换仄(欧阳炯《南乡子》例);③上下片平仄四换的四种形式(李白《菩萨蛮》例、顾敻《醉公子》例、李煜《虞美人》例、韦庄《荷叶怀》例);④去平入三转兼两叠一倒(韦应物《调笑令》例);⑤平仄四转,下片增一韵位(温庭筠《更漏子》例);⑥上入去入四转兼两个三叠(陆游《钗头凤》例);⑦平仄四转兼夹协(李珣《河传》例);⑧平仄四转,不兼夹协(温庭筠《河传》例);⑨去入评三转兼夹协和抛线(孙光宪《酒泉子》例、温庭筠《酒泉子》例);⑩平仄转夹协兼抛线(温庭筠《定西番》例);⑪平仄递转,仄多于平(温庭筠《蕃女怨》例);⑫平、仄韵同部互协(辛弃疾《西江月》例);⑬以入作平(贺铸《忆秦娥》例);⑭隔句同韵脚(黄庭坚《阮郎归》例)。这 14 种情况不是四声平仄的简单组合,而是四声与韵位结合后生发的错综复杂又丰富多姿的变化。龙榆生的总结为初学者揭示了填词方法,也说明合理安放平仄字有利于歌者转喉、听者悦耳,最终准确地表达作者的情绪。

五、论句度长短与声情之关系

词在形式上表现为长短句,看似自由的句式在韵位与平仄上都有限制,词牌的句式与韵位是在与音乐相配合的基础上,根据"奇偶相生、轻重相权"的八字法则变化而成。"歌词是一种最为简炼又富于音乐性的文学形式,所以它更得讲究结构精密。"② 在龙榆生看来,十几字、几十字甚至上百字的词,不论字数多寡,均是一篇可以唱的文章。既如

---

① 龙榆生:《词学十讲》之第五讲"论韵位安排与表情关系",张晖主编《龙榆生全集》第二卷,上海,上海古籍出版社,2015 年,第 51 页。
② 龙榆生:《词学十讲》之第七讲"论结构",张晖主编《龙榆生全集》第二卷,上海,上海古籍出版社,2015 年,第 80 页。

此，词之长短搭配、宅句安章也与音乐之间有着紧密的关系，这也是解剖词之"声情"的方向之一。

在词之长短搭配上，龙榆生注重研究领字和落脚字在句子中的关系。"一般说来，每一歌词的句式安排，在音节上总不出和谐与拗怒两种。而这种调节关系，有表现在整阕每个句子中间的，有表现在每个句子的落脚字的。表现在整体结构上的，首先要看它在句式奇偶和句度长短方面怎样配置，其次就看它对每个句末的字调怎样安排，从这上面显示语气的急促与舒徐，声情的激越与和婉。"①

在宅句安章上，龙榆生引刘勰《文心雕龙》中论结构的重要关目《章句》和《熔裁》来分析词："虽则他（指刘勰）在这里所说的，可能是指的一般长篇大论，与写精炼的诗歌有所不同，但开首得把所要描述的情态概括地揭示出来，取得牢笼全体的姿势；中间又得腰腹饱满，开阖变化，无懈可击；末后加以总结，收摄全神，完成整体。"② 刘勰所论是针对文章头、腹、尾的安排，慢曲长调相当于一篇文章，故刘勰的理论也适用于慢曲长调的排章布局。龙榆生用这种方法重点分析辛弃疾的多首豪放词，帮助读者理解一首词如何通过结构的起承转合实现表达复杂情感的目的。归结来看，龙榆生论词之谋篇布局，依然是与"声情"相关，而这种"声情"更关乎境界，能让读者跳出词所描写的前景后情，于语言文字之外观其毕出之意态。

综上所述，龙榆生从选调、句度长短、选韵、韵位疏密和平仄四声五个方面综合论述"声情"原理，这五个方面紧密联系、相互渗入。词之外部特征与内部组织属于形式范畴，词牌、曲目固然是既定的，但字、词、句之不同组合让同一词牌下的内容展现不同之面目，正如叶纯之、蒋一民在《音乐美学导论》中所说："每一部作品的形式也是不可能一样的。即使其采用的曲式相同，其中也存在有千变万化的不同细节。"③ 1941 年，在第二篇《填词与选调》（第一篇作于 1937 年）中，龙榆生明确了"声调之学"研究思路："予尝欲取所有词调，一一考求

---

① 龙榆生：《词学十讲》之第七讲"论句度长短与表情关系"，张晖主编《龙榆生全集》第二卷，上海，上海古籍出版社，2015 年，第 32 页。
② 龙榆生：《词学十讲》之第七讲"论结构"，张晖主编《龙榆生全集》第二卷，上海，上海古籍出版社，2015 年，第 82 页。
③ 叶纯之、蒋一民：《音乐美学导论》，北京，北京大学出版社，1988 年，第 130 页。

其声曲之所从来,其不可考者,则取最先所填之词,细玩其音节态度,某调宜写何种情感,再就句度之长短、字音之轻重,以及协韵疏密变化之故,与表情方面之关系如何,纂为专书,区分若干门类,俾学者粗知声韵之妙用,何种形式,适于表现何种情感,庶几倚声填词者,不致再蹈沈氏(按:谓沈括)所讥之失。"①"纂为专书,区分若干门类",这说明龙榆生已经建立"倚声学"的框架:首先,考索所有词调曲目之起源;其次,分析选调、句度长短、选韵、韵位疏密和平仄四声与声情之关系,这在《词曲概论》中已形成体系;再次,区分若干门类供填词者作词时使用。中华人民共和国成立后,龙榆生编写了《唐宋词格律》,这本类似于填词"指南""手册"的工具书,也许便是龙榆生所指的"专书"。

从单个字到对偶,从句式到结构,龙榆生从词的组织入手,做了渗透式分析。他全方位解构词之形式与内容的关系,揭示了词乐背后的"声情"原理,这是其"声调之学"的核心思路。龙榆生的这套理论对于鉴赏、填词有指导意义,但是若要复通"声情"中的"声",还原词的音乐性特征,却也还是隔靴搔痒。龙榆生的"声调之学"为当时的词学研究提供了新思路,即在词乐消亡的状况下,从词之本体性出发,找出同一曲目的共同规律和作品的不同个性,进而挖掘作品的独特美学特征。

第二节　新体乐歌：变革词体的治世之音

1915年,以胡适、陈独秀、鲁迅、钱玄同等为代表人物的新文化运动全面展开,在文学领域也产生了极大的震动。文言文语境中的传统诗词,不可避免地受到这股文学运动的冲击。文学运动对于"词"这种文体的改革或者说改造,一触即发。

率先对雅言词进行白话改造的主将之一是胡适。他在《致钱玄同》

---

① 沈括的《梦溪笔谈》说:"哀声而歌乐词,乐声而歌怨词,故虽语切,而不能感动人情,由声与意不相谐故也。"此为龙榆生所指"沈氏之讥"。参见龙榆生《填词与选调》,张晖主编《龙榆生全集》第三卷,上海,上海古籍出版社,2015年,第430～431页。

中指出，在文体的变革中，诗变为词是为了寻求接近自然说话的方式，也更靠近表达的自然，"故词与诗之别，并不在一可歌而一不可歌，乃在一近言语之自然而一不近言语之自然也"。复言，"词之好处，在于调多体多，可以自由选择。工词者，相题而择调，并无不自由也"①。在《词选》中，胡适大量选取白话词以证白话文运动的合理性，这是站在文学革命的立场上选取了服务于"白话文"运动的"样本"。这种在文学革命背景下对词的体认，不可避免地造成选词标准的片面性，因为白话词的特色只是多元词风中的一部分，不能代表词史发展的主线，以偏概全的选词标准将使读者造成认知偏差。这种选词标准与胡适治词的目的相关，"胡适的词学研究，同他的诗学研究、小说研究、戏曲研究一样，都是为了适应当时'文学革命'之需要，都是中国新文化建设的一个重要组成部分"②。胡适也没有否认《词选》带有浓厚的主观色彩，"我深信，凡是文学的选本都应该表现选家个人的见解"③。又说，"我是一个有历史癖的人，所以我的《词选》就代表我对于词的历史的见解"④。无论是从词之用韵的严谨性，还是从词与诗在内容表达上各有所司的功能性来看，胡适的读词体认和选词标准与传统词学家的思路有较大差异。

来自传统诗词界的龙榆生不赞成胡适对于词之演进的推论，他对《词选》在青年中产生的巨大影响尤其担心，因此1933年撰文《论贺方回词质胡适之先生》，并重新选词，编《唐五代宋词选》，希冀扭转《词选》之影响，让青年学子欣赏词在起源与演进各个阶段的佳作。尽管并不认同胡适的白话词选词标准，但龙榆生敏锐地看到，词学内部的变革势在必行。

这种"势"是词学内部环境之势。龙榆生说："居今日而学词，竞巧于一字一句之间，已属微末不足道。乃必托于守律，以求所谓'至乐之一境'，则非生值小康、无虞冻馁之士，孰能有此逸兴闲情耶？且自乐谱散亡，词之合律与否，乌从而正之？居今日而言词，充其量仍为

---

① 胡适：《致钱玄同》，杨传庆编著《词学书札萃编》，天津，南开大学出版社，2015年，第382页。
② 曾大兴：《20世纪词学名家研究》，北京，中华书局，2011年，第26页。
③ 胡适：《词选》，北京，中华书局，2007年，"序"第1页。
④ 胡适：《词选》，北京，中华书局，2007年，"序"第2页。

'句读不葺之诗'。"① 从内容与意格上看，词发展至清季已呈现衰落垂暮之象。从声律上看，词乐失传，即使墨守四声也无法付之歌喉，再加上国语的推行，南音北曲难以契合。

这种"势"也是词学所面临的外部环境之势。一是内忧外患，靡靡之音已经不适合时代的需求，亟须能歌之词来鼓舞士气。"吾辈为适应时代需要而创作新歌，为适应社会民众需要而创作新歌，将一洗以前奄奄不振之气，融合古今中外之特长，藉收声词合一之效，以表现泱泱大国之风。"② 二是旧体诗词逐渐退出主流文学圈，新文化运动下诞生了不少在他看来是"聒耳淫哇"的作品，他认为亟须创制一批高水平的词乐以重现传统文化的价值。龙榆生视此为使命，在国立音乐院成立五周年时填《清平乐》，词云：

雅音寥落，聒耳淫哇作。韶濩如今欣有托。乍响瑶天笙鹤。

曾闻法曲霓裳，创声原自西凉。何物能销兵气，汉家日月重光。③

在这首词中，龙榆生展现了对传统文化的自信。唐代《霓裳羽衣曲》是法曲中的代表，其音乐亦传自西域，"韶濩"这种雅正的古乐在今日也将会被发扬光大。他甚至希冀所创新乐声能够带来和平，人们不再兵戎相向，国运随之昌隆，这是龙榆生"诗教复兴"之宏愿，亦是传统文化中"乐与政通"的反映。

在这样的背景下，龙榆生与其他优秀的音乐家，合作谱写了一批词作，名为"新体乐歌"。从旧体词变革而来的新体乐歌是治世之音，承载着他对政通人和、复兴文化、安民厚道、和平和睦的理想。世事纷扰，对这份理想，龙榆生毕生孜孜以求，从未放下。

---

① 龙榆生：《今日学词应取之途径》，张晖主编《龙榆生全集》第三卷，上海，上海古籍出版社，2015 年，299 页。
② 萧友梅、龙榆生：《歌社成立宣言》，张晖主编《龙榆生全集》第九卷，上海，上海古籍出版社，2015 年，218 页。
③ 龙榆生：《清平乐·国立音乐专科学校五周年纪念祝词》，张晖主编《龙榆生全集》第四卷，上海古籍出版社，2015 年，第 89 页。

一、创"体"理想：由"词"而"歌"配乐演唱

新文化运动和外来文化的冲击不断蚕食着传统"词学"的生态环境，传统词学面临一退再退继而成为一座孤岛的危险。"一代有一代之文学"，词学家们也意识到要推动词之发展，不能再一成不变。但如何变？各家主张不同。

夏承焘察唐宋词之字、声变化，认为词一直处于动态变化发展的状态，不断在合理的范围内突破四声的限制，他力主今日改造词体当严守"不破词体""不诬词体"① 的原则。夏承焘之意，既为"词"，则当守护这两个基本准则，否则便是另外一种文体。

另外一种"文体"，在胡适看来，是"新诗"："打破五言七言的诗体，并且推翻词调曲谱的种种束缚；不拘格律，不拘平仄，不拘长短；有什么题目，做什么诗；诗该怎样做，就怎样做。"② 胡适提倡的"新诗"依然只是文本改造，没有融入音乐语言。

在叶恭绰、龙榆生等人的理念中，这种新文体是"歌"。最早命名为"歌"的可能是龙榆生在创制新体乐歌时的支持者——萧友梅，他与龙榆生、叶恭绰同为"歌社"重要成员。龙榆生的《乐坛怀旧录》提及"歌"的由来："他（萧友梅）认为在中国文学史上，所有歌诗的体裁，是随着音乐为变化的。宋是'词'的时代，元明是'曲'的时代，现在应运而起的，应该另外换上一个面目了，我们不妨名之曰'歌'，来表示这一个新兴诗体。"③

叶恭绰对于新体乐歌的形貌有具体的阐发：

> 鄙人的意见，常希望继元曲之后应创造一种新的产物。在音乐前提未决定以前，亦可假定这个产物的体裁：（一）一定要长短句；（二）一定要有韵脚，因为要适合歌唱的原因，故需用韵脚，

---

① 参见夏承焘《夏承焘集》第二册，杭州，浙江古籍出版社、浙江教育出版社，1997年，第81～82页。
② 胡适：《胡适古典文学研究论集》，上海，上海古籍出版社，2013年，第422页。
③ 龙榆生：《乐坛怀旧录》，张晖主编《龙榆生全集》第九卷，上海，上海古籍出版社，2015年，第343页。

韵脚不必一定根据清的诗韵；（三）不拘白话、文言，但一定要能合音乐。如此，经音乐家与文学家合作努力、相辅而行，这个希望不难可以实现。这就是用文学之优点以激发新音乐，以音乐之优点以激发新文学。倘若将来产生了这样的一个产物，我们可以给它一个名字，叫做"歌"。①

叶恭绰指出新体乐歌的三个特点：①形式上是长短句；②文学语言的要求是吸收旧体诗词之长，在声律中合韵、合律；③音乐语言的要求是能配乐演唱。彭玉平认为，叶恭绰对"乐"的重视是"基于中国韵文历来有合乐的传统"："这种'用文学之优点以激发新音乐，以音乐之优点以激发新文学'的设想不仅合乎已有的文学发展历史，也符合文学的自身特性。"②

龙榆生与叶恭绰的方向是一致的，他尤为强调这种"新的产物"的音乐特征，在《创制新体乐歌之途径》中开篇即言："或因旧词以作新声，或倚新声以变旧体。"③"新声"是龙榆生认为新体乐歌区别于其他文体的最关键之处，也是变体的重要特征。在"新体乐歌"的创制中，音乐语言是最先确定的，它是由音乐家打造的全新的音乐形式。

在文学语言方面，龙榆生如何考虑是"因旧词"还是"变旧体"？在"与作曲诸君数度讨论"之后，他接受了学自西方的音乐家们的观点，即套用词牌的旧体诗词格式不适于今日之新曲。龙榆生从形式和内容两方面论证"因旧词"的不合理性。

在形式上，四言、五言、七言这三种格式的旧体诗歌"格式过于方板"，如果谱曲，"无论如何计划，不能作出新式节奏"，"节奏既无变化，曲必失之单调"④。从内容上看，旧体诗词也存在很大的限制：①受词牌约束，容易造成牵强堆砌的问题；②旧体诗词表现的主体思想

---

① 叶恭绰：《遐庵汇稿》下编，《民国丛书》第二编，上海，上海书店据1946年版影印，第153～154页。
② 彭玉平：《中国分体文学学史·词学卷》（下）第二十章"叶恭绰的清词研究与新体乐歌之观念"，太原，山西教育出版社，2013年，第442页。
③ 龙榆生：《创制新体乐歌之途径》，张晖主编《龙榆生全集》第三卷，上海，上海古籍出版社，2015年，第513页。
④ 萧友梅、龙榆生：《歌社成立宣言》，张晖主编《龙榆生全集》第九卷，上海，上海古籍出版社，2015年，第216～217页。

与当下所需要展现的内容不匹配,"旧诗词家之表情,往往偏于自抒胸臆,致多怨、恨、忧、愁、牢骚、悲哀,或阳为旷达,实则悲观消极之语,不期然而养成萎靡不振之风气,故皆不宜采作今日学校及社会歌材之用"①;③旧体诗词的用语、用法与新时代的表达方式脱离,"旧体诗词,以时世之变易,每多不合潮流之思想,不合国体之语句,与不合近代社会之称谓"②。因此,龙榆生的想法是"变旧体",突破曲牌词牌原有之束缚,用全新的长短句法式创制新体乐歌的文学语言。近体诗过渡为词,本质上是围绕音乐的变化而突破了文字在形式上的掣肘。龙榆生由"词"到"歌"的设想最初也是源于音乐的创新,进而发展为文学语言在形式上的变化,故从文学体式发展的规律来看,关于新体乐歌体裁的设想是行进于合理的轨道中的。

在传统词家对词的改革中,龙榆生是最彻底的。在《诗教复兴论》中,龙榆生直言:"欲其入人之深,流播之广,则终不如别创适合今乐之新体,收效尤弘耳。"③ 他在论证以复古为本之路走不通之后,果断地摈弃与时代脱节的旧词④,转而与萧友梅等音乐家创造一种新的词体——歌。

二、理论建构:"古"不照搬,"外"不直套

龙榆生主张的"新曲新词"本质上是破"体",这是新"歌"体的形态。值得注意的是,龙榆生将"新体乐歌"与新文化运动背景下产生的"新诗歌"划清界限。"反观最近十年来之新诗,其不宜播于乐章。"他认为"新诗歌"是难以配乐的,原因是新诗歌有四个缺点:

---

① 萧友梅、龙榆生:《歌社成立宣言》,张晖主编《龙榆生全集》第九卷,上海,上海古籍出版社,2015年,第218页。

② 萧友梅、龙榆生:《歌社成立宣言》,张晖主编《龙榆生全集》第九卷,上海,上海古籍出版社,2015年,第218页。

③ 龙榆生:《诗教复兴论》,张晖主编《龙榆生全集》第三卷,上海,上海古籍出版社,2015年,第427页。

④ 龙榆生认为,以旧词救国是"药不对症":不能"改造国民情调,易俗移风",不能"一洗以前奄奄不振之气",不能"表现泱泱大国之风"。参见萧友梅、龙榆生《歌社成立宣言》,张晖主编《龙榆生全集》第九卷,上海,上海古籍出版社,2015年,第218页。

(1) 章法欠整齐。

(2) 缺乏韵脚与音节之协调。

(3) 直译欧美新诗,词句冗长,文化过于欧化,常令人读来不得要领。

(4) 诗意有时过于浅薄,或本位浅语,而故作神秘,令人索解无从。①

如果说旧词的"三不合"是"药不对症",那么有"四个缺点"的新诗歌则是输在外来文化的水土不服上。事实上,龙榆生对欧化的诗歌很反感,在《诗教复兴论》中他批评道:"若乃醉心欧化,而忘其自身为华夏之人,不察中国语言文字之特点,不究风骚以降,乃至词曲之声律调韵,而强以殊方语法,演为钩章棘句,不能上口之白话诗,则'方生方死',无所影响于社会,盖可断言。"②"古"不能照搬,"外"不可直套,但并不意味着不能参考与借鉴。龙榆生希冀新体乐歌能"融合古今中外之特长,藉收声词合一之效"③。对于如何"取长",他设计了一套范式,列明于《歌社成立宣言》。

(一) 歌社宣言,纲张目举

《歌社成立宣言》堪称一份新体乐歌的纲领性文件,从六个方面做了规范:

(1) 宜多作愉快活泼沉雄豪壮之歌,以改造国民情调。

(2) 歌的形式,最好以《诗经·国风》为标准,但句度最宜参差(即长短句),不可一律,亦不宜过长,免致难于歌唱。

(3) 各国民歌之新形式,如上述两段式、三段式等,不妨尽量采用。

---

① 萧友梅、龙榆生:《歌社成立宣言》,张晖主编《龙榆生全集》第九卷,上海,上海古籍出版社,2015年,第218页。

② 龙榆生:《诗教复兴论》,张晖主编《龙榆生全集》第三卷,上海,上海古籍出版社,2015年,第427页。

③ 萧友梅、龙榆生:《歌社成立宣言》,张晖主编《龙榆生全集》第九卷,上海,上海古籍出版社,2015年,第218页。

（4）歌词以浅显易解为主。如万不获已，须引用故实时，请于篇末附注说明，以期唱者一望而了然于其用意之所在。

（5）歌词仍应注重韵律，但不必数章悉同一韵，即每章之内，换韵亦不妨。兼可采用四声通协之法（如东、董、送之类）。

（6）各种新名词均不妨采用。盖既作新歌，即应为现代人而作，不必专为唱与古人听也。

从这六条规范看，龙榆生在新体乐歌的基调、形式、内容、韵律等方面都有具体的设想，这是龙榆生等人参酌古今、兼取中外之后所勾勒的新体乐歌的雏形。新体乐歌的基调"愉快活泼沉雄豪壮"，符合时势所需。形式上为何以《诗经·国风》为标准？"国风"即西周初年至春秋时代华夏诸侯国的乐歌，而且主要是民间乐歌，具备"唱"的传统功能。"国风"有多种段落体式和用韵变化形式，在数量上和体式上为新体乐歌提供了参照。另外，在文字上，新体乐歌呈现出歌词浅显易解、韵律以旧体诗词的用韵为准则的两大特点。

依照六条规范，龙榆生先行实践。1931年3月，他在音乐学院的校刊《音》第十二期署名"龙七作歌"，发表一系列新体乐歌，有《好春光》《眠歌》《赶快去吧》《蛙语》《喜新晴》等，后又陆续发表《采风录》《濛濛薄雾》等①。"一·二八"事变爆发，他在大学先行推行新体乐歌的实践计划被迫搁置。尽管战事紧急，人事牵绊，"歌社"活动没有如期组织，但龙榆生依然没有放弃对新体乐歌的探索。1932年，他常与萧友梅、易大厂、黄自、李惟宁等人共同研究，署名"龙七"填词，创作了《玫瑰三愿》（黄自曲）、《秋之礼赞》（李惟宁曲）、《逍遥游》（李惟宁曲）、《嘉礼乐章》（李惟宁曲）等作品。从"宣言"来看，龙榆生等人基本思路是，文学家与音乐家共同努力，遍求古今中外风谣，合之当代音乐，取旧体诗词押韵之长与声情之优，创制新歌付诸管弦以符合时代之需求。

（二）暂用宋韵，创制新韵

龙榆生将旧体诗词韵部的研究成果运用于创作新体乐歌的歌词中。

---

① 参见张晖《龙榆生先生年谱》，上海，学林出版社，2001年，第33页。

他在实践中发现，合理安放声韵平仄是难点之一。有一次，有人新制之词被谱成曲，一句之中叠用四个上声字，龙榆生问歌者感觉如何，歌者答"甚费力"。这是错误铺排声韵平仄造成的。

如何解决声韵平仄问题？龙榆生有长远目标和短期规划。

长远目标是推倒重建，编订符合当下平仄四声、南北通用的新诗韵。既然旧体诗词之声韵可以用，为何还要创制新诗韵？时空变换，语言也一直在变化，古韵与国语有出入，加上中国幅员辽阔，南北音难协，因此没有一个"通用韵"能让填词者视为圭臬。龙榆生指出，"绝对没有'天不变，地不变，韵亦不变'的道理"[1]。依着何种标准来作新体乐歌？路径之一是编订"新诗韵"。然而，对于新诗韵的编成，龙榆生自称也只是"热烈期待着"，因为编订"新诗韵"非一己之力能完成，应该"集合多数的专门学者，从长讨论，不能够轻率了事"。这些学者要"深通古今音韵，并曾深切研究过西洋语音学、言语学，和中国历朝诗歌词曲"。另外，编订"新诗韵"当以国音为标准，而龙榆生是江西万载人，说话有乡音，自称对于"阴平、阳平，就不容易辨别"，"北音无入声，把入声配入其他三声"，他"觉着不大顺口"。

编订"新诗韵"的设想很美好，但难以尽快实现并且参照使用。为此，龙榆生提出了另一个解决方法，即短期规划——取益于旧体诗词。"在这新诗韵还没有绝对标准的过渡时期，我们做近体律绝诗，似不妨把词韵来暂时应用。因为近体诗是在唐代才正式成立的，而宋代的读音，和现在的普通音，还相差不远……只要我们所用的韵，在宋人诗集里，有了根据，就不妨大胆的通用起来。"[2] 龙榆生鼓励古为今用，"在这标准新诗韵尚未出现之前，仍然只好暂以平水韵为标准，也不妨参用宋人词韵"[3]。在《词学十讲》之"选调和选韵"中，龙榆生列了一份用韵清单："词韵的分部，据所传南宋初期菉斐轩刊本《词林韵

---

[1] 龙榆生：《读我的诗》，张晖主编《龙榆生全集》第九卷，上海，上海古籍出版社，2015年，第273页。

[2] 龙榆生：《读我的诗》，张晖主编《龙榆生全集》第九卷，上海，上海古籍出版社，2015年，第275页。

[3] 龙榆生：《读我的诗》，张晖主编《龙榆生全集》第九卷，上海，上海古籍出版社，2015年，第278页。

释》。"① 《词林韵释》以平声统上声、去声，又将入声派入其他三声，这和北音没有入声、平声分阴阳的特点有相通之处。在"新诗韵"没有诞生之前，使用现成的宋词韵目是解决用韵问题的方法。

在用韵方面，叶恭绰主张宽用："应以各时代或各地方之语言（官音）而能合乐者为主，即成为韵。"② 即各地方言都可为韵，可忽略南北音的不同。由于用韵的不同，叶恭绰所期待的新体乐歌可能更近"风谣""民歌"，他在《与黄渐磐书》中指出："其体裁，则在歌、谣之间，多用白描，使之通俗，而却须有文学上之价值。"③ 彭玉平认为："因为主张因时因地因体而制韵，所以突破传统词体限制，创制新文体的基石便得以树立了。"④ 从用韵的宽与严来看，龙榆生对新体乐歌体裁的设想规模南宋词乐盛行的年代，即文人制词、制曲之时；叶恭绰的变革思路则更近《诗经》、乐府的民间韵文体制时期，显得更宽泛、自由。

（三）言语浅显，重章叠句

除了讲究用韵，龙榆生所作的"歌"在文字上还有一个特点：歌词言语浅显，平易近人。歌词浅显易解是出于对社会文化程度普遍不高的考虑，龙榆生在《诗教复兴论》中说："人民之程度日浅，而作者益务艰深以文其固陋，遂致两者格不相容，而新体生焉。诗之敝，变而为词，词之敝，变而为曲，其始作者，莫不力求浅易近人。"⑤ 龙榆生认为柳永、秦观词因通俗易懂而广为传播，"柳永之词，有井水处无不歌之者，秦观词亦盛行于淮楚间"⑥，他把握词史发展规律，在创作中摈

---

① 龙榆生：《词学十讲》之第三讲"选调和选韵"，张晖主编《龙榆生全集》第二卷，上海，上海古籍出版社，2015年，第29页。
② 叶恭绰撰，李军点校：《遐庵清秘录　遐庵谈艺录》，上海，上海书画出版社，2019年，第336页。
③ 叶恭绰：《遐庵汇稿》中编，《民国丛书》第二编，上海，上海书店据1946年版影印，第489页。
④ 彭玉平：《中国分体文学学史·词学卷》（下）第二十章"叶恭绰的清词研究与新体乐歌之观念"，太原，山西教育出版社，2013年，第447页。
⑤ 龙榆生：《诗教复兴论》，张晖主编《龙榆生全集》第三卷，上海，上海古籍出版社，2015年，第422页。
⑥ 龙榆生：《诗教复兴论》，张晖主编《龙榆生全集》第三卷，上海，上海古籍出版社，2015年，第422页。

弃民间词的粗鄙,又避免文人词的奥涩,希望新体乐歌能像柳永词和秦观词一样迅速刊播流传,"将使有井水处,皆能传唱本社之新词"①。

新体乐歌在整体结构上采用两段式、三段式重复的形式。这既继承了《诗经》通行的结构范式,也参考了外国民歌形式,可谓中西合璧。《诗经》是中国音乐史上第一部歌词集,曲式有四言、五言、七言句式,通常一首是两段体、三段体,甚至多段体,主要的句法结构是重章叠句。《诗经》各段落之间的部分字句重复,可一韵到底,也可换韵。这便是歌社宣言所说的:"歌词仍应注重韵律,但不必数章悉同一韵,即每章之内,换韵亦不妨。"② 当时国内有一些被翻译过来的外国民歌,也是采用这样重章叠句形式。龙榆生在《歌社成立宣言》中以意大利军歌《棹歌》(青主译)和德国民歌《苍苍松树》(青主译)为例说明(前者是两段式,后者为三段式),"晚近数百年,西方歌曲之发达,恒由于新式歌词,为之引导。盖歌词形式上既有变化,歌曲节奏,亦即随以转移。譬如最流行之《棹歌》军歌,与简短的三段式歌词(指《苍苍松树》)为民歌所不能缺……"③。龙榆生在新体乐歌的结构设置中吸收了中外民歌重章叠句的形式。且看他写的一首新体乐歌《赶快去吧》,歌词是:

> 赶快去吧!东北是吾乡。
> 那里有:铁苗金矿、长林沃壤。
> 强邻侵略须防!
> 赶快去吧!开发我们的宝藏,巩固我们的边疆。
> 赶快去吧!东北是吾乡!
>
> 赶快去吧!西北是吾乡。
> 那里有:丰草广场,蕃衍牛羊。

---

① 萧友梅、龙榆生:《歌社成立宣言》,张晖主编《龙榆生全集》第九卷,上海,上海古籍出版社,2015年,第219页。

② 萧友梅、龙榆生:《歌社成立宣言》,张晖主编《龙榆生全集》第九卷,上海,上海古籍出版社,2015年,第219页。

③ 萧友梅、龙榆生:《歌社成立宣言》,张晖主编《龙榆生全集》第九卷,上海,上海古籍出版社,2015年,第217页。

强邻窥伺须防！

赶快去吧！充实我们的力量，巩固我们的边疆。

赶快去吧！西北是吾乡。

歌词写于"九一八"事变发生的前夕，当时国难深重，民不聊生，此情此景激发龙榆生的爱国救亡思想。对照宣言的"六条规范"，《赶快去吧》堪称范本。第一，歌曲激情澎湃，能让歌者和听者产生爱国主义情怀。第二，从形式上看，《赶快去吧》分两段，每段五句，组章的句数、字数相同，叙事、抒情出现的位数一致，这种有序的组合方式符合一般情况下《诗经·国风》的结构范式①。第三，歌曲为两段式，适合融中西音乐来配谱。第四，歌词直白平易，一读便明作者用心。第五，用韵和平仄十分讲究，不会出现拗口奥涩的情况。

龙榆生在新体乐歌中屡屡使用重章叠句，一曲两段的范式最为常见，读之有唐初民间词的味道。试将1941年龙榆生填词（崔嵚谱曲）的《梦江南·和翁山》与龙榆生《唐宋名家词选》所选白居易的《忆江南》做比较。

《梦江南·和翁山》词云：

悲落叶，叶落倘回春。红泪抛残霜霰后，好教忙煞看花人。生意一番新。

悲落叶，叶落与谁期。争遣断霞迷远览，可回新绿护高枝。舞向夕阳迟。②

《忆江南》词云：

江南忆，最忆是杭州：山寺月中寻桂子，郡亭枕上看潮头。何日更重游？

江南忆，其次忆吴宫：吴酒一杯春竹叶，吴娃双舞醉芙蓉。早

---

① 《诗经·国风》绝大多数作品每章诗句的数目相同，形成整齐的排列；少数篇章在形式上偶有变化，比如《豳风·鸱鸮》《唐风·扬之水》等。

② 张晖主编：《龙榆生全集》第四卷，上海，上海古籍出版社，2015年，第131页。

晚复相逢。①

《忆江南》和《梦江南·和翁山》均为长短句，字数一样，断句处相同，用词浅显，意境清浅。不同的是，《忆江南》是两首词，《梦江南·和翁山》则两段构成一首，那么，将《梦江南·和翁山》的两段看作一首词的上下阕也行得通。类似的作品还有龙榆生1948年填的《一朵鲜花》（钱仁康曲）：

一朵鲜花，开在风前，花身仅向枝头颤。柔情宛转，尽态极妍，你看：是爱怜还是残忍？
一朵鲜花，供在灯前，花颜已是时时变。红愁绿惨，弄影娟娟，你看：是爱怜还是残忍？②

这首词也是两段式的长短句。字数、长短句在搭配做了变化，虽与《忆江南》《竹枝词》等不同，但在意境和处理方法上相近。

《梦江南·和翁山》和《一朵鲜花》的上下两段字数相同，有的作品还出现了两段字数不同的变化。如《骸骨舞曲》（钱仁康曲）：

记不起当年玉貌，几曾见色衰花落，珊珊锁骨相偎抱，乐陶陶。
不似人间恩爱难常保，荣华富贵容易把人抛。紧相偎抱，清歌曼舞昏连晓，乐陶陶。③

《骸骨舞曲》上段四句，字数上为七七七三，下段五句，字数是九九四七三。这种上下阕字数不同的情况唐五代词中也有例可循，如《醉花间》《生查子》《小重山》等。

---

① 龙榆生：《唐宋名家词选》，张晖主编《龙榆生全集》第七卷，上海，上海古籍出版社，2015年，第21页。
② 龙榆生：《一朵鲜花》，张晖主编《龙榆生全集》第四卷，上海，上海古籍出版社，2015年，第166页。
③ 龙榆生：《骸骨舞曲》，张晖主编《龙榆生全集》第四卷，上海，上海古籍出版社，2015年，第164页。

在龙榆生创制的新体乐歌中，有相当一部分是短小精巧的两段式，这种形态与近体诗从单片演变为两段式的小令极为相似。从这种相似度极高的创作方法来看，龙榆生应该借鉴了唐五代民间词发展为小令的范式。他曾详考《花间集》中的曲调，指出单曲变化为两段、又发展为小令是词成熟的标志："当时蜀中盛行之曲调，且一曲两段者居多；视刘、白、王、韦、戴之《忆江南》《潇湘神》《调笑》诸曲，仅用单遍者，现有长足之进步。王灼谓'近世曲无单遍者'，而《花间集》词，一曲两段或仅单遍者，各有制作。"①

新体乐歌凝结了龙榆生词学研究的多领域成果。龙榆生创制的新体乐歌不仅运用了旧体诗词中声情、韵部等研究成果，更将词史研究、词体研究成果植入新体乐歌的实践中。旧体诗词的韵律和结构给予龙榆生启发，在他的新体乐歌作品中常能看到旧体诗词的影子。音乐理论家、中央音乐学院教授廖辅叔在《谈老一代的歌词作家》中这样评价龙榆生的新体乐歌作品："他写歌词用的笔名是龙七，这使人想起北宋那位有井水饮处即有人唱他的词的柳永，别名柳七。他随时显示他词人的本色。他的《玫瑰三愿》无疑是受了冯延巳《长命女》里面那句'再拜陈三愿'的影响。他的《过闸北旧居》这个题目也使人联想到吴文英《三姝媚》的题目《过都城旧居有感》。"② 廖辅叔这段论述谈到旧体词对龙榆生创作新体乐歌的影响，是深有见地的。

三、实践历程：《玫瑰三愿》，一代名曲

1931年7月1日，龙榆生与萧友梅联名在《乐艺》杂志一卷六号上发表《歌社成立宣言》。萧友梅任"歌社"社长，社友有龙榆生、萧友梅、易大厂、傅东华、蔡子民、叶恭绰、黄自。萧友梅与龙榆生等人设定了合作路线："他（萧友梅）极力反对我们依旧谱填词，主张我们自由作成长短句，交给他们来制新谱，这是非常合理的。当时我们的计划，是希望音乐院和暨大的文学院合作，来为中国音乐界和诗词界打开

---

① 龙榆生：《词体之演进》，张晖主编《龙榆生全集》第三卷，上海，上海古籍出版社，2015年，第144页。

② 廖辅叔：《谈老一代的歌词作家》，《中央音乐学院学报》1994年第3期，第92页。

一条新路。"① 精通西洋音乐的音乐家与古典词学家联手，共同创制新体乐歌。当时参与的学生有华文宪、陈田鹤、刘雪盦、贺绿汀、钱仁康、陆仲任、邓尔敬，这些学生均能自己填词、作谱。他们在校刊上特辟"歌材"栏目（后改称"歌录"），发表社友作品。创立歌社后，萧友梅和龙榆生拟从大学推广新体乐歌：既为音乐学院的学生开设诗词修养课，也为暨南大学中文系的学生开设乐理课程。

1934年，龙榆生与萧友梅、易大厂、黄自、叶恭绰等人创办"音乐艺文社"，同时创刊的还有国立音乐专科学校的校刊——《音乐杂志》。这是一份季刊，由萧友梅、黄自、易大厂担任主编，良友图书印刷公司发行，总共出了四期。音乐艺文社由蔡元培任社长，叶恭绰任副社长，成员为萧友梅、黄自、韦瀚章、沈仲俊、龙沐勋、刘雪厂、胡静翔、戴粹伦等。1934年4月15日，龙榆生署名"榆"，在《音乐杂志》第二期"诗歌"栏目中刊出《我们不要》《电雷学校校歌》和《过闸北旧居》。1934年7月15日，《音乐杂志》三期刊出他署名"榆生"的《新庐山谣》歌词。

一首曲的歌谱写好后，龙榆生对所填的词与谱略有不吻合的地方进行调整。《逍遥游》是李惟宁先谱的曲，龙榆生后填的词，再交付乐队演奏。"因叩以句度长短，及各段境象，随写随唱，李君为按钢琴审音，其不合者随即改定，直至子夜始毕，予为定名《逍遥游》，略似唐、宋间人之大曲，以管弦乐队百余人合奏，成绩颇佳。"②

探索新体乐歌是龙榆生的"执念"，即使离开上海、离开上海国立音乐院的朋友们前往广州中山大学教学，他仍在推进这份事业。1936年2月，龙榆生在广州成立夏声社，创办《夏声》月刊。夏声社在征稿条件中特别注明，稿件"指导青年治学门径者为主。一切无聊酬应之作，与靡曼淫僻之词，皆所摈弃"③。龙榆生意识到，词学不能走小众路线，弘扬词学必须要将词学推广至更大的受众群体，因此他在青年学子中普及、推广词学。与此同时，要扩大诗词创作内容，倡导具有时

---

① 龙榆生：《乐坛怀旧录》（原刊《求是》月刊第一卷第二号，1944年4月15日出版），张晖主编《龙榆生全集》第九卷，上海，上海古籍出版社，2015年，第343页。
② 龙榆生：《创制新体乐歌之途径》，张晖主编《龙榆生全集》第三卷，上海，上海古籍出版社，2015年，第515页。
③ 龙榆生主编：《词学季刊》（下），北京，国家图书馆出版社，2015年，第605页。

代性的风骨之作,文人间无病呻吟、矫揉造作、苛求四声、内容空洞的作品必须退出诗词的主流舞台,据此,龙榆生设计了周到详细的征稿条件,其中"乐谱"和"风谣"栏目的设置表明这份刊物有别于一般的纯文学、纯韵文刊物,体现了他对诗词可唱的重视和创制新体乐歌的构想。"乐谱""专载与本刊宗旨相合之创作歌谱(中西乐不拘)"①,"风谣""征集各地有关民生疾苦之诗歌,无论民谣或文人所作,体制或长短句,或五七言,皆可不拘,本社并当择优制成歌谱"②。可惜龙榆生返沪,夏声社和《夏声》月刊无疾而终。

1940年12月20日,龙榆生在金陵创办《同声月刊》,继续探索新体乐歌。他在《编辑凡例》中开辟的与音乐相关的栏目有"乐谱""论著""歌剧"。"乐谱""专载中西音乐之创作歌谱,或旧谱之绝少流传者。其古今中外之译谱,亦当酌载,以供同好之研讨";"论著""专载研讨批评诗歌词曲及音乐之长篇论著,文体不拘";"歌剧""专载近人所撰歌剧,体裁不拘新旧,惟新体以有声韵之美,兼附歌谱者为合格"③。

1942年3月15日,在《同声月刊》二卷三号上,龙榆生以笔名"钟山隐七郎"发表历史歌剧《易水送别》。他自注:"剧中歌词,或袭用词曲旧调,或率意为长短句。自创新名,将请新兴乐家,为制新谱。作者不解西洋歌剧,但杂采唐宋大曲,及金元散套杂剧之遗式,而变化出之,名曰四不象体。"④ 从自注看,龙榆生调整了对新体乐歌在音乐构成上的设想,此前与旧曲决裂态势似有缓和,他沿用词曲旧调,唐宋大曲与新制曲谱掺杂,有复古之势,故曰"四不象体"。

1942年3月,龙榆生在南京中央大学校刊《真知学报》一卷一号刊发《创制新体乐歌之途径》。7月15日,《同声月刊》出版二卷七号,龙榆生撰《如何建立中国诗歌之新体系》文。1943年3月15日,《同声月刊》三卷一号以《介绍新声歌曲》为题简述龙榆生新体乐歌创

---

① 龙榆生主编:《词学季刊》(下),北京,国家图书馆出版社,2015年,第605页。
② 龙榆生主编:《词学季刊》(下),北京,国家图书馆出版社,2015年,第606页。
③ 龙榆生:《编辑凡例》(原刊《同声月刊》创刊号),张晖主编《龙榆生全集》第九卷,上海,上海古籍出版社,2015年,第229页。
④ 龙榆生:《易水送别》,张晖主编《龙榆生全集》第九卷,上海,上海古籍出版社,2015年,第60页。

作情况。文曰:

> 风雨龙吟室主人,偶以倚声填词之暇,率意为长短句,名之曰四不象体。由音乐名家,为谱新声,传播歌者之口。先后所成合唱,有《逍遥游》《秋之礼赞》(以上二曲国立音乐院院长李惟宁作曲)、《梅花曲》《新镌歌》(以上二曲国立中央大学艺术师范科主任钱万选作曲)等曲。独唱有《玫瑰三愿》(前国立音乐院教务主任黄自作曲)、《沧浪吟》、《春朝曲》、《是这笔杆儿误了我》(以上皆钱万选作曲)等曲。思因西乐,重振雅音。冶新旧于一炉,方日出而未已。世之关心乐教者,曷试听之。①

这段叙述表明,龙榆生作词的新体乐歌已有一定的传播度,合唱、独唱形式皆有,但"新体乐歌"这种新文体体制未稳,还没有为文学界尤其是当时的词坛所认可,故龙榆生自嘲为"四不象体"。

从歌剧到单曲,从合唱到独唱,龙榆生采用多种形式进行创制新体乐歌的尝试。他不遗余力地为新体乐歌做宣传,祈盼"关心乐教者"关注,因此又在《同声月刊》中辟"新声集"栏,继续发表新体乐歌作品。

1947年,身陷囹圄的龙榆生仍在研制新体乐歌,他根据《大智度论》中的《山鸡救林火》故事演为新体歌词,时任北师大音乐教授的钱仁康制谱,丰子恺为此作漫画。中华人民共和国成立前,他与学生钱仁康合作,作有《红叶》《小夜曲》《春朝曲》等,与崔嵚合作《悲落叶》。中华人民共和国成立后,龙榆生推进新体乐歌的工作的设想并没有中断,1955年作《临江仙》,自注:"诗人与乐家分工合作,以民族形式结合社会主义思想,创作新体乐歌,以应广大人民之需要,此其时矣。"词云:

> 歌社消沉逾廿载,凭谁为写欢声。工农鼓舞赴前程。夥颐新事物,撩拨旧心情。
>
> 宝藏重重看发掘,相期撷取精英。雄词铸出活生生。依他勤体

---

① 龙榆生:《介绍新声歌曲》,《同声月刊》1943年三卷一号,第20页。

验，在我费经营。①

词中"歌社"指的是在上海国立音乐院任教时与萧友梅、黄自、易大厂、叶恭绰等人组织的社团，自注"诸君倡导吸取乐府诗、宋元词曲及民间歌谣形式，创作新体歌词……自萧、黄、易三君下世后，停顿已久矣"。又注云："解放后每思试作新词，以歌咏大时代，为工农兵服务，苦无接近音乐歌舞家及群众生活之机缘，而报刊所载各方对此类歌词似甚迫切，安得与青年同志相共钻研耶。"② 可见，萧友梅、黄自两位音乐家和好友易大厂去世后，龙榆生创制新体乐歌的探索停滞于理论构想层面。中华人民共和国成立后，他渴望能深入生活寻求素材，也希望与音乐家多交流、多创作，用新体乐歌歌颂新生活。

龙榆生作词的《玫瑰三愿》流传极广。这首歌是他在欣赏演奏会时偶感玫瑰被人攀折的即席之作，黄自制谱。《玫瑰三愿》至今仍被传唱③，成为一代名曲。歌词平实质朴，又令人回味无穷：

玫瑰花，玫瑰花，烂开在碧栏干下。
玫瑰花，玫瑰花，烂开在碧栏干下。
我愿那妒我的无情风雨莫吹打！
我愿那爱我的多情游客莫攀摘！
我愿那红颜常好不凋谢！
好教我留住芳华。④

1938年春，黄自因病去世，龙榆生作《采桑子》悼念，词云：

俄然梦觉何曾死，声在琴弦。人在心弦，一曲悲歌万口传。
惟怜志业捐中道，待究新编。未竟新编，留得芳菲启后贤。⑤

---

① 张晖主编：《龙榆生全集》第四卷，上海，上海古籍出版社，2015年，第234页。
② 张晖主编：《龙榆生全集》第四卷，上海，上海古籍出版社，2015年，第234页。
③ "据龙静宜女士见告，一九九七年中央电视台仍播放此曲。"参见张晖《龙榆生先生年谱》，上海，学林出版社，2001年，第43页。
④ 张晖主编：《龙榆生全集》第四卷，上海，上海古籍出版社，2015年，第160页。
⑤ 张晖主编：《龙榆生全集》第四卷，上海，上海古籍出版社，2015年，第121页。

"一曲悲歌"即指黄自谱写的《玫瑰三愿》。琵琶演奏家、作曲家谭小麟为这首《采桑子》谱曲。

1963年春节前,龙榆生在广播中听到歌唱家唱《玫瑰三愿》,与黄自合作的场景顿时涌上心头。他万分感慨,作《念奴娇》,自注"予幸晚际休明,穷愿重创新声,仰赞河清伟业,虽皤然双鬓,犹当顾勇以赴之。漫缀此词,用资策勉",词云:

再陈三愿,愿朝阳煦我,芳根重苴。沃壤壅培清露饱,恰称春风词笔。绛脸欢融,檀心馥吐,辉映河山色。蔷薇愧笑,卧枝娇困无力。

谁羡山抹微云,铜琶振响,讵肯师秦七。残月晚风杨柳岸,惆怅那时行踪。砥柱中流,红旗扇面,猛志随洋溢。天风浩荡,图南看假双翼。①

1964年5月1日,龙榆生立遗嘱《预告诸儿女》,表示诗词合集后,"编首冠以徐悲鸿先生所绘《彊村授砚图》及黄自先生所作《玫瑰三愿》曲谱(在商务印书馆所印黄自《春思曲》内)以待刊行"②,足见龙榆生对这首歌的喜爱。如果说"彊村授砚"可被视为影响龙榆生的重要事件,那么《玫瑰三愿》可被视为龙榆生最重要的作品。"彊村授砚"是对旧学的继承,《玫瑰三愿》则是对绝学的创新。"彊村授砚"为龙榆生展开事业的平台,助力他在前半生创造辉煌;在战争年代创作的《玫瑰三愿》是他对那个时代的纪念,寄托了对好友的缅怀,承载着他在苦难岁月依然向光的信念。《玫瑰三愿》温柔而坚定的旋律时常安抚他寂寞苦闷、无处安放的心,在其心目中有难以言说的重量。

从1928年至20世纪50年代,龙榆生致力于新体乐歌的创制工作。创制新体乐歌非一人一己之力所能完成,新体的成熟与发展是一个漫长的历史进程,诚如彭玉平在《民国时期的词体观念》中所论:"龙榆生的这种合古今中外于一体的变革思路,确实具有震撼人心的吸引力,而且从理论上来说,应该也是可行的,但正如燕乐与词体的融合要经历数

---

① 张晖主编:《龙榆生全集》第四卷,上海,上海古籍出版社,2015年,第338~339页。
② 张晖:《龙榆生先生年谱》,上海,学林出版社,2001年,第219页。

百年才能渐趋成熟一样，新的词乐与新的歌词的配合也注定不是短时期内所能完成的，所以终其20世纪，这种新体乐歌不仅没有最终形成体制上的稳定性，而且也没有在一个更大范围内流传开来，所以也只是少数词人的憧憬和尝试而已。"①

创制新体乐歌是龙榆生毕生之宏愿，无论经历何种磨难，他从未放下过这份理想。他的设想是创作适于时代之乐歌，"然后略依《诗经》之编制，颁行于各级学校，定为必修之科，使学子童而习之，以迄成年，寻声以求志，借以养成其吟咏性情，欣赏诗歌之能力。其在学习之时，则音乐教师教之曲，国文教师授之诗，诗乐合而声气相感，斯人情得以导泄，而复其真挚纯洁之善性，以言心理建设，其功盖未有超乎此者"②。《过闸北旧居》是龙榆生填词的一首歌曲，在当时广为传唱。廖辅叔曾回忆这首歌在当时传唱的情形："《过闸北旧居》的闸北是一·二八淞沪抗战初期的主要战场。商务印书馆连同张元济惨淡经营的东方图书馆都毁于日本侵略军的炮火。这首歌词经过刘雪厂谱曲，胡然在音乐会上曾多次演唱，唱到'断瓦颓垣，经几多灰飞弹炸。问何人毒手相加？深仇不报宁容罢！'那一段，听的人总是切齿痛恨的。"③尽管今天，新体乐歌并没有如龙榆生所愿成为新的文体，但新体乐歌却带着他"诗乐合一"的理想出现在民国风云涌动的文化历程中，在保存与发展诗词文化传统、感化国人担负己责、点燃青年学子心中爱国之火等方面，起了积极的作用。

龙榆生、叶恭绰等在创制新体乐歌方面做了诸多尝试，但为何新体乐歌最终没有形成体制的稳定，也没有推广开去？彭玉平认为，原因在于"叶恭绰的歌有意将规范彻底破除，其实也是将中国韵文的传统破解掉了，其在中国一般民众心里的接受程度也就当然会受到影响了"④。今之学者对于新体乐歌的创制理论与实践多持肯定与乐观态度。彭玉平指出，"从理论上来说，应该也是可行的"，"然前瞻未来，对新体乐歌

---

① 彭玉平：《民国时期的词体观念》，《文学遗产》2007年第5期，第120页。
② 龙榆生：《诗教复兴论》，张晖主编《龙榆生全集》第三卷，上海，上海古籍出版社，2015年，第424页。
③ 廖辅叔：《谈老一代的歌词作家》，《中央音乐学院学报》1994年第3期，第92页。
④ 彭玉平：《中国分体文学学史·词学卷》（下）第二十章"叶恭绰的清词研究与新体乐歌之观念"，太原，山西教育出版社，2013年，第445～446页。

在体制上的最后完成，我们倒是不妨抱持乐观其成的心态，只是还需要时间的磨练而已"①。曾大兴认为："龙榆生所试验的'新体乐歌'还有广阔的发展前景，值得很好的加以总结和借鉴。"② 倘若如上述两位学者所言，新体乐歌理论在今天仍能发展、运用，这应当是龙榆生最希望看到的吧。

第三节　融古通今：声调之学的词学底色

文体代兴有其源始，民国词学家在词乐融通之道上的探索拓宽了填词、创体的门径。通过对词之本体历时性的追溯，与中西乐歌共时性的比较，龙榆生开启了传统词学理论演进至现代词学体系的研究。从"声情"研究到创制词体新范式——新体乐歌，龙榆生在复兴词学的道路上开拓了卓有意义的探索，其研究思路主要呈现以下四个特点。

第一，鉴古观今，在韵文发展史的变化中发现、探索变体的可能性。龙榆生著有《中国韵文史》，对中国韵文之缘起、嬗变、转合进行过钩稽考索："因乐制之推移，三百篇降而为《楚辞》，《楚辞》降而为汉魏六朝乐府，乐府降而为隋唐以来所歌之五七言诗，流衍而为宋元以来之词曲，其体递变，而其为诗一也。"③ 龙榆生认为，各种变体与音乐的变化密不可分，韵文文体只是在体貌上有所不同，但均可纳入"诗歌"概念。每一种韵文文体的产生，起因都是前一种文体不适应时代需求。在当时，旧体词已难挽今日之弊，必将有新体以出，深研词史的龙榆生认为已经具备制新曲条件。

龙榆生从文体发生学的角度论证了创作实践的理论支撑与可操作性。首先，音谱既失，旧曲没有复原的可能性，"前贤不可复制，音谱亦淹没无传，声音之道至微"，制新曲尤有必要性。其次，制新曲的成功案例古已有之，柳永、周邦彦等均有创调，龙榆生认为这是"非由乐以定词"的表现，"其（按：指柳永词）音节之闲雅，固自别具风

---

① 彭玉平：《民国时期的词体观念》，《文学遗产》2007年第5期，第120页。
② 曾大兴：《20世纪词学名家研究》，北京，中华书局，2011年，第277页。
③ 龙榆生：《诗教复兴论》，张晖主编《龙榆生全集》第三卷，上海，上海古籍出版社，2015年，第402页。

格,而声情词情,皆为骚人逸士之所独赏,非复依教坊乐曲填词之旧式矣"①。"教坊乐曲"是旧曲定式,柳永在曲调上的突破使得新曲受到更多民众的喜爱,因此制新曲是有历史先例的。再次,音乐语言与文字语言相协的理论古今相通,明晰"声情"原理,制新曲的现实条件就具备了,即龙榆生所言:"精究乎词曲变化之理,与声韵配合之宜,更制新词,以入新曲。"②

第二,古为今用,总结、参考前人"声情相应""词情相称"的实践成就和研究成果。龙榆生说,"韵文之妙用无他,'声''情'相应,'词''情'相称而已"③,他从历代韵文的经典作品中探寻词情规律,破解文学语言与音乐语言的密码,比如从《诗经》《楚辞》中发掘韵位疏密、韵部变化与情感表达的关系。他举数例予以说明,兹录两则。一则是描写歌乐场面的《周南·关雎》,四节有三种变韵情况,前两节押平声韵,第三节押入声韵,第四节押去声韵,由舒缓到急促,最后"显示愉快达于沸点的感情"。龙榆生分析,"这种描写结婚者思想感情的起伏变化,是在韵位上表达得非常适当的"④。另一则是《周南·卷耳》,也是四押平韵,"充分表达了怀人者的苦痛心情"⑤。文人词尤为注意韵位平仄转换与词之声情,龙榆生认为可以为今人所用:"这转韵的表现手法,是唐中叶以迄五代时的民间艺人不断创造出来的,从而影响到专业文人,加以提炼确定,作为倚声家的共同法则。"⑥

除了分析经典作品,龙榆生还注重学习古人的理论。在研究四声平仄与词情的关系时,他从张炎的《词源》、刘熙载的《艺概》、王骥德的《方诸馆曲律》、万树的《词律》得到启发,并参考近人沈曾植的

---

① 龙榆生:《词体之演进》,张晖主编《龙榆生全集》第三卷,上海,上海古籍出版社,2015年,第148页。
② 龙榆生:《词律质疑》,张晖主编《龙榆生全集》第三卷,上海,上海古籍出版社,2015年,第223页。
③ 龙榆生:《我对韵文之见解》,张晖主编《龙榆生全集》第九卷,上海,上海古籍出版社,2015年,第224页。
④ 龙榆生:《词曲概论》第三章"韵位疏密表情的关系",张晖主编《龙榆生全集》第一卷,上海,上海古籍出版社,2015年,第358页。
⑤ 龙榆生:《词曲概论》第三章"韵位疏密表情的关系",张晖主编《龙榆生全集》第一卷,上海,上海古籍出版社,2015年,第358页。
⑥ 龙榆生:《词曲概论》第四章"韵位的平仄转换与表情的关系",张晖主编《龙榆生全集》第一卷,上海,上海古籍出版社,2015年,第375页。

《菌阁琐谈》中谈发音的文字①,他在韵部、字音的研究中发现:南北音韵部的不同造成南北曲唱法的差异,并推知在当下语言环境中,新体乐歌也将面临用韵的难题。因此,龙榆生提出在没有确定新韵部前,新体乐歌可以先用宋词的韵部。

第三,研以致用,以自己的研究成果指导实践,力图改变词坛萎靡不振之现状。龙榆生将旧体诗词的声调研究的结论(如长短句度、叶韵疏密、四声清浊等)运用于新体乐歌的创作中,如《玫瑰三愿》在结构、辞采、叶韵、句法等多方面都吸收了旧体诗词的优长。曾大兴对《玫瑰三愿》的"声情"之美解读颇为细腻:"就章法来讲,10句歌词,一、二句,四、六、八句,均为复语,所谓'唱叹之音,不嫌重复',颇有《诗经·国风》的味道;就句法来讲,可谓标准的长短句,最长的10字,最短的仅3字;就用韵来讲,则相当于一首四声通协的元人小令;就平仄安排来讲,虽然大体上是两平两仄错综运用,但由于句脚字多用仄声,且中间6句连押仄韵,还是构成一种拗怒的'声情'。"②

在《填词与选调》中,龙榆生提出复兴词学的两条路径,"一曰'借尸还魂',以图归复声词合一之旧;一曰'依声托事',借以抒写凄壮磊落之怀"③。"借尸还魂"指的是以旧韵造新声,"即所以救词乐之亡,而为之别开疆土也",这片新"疆土"便是新体乐歌。

当时词坛的某些词人专填僻调、墨守四声,只注重形式,枉顾内容已支离破碎。如何解决这个问题?龙榆生提出"依声托事"之法,"选取若干唐宋诸贤惯用之调,详究其声情之哀乐,借以抒写我所欲吐之襟怀"④。"依声",即梳理唐宋词中寻常惯用的词牌所表达的情绪。这需要辨别词牌的正体与变体,探求词调之由来,取词牌创制初期的正宗风

---

① 参见龙榆生《词曲十讲》之第八讲"论四声阴阳",张晖主编《龙榆生全集》第二卷,上海,上海古籍出版社,2015年,第97~112页。
② 曾大兴:《20世纪词学名家研究》,北京,中华书局,2011年,第275页。
③ 龙榆生:《填词与选调》,张晖主编《龙榆生全集》第三卷,上海,上海古籍出版社,2015年,第441页。
④ 龙榆生:《填词与选调》,张晖主编《龙榆生全集》第三卷,上海,上海古籍出版社,2015年,第442页。

格作为正体,"予尝欲取所有词调,——考求声曲之所从来"①。先选调再填词,龙榆生标举正体,直抵词之本色的原典语境。"托事",根据填词的事件选择词牌。唐宋词中的经典之作是音、文、歌完美结合的作品,尽管词乐不可修复,但参照声情规律来填词,也能创作出文本阅读的佳作,故龙榆生说:"使热情充满于字里行间,不假管弦之助,自然入人心坎,其收效之大,较之穷心力于僻涩之调,以求合于不可知之律者,何可以道里计哉?"② 把握词牌表情来填词的思路是可行的,"依声托事"是龙榆生以古鉴今、力图扭转词坛之弊的又一举措。

第四,西为中用,借鉴国外优秀乐歌形式。龙榆生在研究词史时发现,燕乐最早来自西域,唐乐曲中不少词调宫调也来源于外域。他积极与音乐家合作,吸纳国外民乐优长;不排斥新生名词、外来词汇,认为皆可用于新体乐歌之中。

综上所述,龙榆生的声调之学已渐成体系,主张融古通今、中西结合,融词韵、词史、批评、校勘等理论为一体,呈现出恢宏开阔之象,其理论成果在当时已有成为新兴学科之势。龙榆生将研究成果运用于新体乐歌的创作中,勇于变革,大张疆宇。"声调之学"理论对于今日填词、鉴赏仍有指导意义。龙榆生希望恢复文学性和音乐性融合为一的诗词传统,"依声托事"要抒"凄壮磊落之怀",故其声调填词路径最终是希望创作的词能反映民族精神,昌明华夏学术,激扬士气,他的"声学"研究既有词学之思的底色,又隐含传统士大夫寄望于文以载道的政治意蕴。

第四节　加减之妙:《唐宋词格律》的词谱价值

词谱是辑录诸词调、说明词之格律及其变体之书。1962 年,龙榆生在上海戏剧学院授课时撰写了一份讲义——《唐宋词定格》(上海古籍出版社 1978 年出版时改为《唐宋词格律》)。《唐宋词格律》选取常

---

① 龙榆生:《填词与选调》,张晖主编《龙榆生全集》第三卷,上海,上海古籍出版社,2015 年,第 430 页。

② 龙榆生:《填词与选调》,张晖主编《龙榆生全集》第三卷,上海,上海古籍出版社,2015 年,第 442 页。

用词牌曲调，以题解著录每调的源流、宫调、别名、种类、用韵等情况，再以一至数首常见、规范的经典词作为谱例。部分词调有附注，为调名做补充说明；书末附张珍怀辑的《词韵简编》供学词者查阅韵部所属。

比较《唐宋词格律》的写作宗旨和写作体例可见，《唐宋词格律》取法"倚声学"，注重声情研究，将谱例与词史、词论、词乐、词格等知识融会贯通，赏析与创作结合而论，是一部集便学与普及为一体的填词用书，具有龙榆生词学研究的特色。《唐宋词格律》作为词之简谱，初具由传统词谱向现代词谱转型的特点，它的实用价值在龙榆生词学研究板块中占有重要位置。

一、《唐宋词格律》的写作宗旨

《唐宋词格律》是龙榆生为上海戏剧学院研究生班授课时撰写的讲义。徐培均是当时班上的学生，任研究班的词学课代表，他回忆道：

> 1961年，上海市为了培养戏曲创作研究人才，在……尚未完全渡过的困难时期，出巨资委托上海戏剧学院承办研究班。研究生皆由复旦大学、华东师范大学、上海师范学院应届本科毕业生遴选而来，特请中央戏剧学院周贻白教授、上海音乐学院龙榆生教授以及本市著名编剧导演前来上课。龙榆生为当代词学大师，为研究班开了《唐宋词定格》（上海古籍出版社出版时易名《唐宋词格律》）和《词学十讲》（又名《倚声学》）。①

依此表述，最初的《唐宋词定格》是龙榆生的讲义。徐培均称此书编写"重在技能的培训"："它（按：《唐宋词定格》）是一门专讲唐宋词体制和格律的教材。"② 上课期间，"龙先生每讲一首词牌，总布置

---

① 徐培均：《张珍怀先生的词学研究特色》，《中国韵文学刊》2010年第1期，第102页。
② 徐培均：《待漏传衣意未迟——忆龙榆生师在研究班的教学》，张晖编《忍寒庐学记——龙榆生的生平与学术》，北京，生活·读书·新知三联书店，2014年，第96页。

习作"①,"由于龙先生的词律讲得精细易懂,同学们很快学会填词的方法。有些天资聪颖的同学马上在课堂上填起词来"②。故可言,《唐宋词定格》撰写的初衷是教人填词之用,具词谱功能。

1962年印刷版《唐宋词定格》凡例(九)指出:"每一格视传世名作之多寡,举一阕至若干阕以示例,俾学者就所爱好,每调熟记一二阕,并注意其声韵平仄与表现手法,即可倚声填词,不劳检谱。"③ "不劳检谱"表明编者心迹:初学填词者以《唐宋词定格》为工具书来填词,无须翻检万树《词律》等词谱。

《唐宋词格律》后附张珍怀编辑的《词韵简编》。徐培均回忆道:"(张珍怀)帮助龙老师整理校勘了《唐宋词格律》,并将她所精心编辑的《词韵简编》附于书后,于是全书的规模就显得完整,给使用者以极大的方便。"④《词韵简编》"依据清戈载著《词林正韵》一书删去僻字"⑤,便于检韵,使得《唐宋词格律》更为完整,方便学词者依韵填词。

写作宗旨还应结合同时期龙榆生讲授的《词学十讲》并考。《词学十讲》意在欣赏,《唐宋词格律》重在创作。龙榆生在《词学十讲》最后一讲"论欣赏和创作"中明确提出:"欣赏和创作有着不可分割的关系。"⑥ 结课时更是提出期盼,"掌握声律的妙用和一切语言艺术,用来抒写高尚瑰伟的思想抱负,作出耐人寻味、移人情感的新词"⑦。综上可见,《唐宋词格律》为示人填词创作的津筏之作。

---

① 徐培均:《待漏传衣意未迟——忆龙榆生师在研究班的教学》,张晖编《忍寒庐学记——龙榆生的生平与学术》,北京,生活·读书·新知三联书店,2014年,第97页。
② 徐培均:《待漏传衣意未迟——忆龙榆生师在研究班的教学》,张晖编《忍寒庐学记——龙榆生的生平与学术》,北京,生活·读书·新知三联书店,2014年,第96页。
③ 龙榆生:《唐宋词定格》,1962年印刷(无页码)。
④ 徐培均:《张珍怀先生的词学研究特色》,《中国韵文学刊》2010年第1期,第102页。
⑤ 龙榆生:《唐宋词格律》,张晖主编《龙榆生全集》第二卷,上海,上海古籍出版社,2015年,第317页。
⑥ 龙榆生:《唐宋词格律》,张晖主编《龙榆生全集》第二卷,上海,上海古籍出版社,2015年,第126页。
⑦ 龙榆生:《唐宋词格律》,张晖主编《龙榆生全集》第二卷,上海,上海古籍出版社,2015年,第136~137页。

二、《唐宋词格律》的写作体例

从写作体例来看，《唐宋词格律》具备传统词谱的基本要素：词牌调名、题解、词格、例词、附注等。题解部分涵盖词牌的渊源流变、宫调所属、字句用韵，且在多数词牌的解读中强调该词调的声容情貌。《唐宋词格律》凡例（五）指出："每一词牌，皆说明来历及所属宫调，间或指出适宜表达何种感情。其无从考察或可泛用者从略。"[①] 翻阅全书，龙榆生未对所有词牌列明宫调，造成凡例与内文未能统一。

从编排方式看，《唐宋词格律》采用谱词分列的形式，异于《钦定词谱》等传统词谱一字一图的排版格式。龙榆生选用谱、词分离的形式，意在讲授时以作品为例，融词作赏析与创作为一体，"文字与平仄音韵符号一一对应，易使人了解作品的声情之美，并易掌握选调填词的方法"[②]。词谱是供学词者照谱学习，以阅读、自学为主，故一字一图的方式易于读者对照使用。《唐宋词格律》的教学场景是课堂讲授为主，课下复习为辅，谱、词分离能很好地实现讲授者集赏析与创作为主要目的的教学，充分考虑受众阅读的场景需求，更适合面授教学。

谱、词分离会不会使《唐宋词格律》看上去更像是一部"词选"而不是词谱？龙榆生编纂的三本词选《唐五代宋词选》《唐宋名家词选》《近三百年名家词选》均有声韵的标识符号，符号在字的右边[③]（竖版）或字的下方[④]（横版），不是谱、词分离的形式。这说明，《唐宋词格律》不是一部词选，龙榆生对于词选与词谱的体例安排、编选规制有清晰的考量。

《唐宋词格律》出现了"格""例"概念混用的情况。全书与"格"有关的概念有"定格""别格""变格""格一""格二""格

[①] 龙榆生：《唐宋词格律》，张晖主编《龙榆生全集》第二卷，上海，上海古籍出版社，2015年，第145页。
[②] 徐培均：《待漏传衣意未迟——忆龙榆生师在研究班的教学》，张晖编《忍寒庐学记——龙榆生的生平与学术》，北京，生活·读书·新知三联书店，2014年，第96页。
[③] 龙榆生：《唐五代宋词选》，张晖主编《龙榆生全集》第八卷，上海，上海古籍出版社，2015年，第15页。
[④] 龙榆生：《唐宋名家词选》，张晖主编《龙榆生全集》第七卷，上海，上海古籍出版社，2015年，第3页。

三"。凡例（六）指出："每一词牌，以诸家所最习用者为定格。其或句豆小有出入者，别为第一、第二等格，或加附注。又习用平韵改作仄韵、或习用仄韵改作平韵者为变格。"① "定格"即此词牌只有一种格式。全书共153调，其中118调只有定格，余下35调的词牌不止一种格式，即在定格之外有别格、变格。

"别格"的概念在书中先于"变格"出现，且只有《柳梢青》和《少年游》两个词牌有此情况。"别格"最早出现于《柳梢青》，此词牌以使用平韵的秦观词（岸草平沙）为"定格"，以使用仄韵的贺铸词（子规啼血）为"别格"——《柳梢青》的"别格"与"定格"差别在于韵格的不同。"别格"第二次出现于《少年游》，柳永词为定格，"五十字，前片三平韵，后片两平韵"；"苏轼、周邦彦、姜夔三家同为别格，五十一字，前后片各两平韵"② ——《少年游》的"别格"与"定格"差别在于字数与用韵数有异。

"变格"在全书中最早出现于《忆旧游》。该词调以周邦彦词（记愁横浅黛）为"定格"，并收吴文英词（送人犹未苦）和刘将孙词（正落花时节）为"变格"。《忆旧游》"变格"与"正格"的区别在于句式和用韵略异，这正与"别格"与"定格"的区别一致。由此可推，"别格"与"变格"实为同义。又，《蓦山溪》词牌题注："有名《上阳春》。《清真集》入'大石调'。八十二字，前片六仄韵，后片四仄韵。亦有前片四仄韵，后片三仄韵者，列为别格。"③ 题注下录两词例，一为周邦彦词（湖平春水），列为"定格"；一为姜夔词（与鸥为客），列为"变格"。此词牌出现"定格/别格"和"定格/变格"两组概念，可知"变格"与"别格"为同一概念，只是表述略异。

《柳梢青》与《少年游》中间隔了一个词牌《太常引》，《忆旧游》与《少年游》相隔《临江仙》等二十一个词牌；"变格"的出现远远晚于"别格"，且"别格"的表述自《蓦山溪》之后再未出现，可以

---

① 龙榆生：《唐宋词格律》，张晖主编《龙榆生全集》第二卷，上海，上海古籍出版社，2015年，第145页。

② 龙榆生：《唐宋词格律》，张晖主编《龙榆生全集》第二卷，上海，上海古籍出版社，2015年，第176页。

③ 龙榆生：《唐宋词格律》，张晖主编《龙榆生全集》第二卷，上海，上海古籍出版社，2015年，第243页。

推测龙榆生是先用"别格"与"定格"这对概念,在边写讲义边教学的过程中穿插使用"变格""别格",最后以"变格"和"定格"为对应概念固定下来。一门全新的课程在从无到有的建设过程中,有些无关原则的概念或者格式在教学过程中逐渐为教学者所规范、确立,这是可以理解的。

从有若干"格"的《临江仙》等具体词牌入手分析可知,"格一""格二""格三"也都是诸家词例在用韵、句式等方面微异,故而出现多格。但需要注意的是,这种格例一般不存在"定格"一说,即多格均为诸家所习用。由此可推,"格一""格二""格三"是并列关系,"定格"("以诸家所最习用者为定格")与"变格"(或曰"别格")隐藏了主次关系。另,全书还有一个概念是"正格"。"正格"是主格的意思,在全书中的含义与"定格"相同,流变过程亦与"别格"相似。

剔除只有定格的118调,将余下有多种体例格式的35调分入龙榆生所定的五种格——平韵格、仄韵格、平仄韵转换格、平仄韵通叶格、平仄韵错叶格中进行比较,可归为两类整理:一类是定格、变格/别格,见表1-2;一类是无定格,分格一、格二、格三、格四列(每格表示一种体例),见表1-3。

表1-2为既有定格,也有变格/别格的词牌,共15个。

表1-2 定格、变格/别格情况

序号	词牌名	变格/别格	所属格	列为变格/别格原因
1	《少年游》	柳永词为定格,另有三别格	平韵格	苏轼、周邦彦、姜夔三家词列为别格,定格前片三平韵,别格前片两平韵
2	《忆旧游》	周邦彦词为定格,其他二例为变格	平韵格	吴文英词、刘将孙词为变格。此二例在用韵和句法上微变
3	《沁园春》	陆游词、辛弃疾词为定格,刘过词为变格	平韵格	前后片结尾以一字领下句四言二字,宜用去声字。刘过词上片"皆"为平声字
4	《多丽》	晁端礼词为定格,聂冠卿词为变格	平韵格	聂冠卿词为入声韵

续表

序号	词牌名	变格/别格	所属格	列为变格/别格原因
5	《霜天晓角》	辛弃疾词为定格,蒋捷词为变格	仄韵格	定格为仄韵,变格为平韵
6	《忆秦娥》	李白词为定格,贺铸词为变格	仄韵格	变格为平韵
7	《御街行》	定格二例,范仲淹词例为"正格",无名氏词例为变格	仄韵格	双调七十八字,上下片各四仄韵;下片略加衬字,列为变格
8	《蓦山溪》	周邦彦词为定格,姜夔词为变格	仄韵格	定格前片六仄韵,后片四仄韵;"前片四仄韵,后片三仄韵者,列为别格"①
9	《洞仙歌》	苏轼词为定格,晁补之词、黄庭坚词、李元膺词三例为同一变格	仄韵格	变格三例增加衬字,句豆平仄略异
10	《念奴娇》	苏轼词、辛弃疾词、李清照词为定格。苏轼词(大江东去)、张孝祥词为变格一,叶梦得词为变格二	仄韵格	变格一(大江东去)风格与定格迥异,变格二为平韵格
11	《水龙吟》	定格三例,苏轼词、辛弃疾词、陈亮词为定格,苏轼词(霜寒烟冷蒹葭老)为变格	仄韵格	附注中提到,开端句式略有不同,列为变格
12	《石州慢》	贺铸词、张元干词为定格,张元干另一词(寒水依痕)为变格	仄韵格	题解注明,句式不同,附为变格
13	《兰陵王》	周邦彦词为定格,刘辰翁词为变格	仄韵格	刘辰翁词为上去声韵,列为变格

---

① 龙榆生:《唐宋词格律》,张晖主编《龙榆生全集》第二卷,上海,上海古籍出版社,2015年,第243页。

续表

序号	词牌名	变格/别格	所属格	列为变格/别格原因
14	《宝鼎现》	康与之词为定格，刘辰翁词为变格	仄韵格	附注中提到，句式不同，附为变格
15	《调笑令》	定格三例，晁补之词例为变格	平仄韵转换格	题解提到，变格字数从三十二字增为三十八字，联章以成"转踏"

定格即为常见调的格式，变格多为词例在用韵、叠章、句式等形式上与定格有异。值得注意的是，《念奴娇》一调苏轼词（大江东去）列为变格的原因是风格与常见作品不同。

表1-3为无定格，体例分多格的词牌，共19个。

表1-3 无定格，有多格情况

序号	词牌名	格数	所属格	格异原因
1	《浪淘沙》	三格	平韵格	格一单片，为七言绝句式；格二双片，为双调小令式；格三片，为商调慢曲式
2	《玉蝴蝶》	两格	平韵格	格一四十一字，前片四平韵，后片三平韵；格二九十九字，前片五平韵，后片六平韵
3	《浣溪沙》	两格	平韵格	格一四十二字，上片三平韵，下片两平韵；格二又名《山花子》，上下片各增三字，韵全同
4	《采桑子》	两格	平韵格	格一四十四字，前后片各三平韵；格二两结句各添二字，两平韵，一叠韵
5	《临江仙》	四格	平韵格	题解为"约有三格"，格四为"仙吕调慢曲"
6	《六州歌头》	三格	平韵格	格一平韵，格二平仄韵互叶，格三平仄韵转换
7	《天仙子》	二格	仄韵格	格一单片，格二重叠一片为之
8	《生查子》	三格	仄韵格	平仄韵多出入

续表

序号	词牌名	格数	所属格	格异原因
9	《卜算子》	两格	仄韵格	格一四十四字；格二为《卜算子慢》，八十九字
10	《烛影摇红》	两格	平韵格	格一五十字，前片两仄韵，后片三仄韵；格二九十六字，前后片各五仄韵
11	《木兰花》	五格	仄韵格	格一仄韵换韵格；格二仄韵定格；格三为《减字木兰花》；格四为《偷声木兰花》；格五为《木兰花慢》，其中又分正格与变格
12	《踏莎行》	二格	仄韵格	格一五十八字，上下片各三仄韵，四言双起；格二为《转调踏莎行》，六十六字，上下片各四韵
13	《满江红》	二格	仄韵格	格一四例，例四因有衬字而为变格，附注中指出；格二平韵格，以姜夔词为例
14	《瑞鹤仙》	三格	仄韵格	格二起句、结句的句式不同；格三后片增字
15	《南乡子》	三格	平仄韵转换格	格一二例，例二增一字（题解"五代人词略有增减字数者，兹举两式"①）。格二句式不同。格三平韵格，重填一片，以冯延巳词、辛弃疾词为例
16	《河传》	二格	平仄韵转换格	格一、格二字数、韵数不同
17	《虞美人》	二格	平仄韵转换格	格一、格二字数、韵数不同
18	《荷叶杯》	二格	平仄韵错叶格	格一一片，格二重填一片
19	《定风波》	二格	平仄韵错叶格	用韵情况不同，格二仄韵长调

---

① 龙榆生：《唐宋词格律》，张晖主编《龙榆生全集》第二卷，上海，上海古籍出版社，2015年，第291页。

第一章　龙榆生的声调之学、图谱之学、词乐之学与词韵之学

分多格的原因主要有三种。一是句式不同，如双调重叠或断句位置不同等。二是添字格，即增加字数。这两种情况导致用韵不同。第三种分格原因是转韵造成体式有异，如《南乡子》。值得注意的是《木兰花》，格分五种，这说明此五格是并列关系，并无惯常使用的定格一说。其中，格五《木兰花慢》又分"正格"与"变格"①，盖因《木兰花慢》以柳永词（拆桐花烂漫）为正体，因此被列为"慢调正格"；吴文英词（紫骝嘶冻草）非《木兰花慢》的常用体例，故而被列为"慢调变格"。

《唐宋词格律》"格""例"混用的现象主要存在于《御街行》《洞仙歌》《水龙吟》《石州慢》等为数不多的词调中。从宽泛的意义上说，"例"可以理解为"变格"，如《御街行》以例一（范仲淹词）为"正格"，以例二（无名氏词）为"变格"。"例"是"词例"之意，这个主体概念从未变更，但有时附加了"格"的含义。还原此书的写作背景便能理解这种现象：在课程建设的最初阶段，教学者难免会在框架设计时出现文字重复、前后未能统一等情况。

《唐宋词格律》的题解包含词牌的渊源流变、宫调所属、字句格式、用韵情况，兼涉填词声容指导。这表明，作为词谱常规的内容，题解均涉及。

附注是指文章、书刊等末尾用来补充说明或解释正文的文字。《唐宋词格律》三十一个词调有附注，附注的位置在词格和词例后。经检，全书附注大致有如下五种作用。

作用一是说明句法的使用规则。如《满庭芳》定格附注："后片第四句是上一、下四句法。"② 又如，《八声甘州》定格附注："结尾倒数第二句是特殊句法，中间两字多相连属。"③

作用二是指出领格字的用法。且看《忆旧游》定格附注："此调有

---

① 龙榆生：《唐宋词格律》，张晖主编《龙榆生全集》第二卷，上海，上海古籍出版社，2015年，第224~228页。
② 龙榆生：《唐宋词格律》，张晖主编《龙榆生全集》第二卷，上海，上海古籍出版社，2015年，第191页。
③ 龙榆生：《唐宋词格律》，张晖主编《龙榆生全集》第二卷，上海，上海古籍出版社，2015年，第196页。

六领格字，如周记'记''听''渐''道''叹''但'，并宜用去声。"① 又，《六丑》词后附注，"词中领格字如'正''但''似'及上一、下四句式中'葬''渐'等字并用去声"②。

作用三是标明用韵情况，并拓展关联的知识。如《木兰花》格五《木兰花慢》附注："南宋诸家颇不一致，开端多改作上二、下三句法，后片二言短韵后，或改作五言两句。亦有略去两片中间诸两言短韵者，并为举例。"③ 又如《法曲献仙音》词例下附注："姜词第三、四部韵往往同用，殆是江西方音。如《长亭怨慢》'矣''此'（三部）与'絮''户''许''树''暮''数''付''主''缕'（四部）等字同叶，是其证。"④

作用四是列出词的小序以说明词牌创制背景与格式体例。《洞仙歌》《法曲献仙音》《满江红》三个词牌有此现象。龙榆生在苏轼填的《洞仙歌》（冰肌玉骨）后附原序，旨在说明"后来作者，多依此体"⑤；姜夔填的《法曲献仙音》后附原序，龙榆生未做说明，或为词作补充写作背景⑥；姜夔填的《满江红》后附原序，原序对词调的创作情况做了翔实的说明，龙榆生放在附录中有阐述用韵原委和普及创制背景之意⑦。

作用五是提炼总结，拈出学习此词牌之关捩处。试读《暗香》词后附注：

词中平仄句豆，皆与"定格"小有出入，但多以入作平。如

---

① 龙榆生：《唐宋词格律》，张晖主编《龙榆生全集》第二卷，上海，上海古籍出版社，2015年，第200页。

② 龙榆生：《唐宋词格律》，张晖主编《龙榆生全集》第二卷，上海，上海古籍出版社，2015年，第286页。

③ 龙榆生：《唐宋词格律》，张晖主编《龙榆生全集》第二卷，上海，上海古籍出版社，2015年，227页。

④ 龙榆生：《唐宋词格律》，张晖主编《龙榆生全集》第二卷，上海，上海古籍出版社，2015年，第248页。

⑤ 龙榆生：《唐宋词格律》，张晖主编《龙榆生全集》第二卷，上海，上海古籍出版社，2015年，第245页。

⑥ 龙榆生：《唐宋词格律》，张晖主编《龙榆生全集》第二卷，上海，上海古籍出版社，2015年，第248页。

⑦ 龙榆生：《唐宋词格律》，张晖主编《龙榆生全集》第二卷，上海，上海古籍出版社，2015年，第250页。

姜词"月色"此作"香色",姜词"玉人"此作"红衣",姜词"怪得"此作"亭亭",姜词"香冷"此作"玉润",姜词"寂寂"此作"屏侧",姜词"夜雪"此作"背酣",可悟宋词平仄出入及变仄韵格为平韵格,亦皆有其一定规矩,非可率意为之。①

姜夔词(旧时月色)与张炎词(无边香色)在附注之前,故此段附注是针对姜词与张词而写。《暗香》词牌列出姜夔自度此曲的序,并述张炎填词时将此词牌更名《红情》的缘由。附注在题注的基础上详细比较了两首词在用韵上的微妙差别,"非可率意为之"意在提醒学词者需领会宋人转韵的规律。

又如《哨遍》,龙榆生题解列出苏轼词序,定格举苏轼词(为米折腰)和辛弃疾词(一壑自专)二例,附注曰:"此词大体仍依苏格,惟平仄韵部颇多差异,逐字比较观之自得,不更详标。"②此段附注同样提醒学词者需比较二例在用韵时的差异,领悟填写此词的奥妙。

再如,《兰陵王》以周邦彦词(柳荫直)为定格、以刘辰翁词(送春去)为变格,题解注"此曲音节,犹可于周词反复吟咏得之"③,意在提示学习者要更注重此词牌定格的音律与节奏的规制。

试读《戚氏》的附注:

第一段"正"字,第三段"遇""念""渐""对"等字皆领格,宜用去声。又"当年少日"与"对闲窗畔"二句,皆上一、下三句式。在长调慢词中,此等处最宜注意,须于曼声长吟之际,细加玩味,方能有所领悟,掌握节奏声容。此类甚多,读者推寻自得,未一一列举也。④

---

① 龙榆生:《唐宋词格律》,张晖主编《龙榆生全集》第二卷,上海,上海古籍出版社,2015年,第255页。
② 龙榆生:《唐宋词格律》,张晖主编《龙榆生全集》第二卷,上海,上海古籍出版社,2015年,第309页。
③ 龙榆生:《唐宋词格律》,张晖主编《龙榆生全集》第二卷,上海,上海古籍出版社,2015年,第283页。
④ 龙榆生:《唐宋词格律》,张晖主编《龙榆生全集》第二卷,上海,上海古籍出版社,2015年,2015年,第310页。

这段附注指引学词者留意《戚氏》词牌中的重点字句，推及长调慢词的学词要点，领悟节奏与声情之关系。读者数例并读，便可体味龙榆生在撰写《唐宋词格律》时的深意。

详细分析附注的五种作用可知，附注的内容板块与题解大体相同。通常而言，题解字数不宜过长，因此某些未能在题解中展现的内容、针对具体词例的解释性内容、提示学词者关注的重点内容以及部分拓展性的内容便以附注的形式灵活散置于词格和词例下。采用拆解处理的方式后，《唐宋词格律》的排版更为清简，读者阅读较为顺畅、轻松，分解的知识点具有较强的针对性，附注与题解以相辅相成的方式帮助学习者完成学习任务。

初学词者将《唐宋词格律》奉为填词圭臬，但也有研究者从《唐宋词格律》的写作初衷、实际体例、词谱理念等方面做了研究之后提出：这本讲义不是一本词谱[1]。在此基础上，有学者分析《唐宋词格律》的书名、体例与宗旨，发现"凡例不严谨，部分词格概念不准确，部分定格、例词选择不恰当"，认为这是一本"用倚声学理论（由声调之学发展而来）改造传统词谱而形成的重视声情协会的著作"[2]。《唐宋词格律》确有瑕疵，比如凡例未为详备，体例概念混用，词调名和别名的收录体例混乱等，但这些问题可从龙榆生文献目录搜集不够齐备精准、写作框架初具但细节仍需完善等方向去考虑。

三、《唐宋词格律》的编写之妙

1962 年《唐宋词格律》以讲义的形式问世，然而写一本简约词谱的想法早已被龙榆生列入词学研究计划中。1941 年，他在《晚近词风之转变》中曾透露，"别取词调若干，制为简谱，说明其声韵配合之妙，俾学者有所遵循，而便于研习，庶斯道得以微而复振，历久不

---

[1] 蔡国强：《论〈唐宋词格律〉不是词谱》，《中国韵文学刊》2019 年第 2 期，第 67～72 页。

[2] 姚鹏举：《论龙榆生〈唐宋词格律〉的书名、体例与宗旨》，《词学》2021 年第 45 辑，第 264 页。

渝"①。简约与便学是写制词谱的原则,《唐宋词格律》取常见词调153个,标以平仄、句读,精选词例,每篇题解、附注言简意赅,从词牌数量、写作体式上看确实较"简",但"简约"不等于"简单"。龙榆生在编写时充分考虑了词谱的现代实用性与古今通约性,力图以词调表情弥补词乐已失的遗憾,使得这本从文本出发的词谱最大限度地与音乐融通。《唐宋词格律》的编写特点可以"加法"与"减法"进行归纳。

(一)加法

1. 考镜源流,辨词体嬗变

《唐宋词格律》从源流、宫调、种类、别名、词例等多方面解释词调,为读者梳理词牌的来源、流变、体式。《唐宋词格律》中凡例(八)言:"词有从七言绝句或单调小令增演为引、近、慢者,亦依万树《词律》旧例,依次排列,以明发展因由。"②《唐宋词格律》的题解注重论述词体从诗、曲两种文体中独立出来的过程。如《浪淘沙》,龙榆生将词例分为"七言绝句式""双调小令式""商调慢曲式"。此"三式"按出现时间先后排列,揭示了词牌同调异体现象的谱式系统。"三式"从一片衍为两片、三片,文本形态的差异体现了词与诗、曲交互发展的历史脉络,解释了词有"一调多体"的原因,这比简单地列出词之"又一体"更为精审。《苏幕遮》题注"(此调为)西域舞曲"③,《菩萨蛮》题注"此调原出外来舞曲"④,表明了词体在演进过程中受到外来曲调之影响。再如《木兰花》,龙榆生收录五种格式,注"兹列五格,以见一曲演化之由,他可类推"⑤,提示学词者举一反三,体会"演化之由"。这些增加的内容再现了词体的历史活动样貌,复原

---

① 龙榆生:《晚近词风之转变》,张晖主编《龙榆生全集》第三卷,上海,上海古籍出版社,2015年,第475页。
② 龙榆生:《唐宋词格律》,张晖主编《龙榆生全集》第二卷,上海,上海古籍出版社,2015年,第145页。
③ 龙榆生:《唐宋词格律》,张晖主编《龙榆生全集》第二卷,上海,上海古籍出版社,2015年,第234页。
④ 龙榆生:《唐宋词格律》,张晖主编《龙榆生全集》第二卷,上海,上海古籍出版社,2015年,第295页。
⑤ 龙榆生:《唐宋词格律》,张晖主编《龙榆生全集》第二卷,上海,上海古籍出版社,2015年,第224页。

了词调的特殊形式，便于读者明晰词的演化规律。

2. 详解声情，明表情关系

《唐宋词格律》尤为强调声韵配合之妙，此于题解中在在可见。如《一剪梅》题解："每句并用平收，声情低抑。"①《破阵子》题解："此双调小令，当时截取舞曲中之一段为之，又可想见激壮声容。"②《沁园春》题解："格局开张，宜抒壮阔豪迈情感，苏、辛一派最喜用之。"③《满江红》题解："声情激越，宜抒豪壮情感与恢张襟抱。"④《唐宋词格律》融入龙榆生潜心研究声情之学的心得，这个写作特色可以从龙榆生的早期文章《研究词学之商榷》中寻得线索："吾人不妨于诸家'图谱之学'外，别为'声调之学'。"⑤ 早年，龙榆生从研究传统的图谱学著作中找到突破口，继而用于声调之学的研究；晚年，龙榆生把声调之学的研究成果反哺于图谱学研究，编撰了《唐宋词格律》。声调之学理论的汇入使得《唐宋词格律》创新了传统词谱的叙述元素和内容板块。做了这个加法，《唐宋词格律》从传统的词谱著作中被区分出来，带有较强的个性。加法之举实现了他多年前拟作词谱的初衷："俾学者有所遵循，而便于研习，庶斯道得以微而复振，历久不渝。"⑥

3. 纠偏定律，复词之本原

词牌在流变的过程中会出现误用或用韵不统一的现象，《唐宋词格律》指出部分惯常发生的错误。例如，《寿楼春》题注"有用以填寿者，大误"⑦；《苏幕遮》来源于西域舞曲，"《词谱》谓宋词家所用，

---

① 龙榆生：《唐宋词格律》，张晖主编《龙榆生全集》第二卷，上海，上海古籍出版社，2015 年，第 183 页。
② 龙榆生：《唐宋词格律》，张晖主编《龙榆生全集》第二卷，上海，上海古籍出版社，2015 年，第 185 页。
③ 龙榆生：《唐宋词格律》，张晖主编《龙榆生全集》第二卷，上海，上海古籍出版社，2015 年，第 204 页。
④ 龙榆生：《唐宋词格律》，张晖主编《龙榆生全集》第二卷，上海，上海古籍出版社，2015 年，第 248 页。
⑤ 龙榆生：《唐宋词格律》，张晖主编《龙榆生全集》第二卷，上海，上海古籍出版社，2015 年，第 243 页。
⑥ 龙榆生：《晚近词风之转变》，张晖主编《龙榆生全集》第三卷，上海，上海古籍出版社，2015 年，第 475 页。
⑦ 龙榆生：《唐宋词格律》，张晖主编《龙榆生全集》第二卷，上海，上海古籍出版社，2015 年，第 199 页。

盖因旧曲另度新声"①;《清平乐》题注"《尊前集》载有李白词四首,恐不可信。兹以李煜词为准"②;《调笑令》在"北宋以后,多用不转韵格"③。增加纠偏内容不仅还词调之本貌,亦可使学词者在模仿、创作时免于出错。

(二) 减法

1. 精选百调,降学词难度

《词谱》收词牌660个,《钦定词谱》有826调,《词式》多达840调。《唐宋词格律》仅收词153调,是词之简谱,有些龙榆生在日常创作中使用过的词牌名(如《一萼红》《玉阑干》《玉漏迟》《红林檎近》等)也没有被选入《唐宋词格律》。初学者在规模庞大的词谱面前易生畏难情绪,精选常见词调而成的词谱更适合推广普及,具有较高的实用价值。

2. 版式简约,降阅读负担

《唐宋词格律》的题解与附注功能大致相同,附注或列词格下,或置词例后——与词调有关的知识点得以用碎片化、摘要式的方式呈现。因此,全书的版式留白合理,框架板块明晰,知识点一目了然,学习者的阅读体验感好,学习效率高。

3. 规格定律,筛烦冗体式

经历漫长的发展,词调在创制中展现了多体样貌,有的结构细调,有的用韵微异,不能单纯地以对错、正误、真伪来裁定。面对纷繁巨作,初学者难免无所适从。龙榆生化繁为简,将118个常见词调断为"定格","原有平仄两体者,视其应用范围的广狭以定隶属,而以使用较少者附见于后"④。《声声慢》题注:"历来作者多用平韵格,而《漱

---

① 龙榆生:《唐宋词格律》,张晖主编《龙榆生全集》第二卷,上海,上海古籍出版社,2015年,第234页。
② 龙榆生:《唐宋词格律》,张晖主编《龙榆生全集》第二卷,上海,上海古籍出版社,2015年,第297页。
③ 龙榆生:《唐宋词格律》,张晖主编《龙榆生全集》第二卷,上海,上海古籍出版社,2015年,第293页。
④ 龙榆生:《唐宋词格律》,张晖主编《龙榆生全集》第二卷,上海,上海古籍出版社,2015年,第145页。

玉词》所用仄韵格最为世所传诵,因即据以为准。"①《水龙吟》题注:"各家格式出入颇多,兹以历来传诵苏、辛两家之作为准。"②《宴清都》"以吴词为准"③。《齐天乐》"以姜词为准"④。对于编制词谱者而言,这样的裁定需要底气与勇气。正因为龙榆生的这份学术担当与学术自信,《唐宋词格律》被学词者奉为圭臬,学词者可以在这条路上领略主流的词调风景,赏析某个词牌系统下诞生的千年佳作,快速找到填词的门径。如前所述,当时课堂的情景是"同学们很快学会填词的方法。有些天资聪颖的同学马上在课堂上填起词来"⑤。

在既做加法又做减法的编制手眼下,《唐宋词格律》确立了精简得当的写作思路。《唐宋词格律》筛选最常见的词调,融渊源、正变、宫调、声情等为一体,加入编选者的填词体会("附注"提示了重点内容),在精密的系统内探究词调的相关知识,摸索出适合现当代学词者学习填词的法式。从这个意义上说,《唐宋词格律》为词谱的发展与现代化演进贡献了较高的实用价值,理应引起研究者的重视。

第五节　四声之争:原始语境与词学思潮

20世纪40年代前后,词坛发生了重要的词学批评论争事件——"四声之争"。这场交锋是词学家们对民国以来"梦窗热"的冷思考,他们就"四声"应如何遵守、"四声"对于词风有何影响等问题展开了激烈的讨论。龙榆生既是争论者,也是组织者,他所主编的《词学季刊》和《同声月刊》成为争论的主阵地,冒广生、夏承焘、龙榆生、

---

① 龙榆生:《唐宋词格律》,张晖主编《龙榆生全集》第二卷,上海,上海古籍出版社,2015年,第251页。

② 龙榆生:《唐宋词格律》,张晖主编《龙榆生全集》第二卷,上海,上海古籍出版社,2015年,第265页。

③ 龙榆生:《唐宋词格律》,张晖主编《龙榆生全集》第二卷,上海,上海古籍出版社,2015年,第270页。

④ 龙榆生:《唐宋词格律》,张晖主编《龙榆生全集》第二卷,上海,上海古籍出版社,2015年,第271页。

⑤ 徐培均:《待漏传衣意未迟——忆龙榆生师在研究班的教学》,张晖编《忍寒庐学记——龙榆生的生平与学术》,北京,生活·读书·新知三联书店,2014年,第96页。

吴庠、夏敬观等为核心的午社词人和张尔田、施则敬等午社外词学名流在刊物上发表观点。当今学者围绕这场"四声之争"做了比较研究①。研究文章多从整体出发，龙榆生的观点仅作为其中一部分呈现。在争论白热化期间，龙榆生的主要观点是反对墨守"平仄四声"，希望重新审视"梦窗热"。然而，结合其"声调之学"的研究理论再行追索可以发现，反对墨守"平仄四声"以及重新审视"梦窗热"是龙榆生在"四声之争"矛盾聚焦期的观点，他在论争前已陆续发文，观点呈阶段性变化，且其观点既有词史支撑，亦有声调之学理论的科学论证，故有必要完整、立体展现龙榆生在"四声之争"中的观点变化。

一、质疑：论协律与四声平仄无关

学者认为，"四声之争"的直接起因是冒广生在1939年7月所写的一篇长文《四声破迷》，"此文后改名《四声钩沉》，发表在1941年5月的《学林》第7辑。文章虽然两年后才发表，但成文后即在午社以及朋友圈里流传，并引起争论"②。冒广生的文章是引爆"四声之争"的导火索。但早在1933年，龙榆生已在《词律质疑》中提出"北宋词但言乐句无四声之说"③，进而明确表达"近人词以四声清浊当词律之不尽可信"④的观点，此可视为龙榆生对四声发表意见的第一阶段。

在《词律质疑》中，龙榆生分析了苏轼《念奴娇》（大江东去）和《念奴娇》（凭高远眺）这两首词，前者协律，后者不协律，他通过对比得出结论：北宋时期的词有乐但无四声之说，"四声之说，北宋既无所闻，求之周、柳集中，亦多不合……北宋诸词，所谓不协音律之

---

① 较为重要的文章有：马大勇、杜运威《论民国"守四声"风气的生成演变与午社词人的拨乱反正》，朱惠国《午社"四声之争"与民国词体观的再认识》，薛玉坤、罗俊龙《民国词坛"四声之争"钩沉——以午社词人为中心》。
② 朱惠国：《午社"四声之争"与民国词体观的再认识》，《中山大学学报》（社会科学版）2014年第2期，第9页。
③ 龙榆生：《词律质疑》，张晖主编《龙榆生全集》第三卷，上海，上海古籍出版社，2015年，第209页。
④ 龙榆生：《词律质疑》，张晖主编《龙榆生全集》第三卷，上海，上海古籍出版社，2015年，第219页。

说,固以'乐句'为准,非必一字之清浊四声,不容稍有出入也"①,当时所谓不协律,是不入"乐"的意思,而非不合四声平仄之意。他认为音律与词谱不可混为一谈,"音谱之不同于后来之所谓词谱,即见四声清浊之未足以赅词律"②。

龙榆生再将方千里词、杨泽民词、清真词与周邦彦词对勘,指出被后世奉为圭臬的万树《词律》的谬误,进一步证明音律与词谱是有区别的。如果严格按照词谱填入四声,未必妥帖,恐有以讹传讹之嫌。龙榆生认为,如果一定要按四声填入,那就得回到北宋填词的原始语境,以是否合乐来衡量:"词之协律与否,自当以音谱及管弦为断"③,"文字上,固不易确定某字为合律与不合律也"④。

张炎《词源》辨四声清浊,此为清末民初填词论四声之根源。龙榆生从根源处解读,指出《词源》在辨析"四声清浊与音谱关系"时值得注意的五点:

(一)欲歌词之协律,必使歌者按之,乃可决定其当否。
(二)四声清浊,与音谱有密切关系。
(三)歌词之不合律者,可由歌者设法宛转迁就之。
(四)歌者未必通声律。
(五)按谱当以可歌者为律,不宜只依旧本之不可歌者一字填一字,以讹传讹。⑤

归纳此五点,龙榆生指向的都是一个意思:填词以可歌为准,不必字字依旧谱四声规则填。定调制曲决定了四声的安置,但谁也无法穿越

---

① 龙榆生:《词律质疑》,张晖主编《龙榆生全集》第三卷,上海,上海古籍出版社,2015年,第215页。
② 龙榆生:《词律质疑》,张晖主编《龙榆生全集》第三卷,上海,上海古籍出版社,2015年,第210页。
③ 龙榆生:《词律质疑》,张晖主编《龙榆生全集》第三卷,上海,上海古籍出版社,2015年,第219页。
④ 龙榆生:《词律质疑》,张晖主编《龙榆生全集》第三卷,上海,上海古籍出版社,2015年,第211页。
⑤ 龙榆生:《词律质疑》,张晖主编《龙榆生全集》第三卷,上海,上海古籍出版社,2015年,第216页。

到最初的语境一探究竟，语言的变化在后世词谱中必有体现，如何证明哪些字符合最初的四声，哪些字不符合？即使推断再合理，思维再严谨，也注定这是一个无法用实践检验其真伪的结论了。持严守四声论者难以反驳，反对严守四声论者又提不出在多大轨辄中可不守四声的依据。《词律质疑》发表于《词学季刊》一卷三号，未引起更多反响，原因也大概在此。

由远及近，龙榆生对况周颐等近代词人"以四声清浊当词律"的说法提出质疑，"所谓四声清浊之说，证之宋贤遗制，亦未祛疑"[①]。由于音律已失，"墨守四声"便缺乏历史依据和存在根基，故不可再误解前人主张（如张炎《词源》）来立今日填词之规则。龙榆生主张以一种圆融的态度对待只能吟而不能唱的词，"词既有共同之规式，则或依平仄，或守四声，自可随作者之意，以期不失声情之美"[②]。"随作者意"已然是非常宽泛的提法了，他认为"词情相协"才是创作中最应当被重视的。

二、裁定：平仄四声在填词中的严与宽

龙榆生的《词律质疑》还有投石问路之意，他之深意在于为创制新体乐歌做铺垫，故其在结论中说："今言词之音律，既不能规复宋人之旧，则何妨自作长短句，而使新乐家协之以律，以验声词配合之理？"[③] 此后，龙榆生深研词的组织关系。1936年，他在《论平仄四声》展现四声研究方面的初步成果。该文论证了四声平仄在歌词中的运用、去声字在歌词上的特殊地位、拗体涩调应严守四声、去声字在词中转折处之关系[④]。《论平仄四声》基本解决了平仄四声在填词中的严与宽的问题：寻常之调，"率以两平两仄相间，其体出于唐人近体律、绝诗

[①] 龙榆生：《词律质疑》，张晖主编《龙榆生全集》第三卷，上海，上海古籍出版社，2015年，第223页。

[②] 龙榆生：《词律质疑》，张晖主编《龙榆生全集》第三卷，上海，上海古籍出版社，2015年，第223页。

[③] 龙榆生：《词律质疑》，张晖主编《龙榆生全集》第三卷，上海，上海古籍出版社，2015年，第223页。

[④] 龙榆生：《论平仄四声》（原载于《词学季刊》第三卷第二号），张晖主编《龙榆生全集》第三卷，上海，上海古籍出版社，2015年，第353～359页。

者，多可不必拘泥"①；但对于清真、白石、梦窗所创制的涩调，"其平仄四声之运用，尤不可不确守成规"，"盖一字之配合，各有其声律上之作用，稍经移易，便不复成腔矣"②。此可视为龙榆生研究四声的第二阶段。

表面上看，龙榆生对是否严守四声依然持"两可"的观点，但这一阶段他已在《词律质疑》的"随作者意"上推进了研究，即对守四声的规则有了细致的区分：梦窗等人创制的调，如《倒犯》《六丑》《花犯》等冷僻之词牌，应该按照其原作平仄来填，因为这些词牌是与当时歌曲相协的，如果移易，则不能成腔，亦不能准确表达这首词牌的声情。对于古已有之的词牌，则不需要按其词作严守四声。朱惠国指出："夏承焘、龙榆生、吴眉孙等人虽反对拘守四声，但并非彻底抛弃声律，而是采取一种既讲声律，又不拘守声律的态度，比较科学。"③龙榆生"既讲声律，又不拘守声律"的结论是从词体发展的角度做出的辨析，对盲目墨守四声的词坛主流声音提出了不同的看法。

如果不严守四声论，又当如何填词？龙榆生在《论平仄四声》中说，"四声与音律，虽为二事，然于歌谱散亡之后，由四声以推究各词调声韵组织上之所由殊，与夫声词配合之理，亦可得其仿佛"④。他对自己在《词律质疑》提出的未解问题做了解答。对比《词律质疑》可知，龙榆生依然秉持守四声与协音律应当分开而论的观点，但认为可以从字与声的关系中探求词调的艺术特征，这是他在深研"梦窗词"之后对"墨守四声"现象做出的深层解读，也是对《词律质疑》观点的修正和补充。

三、调整：厘清误解到改革词风

对于创作是否需要严守四声问题，龙榆生在20世纪30年代的行文

---

① 龙榆生：《论平仄四声》，张晖主编《龙榆生全集》第三卷，上海，上海古籍出版社，2015年，第354页。
② 龙榆生：《论平仄四声》，张晖主编《龙榆生全集》第三卷，上海，上海古籍出版社，2015年，第358页。
③ 朱惠国：《午社"四声之争"与民国词体观的再认识》，《中山大学学报》（社会科学版）2014年第2期，第14页。
④ 龙榆生：《论平仄四声》，张晖主编《龙榆生全集》第三卷，上海，上海古籍出版社，2015年，第353页。

和观点相对平和。进入20世纪40年代,他的文章锐利自信,主张泾渭分明,主要原因有二:其一,龙榆生对晚近词风因"苛守四声"而出现的流弊甚为不满;其二,龙榆生已在上一阶段对如何守四声提出了清晰的路径,这使得他不惧墨守四声者的质疑。在真正进入论争的这一阶段,龙榆生写了多篇文章,调整了"四声之争"的争论指向,即由单纯地反对墨守四声调为清理晚近学习梦窗词的误解,进而转向改革晚近词风。

龙榆生在《晚近词风之转变》中直截了当地指出当下词坛受制于"四声"的情况:"于是填词家有专选僻调,悉依其四声清浊,一字不敢移易者,虽以声害辞,以辞害意,有所不恤也。"① 他以朱祖谋晚年不拘律为例,指出打着"尊吴"旗号的守律者实则未能领会"严守四声"的真谛:"往岁彊村先生虽有'律博士'之称,而晚年常用习见之调。尝叩以四声之说,亦谓可以不拘。然好事之徒乃复斤斤于此,于是填词必拈僻调,究律必守四声,以言宗尚所先,必惟梦窗是拟……以此言守律,以此言尊吴,则词学将益沉埋。"② 在《填词与选调》中,龙榆生分析王鹏运、朱祖谋词,说明苏辛词对二人创作的影响,指出二人词作将"词情"置于极高位置:"至二家全集,虽亦常用僻调,而声情俱到之作,终亦在文从字顺中。且王从稼轩入,而朱从东坡出,固非'七宝楼台'者,所能梦见也。"③ 龙榆生认为,打着"尊吴"旗号的守律者将"遵守四声"解为"苛守四声",在创作中忽视真性情,在推敲文字上走向极端,他们举王、朱二人"墨守四声"之旗是缺乏足够的事实依据的。

龙榆生直言,将今日词风之弊、词体之衰归算到梦窗甚至王运鹏、朱祖谋等人身上是不妥的,此词风盛行必将导致词学走向灭绝:"拘之者为之,则不量学者程度之深浅,不察时势之需要,务以艰深拒人以千

---

① 龙榆生:《晚近词风之转变》,张晖主编《龙榆生全集》第三卷,上海,上海古籍出版社,2015年,第473页。
② 龙榆生:《晚近词风之转变》,张晖主编《龙榆生全集》第三卷,上海,上海古籍出版社,2015年,第473~474页。
③ 龙榆生:《填词与选调》,张晖主编《龙榆生全集》第三卷,上海,上海古籍出版社,2015年,第444页。

里之外，必使斯道日即于沉沦澌灭而后已……"①

吴眉孙与龙榆生观点趋近。吴眉孙在《与夏瞿禅书》《致夏瞿禅书》《复夏瞿禅书》中指出，朱祖谋倡梦窗而精深声律，填词时出入自由，既守声律又展词情。学梦窗词无错，错在学词者只是邯郸学步，一味地选用僻调，堆积炫目的文字，未能真正理解声律与词采之关系，忽视了内容与形式的相协合一。②

吴眉孙、龙榆生的批评直捣黄龙，拆解了词坛严守四声的根基。对这场争论，龙榆生总结道："今沪上词流，如冒鹤亭（广生）、吴眉孙（庠）诸先生，已出而议其非矣。吴氏与张孟劬、夏瞿禅两先生，往复商讨，力言词以有无清气为断，而深诋襞积堆砌者之失，孟劬先生亦然其说，而以情真景真，为词家之上乘，补偏救弊，此诚词家之药石也。"③龙榆生的总结绝非"和事佬"式的抚慰，而是深层次进行剖析，他直指争论的本质：反对墨守四声实际上是要清算"梦窗热"的弊端，扭转词坛"语语襞绩"的现状，最终振兴词学。这场争论是词坛有识之士直面旧体词困境后的思考，也是解放词体的内在要求，更是推进新体乐歌和标举苏辛的绝好时机。

综合龙榆生在四声问题发表的观点可见，他始终站在反对"墨守四声"的一面，认为词意是创作者应当首先考虑的。第一阶段，龙榆生从词史出发，得出"墨守四声"并无历史依据的结论，但他泛泛提出的"随作者意"难以真正说服"墨守四声"者。第二阶段，龙榆生依旧从词史出发，回答"守与不守"和"如何守"的问题，在微观层面提出了有说服力的实践方案。第三阶段，龙榆生抛出"四声之争"的核心和本质问题，将词坛词风不振的根本原因与词体发展的自身需求联系起来，力主创作适合社会发展、时代需求的词作，体现了非同一般的眼力与魄力。马大勇、杜运威认为，"在龙榆生引导下，由'反四声'开始转向'反梦窗'，一场革新词坛风气，要求重视词体情感内容

---

① 龙榆生：《晚近词风之转变》，张晖主编《龙榆生全集》第三卷，上海，上海古籍出版社，2015年，第474页。
② 参见杨传庆编著《词学书札萃编》，天津，南开大学出版社，2015年，第313～316页。
③ 龙榆生：《晚近词风之转变》，张晖主编《龙榆生全集》第三卷，上海，上海古籍出版社，2015年，第474页。

和社会功能的文学运动悄然启幕"①。

"四声之争"表面因"尊吴"而起，实则是不能歌、不能服务于当下形势的词体不可避免地走向衰落的表现。龙榆生敏锐地抓住批评的实质问题，力图扭转这种陷入形式之困的流弊，他认为改革词体势在必行，并适时提出创制新体乐歌的革故鼎新的构想，在论争中起到重要作用，有改革词体之功。

第六节　倚声而作：词体辨析与韵文发展之关系

1933年，大陆书局发行胡云翼《中国词史略》，这是中国词学研究由传统转向现代的代表著作之一。胡云翼对词的起源、文体形式及其时代缘起均有论述。同年，龙榆生也撰写了《词体之演进》，开始了他对词之起源等问题的考索。他从"正名"起，推演了词从唐宋间之"今曲子"至"长调"的进化之路，指出从音乐入手，"即词之起源问题，与诗、词、曲三者之界限，亦可迎刃而解矣"②。1934年，龙榆生著《中国韵文史》，上篇《诗歌》，下篇《词曲》，虽不是专为词史所作，但亦辟"词史"专章。他在"编辑凡例"中特别指出，《中国韵文史》"对于世行文学史，颇寓'补偏'之意，故稍详于词曲，而略于诗歌"③，故可将此书的下篇视为《词曲史》。

《中国韵文史》"以一种体制之初起与音乐发生密切关系者为主"，"注重题材之发展与流变"④，循此一文（《词体之演进》）一史（《中国韵文史》）的写作思路可知，龙榆生没有孤立地研究"词"之起源和特性，而是将词体放在韵文发展史的长河中予以观照，向上溯及词与诗之关系，往下注重词与曲之关联。

---

① 马大勇、杜运威：《论民国"守四声"风气的生成演变与午社词人的拨乱反正》，《贵州社会科学》2017年第3期，第42页。
② 龙榆生：《词体之演进》，张晖主编《龙榆生全集》第三卷，上海，上海古籍出版社，2015年，第115页。
③ 龙榆生：《中国韵文史·编辑凡例》，张晖主编《龙榆生全集》第一卷，上海，上海古籍出版社，2015年，第7页。
④ 龙榆生：《中国韵文史·编辑凡例》，张晖主编《龙榆生全集》第一卷，上海，上海古籍出版社，2015年，第7页。

一、论"词"之起源、体貌与"诗"之关系

何谓"词"？由于对于词体论述的切入视角不同，龙榆生关于词体之论述与同时代学者的观点略微有异。

刘毓盘在《词史》《自序》、正文之第十一章"结论"、附录一《词略》中皆有论述：

> 词者诗之余。①
>
> 词者，意内言外之谓也。其旨隐，其辞微。言之不足，故长言之。长言之不足，故嗟叹之……上不与诗合，下不与曲和。不知者以小道目之。②

刘毓盘从两个方面"释词"：一是从起源来看，诗在前、词在后，"词者诗之余"；二是从审美功能看，因"意与志不同"，诗与词之审美功能也不同，"词者，意内言外之谓也"。

对于"诗之余"观点，胡云翼在《中国词史略》中持否定态度："许多古人都从诗里去找长短句，只要是不整齐的诗便说是词的滥觞"③。龙榆生则认为，"诗之余""长短句"等观点不能用于释"词"："凡所称'诗余''乐府''长短句''琴趣外篇''乐章''歌曲'一类之雅号，皆所以附庸于风雅，而于词之本体无与。知词为'曲子词'之简称，而所依之声，乃隋、唐以来之燕乐新曲，则'词为诗余'之说，不攻自破。"④ 在龙榆生看来，词的各种别名所展现的只是词的某一特点，比如"诗余""长短句"体现了词与其他文体不同的文字排列

---

① 刘毓盘：《词史》，北京，商务印书馆，2017年，第179页。
② 刘毓盘：《词史》，北京，商务印书馆，2017年，第183页。
③ 胡云翼：《中国词史略》，长沙，岳麓书社，2011年，第1页。
④ 龙榆生：《词体之演进》，张晖主编《龙榆生全集》第三卷，上海，上海古籍出版社，2015年，第115页。《中国韵文史》亦有论述："所谓'词'，为'曲子词'之简称；在唐宋间，或称'曲子词'（《花间集序》），或称'今曲子'（《碧鸡漫志》），或仅称'曲子'（《画墁录》）。至称'长短句'，或曰'诗余'，则又晚出之名，非其朔也。"参见龙榆生《中国韵文史》下篇第二章"燕乐杂曲词之兴起"，张晖主编《龙榆生全集》第一卷，上海，上海古籍出版社，2015年，第89页。

形式,"乐府""琴趣外篇""乐章""歌曲"等别号则部分体现了词的音乐性特征。刘毓盘用"诗余"的观点来考察词体,将词视为诗之剩意,此论述属于古典词学研究形态,其思维模式依然没有走出古典词学的理念。龙榆生为词释名时将音乐元素纳入考量体系,认为"诗余"等词之各种别称只是词的部分表征,非其本体。他从音乐入手,寻求词之本体的方向,即词是伴随"隋、唐以来之燕乐新曲"而产生的文体,如此便将"词"体之起源、特征从"诗"的体系中剥离出来,有视词学为独立的学科体系之深意。

詹安泰和龙榆生被视为20世纪词学从传统走向现代的两位关键人物[①]。在解释词体时,詹安泰指出,词体、诗体均自为一家,不可混为一谈:"至若倚声,为调既繁,为体尤多;且调有定字,字有定声,按谱填倚,制限殊严。名称体制,俱为异域之所无;循名核实,岂可混同于诗歌!而或以派入诗歌一类,似亦未为精确也。"[②]"派入诗歌"即"诗之余"之意,詹安泰认为以此解释词体是不准确的,他和龙榆生均认为诗与词体是近亲,词与音乐的关系决定了词自有其体性和体貌。

同时代的词学家中,胡云翼亦从词与音乐之关系入手探求词体起源。他认为"绝不能拿诗歌的关系来解释,而必须拿音乐的关系来解释"[③]。

由此可见,胡云翼、詹安泰和龙榆生不约而同地由音乐入手探求词与音乐的关系。胡云翼指出了方向,却未及深究;詹安泰考察、判定的是词体形成之后,在演进发展中与音乐凿枘契合的关系;而龙榆生则深入考察了词体从起源、发展到衰败的整个进程中词与乐的配合方式:"故谓之'填词',又称'倚声',并先有'声'而后有'词'"[④],"终之以依声而制之词,经过若干时间酝酿涵育,与夫种种障碍,历二三百载,而后体势乃大成"[⑤]。

[①] 参见彭玉平《况周颐与晚清民国词学》,北京,中华书局,2021年,第432页。
[②] 吴承学、彭玉平编:《詹安泰文集》之《中国文学上之倚声问题》,广州,中山大学出版社,2004年,第3页。
[③] 胡云翼:《中国词史略》,长沙,岳麓书社,2011年,第5页。
[④] 龙榆生:《中国韵文史》下篇第一章"词曲与音乐之关系",张晖主编《龙榆生全集》第一卷,上海,上海古籍出版社,2015年,第87页。
[⑤] 龙榆生:《词体之演进》,张晖主编《龙榆生全集》第三卷,上海,上海古籍出版社,2015年,第148页。

在审美功能上，词"意内而言外"的观点由来已久。张惠言在《词选序》中有类似的表述："意内而言外谓之词。其缘情造端，兴于微言，以相感动……然要其至者，莫不恻隐盱愉，感物而发，触类条鬯，各有所归，非苟为雕琢曼辞而已。"① 学者刘扬忠指出，刘毓盘的"词学观念与《词史》基本脉络的表述，大致是继承张惠言的"②。"意内言外"缘于《离骚》变雅中常用的"比兴"，在上古诗歌中，"比兴"为一种重要的艺术表现手法，但若以此来为词定性，龙榆生认为不妥，他在《唐五代宋词选》的导言中指出：

> 这个"意内而言外"的词字，原来指的是言词之词，并非为后来的词体，预先定下的……所谓"意内而言外"的词字，就是说：一个人要说得一口动人的话，是要微婉的，要把所要说的意思藏在骨子里面的。把这个意义，引申做"词章"之词……把词字来代表诗歌的一体，这算是引申的第一个意义。可是我们现在所要研究的词，还不是这个说法。③

上述表述可知，龙榆生认为"词"之本意是指相对于说话而言的文辞，不是文学体裁，"意内言外"只能作为"词"这个文体表达功能中的一部分，不足以概括它作为独立文体的全部特征，更何况诗、词均有"意内言外"的传统功能，因此"意内言外"不足以成为词之本性。

什么是词？龙榆生是这样定义的：

> 我们现在所谈的词，是唐宋以来与新兴音乐结合而产生的一种新诗体。本来叫做"曲子词"，又叫"乐府歌词"，又叫"杂曲子词"。单把一个词字来代表这种新诗体，原来是个简称。所谓"曲子词"，就是说这个体裁，是"倚曲"而作的。所以作词叫"填词"，又叫"倚声"，是表示这种长短句的歌词，定要依照某种制

---

① 张惠言：《词选序》，孙克强主编《中国历代分体文论选》上，北京，北京交通大学出版社，2006 年，第 344 页。

② 刘毓盘：《词史》，北京，商务印书馆，2017 年，第 230 页。

③ 龙榆生：《唐五代宋词选·导言》，张晖主编《龙榆生全集》第八卷，上海，上海古籍出版社，2015 年，第 3 页。

定的曲谱的节拍，配上文字，没有增减的自由的。①

龙榆生指出，"词"是文学体裁，是有特定曲谱所规矩的新诗体。他为词定性时把握了两条主线：一是词与音乐的关系，二是词与诗的关系。综合而论，与音乐配合的不同方式是区别诗与词的重要特征。他在《词体之演进》中有更深入的阐述："诗、乐本有相互关系；诗歌体制，往往与音乐之变革，互为推移。在古乐府中，亦有先有词而后配乐，或先有曲而后为之制词者。后者为填词之所托始，而所填之曲，则唐、宋以来之词，与古乐府又截然二事。"② 也就是说，诗词均有音乐配合吟唱，但诗是先有文字后有音乐，词则是先有音乐而后填入文字。

由此可见，龙榆生在梳理词之起源时厘清了词与诗之间的关系，他没有从字的表面意义释"词"，而是从词的发生起源探求词之本质，并放在韵文史的角度观照词在起源时与诗之关联，以此为词定性，认为词是"一种适应时代的产物"③，是"最富于音乐性的新诗体"④。龙榆生将词视为专门的文体（故其在《研究词学之商榷》中将词之研究视为专门学科）进行研究，提出"先声后词"是区别词与诗的重要标准之论断，而词所倚之"声"最早出于隋、唐以来的燕乐杂曲。

二、论"词"与"曲"之关系

刘毓盘的《词史》⑤、胡云翼的《中国词史略》⑥ 均于首章论及词与诗、乐府之关系，而对于"词与曲之关系研究"未有推进。龙榆生重视词曲演变脉络，在《中国韵文史》中以专题论述"词曲与音乐之

---

① 龙榆生：《唐五代宋词选·导言》，张晖主编《龙榆生全集》第八卷，上海，上海古籍出版社，2015年，第3～4页。
② 龙榆生：《词体之演进》，张晖主编《龙榆生全集》第三卷，上海，上海古籍出版社，2015年，第110页。
③ 龙榆生：《唐五代宋词选·导言》，张晖主编《龙榆生全集》第八卷，上海，上海古籍出版社，2015年，第4页。
④ 龙榆生：《唐五代宋词选·导言》，张晖主编《龙榆生全集》第八卷，上海，上海古籍出版社，2015年，第5页。
⑤ 参见刘毓盘《词史》第一章"论词之初起由诗与乐府之分"，北京，商务印书馆，2017年。
⑥ 参见胡云翼《中国词史略》第一章"词的起源"，长沙，岳麓书社，2011年。

关系"，目的是"以'词''曲'同篇，借见演化之迹"①。中华人民共和国成立后，龙榆生论词依然不离曲，其论著《词曲概论》上编的"论源流"专论"词曲的特性和两者的差别"。综合龙榆生论"词"与"曲"之关系的所有文本，其观点大约有三。

第一，词曲同源。对于曲的起源，龙榆生依然是从文学体裁与音乐生态的关系入手分析。"'词''曲'二体，原皆乐府之支流；特并因声度词，审调节唱，举凡句度长短之数，声韵平上之差，莫不依已成之曲调为准；复因所依之曲调，随音乐关系之转移，而'词'与'曲'各自分支，别开疆界。"② 词与曲都是先有音乐而后有文字。

第二，由乐定词。词与曲皆是依"声"而作，在《词曲概论》首章"词曲的特性和两者的差别"中，龙榆生开篇即指出："词和曲都是先有了调子，再按它的节拍，配上歌词来唱的。它是和音乐曲调紧密结合的特种诗歌形式，都是沿着'由乐定词'的道路向前发展的。"③ 起源相同，但词与曲在传播、发展中因着地缘的变化，乐器、民俗喜好等差异造成曲从词中分离出来，而后两种文体各开疆宇，"由北宋词乐转化为北曲，由南宋词乐推进为南曲"④。

在地缘变化上，龙榆生指出北宋初期的民族矛盾造成文化北上受阻，于是北方的民间艺人创作的新曲与唐五代的旧曲结合而成北曲系统，南宋词与温州一代的地方戏结合，构成南曲系统。在乐器差异上，南宋的伴奏乐器以管色为主，北宋的伴奏乐器主要是琵琶，属弦索类，自由活动的余地更大，"由于伴奏乐器的不同，所以声情有缓急，文字有疏密"⑤。"声情缓急"与"文字疏密"实际上是词、曲组织结构的问题，因此龙榆生再次从内部机制（音乐性）出发，探求词、曲外部

---

① 龙榆生：《中国韵文史》，张晖主编《龙榆生全集》第一卷，上海，上海古籍出版社，2015年，第88页。
② 龙榆生：《中国韵文史》，张晖主编《龙榆生全集》第一卷，上海，上海古籍出版社，2015年，第87页。
③ 龙榆生：《词曲概论》，张晖主编《龙榆生全集》第一卷，上海，上海古籍出版社，2015年，第221页。
④ 龙榆生：《词曲概论》，张晖主编《龙榆生全集》第一卷，上海，上海古籍出版社，2015年，第229页。
⑤ 龙榆生：《词曲概论》，张晖主编《龙榆生全集》第一卷，上海，上海古籍出版社，2015年，第229页。

形式（组织结构）的差异。

第三，词曲结构殊姿。"（词曲）的组织形式，要比近体诗复杂而又进步得多"①，龙榆生认为"词所以'上不似诗，下不类曲'，它的主要关键，仍只在曲调的组成方面"②。"我们要了解词的特殊艺术形式，简略地说来，是该从每个调子的声韵组织上去加以分析，是该从每个句子的平仄四声和整体的平仄四声的配合上去加以分析，是该从长短参差的句法和轻重疏密的韵位上去加以分析"③。他解剖词曲组织结构，考察歌词形式的差别，关注四声平仄的搭配："（词的）押韵，是上、去二部同用，平声部和入声部各自单独使用；北曲没有入声，其余三声互叶；南曲有入声，而其他三声亦平仄互叶。"④ 曲调失传，他借助文献材料和四声、声韵的字词内部关系来推衍词、曲与音乐的关系，以大量的例子证明：韵位疏密产生的节奏变化直接影响了词曲喜怒哀乐等表情的表达。

三、关注民间歌曲

诗、词、曲皆起源于民间，在接受文人改造后而成为新兴文体。龙榆生持"词起源于民间说"："'词'之最初作品，固原于民间流行之小曲也。"⑤《云谣集杂曲子》的大部分作品表达了征戍之苦与妇人之怨，内容写实，龙榆生由此推测是"开元、天宝间盛行之民间歌曲"⑥。他阐明了从民间歌谣入手以研究词体发展的路径，认为这是词学历史的重要一环："中国所有新兴文体，其始皆出自民间；迨行之既久，乃为文

---

① 龙榆生：《词曲概论》，张晖主编《龙榆生全集》第一卷，上海，上海古籍出版社，2015 年，第 332 页。
② 龙榆生：《谈谈词的艺术特征》，张晖主编《龙榆生全集》第三卷，上海，上海古籍出版社，2015 年，第 632 页。
③ 龙榆生：《谈谈词的艺术特征》，张晖主编《龙榆生全集》第三卷，上海，上海古籍出版社，2015 年，第 636 页。
④ 龙榆生：《词曲概论》，张晖主编《龙榆生全集》第一卷，上海，上海古籍出版社，2015 年，第 230 页。
⑤ 龙榆生：《中国韵文史》，张晖主编《龙榆生全集》第一卷，上海，上海古籍出版社，2015 年，第 94 页。
⑥ 龙榆生：《中国韵文史》，张晖主编《龙榆生全集》第一卷，上海，上海古籍出版社，2015 年，第 93 页。

人所注意,由接受而加以改进,以跻于'大雅之堂'。词体之兴,亦犹此例。"①

龙榆生将"从民间探寻词体之源"的思路沿用至宋词词体演进史中。在考察小令、慢词等各种词体形貌的产生情况时,他从民间传播入手,寻找词体的最初形态,而后详考对词体改造起了关键作用的词人、词作,从而建立完整的词史发展链条,比如在溯源小令的产生时重点关注温庭筠,在推衍慢词的发展史时重点关注周邦彦。

综上所述,龙榆生从三个方向综论词之起源、体貌、特性:一是将词放在韵文史中观照,探寻诗、词、曲之间的共性和特性。二是考察词与音乐的关系、词内部组织结构的构成,"乐曲的节拍长短,和声音轻重,都有一定的组织,和适当的配合。所以倚曲而填的歌词,必须依照他的各个不同的曲调,一一按其长短,权其轻重,叫作与歌曲配起来,吻合无间,这样才能歌唱,这样才配叫做填词"②。三是详考词起源于民间并经历了从民间到案头的发展历史,"吾人研究词学演进之历史,正须考核当世民间歌曲情形"③。"从民间到案头"的研究思路给予龙榆生创制新体乐歌极大的启发,在创办音乐刊物时,他注意搜集民间歌曲,也希望同好注意吸取民间歌谣形式来创作新体歌词。

---

① 龙榆生:《中国韵文史》,张晖主编《龙榆生全集》第一卷,上海,上海古籍出版社,2015年,第93页。

② 龙榆生:《唐五代宋词选》,张晖主编《龙榆生全集》第八卷,上海,上海古籍出版社,2015年,第4~5页。

③ 龙榆生:《中国韵文史》,张晖主编《龙榆生全集》第一卷,上海,上海古籍出版社,2015年,第93页。

第二章　龙榆生的批评之学

"批评之学"是龙榆生词学研究重点所在。词之创作源于唐，盛于宋。自有词的创作，词学理论和词学批评亦随之而起。彭玉平指出，词学批评学是指"词学学科之中以现代著述方式，并以自创理论对词史发生发展进行历史性的源流梳理，总结词史发展的规律之学。词学批评学的核心就是努力建构一种词学观念与词史发展的融通之学"①。

龙榆生所倡导的词学批评学是"词史之学与批评之学结合而成"②。唐五代至近代，词家迭出、词作繁盛。面对浩瀚的词家词作，龙榆生于1933年在《词体之演进》列出重点关注的词家名录："所谓'士行尘杂'之温庭筠，'薄于操行'之柳永，乃为斯体开山作祖。疆土既辟，而其收获乃穷极奇变，蔚为中国文学之大观。大家如韦庄、冯延巳、晏殊、欧阳修、晏几道、苏轼、秦观、贺铸、周邦彦、辛弃疾、姜夔、王沂孙、吴文英、张炎、周密之伦，各宏造诣，或且高出于温、柳二家。"③ 此十七家是龙榆生重点关注的词人。另外，翻检龙榆生论词家的文章，他重点研究的词家还有李清照（《漱玉词叙论》）、李煜（《南唐二主词叙论》）、朱敦儒（《试论朱敦儒的〈樵歌〉》），清末四大词家王鹏运、文廷式、郑文焯、况周颐（《清季四大词人》）以及朱祖谋、陈洵。此二十六家皆为对词体演进、词派形成有卓越之功者，经由词家词作入手，龙榆生勾勒了中国词史发展的轨迹线与平面图，并沿着现代词学批评的方向开始了他的研究。

---

① 彭玉平：《况周颐与晚清民国词学》，北京，中华书局，2021年，第5页。
② 彭玉平：《况周颐与晚清民国词学》，北京，中华书局，2021年，第103页。
③ 龙榆生：《词体之演进》，张晖主编《龙榆生全集》第三卷，上海，上海古籍出版社，2015年，第148～149页。

第一节　雅言滋养：论唐五代词学之内蕴与审美

唐、五代词人中，龙榆生最重视的词人有四位：温庭筠、韦庄、冯延巳、李煜。《唐宋名家词选》中，此四人词入选最多：温庭筠词 15 首、韦庄词 13 首、冯延巳词 12 首、李煜词 16 首。

一、论温庭筠引导民间俗曲转为文人制曲

温庭筠对词体的开创之功为词论家所肯定。刘毓盘称，"温庭筠出，始专为词"①，"词必以温庭筠为第一，为其厚也"②。胡云翼认为，"温庭筠是词史上第一个词人"③。龙榆生从"文人制曲"与"词体独立"的角度肯定温庭筠在词史中的开拓意义，"诗客之刻意作曲子，与词体之独立，当推庭筠为祖"④。温庭筠的自觉创作引导了民间俗曲转为文人雅词，"知著意填词，实始温氏"⑤。正是由于温庭筠"著意填词"，词才从胡夷里巷走向文人学士的案头。"温词对于后来之影响，实开'镂金错采'一派；而与民歌风格，相去日远……由是民间俗曲，一转而为'乐府雅词'矣。"⑥龙榆生认为温庭筠对辞采的雕琢是提升民间词格调的重要步骤，精致的字词带动风格转变，这便是文学语言进步的表现。

温庭筠改造了"胡夷里巷之曲"的组织形式，创体定调之举标志词体脱离单一的俗曲而成为独立的文体。在《令词之声韵组织》一文中，龙榆生深研温庭筠小令的词调与句法组织，分析了《南歌子》《荷

---

① 刘毓盘：《词史》，北京，商务印书馆，2017 年，第 33 页。
② 刘毓盘：《词史》，北京，商务印书馆，2017 年，第 192 页。
③ 胡云翼：《中国词史略》，长沙，岳麓书社，2011 年，第 9 页。
④ 龙榆生：《词史要略》，张晖主编《龙榆生全集》第二卷，上海，上海古籍出版社，2015 年，第 361 页。
⑤ 龙榆生：《词史要略》，张晖主编《龙榆生全集》第二卷，上海，上海古籍出版社，2015 年，第 362 页。
⑥ 龙榆生：《词史要略》，张晖主编《龙榆生全集》第二卷，上海，上海古籍出版社，2015 年，第 364 页。

叶杯》《蕃女怨》《遐方怨》《诉衷情》《定西番》《思帝乡》《南乡子》《酒泉子》《玉蝴蝶》《女冠子》《归自谣》《河渎神》《河传》等调的句法组织。这些词调是从五言、七言的近体诗演化为二言、三言、四言、五言、七言长短不一的词，且曲牌组织形式变化不尽相同①，整理后见表2-1。

表2-1 曲牌组织形式变化举例

序号	词牌名	组织形式的变化
1	《杨柳枝》	仍为七言绝句体式
2	《忆江南》	增减五、七言诗
3	《菩萨蛮》	除叶韵变化外，原与近体诗句无甚差别
4	《南歌子》	除叶韵变化外，原与近体诗句无甚差别
5	《玉蝴蝶》	除叶韵变化外，原与近体诗句无甚差别
6	《定西番》	叶韵变化，迥异乎诗
7	《归自谣》	以二言、七言、六言、五言诸种句法构成
8	《酒泉子》	以四言、六言、三言、七言、五言诸种句法构成
9	《河渎神》	以五言、六言、七言诸种句法构成
10	《女冠子》	以四言、六言、三言、五言诸种句法构成
11	《清平乐》	以四言、五言、七言、六言诸种句法构成
12	《遐方怨》	以三言、四言、七言、五言诸种句法构成
13	《诉衷情》	以二言、三言、五言诸种句法构成
14	《思帝乡》	以二言、五言、九言、六言诸种句法构成
15	《河传》	以二言、三言、六言、七言、五言诸种句法构成
16	《蕃女怨》	以七言、四言、三言诸种句法构成
17	《荷叶杯》	以六言、二言、三言、七言诸种句法构成

龙榆生取《花间集》的曲调形式做比较，发现曲调在组织形式上由简而繁，由单而复；在结构上由整齐的对句变为参差不齐的长短句：

---

① 龙榆生：《令词之声韵组织》，张晖主编《龙榆生全集》第三卷，上海，上海古籍出版社，2015年，第362～365页。

"集中诸词所依曲调,亦渐见繁复;长短句词体,至是始正式为诗人采用以抒写性情矣。"①在对温庭筠个人词和花间词派群体词的考察中,龙榆生推断"令词之创调,莫备于赵崇祚所编之《花间集》,而温庭筠之作为最早"②。基于详尽的考辨,他得出结论:"温氏为填词家开山作祖,令词之组织,至是始日臻完备,而渐与五七言近体诗脱离。"③

刘毓盘《词史》对温庭筠的创体之功亦有论述:"其所创各体,如〔南歌子〕、〔荷叶杯〕、〔蕃女怨〕、〔遐方怨〕、〔诉衷情〕、〔定西番〕、〔思帝乡〕、〔酒泉子〕、〔玉蝴蝶〕、〔女冠子〕、〔归自谣〕、〔河渎神〕、〔河传〕等,虽自五七言诗句法出,而渐与五七言诗句法离。所谓解其声故能制其调也,宜后人奉以为法矣。"④ 对比两家评论可知,刘毓盘的论述只给出结论,龙榆生则有详尽的推理过程。从龙榆生的分析可知,温庭筠对不同曲调的改造之举推动词乐结合的规范化、模式化,故龙榆生裁断"曲子填词,至庭筠始确立此体者"⑤ 的结论是深可信服的。

二、论花间词派催生令词的成熟

以温庭筠一人之力恐不足以固定令词词乐之轨范,因此龙榆生研究花间词派群体创作,证明了声词配合、词体演进是西蜀词人共同推进的结果。对于花间词派的价值,龙榆生从词风特色和词体演进两个方面予以探求。

在词风特色的研究中,他选取温庭筠、韦庄切入,对薛昭蕴、牛峤、毛文锡、牛希济、欧阳炯、顾敻、魏承班、鹿虔扆、阎选、尹鹗、毛熙震、李珣等蜀中词人词作解读。其论韦庄词,"尚清疏,崇骨气"。

---

① 龙榆生:《词体之演进》,张晖主编《龙榆生全集》第三卷,上海,上海古籍出版社,2015年,第140页。
② 龙榆生:《词史要略》,张晖主编《龙榆生全集》第二卷,上海,上海古籍出版社,2015年,第361页。
③ 龙榆生:《令词之声韵组织》,张晖主编《龙榆生全集》第三卷,上海,上海古籍出版社,2015年,第366页。
④ 刘毓盘:《词史》,北京,商务印书馆,2017年,第34页。
⑤ 龙榆生:《词史要略》,张晖主编《龙榆生全集》第二卷,上海,上海古籍出版社,2015年,第364页。

论牛峤词,"较温韦疏朴;虽情语艳语,一以质直之笔行之;看似不甚婉曲,而'繁弦促柱间,有劲气暗传,愈转愈深'(参用况氏《餐樱庑词话》),耐人寻味,此亦艳词之上乘,不假涂饰为工者也"。论欧阳炯词,"《蕙风词话》炯虽以艳词见称,然亦非绝对不能为澹远语者"。论鹿虔扆词,"多感慨之音"。论薛昭蕴词,"清婉有情致"①。龙榆生总结花间词派风格:"花间词派,及周秦诸家之作,其选词造句,率以雅丽为宗;风月留连,金碧炫眼。"②

在词体演进的研究中,龙榆生详细分析皇甫松(6曲)、韦庄(20曲)、薛昭蕴(8曲)、牛峤(13曲)、张泌(13曲)、毛文锡(21曲)、牛希济(5曲)、欧阳炯(19曲)、顾敻(16曲)、孙光宪(25曲)、魏承班(8曲)、鹿虔扆(4曲)、阎选(5曲)、尹鹗(5曲)、毛熙震(12曲)、李珣(12曲)在《花间集》中作品的调名。"凡此,必皆当时蜀中盛行之曲调,且一曲两段者居多;视刘、白、王、韦、戴之《忆江南》《潇湘神》《调笑》诸曲,仅用单遍者,显有长足之进步……故知时至晚唐,文人对于声词配合之理,渐有相当注意;而词体之进展,亦足于其体势拓张上觇之。"③ 龙榆生推断,成熟于晚唐的令词在格律、技巧、性质上有了独立之属性,词体也在这个漫长的"去民间化"的过程中走向成熟。

三、论韦庄词的清疏绵远

世以"温韦"并称,而民国词论家对韦庄词特色及意义的评论观点不尽相同。刘毓盘未足够重视韦庄词在词史中的意义。《词史》第二章"论隋唐人词以温庭筠为宗"提及韦庄处只有《转应曲》(河汉,河汉,晓桂秋城漫漫),引此词为"诸家以外稍变其体者"之例证④。第三章"论五代词以西蜀南唐为盛"直接论中主、后主二人词。胡云翼

---

① 龙榆生:《词史要略》,张晖主编《龙榆生全集》第二卷,上海,上海古籍出版社,2015年,第366~373页。
② 龙榆生:《苏辛词派之渊源流变》,张晖主编《龙榆生全集》第三卷,上海,上海古籍出版社,2015年,第165页。
③ 龙榆生:《词体之演进》,张晖主编《龙榆生全集》第三卷,上海,上海古籍出版社,2015年,第144页。
④ 参见刘毓盘《词史》,北京,商务印书馆,2017年,第32页。

《中国词史略》视韦庄为"西蜀的第一个词人"①,评曰"他的词不仅在五代堪称大家,即在全部词史上也是极矜贵的一个"②。胡云翼不赞同"温韦并称",因为二人词风截然不同:"韦庄的词没有温词那么浓艳,描写较为质朴直致,而表现较为深刻。有人说温词如浓妆的女人,韦词如淡妆的女人,这比喻是不错的。"③胡云翼重视韦庄词在词史中的意义,且注意比较温韦词风之差异。

龙榆生从三个层次梳理韦庄词风的源流和变化。首先,他肯定温庭筠词对韦庄词的影响:"《花间》词派,首推温、韦二家。庭筠开风气之先,特工'香软'……庄承其风,格已稍变。"④其次,他分析韦庄两次重要的人生经历造成的词风变化,"由其身经黄巢之乱……其词笔清疏,情意凄怨……韦词牵涉此事者甚多⑤,故其情特浓挚;而意深语浅,善用白描"⑥。最后,他指出"温韦"二人词风对西蜀词人产生的不同影响:"西蜀词人,受温、韦二家影响,不免'分道扬镳';大抵浓丽香软,专言儿女之情者,类从温出;其清疏绵远,时有感叹之音者,则韦相之流波,而皇甫松实其先导也。"⑦

龙榆生探析韦庄词对西蜀词朝清疏绵远风格发展的开创之功,评论较胡云翼之论更为深入。韦庄词承温庭筠词开创的词风而来,故将二人并提是有词学渊源和历史基础的。他从韦庄人生经历入手分析其词风格变化是"知人论世"批评观的体现,韦庄姬妾入宫而死之后,他与温庭筠有了不同的词风——温庭筠词资质艳丽,而韦庄善用白描。在龙榆生的分析中,韦庄因"姬妾入宫而死"而改变词风的推断略有牵强。除去不论,他与其他民国词论家论韦庄词的差异体现了他的词学批评特色:一是注重向上溯源,寻找词人创作的历史根基;二是注重当时情

---

① 胡云翼:《中国词史略》,长沙,岳麓书社,2011年,第12页。
② 胡云翼:《中国词史略》,长沙,岳麓书社,2011年,第12页。
③ 胡云翼:《中国词史略》,长沙,岳麓书社,2011年,第12页。
④ 龙榆生:《中国韵文史》,张晖主编《龙榆生全集》第一卷,上海,上海古籍出版社,2015年,第99页。
⑤ 指其姬妾入宫而死之事。
⑥ 龙榆生:《中国韵文史》,张晖主编《龙榆生全集》第一卷,上海,上海古籍出版社,2015年,第99~100页。
⑦ 龙榆生:《中国韵文史》,张晖主编《龙榆生全集》第一卷,上海,上海古籍出版社,2015年,第100页。

势,结合词人的人生经历和环境变迁探析词人词作风格特色及变化;三是注重向下探求词人词风的影响。此三点决定了龙榆生论韦庄词视野开阔且论述深厚。

四、论李煜词启下之功

李煜词历来为词家所厚。在论述李煜词时,龙榆生分期、分段还原李煜词的阶段性特色,展现了李煜词对北宋词风发展所起的重要贡献,其论述脉络清晰,重点突出。

龙榆生将李煜词分为两期而论。"南朝天子爱风流"时期,李煜养尊处优、生活舒适,写出《一斛珠》(晓妆初过)、《浣溪沙》(红日已高三丈透)、《玉楼春》(晚妆初了明肌雪)、《菩萨蛮》(花明月暗笼轻雾)等饶有清气之作,龙榆生评:"前期作品,类极风流蕴藉,堂皇富艳之观。"① "娇艳欲流,又岂在《花间》诸贤之下?"② 后主归宋后,长歌当哭,后期作品风格为之一变,写出《虞美人》(春花秋月何时了)、《相见欢》(林花谢了春红)、《浣溪沙》(转烛飘蓬一梦归)、《浪淘沙》(帘外雨潺潺)等凄怆缠绵伤心人语,"遇过度刺激,血泪迸进,以造成其后期哀感缠绵之作品"③。龙榆生认为,后期这些"无涯之痛,自饶弦外之音"的作品打破花间词派炫丽词风,"后主词不能以迹象求,而感人力量,非任何词家所能企及"④。李煜真情实感的表达拓宽了词的内涵,予词以新生。

"启下"指李煜词对北宋词的影响。在《宋词发展的几个阶段》中,龙榆生将李煜后期词与北宋前期词进行比对,认为寇准、范仲淹、晏殊、欧阳修、王安石等北宋词家"直接南唐系统,从李煜、冯延巳

---

① 龙榆生:《南唐二主词叙论》,张晖主编《龙榆生全集》第三卷,上海,上海古籍出版社,2015年,第350页。
② 龙榆生:《词史要略》,张晖主编《龙榆生全集》第二卷,上海,上海古籍出版社,2015年,第379页。
③ 龙榆生:《南唐二主词叙论》,张晖主编《龙榆生全集》第三卷,上海,上海古籍出版社,2015年,第351页。
④ 龙榆生:《南唐二主词叙论》,张晖主编《龙榆生全集》第三卷,上海,上海古籍出版社,2015年,第351页。

的基础上发展起来的"①。从西蜀的花间词派到江西的北宋初期词人,龙榆生勾连了词学与地域空间文化之间的线索,"晏殊、欧阳修和王安石都是江西人,江西原来就是南唐疆域,中主李璟还曾迁都洪州(南昌),必然会把歌词种子散播于江西境内"②,"晏殊、欧阳修两大作家的词,都是直接南唐系统,和地域关系有重大影响的"③。从地域文学视角思考词学创作、传播的复杂性和传承性,这种类似于文化地理学的研究方法开阔了龙榆生的研词思路。

综上所述,龙榆生纵横双线研究唐五代词人及花间词派。横以文本为主,选取词人词作分析,总结"文人制曲"改制里巷俗曲的贡献;纵以词的组织结构为主,把握"小令词体演进"中词牌变换、句度长短的结合、用韵平仄的配置等多个重要考察点。横纵绾束,龙榆生对词人、词派的词史地位做了较为清晰和准确的描述。他的词学批评既有广博扎实的文献支撑,也有详尽周密的推演过程,行文间较少前人摘录式、感悟式的评价,展示了严密清晰的逻辑性和厚重有力的理论性。

第二节　别建一宗:取宋词疏密二派之长

龙榆生关于"疏、密二派"的叙述最早见于1930年《梦窗词选笺·引论》:"词有疏密二派,苏辛、周吴,分庭抗礼。"④ 他以苏轼、辛弃疾为"疏"派代表,即"豪放派"词人;以周邦彦、吴文英为"密"派代表,与"婉约派"词人意近。1933年,他在《选词标准论》再提"疏""密":"宋词本有疏、密二派(从彊村先生说)。"⑤ 可知,

---

① 龙榆生:《宋词发展的几个阶段》,张晖主编《龙榆生全集》第三卷,上海,上海古籍出版社,2015年,第648页。
② 龙榆生:《宋词发展的几个阶段》,张晖主编《龙榆生全集》第三卷,上海,上海古籍出版社,2015年,第648页。
③ 龙榆生:《宋词发展的几个阶段》,张晖主编《龙榆生全集》第三卷,上海,上海古籍出版社,2015年,第648~649页。
④ 龙榆生:《梦窗词选笺·引论》,张晖主编《龙榆生全集》第六卷,上海,上海古籍出版社,2015年,第457页。
⑤ 龙榆生:《选词标准论》,张晖主编《龙榆生全集》第三卷,上海,上海古籍出版社,2015年,第204页。

龙榆生所举"疏""密"的概念来自朱祖谋。次年11月，他在《唐宋名家词选·初版自序》中系统论述"疏、密二派"：

> 盖自温、韦以来，迄于南唐之李后主、冯延巳，北宋之晏殊、欧阳修、晏几道，为令词之极则，已俨然自成一阶段焉。迨慢曲既兴，作者益众，疏密二派，疆域粗分。疏极于豪壮沉雄，自范仲淹、苏轼以下，晁补之、叶梦得、张孝祥、辛弃疾、陆游、刘克庄、刘辰翁、元好问之徒属之。密极于精深婉丽，自张先、柳永以下，秦观、贺铸、周邦彦、姜夔、史达祖、吴文英、王沂孙、张炎、周密之徒属之。①

龙榆生认为小令自成一体系，"疏""密"二派仅针对慢词长调而言。他圈重点关注的词人置于二派中，将"疏""密"概念与宋词词风之转变绾束而论："疏"所代表的豪放词派又称为"横放一派"（《苏辛词派之渊源流变》）②；"密"所代表的婉约词派，龙榆生亦称之为"典雅词派"（《两宋词风转变论》）③。"疏""密"分类只是大致而论，故龙榆生又言"虽各家亦多开径独行，而渊源所自昭然可睹"④。龙榆生从疏密二派之优长与流弊中思考常州词派的导学门径，重新审视周济标举四家的词学批评观，进而"别建一宗"，提出学习苏、辛、贺、周四家的词学批评观。

一、论苏辛词及豪放词派

论苏辛词是龙榆生词学批评中的重要部分。他撰写了《苏辛词派之渊源流变》《苏门四学士词》《东坡乐府综论》等宏文，笺注了《东

---

① 龙榆生：《唐宋名家词选·初版自序》，张晖主编《龙榆生全集》第七卷，上海，上海古籍出版社，2015年，第406页。
② 龙榆生：《苏辛词派之渊源流变》，张晖主编《龙榆生全集》第三卷，上海，上海古籍出版社，2015年，第172页。
③ 龙榆生：《两宋词风转变论》，张晖主编《龙榆生全集》第三卷，上海，上海古籍出版社，2015年，第291页。
④ 龙榆生：《唐宋名家词选·初版自序》，张晖主编《龙榆生全集》第七卷，上海，上海古籍出版社，2015年，第406页。

坡乐府笺》《苏门四学士词》。在苏辛词的研究中,龙榆生建立词学批评的三个标准——"情境""修辞""声律",并在理论上对常州词派的学词门径提出修正意见。

(一) 论苏辛词的三个标准

1933年,在评骘苏辛词派(《苏辛词派之渊源流变》)时,龙榆生构建了自己在词学批评方法中经常使用的衡量、评判词派和词作的标准,即"情境""修辞""声律"三点论。1934年,他在《苏门四学士词》中将这三个方面修正为"内容""修辞""应用","执苏词之三特征,以衡量其门下之所为,可以推见词风转变之由,与个人情性、时代环境,咸有莫大关系"①。

"情境",指词所展现的内容,即题材、主题、情节,也包括人物形象等。苏词出现以前,词因用于娱宾遣兴,词作大多围绕俗丽场景、美人愁绪而作,内容单一,"多为儿女相思、流连光景之作;虽技术有巧拙,而情景无特殊;展转相仍,久乃令人生厌"②。苏词无事不可入,在歌词内容上开拓一片新天地,龙榆生认为苏辛词派在内容方面的特色是非常明显的:"以歌词抒写热烈怀抱,慷慨淋漓者,即此一派词之特征之一也。"③词由是成为相对严肃而独立的文体,龙榆生对此有所阐发:

> 举宇宙间所有万事万物,凡接于耳目而能触拨吾人情绪者,无不可取而纳诸词中;所有作者之性情抱负、才识器量,与一时喜怒哀乐之发,并可于其作品充分表现之。词体于是日尊,而离普遍性日远。④

---

① 龙榆生:《苏门四学士词》,张晖主编《龙榆生全集》第三卷,上海,上海古籍出版社,2015年,第258页。
② 龙榆生:《苏辛词派之渊源流变》,张晖主编《龙榆生全集》第三卷,上海,上海古籍出版社,2015年,第164页。
③ 龙榆生:《苏辛词派之渊源流变》,张晖主编《龙榆生全集》第三卷,上海,上海古籍出版社,2015年,第165页。
④ 龙榆生:《苏门四学士词》,张晖主编《龙榆生全集》第三卷,上海,上海古籍出版社,2015年,第257页。

"修辞",主要指词的用字、遣词、酌句。苏词以前,花间词派词风盛行,"选词造句,率以雅丽为宗;风月留连,金碧炫眼"。龙榆生讥之,这些字集起来约千字,"在彼一方面言之,则此诸字面,皆曾经锻炼而来,自是最妥溜精雅,适宜于歌诵;而在另一方面观之,适足以表示其贫乏"①。"情境"扩充后,"所有经史百家之言,乃至梵书、俚谚,举凡生硬字面,为花间派所不取用者,皆不妨纳入词中"②。苏、辛等人的豪放词读来朗朗硬气,常有峻峭雄壮之气,不似温庭筠词般"香软",首要原因当然是内容的开阔,但行文中的用字遣句亦有讲究,故有"关西大汉"与"红牙檀板"之典。龙榆生视"修辞"为豪放词派的另一特征:"在修辞方面,但求气骨之高骞,不斤斤于雕琢字面,且不为一般所谓精艳字面所囿者,亦此一派词之一特征也。"③

"声律",即韵律、平仄、节奏等内部组织结构。词是文本与音乐紧密结合的文体,"声律"是词的外在表现形式,因此龙榆生又将"声律"归为"应用"。苏词以前,词主要用于应酬娱乐,协律便歌为衡量佳作的重要标准。至东坡,有些词作不尽协律,但"不足以为诟病"。龙榆生重视音律,何以对苏词如此宽容?原因大致有四。一是苏轼对词体的解放是全方面的,不协律是因为"苏、辛词'是曲子律缚不住',亦即渐与音乐脱离,此苏辛派词之又一特征也"④。二是这种"不协律"实际上并非平仄、韵部的不协,而是可吟诵却不太便歌,"大抵歌词之不协律,即在字句之未深加锻炼,致不能轻圆妥溜,适合歌喉"⑤。放在早已不可管弦的民国,苏词是否协律已无关紧要,故其言"乐谱已渐散亡,词不必可歌"⑥。三是这种非"本色"的词风在南宋便已成为

---

① 龙榆生:《苏辛词派之渊源流变》,张晖主编《龙榆生全集》第三卷,上海,上海古籍出版社,2015年,第165页。
② 龙榆生:《苏门四学士词》,张晖主编《龙榆生全集》第三卷,上海,上海古籍出版社,2015年,第257页。
③ 龙榆生:《苏辛词派之渊源流变》,张晖主编《龙榆生全集》第三卷,上海,上海古籍出版社,2015年,第166页。
④ 龙榆生:《苏辛词派之渊源流变》,张晖主编《龙榆生全集》第三卷,上海,上海古籍出版社,2015年,第167页。
⑤ 龙榆生:《苏辛词派之渊源流变》,张晖主编《龙榆生全集》第三卷,上海,上海古籍出版社,2015年,第166页。
⑥ 龙榆生:《苏辛词派之渊源流变》,张晖主编《龙榆生全集》第三卷,上海,上海古籍出版社,2015年,第166页。

一种重要的词派风格,在词史中有其重要的地位,研究者不可忽视。四是民国社会环境动荡,龙榆生推重苏辛词风以期重振国民士气。梳理词体发展历程可知,苏词突破香艳词局限,把花前月下举杯清唱、合以紫箫节以红牙的词风改造成冲破一切束缚的横放词风;另一方面,这也是词体自我发展的内部力量所推动,词体日尊,乐谱渐失,作为一种文学体裁,词之佐酒遣兴的功能逐步淡化,抒怀感世的功能增强,作为文本阅读,协律的重要性暂退居次位。龙榆生从历史和现实的角度辩证地看待苏词与音律不相协的问题,他认为苏词虽未能合律,但推动了词体的发展与创新。

"情境"是评判词格、词境的准绳,"修辞"是评判技巧、运笔的要求,"声律"则是评判创作中运用平仄四声、韵部韵律的准则。这三个标准是探讨词之"文"与"质"相协的法式。此后,在评骘典雅词派(典型词派)、浙西词派、常州词派等各词派和词人作品时,龙榆生也常常以此为准绳。如其评价典型词派,"于音律和谐之内,益求词句之浑雅,于是典型词派兴焉"①。这三个标准解决了声情如何相谐的问题,"情境""修辞""声律"三点对应的正是"情""词""声","吾尝以为'声''情''词'三者不相应,便不足以为诗歌,尤不足以言乐曲"②。这三个标准是一种科学的文艺理论批评思想,既各自独立又需综合考量,成为龙榆生词学批评中经常使用的重要理论。

(二)对词人词作的具体评骘

有了批评标尺,龙榆生对豪放一派的苏轼词、苏门四学士词和辛弃疾词做了精研,在研究思路上,他对词人词作亦是分期而治,细致入微。

1. 论苏轼词

在《东坡乐府综论》中,龙榆生将苏轼词风分为三期:杭州至密州为第一期,自徐州贬至黄州为第二期,离开黄州之后为第三期。苏轼《少年游·润州作代人寄远》《江城子·湖上与张先同赋》是第一期的

---

① 龙榆生:《两宋词风转变论》,张晖主编《龙榆生全集》第三卷,上海,上海古籍出版社,2015年,第287页。
② 龙榆生:《从旧体歌词之声韵组织推测新体乐歌应取之途径》,张晖主编《龙榆生全集》第三卷,上海,上海古籍出版社,2015年,第234页。

代表作,"第一期中,初则往来常、润,少年气度,潇洒风流,故其词亦清丽飘逸"①。这一时期的苏东坡流连江南风土,笔下景色气象清新,词风疏朗,故有"杨花似雪,犹不见还家""一朵芙蓉,开过尚盈盈"等清峻词句。即使是在同一时期,龙榆生也再细分词作风格的变换:"吴兴余杭,又多诗人墨客文酒谈宴之欢,故虽奔走舟车,略无羁旅之感。殆去杭赴密,生活乃稍干燥……风雨对床之吟,离群索居之苦,郁伊谁语,爰寄歌词。"② 在第一期的后半段,苏轼的《永遇乐·至海州与太守会于景疏楼上寄孙巨源》《蝶恋花·密州上元》《江城子·乙卯正月二十日夜记梦》等词已有凄婉之音。"东坡之去南而北,原为兄弟之情,乃束于官守,仍不得常相晤对"③,写于这个时期的著名词作《水调歌头》兼怀其弟子由,"人有悲欢离合,月有阴晴圆缺""但愿人长久,千里共婵娟"等句"充分表现其忧生之感"④。

龙榆生以苏轼谪居黄州时期的词为最好,"读东坡词,自当以四十至五十间诸作品为轨则"⑤。龙榆生认为政治失意、生活苦闷、环境艰苦是促成苏轼词走向巅峰的外因:"得意失意,循环起伏,所受激刺愈深,而表现于文字者因以愈至。吾恒谓东坡诗词,至黄州后,乃登峰造极,皆生活环境促之使然也。"⑥《定风波·沙湖道中作》"潇洒自然,而无穷伤感,光芒内敛"⑦;《临江仙》(夜饮东坡醒复醉)、《鹧鸪天》(林断山明竹隐墙)"皆真气流行,空灵自在,而一种悲忧怀抱,乃隐

---

① 龙榆生:《东坡乐府综论》,张晖主编《龙榆生全集》第三卷,上海,上海古籍出版社,2015年,第306页。
② 龙榆生:《东坡乐府综论》,张晖主编《龙榆生全集》第三卷,上海,上海古籍出版社,2015年,第306页。
③ 龙榆生:《东坡乐府综论》,张晖主编《龙榆生全集》第三卷,上海,上海古籍出版社,2015年,第307页。
④ 龙榆生:《东坡乐府综论》,张晖主编《龙榆生全集》第三卷,上海,上海古籍出版社,2015年,第307页。
⑤ 龙榆生:《东坡乐府综论》,张晖主编《龙榆生全集》第三卷,上海,上海古籍出版社,2015年,第310页。
⑥ 龙榆生:《东坡乐府综论》,张晖主编《龙榆生全集》第三卷,上海,上海古籍出版社,2015年,第307~308页。
⑦ 龙榆生:《东坡乐府综论》,张晖主编《龙榆生全集》第三卷,上海,上海古籍出版社,2015年,第308页。

现于字里行间"①。

去黄州后，苏轼词风又变。"东坡既饱经忧患，又怵于文字之易取愆尤，五十而还，益趋恬淡，诗词文艺，率以游戏出之，不复多所措意……大抵即事遣兴，间参哲理，拟之黄州诸作，稍嫌枯淡"，龙榆生认为这一阶段的词风多游戏之作，文字真味减少。这一期的名作《如梦令·元丰七年浴泗州雍熙塔下戏作》《减字木兰花·己卯儋耳春词》"率尔而成，毫不著意，其意态消沉，可见一斑"②。

2. 论苏门四学士词

秦观、黄庭坚、晁补之、张耒被称为"苏门四学士"。秦观词通常被认为最不像东坡词，但龙榆生认为秦观开"婉约"一派，后期词与东坡近，较其他三人而言成就最大。秦观词，龙榆生以遭贬前后划为两期：

> 初期多应歌之作，不期然而受《乐章》影响。中经游宦，追念旧欢，虽自出清新，而终归婉约。晚遭忧患，感喟人生，以环境之压迫，发为凄调。③

龙榆生以"内容、修辞、运用"分析秦观词在前期不似东坡词的原因。内容上，秦词多抒男女思慕，"仍不免牵于俗尚，未能别开疆土"④。修辞技巧上，秦观词"以协律入歌为主，故于修辞必求婉丽，运意多为含蓄"⑤。运用上，秦观词语工而入律，流播管弦之，专为应歌之作。秦观迁谪，"词境遂由和婉而入于凄厉"⑥，如《阮郎归》（湘

---

① 龙榆生：《东坡乐府综论》，张晖主编《龙榆生全集》第三卷，上海，上海古籍出版社，2015年，第308~309页。
② 龙榆生：《东坡乐府综论》，张晖主编《龙榆生全集》第三卷，上海，上海古籍出版社，2015年，第308~310页。
③ 龙榆生：《苏门四学士词》，张晖主编《龙榆生全集》第三卷，上海，上海古籍出版社，2015年，第264页。
④ 龙榆生：《苏门四学士词》，张晖主编《龙榆生全集》第三卷，上海，上海古籍出版社，2015年，第259页。
⑤ 龙榆生：《苏门四学士词》，张晖主编《龙榆生全集》第三卷，上海，上海古籍出版社，2015年，第259页。
⑥ 龙榆生：《苏门四学士词》，张晖主编《龙榆生全集》第三卷，上海，上海古籍出版社，2015年，第263页。

天风雨破寒处)、《踏莎行》(雾失楼台)、《好事近》(春路雨添花)等,龙榆生言"转变作风;风骨之高,乃渐与东坡相近"①。

苏门四学士词中,黄庭坚对苏轼解放词体的精神继承得最为彻底,又下启稼轩,是豪放词风从"清雄"演进为"沉雄"的重要过渡者。黄庭坚亦有遭贬经历,又从东坡游,词境风格受苏轼影响极大。黄庭坚的《水调歌头·游览》《定风波·次高左藏使君韵》《鹧鸪天·答史应之》"摆脱宛转绸缪之度,一以空灵疏宕之笔出之"②。在技巧和内容方面,龙榆生认为黄庭坚词与苏轼词有一脉相承之处:

> 山谷接轨东坡,而下启稼轩,于词体中别开生面者,尚有两种:一种为叶韵全用相同之语助词,或櫽栝他人诗文以入律……一种为借词体以说哲理。此风开自东坡,而山谷绍述之。③

苏轼以诗入词,辛弃疾以文入词,黄庭坚櫽栝诗文入词,如《瑞鹤仙》(环滁皆山也)多处櫽栝《醉翁亭记》文。苏词开议论先河,融叙述与抒情言志为一体,书写宇宙人生的哲理感悟;黄庭坚亦承苏风,《渔家傲》以禅宗语为词,影响了辛弃疾,龙榆生评曰:"稼轩之以《庄子·秋水篇》入词,与《道藏》中各家词集之言修炼导引术者,大抵皆由苏、黄之解放词体,导其先河也。"④

龙榆生对晁补之的评价极高,认为助推苏轼豪放词风的两位重要词人是晁补之和辛弃疾,"北宋有无咎,南宋有稼轩,皆山东人,而东坡得此两贤,为之翊赞;于是豪放一宗,驵夺正统派之席而代之矣"⑤。晁补之词作亦近东坡。一是其有北人性格,用意潇洒、笔势壮阔,这是

---

① 龙榆生:《苏门四学士词》,张晖主编《龙榆生全集》第三卷,上海,上海古籍出版社,2015年,第264页。
② 龙榆生:《苏门四学士词》,张晖主编《龙榆生全集》第三卷,上海,上海古籍出版社,2015年,第267~268页。
③ 龙榆生:《苏门四学士词》,张晖主编《龙榆生全集》第三卷,上海,上海古籍出版社,2015年,第268~269页。
④ 龙榆生:《苏门四学士词》,张晖主编《龙榆生全集》第三卷,上海,上海古籍出版社,2015年,第269页。
⑤ 龙榆生:《苏门四学士词》,张晖主编《龙榆生全集》第三卷,上海,上海古籍出版社,2015年,第271页。

从词境标准而论。二是"格调既高,乃益变化,有时竟以散文之法施之填词"①,如《万年欢·次韵和季良》"直抒胸臆,一似书札体裁"②,这是从修辞技巧而评。三是,从应用来看,晁补之的作品与苏轼词一样,不为唱曲而作,纯属抒发胸臆,由此别开天地,极大地拓宽词体内容。把握了晁补之的特点,龙榆生在《唐宋名家词选》中的选词便有了轨辙——《水龙吟·次韵林圣予惜春》《盐角儿·亳社观梅》《洞仙歌·青烟幂处》等近东坡风格的词皆被选入。

张耒词观近东坡,而风格"婉约近少游"③。"(张耒)主张固在内容之充实,与东坡之借词体以表现性情抱负者,仿佛相近"④。张耒词在内容上突破只写美景美人、愁绪相思之藩篱,词境与东坡似;技巧上则不著意横放。龙榆生以张耒代表作《风流子·木叶亭皋下》为例,认为其词作"清丽芊绵,能以韵胜,风格略在秦、柳之间,非东坡所能范围矣"⑤。

对苏门四学士在词史中的贡献,龙榆生有精准的总结。"这四人在填词方面,虽然因了各个性格的刚柔和造诣的深浅有所不同,而作为苏氏的羽翼,替词界别开生面,则是各有其不朽功绩的"⑥,黄庭坚、晁补之"直接苏氏传统,却也各自成家……晁词沉咽凄壮,实为辛弃疾所从出"⑦。龙榆生评苏门四学士词全以气象格调论,于协律几无所涉。他注重选取充分展现个人性格抱负之词进行评骘,因而又从细微处把握各家在技法、内容上对苏词的继承和对辛词的启发。通过对苏门四学士词的分析,龙榆生爬梳苏词至辛词的渊源流变、豪放词的主要特点与发

---

① 龙榆生:《苏门四学士词》,张晖主编《龙榆生全集》第三卷,上海,上海古籍出版社,2015年,第271页。
② 龙榆生:《苏门四学士词》,张晖主编《龙榆生全集》第三卷,上海,上海古籍出版社,2015年,第272页。
③ 龙榆生:《苏门四学士词》,张晖主编《龙榆生全集》第三卷,上海,上海古籍出版社,2015年,第273页。
④ 龙榆生:《苏门四学士词》,张晖主编《龙榆生全集》第三卷,上海,上海古籍出版社,2015年,第273页。
⑤ 龙榆生:《苏门四学士词》,张晖主编《龙榆生全集》第三卷,上海,上海古籍出版社,2015年,第273页。
⑥ 龙榆生:《校订苏门四学士词弁言》,张晖主编《龙榆生全集》第六卷,上海,上海古籍出版社,2015年,第3页。
⑦ 龙榆生:《校订苏门四学士词弁言》,张晖主编《龙榆生全集》第六卷,上海,上海古籍出版社,2015年,第3页。

展变化。

3. 论辛弃疾词

龙榆生对辛弃疾词的研究前后近30年。1929年，龙榆生始入暨南大学讲词，即撰写《稼轩先生年谱》；1957年撰文《试谈辛弃疾词》；其间还写了《苏辛词派之渊源流变》等论述辛词的文章。龙榆生从内容和技巧两方面评骘稼轩词，30年间对辛词的论述思路与观点无大变化。"一为英雄抱负之充分表现，二为语汇之无所不包，慷慨淋漓，一洗儿女情态，而距原始里巷歌词之情调，便已判若天渊……虽间有秾丽之作，然终以激昂横绝为主，与小山、淮海，迥不相侔矣。"① 对于辛词在应用方面（也即"声律"）的不协律，龙榆生愈加宽容，盖因在南宋，词之不协律已渐成风气："晚出稼轩，益复磊落，其不合律处，当较苏氏为尤多。"② 晚年，龙榆生在辛词的研究中增补辛弃疾退闲生活词的品鉴内容。《西江月》（明月别枝惊鹊）、《鹧鸪天》（陌上柔桑破嫩芽）等辛弃疾于晚年所填的词主要反映了农村生活，词风朴素清新。龙榆生认为此时的辛弃疾摆脱了早年"爱掉书袋"的习气，本色填词③。晚年的龙榆生赋闲居沪，对辛词"别调"的研究与当时自己的生活状态、心态不无关联④。

与早年同时代的词学批评家相比，龙榆生对辛弃疾词的研究殊为详尽。刘毓盘《词史》对辛弃疾词的论述只有区区数行，评价为"南宋所谓自成一家也"⑤，《论宋七大家词》章节亦未录苏、辛。胡云翼在《中国词史略》评价辛弃疾为"南宋的白话大词家"⑥，全节未提与东坡词的关系。龙榆生着意辛弃疾词研究，显示了独特的词学批评视角。

第一，辛弃疾词风多变，龙榆生没有散漫而论，而是把握了辛弃疾词豪放一派的主要风格，拈出"沉雄"二字与东坡词之"清雄"加以

---

① 龙榆生：《两宋词风转变论》，张晖主编《龙榆生全集》第三卷，上海，上海古籍出版社，2015年，第291页。
② 龙榆生：《苏辛词派之渊源流变》，张晖主编《龙榆生全集》第三卷，上海，上海古籍出版社，2015年，第166页。
③ 参见龙榆生《试谈辛弃疾词》，张晖主编《龙榆生全集》第三卷，上海，上海古籍出版社，2015年，第625页。
④ 本书主要谈龙榆生对辛词"主调"的研究，故对于"别调"不展开叙述。
⑤ 刘毓盘：《词史》，北京，商务印书馆，2017年，第80页。
⑥ 胡云翼：《中国词史略》，长沙，岳麓书社，2011年，第77页。

区分:"辛以豪壮,苏以清雄,同源异流。"① 此论于词之独到处,尤多发微。

第二,龙榆生指出辛弃疾词在传承苏词风格及壮大豪放词派的重要性。"苏门四学士"承苏词血脉,然仅丰满了此词派之羽翼,若无辛弃疾及其同轨者岳飞、张孝祥、陈亮、刘过、韩元吉等词人的努力,豪放词很可能只是昙花一现,成为偶然出现的天才之词,不可复制也不会壮大,更遑论确立词派,故龙榆生指出:"由东坡'指出向上一路',稼轩益务恢宏。"②

第三,龙榆生从豪放词派的发展及在词史中的地位挖掘辛弃疾在文学史中的贡献。辛弃疾壮大苏轼开辟的"别派",变才士词为英雄词,化"变声"为"本色",龙榆生认为"词发展到了稼轩,才真正在文学史上奠定了它的崇高地位"③。

第四,苏辛词"不协音律"被部分词史家视为非本色,但龙榆生指出豪放派脱离音乐、"专事为词"的改变恰恰扩大了词的内容,提升了词境,词体尤是日尊。

(三)标举苏辛与别建一宗

周济推崇稼轩,龙榆生认为此论未解东坡词真谛:"殊不知东坡词之高处,正在无辙可循,当于气格境象上求,不当以字句词藻论。周氏知稼轩之沉著痛快,而不理会东坡之蕴藉空灵,此常州词派之所以终不能臻于极诣也。"④ 指出常州词派对苏辛词的误判后,龙榆生在标举苏辛的同时也笃定了"别建一宗"的理论构想。

龙榆生对各种词体、词风不持偏论,认为它们在词史中的出现有其必然根源,且各展其妍、各安其位。但相对而言,他对苏辛一派词人更为青睐。

---

① 龙榆生:《东坡乐府综论》,张晖主编《龙榆生全集》第三卷,上海,上海古籍出版社,2015年,第310页。
② 龙榆生:《苏辛词派之渊源流变》,张晖主编《龙榆生全集》第三卷,上海,上海古籍出版社,2015年,第180页。
③ 龙榆生:《试谈辛弃疾词》,张晖主编《龙榆生全集》第三卷,上海,上海古籍出版社,2015年,第613页。
④ 龙榆生:《东坡乐府综论》,张晖主编《龙榆生全集》第三卷,上海,上海古籍出版社,2015年,第311页。

为何龙榆生如此推崇东坡词？第一，东坡词在词史中有着不可替代、独树一帜的地位。它摆脱之前柳永词倡行的浮艳之气，成就新的词格。第二，东坡词虽有不协律之流弊，但无关管弦的解放使得词体不再依附于诗、曲，成为独立之文体。第三，东坡的性情与词风谙合龙榆生所处时代背景和他的心迹抱负。乱世之下，有识之士当乘势而起、有所作为，东坡词风可鼓舞人心、提神振气。第四，龙榆生有意借东坡词推广新体乐歌。在音律渐疏时，正应创制新兴词体，以挽词之颓势。第五，龙榆生希望开宗立派，通过推崇苏辛词来修正浙西词派与常州词派的理论之弊。"彝尊为浙派词人之祖，影响视维崧尤大，而其魄力远不逮维崧；一学姜、张，一学苏、辛，造诣故自不同也。"① 在龙榆生看来，浙派的主要问题是词格不高，他分析了陈维崧与朱彝尊学词门径之异，指出学苏辛词可补格调不高之缺憾。常州词派在晚近词坛走向没落的原因是学梦窗不精导致饾饤堆砌、不重词格之风渐盛。梦窗词不可轻易学，"非有'潜气内转'，不足以运'质实'为'清空'也"②。如何解决这个问题呢？龙榆生给出的答案依然是学习苏辛词。

龙榆生不满浙、常两派的词学理论，欲再立一派。1935年，他在《今日学词应取之途径》中首次谈到"别建一宗"的设想："私意欲于浙、常二派之外，别建一宗，以东坡为开山，稼轩为冢嗣，而辅之以晁补之、叶梦得、张元干、张孝祥、陆游、刘克庄诸人。以清雄洗繁缛，以沉挚去雕琢，以壮音变凄调，以浅语达深情，举权奇磊落之怀，纳诸镗鞳铿鍧之调。庶几激扬蹈厉，少有裨于当时。"③ 龙榆生以东坡词为开山，所列词家的主体风格偏豪放一派，与浙、常二派的理论根基和学词入径迥异，而"有裨于当时"则表现了龙榆生"继承传统的'文章合为时而著，歌诗合为事而作'的文艺思想"（徐培均语）④。此说发表于《词学季刊》第二卷第二号后引起一定的反响，龙榆生自言"时

---

① 龙榆生：《中国韵文史》，张晖主编《龙榆生全集》第一卷，上海，上海古籍出版社，2015年，第172页。
② 龙榆生：《梦窗词选笺·引论》，张晖主编《龙榆生全集》第六卷，上海，上海古籍出版社，2015年，第460页。
③ 龙榆生：《今日学词应取之途径》，张晖主编《龙榆生全集》第三卷，上海，上海古籍出版社，2015年，第300页。
④ 张晖主编：《龙榆生全集》第一卷，上海，上海古籍出版社，2015年，"序"第8页。

人毁誉参半"①。徐培均评曰:"先生时年三十四岁,放言高论,意气风发,爱国热忱,溢于字里行间。其目的乃是在词坛上振衰起敝,开宗立派。志向何其宏伟!虽响应者不多,未能如浙西词派朱彝尊、常州词派张惠言影响之大,但在二十世纪上半叶,不能不是一种大胆的创新之见。"② 张尔田致函二封(《与龙榆生论苏辛词》《再与榆生论苏辛词》)予以批评:"尊论提倡苏辛,言之未免太易。"③ 张尔田认为不宜提倡苏辛有如下三个原因。

首先,苏辛词高峻,既需要以雄厚的文学底蕴为基础,更需要有非同一般的天赋,一般人不具备这样的学力与天分。张尔田说,"苏辛笔力如锥画沙,非读破万卷不能。谈何容易?……古丈(按:指朱祖谋)学苏,偶一为之;半塘(按:指王鹏运)集中,亦多似辛之作,然绝不以辛相命。"④ 张尔田的例证是充分的:朱祖谋和王鹏运都是晚近词坛大家,由诗而词,文学素养深厚,但朱祖谋学苏,偶尔能达到苏之境界;王鹏运学辛,作品也只是近似而已。张尔田通过自己学词体会证明苏辛词难求,"弟才苦弱,望苏辛如在天上,亦只能勉强到遗山尔。知遗山与苏辛之不同,则知东坡稼轩之不可及矣。兄才之弱,亦与仆同。此须读书养气,深自培植。下笔时自有千光百怪,奔赴腕下,不能于词中求也"⑤。张尔田这段话说得毫不客气,指出龙榆生也没有这样的天分、才气与学力,以苏辛词作为学词入门之径是不现实的。

其次,标举苏辛并不能挽救词坛流弊。"尊论谓近日词日趋僻涩,性情襟抱,了不可得。此非词病,乃人为之……根柢既漓,遂成风气,又安望其词之真耶?学梦窗如是,学苏辛又何独不然。"⑥ 张尔田认为,当前词风流弊主要是学梦窗不精所致,"凡学梦窗而僻涩,皆能入而不能出耳"⑦。学苏辛词也存在误读的情况,这与个人学词能力之强弱有关,改宗换帜并不能扭转词之颓势。

再次,标举苏辛不能解决社会问题。龙榆生认为国势衰颓应以苏辛

---

① 龙榆生主编:《词学季刊》(中),北京,国家图书馆出版社,2015年,第886页。
② 张晖主编:《龙榆生全集》第一卷,上海,上海古籍出版社,2015年,"序"第8页。
③ 龙榆生主编:《词学季刊》(中),北京,国家图书馆出版社,2015年,第885页。
④ 龙榆生主编:《词学季刊》(中),北京,国家图书馆出版社,2015年,第885页。
⑤ 龙榆生主编:《词学季刊》(中),北京,国家图书馆出版社,2015年,第885页。
⑥ 龙榆生主编:《词学季刊》(中),北京,国家图书馆出版社,2015年,第885页。
⑦ 龙榆生主编:《词学季刊》(中),北京,国家图书馆出版社,2015年,第886页。

词"提气",张尔田批驳道:"磊落激扬,全在乎气。气先馁矣,而望其强作叫嚣,亦与僻涩者相去不能以寸耳。当此时期,如怨如慕,偶然流露一二壮语者真也。凡无病而呻,欲自负为民族张目者皆伪也。言为心声,当察其微。弟所以有尊体不如尊品之说。"① 张尔田认为,学苏辛不精容易生发一味呼喊叫嚣的毛病,这与学梦窗不精造成僻涩的情况并无二致;另外,当时模仿苏辛词风的作品中,无病呻吟的伪苏辛词多,得苏辛词之精髓而写出真情实意的作品难得一见。因此,张尔田呼吁,与其号召改换宗风重塑词体,不如力劝创作者提高词艺多出精品。

龙榆生对亦师亦友的张尔田尤为尊重,故在《答张孟劬先生》中以委婉谦逊的语气回复道:"苏辛之不易学,由其性情、襟抱、学问,蕴蓄之久,自然流露,此境诚非才弱如勋者所能梦见。然常读二家之作,觉逸怀浩气,恒缭绕于心胸。"② 龙榆生认为,苏辛词的高度难以企及,但加强学习、多读苏辛词可使人常怀浩然之气,这种精神正是当下时势所需,"正惟世风日坏,士气先馁,故颇思以苏辛一派之清雄磊落,与后进以渐染涵泳,期收效于万一"③。

张尔田的两封信札给龙榆生以启发,他意识到,一味摇旗呐喊"标举苏辛"是行不通的,故又在《今日学词应取之途径》中设想了辅助途径:"必欲于苏、辛之外,借助他山,则贺铸之《东山乐府》、周邦彦之《清真集》,兼备刚柔之美,王灼曾以'奇崛'二字目之(见《碧鸡漫志》)。参以二家,亦足化犷悍之习,而免末流之弊矣。"④ 这是龙榆生首次表达出效仿周济之心,提出取径"四家"的学词思路,即在苏辛之外增加"兼备刚柔之美"的贺铸、周邦彦二家,以避免单一学苏辛词而造成"犷悍之习"之弊。

六年之后的 1941 年,龙榆生完整地提出"四家"构想。他在论述"今后词学必由之途径"中明确指出:"私意欲窃取周氏《四家词选》之义,标举周(清真)、贺(方回)、苏(东坡)、辛(稼轩)四家,

---

① 龙榆生主编:《词学季刊》(中),北京,国家图书馆出版社,2015 年,第 885~886 页。
② 龙榆生主编:《词学季刊》(中),北京,国家图书馆出版社,2015 年,第 886 页。
③ 龙榆生主编:《词学季刊》(中),北京,国家图书馆出版社,2015 年,第 886 页。
④ 龙榆生:《今日学词应取之途径》,张晖主编《龙榆生全集》第三卷,上海,上海古籍出版社,2015 年,第 301 页。

领袖一代，而附以唐、宋以来，下逮近代诸家之作，取其格高而情胜，笔健而声协者，别为一编，示学者以坦途，俾不至望而生畏，转而求词于胡适《词选》，以陷于迷误忘归。"① 与六年前相比，他调整了取径四家的顺序：将周、贺置于苏、辛前，标准是"格高而情胜""笔健而声协"。龙榆生退苏、辛而扬周、贺是对理论可行性的进一步修正：一是清真词似易实难，初学者难以得其精髓，周、贺词更适合为普通学词者所导学，学从周、贺入能降低词径的难度；二是周、贺词在技巧、声情、词格、意境方面更接近词之"本色"，因而较苏、辛词更"规范"；三是堵悠悠众口，毕竟常州词派主导的词坛对于苏、辛词的接受度偏低，龙榆生要想推行主张仍需得到张尔田等词坛大儒的支持。殊为可惜的是，"取径四家"的思路最终停留在设想阶段，四家下面有哪些其他词家，龙榆生未做论述。他最终没有编选出这样一本上至唐宋下迄近代的导学词选，"四家之说"的理论建构与"别建一宗"的立派梦想就此搁浅。

二、论典型词派与典雅词派之"密"

在《两宋词风转变论》中，龙榆生提出"典型词派"与"典雅词派"两个概念。典型词派兴于北宋，柳永、周邦彦是此词派的重要词家，"于音律和谐以内，益求词句之浑雅，于是典型词派兴焉"②。典雅词派是南宋正统词派，以"醇雅"为归，"（典雅）词家文字益求典雅，声律益务精严"③。开启典雅词派的是姜夔，吴文英是典雅派建立之重要词人，王沂孙和陈允平为"附庸"（龙榆生语），周密、张炎词为典雅词派之后劲。与豪放词派的"疏"相对，这两个词派的词风均有"雅"的特点，故可被纳入"密"。龙榆生论典型词派与典雅词派之"密"精审洽博，呈现出"重视分析词的音乐性"和"重视从利、病两

---

① 龙榆生：《晚近词风之转变》，张晖主编《龙榆生全集》第三卷，上海，上海古籍出版社，2015年，第474～475页。
② 龙榆生：《两宋词风转变论》，张晖主编《龙榆生全集》第三卷，上海，上海古籍出版社，2015年，第287页。
③ 龙榆生：《两宋词风转变论》，张晖主编《龙榆生全集》第三卷，上海，上海古籍出版社，2015年，第293页。

端论'密'派词人词作"的特点。

(一)重视词之音乐性

"协律"是典型词派、典雅词派与豪放词派之最大不同之处，故龙榆生论"密"词派尤为重视分析词的音乐性。

龙榆生从词乐出发论词人词作的特色。他认为音乐性是柳永词得以广泛传播应用的重要原因："使歌词复与民众接近，而变旧声为新声，使词体恢张，有驰骋才情之余地。"①周邦彦词在柳永词的基础上完成词境、修辞与词律的和谐统一，故周词"既无柳永'词语尘下'之病，又无苏轼'多不协律'之讥"②。

龙榆生从词乐出发论词风的变化。典型词派"词风之转变，恒随乐曲为转移"③，而典雅词派在北宋后期词风的转变亦与乐曲有关，"大晟府之设置，所以促成乐曲之发展，亦即北宋后期词风转变之总枢也"④。

龙榆生从词乐出发论新曲的创制。通乐律、懂制曲是"密"派词家的特点，"词家必兼通乐律，乃为世所矜尚"⑤，"两宋词人，号知音，能自制曲者，惟柳永、周邦彦、姜夔，最为大家"⑥。这种制曲风尚在南宋尤盛，"南宋达官富厚之家，又往往为新曲产生之地，各蓄歌妓以度新声"⑦。龙榆生认为周邦彦成功的原因在于"'好音乐，能度曲'

---

① 龙榆生：《两宋词风转变论》，张晖主编《龙榆生全集》第三卷，上海，上海古籍出版社，2015年，第283页。
② 龙榆生：《两宋词风转变论》，张晖主编《龙榆生全集》第三卷，上海，上海古籍出版社，2015年，第288页。
③ 龙榆生：《两宋词风转变论》，张晖主编《龙榆生全集》第三卷，上海，上海古籍出版社，2015年，第287页。
④ 龙榆生：《两宋词风转变论》，张晖主编《龙榆生全集》第三卷，上海，上海古籍出版社，2015年，第287页。
⑤ 龙榆生：《两宋词风转变论》，张晖主编《龙榆生全集》第三卷，上海，上海古籍出版社，2015年，第293页。
⑥ 龙榆生：《清季四大词人》，张晖主编《龙榆生全集》第三卷，上海，上海古籍出版社，2015年，第81页。
⑦ 龙榆生：《两宋词风转变论》，张晖主编《龙榆生全集》第三卷，上海，上海古籍出版社，2015年，第293页。

《宋史·文苑传》"①；姜夔喜自度曲，创制《暗香》《玉梅令》等新调。龙榆生总结道，"上述一系统之词（按：指典雅词派），以所依之声，恒出文人自度，严于订律，精于铸词"②。

"密"词派在语言上以"雅"为归。典型词派、典雅词派的兴起、繁盛及成就的原因是，文人不断提升词的文学性，最终达到音乐性与文学性的统一。因此龙榆生在论"密"词派的特色时始终关注词人对词作内容与技巧的改造。论秦观词，"以清丽和婉出之，风格益遒上，而慢词复归于淳雅，为士大夫所乐闻"③。论周邦彦词，"慢词发展到了周邦彦，才算到了音乐语言和文学语言紧密结合的最高艺术形式"④。论典雅词派词，"南宋姜、张一派词，风格之典雅，与其锻炼之精深、音律之闲婉，盖非偶然矣"⑤。

龙榆生论述"密"派词风紧紧围绕"音乐性"展开，立足于考察声律对词体、词风发展的意义。1957年，他在《宋词发展的几个阶段》中仍然指出"音乐性"是区分"疏""密"二派的关键词："我觉得从周、姜一派深入探究它的音乐性和艺术性，从苏、辛一派深入研究它的思想性和时代性，这里面是有很多宝贵的经验值得我们借鉴的。"⑥ 这确实是非常有见地的。

（二）重视从利、病两端论"密"派词人词作

音协、字雅、境空为词派之最高标准，但作品亦有故实晦涩、过于雕琢的问题。龙榆生没有回避"密"派词人的问题。他在分析姜夔词时说，"其音节之谐婉，与词笔之清空，视北宋秦、周诸家，又自别辟

---

① 龙榆生：《两宋词风转变论》，张晖主编《龙榆生全集》第三卷，上海，上海古籍出版社，2015年，第287页。
② 龙榆生：《两宋词风转变论》，张晖主编《龙榆生全集》第三卷，上海，上海古籍出版社，2015年，第295页。
③ 龙榆生：《两宋词风转变论》，张晖主编《龙榆生全集》第三卷，上海，上海古籍出版社，2015年，第283页。
④ 龙榆生：《宋词发展的几个阶段》，张晖主编《龙榆生全集》第三卷，上海，上海古籍出版社，2015年，第657页。
⑤ 龙榆生：《两宋词风转变论》，张晖主编《龙榆生全集》第三卷，上海，上海古籍出版社，2015年，第295页。
⑥ 龙榆生：《宋词发展的几个阶段》，张晖主编《龙榆生全集》第三卷，上海，上海古籍出版社，2015年，第662页。

境界",名作《扬州慢》(淮左名都)"可以'清空骚雅'四字当之";但也指出《暗香》《疏影》二阕,"多用故实,反令人莫测其旨意所在;此吾国文人之惯技,亦过崇典雅者之通病也"①。龙榆生指出吴文英词亦有长短两处。梦窗长处是"天资高,学力厚,造语奇丽,金碧炫目,而能以疏宕沉著之笔出之;遂觉百折千回,凄酸掩抑,挹之不尽,味之弥永"②;短处则是"凝涩晦昧",原因是吴文英"接受温庭筠、周邦彦的作风,再加上李商隐作诗的手法,也想自创一格的,可惜没有相当的条件和开拓的襟怀,不觉钻入牛角尖里去了"③。

宋代是词学创作的黄金时代,龙榆生通过对重点词人、词作的分析,揭示了宋词"疏""密"二派词风特色和词境变化。在龙榆生的词学批评系统中,宋词批评最为详致,其中又以苏辛词派的研究更为精深。曾大兴在《20世纪词学名家研究》中论:"在他从事这项研究的那个年代(1928~1958),可以肯定地说,是最全面、最细致,也最扎实的。"④ 从苏辛词派的梳理、总结到"别建一宗""四家导学",龙榆生做出了颇有创见的探索。他建立自己词学批评经常使用的"情境""修辞""声律"三个标准,用此标准分析词作,修正、扩展传统词学批评理论;他善于将批评理论化为实践,指导现代词学的创作,并将此标准用于创制新体乐歌中,从理论上解决了声情相谐的问题;龙榆生从理论上提出的"别建一宗"构想是对常州词派学术主张的推进,也是因势利导推进词学发展的创新之举。

第三节　衰颓健起:元明清词的底蕴与外象

诗词在元明两代已呈颓势,龙榆生总结元明韵文的发展时说:"元

---

① 龙榆生:《中国韵文史》,张晖主编《龙榆生全集》第一卷,上海,上海古籍出版社,2015年,第126页。
② 龙榆生:《梦窗词选笺·引论》,张晖主编《龙榆生全集》第六卷,上海,上海古籍出版社,2015年,第459页。
③ 龙榆生:《宋词发展的几个阶段》,张晖主编《龙榆生全集》第三卷,上海,上海古籍出版社,2015年,第660页。
④ 曾大兴:《20世纪词学名家研究》,北京,中华书局,2011年,第260页。

明两代，南北曲盛行，诗词并就衰颓，而词尤甚。"① 也许是这个原因，龙榆生对元明两代词人词作的研究偏少，他着意探索的是元代词家对两宋词风的继承与明代词人对清词"中兴"的开启。

一、元词：衰颓中的承袭

元初词家大多是宋、金遗民，如刘辰翁、王沂孙、周密、张炎、元好问等，龙榆生将上述作家作品纳入宋词研究，元代词家仅论刘将孙、张翥、邵亨贞、许有壬四人。对于元代词学创作出现的断裂现象，龙榆生归结为时代因素："元代文人处于异族宰制之下，典雅派歌曲，既不复重被管弦；激昂悲愤之词风，又多所避忌，不能如量发泄；凌夷至于明代，而词几于歇绝矣！"②

刘将孙词，龙榆生引用况周颐的观点："其词'抚时感事，凄艳在骨'（况说）。"③ 论邵亨贞词，引郑文焯的观点："'情丽宛约，学白石而乏骚雅之致，声律亦未尽妍美'（郑文焯《蛾术词选跋》）。然其流连光景，感旧伤时之作，托寄遥远，足张一帜于风靡波颓之际，亦未易多得之才也。"④ 论张翥词，龙榆生以慢词为佳："少负才隽，放豪不羁，好蹴鞠，喜音乐。其词乃上承姜夔之系统，树骨既高，寓意亦远；在元代诸家中，允推典雅派之上乘。"⑤ 论许有壬词："词笔超迈；情境意度，俱臻绝胜；洵元词之'上驷'，亦苏辛一派之流波也。"⑥ 论述虽简约，但亦是先从词人性格出发，又循其词风所宗。

比起同时代的词史研究者，龙榆生对元词的研究稍弱。刘毓盘

---

① 龙榆生：《中国韵文史》，张晖主编《龙榆生全集》第一卷，上海，上海古籍出版社，2015 年，第 151 页。
② 龙榆生：《中国韵文史》，张晖主编《龙榆生全集》第一卷，上海，上海古籍出版社，2015 年，第 151 页。
③ 龙榆生：《中国韵文史》，张晖主编《龙榆生全集》第一卷，上海，上海古籍出版社，2015 年，第 151 页。
④ 龙榆生：《中国韵文史》，张晖主编《龙榆生全集》第一卷，上海，上海古籍出版社，2015 年，第 152 页。
⑤ 龙榆生：《中国韵文史》，张晖主编《龙榆生全集》第一卷，上海，上海古籍出版社，2015 年，第 152 页。
⑥ 龙榆生：《中国韵文史》，张晖主编《龙榆生全集》第一卷，上海，上海古籍出版社，2015 年，第 152 页。

《词史》"论元人词至张翥而衰"所列词人近 30 人,重点论述的也超过 15 人。尽管胡云翼称在元词人 60 余家中"要找出几个伟大的作家来,却很困难了"①,但在《中国词史略》"元词"中也列出 17 家名录,重点点评的有 8 家。从论述来看,龙榆生认为元代词家无论在词风特色还是词体建设上均没有超越之处,只是继承了宋词婉约、豪放之风格,这或许是他对元词缺少研究兴趣的原因。

二、明词:衰落中的引领

明代士大夫吟咏性情多用散曲,这种风向的转变导致"词益就衰"②。龙榆生重点关注的明代词人有陈子龙、王夫之、屈大均,盖此三人对清词中兴有开创之功,他说:"明季词人,惟青浦陈卧子(子龙)、衡阳王船山(夫之)、岭南屈翁山(大均)三氏风力遒上,具起衰之力。"③

龙榆生认为陈子龙词的突出之处在于词格豪迈而词风绵丽,看似矛盾的结合实则赋予词作更强的张力:"卧子英年殉国,大节凛然,而所作词婉丽绵密,韵格在淮海、漱玉间,尤为当行出色,此亦事之难解者。诗人比兴之义,固然不以叫嚣怒骂为能表壮节,而感染之深,原别有所在也。"④陈子龙词在表现情感时沉着秾挚、充满力量,可谓旨意高、韵格厚,龙榆生推崇这种衍生于《诗经》"比兴之义"的词格,故《近三百年名家词选》以陈子龙冠首,录其作九首,评曰"词学衰于明代,至子龙出,宗风大振,遂开三百年来词学中兴之盛,故特取冠斯编"⑤,可见倾挹。龙榆生以屈大均《梦江南》赋落叶五首最为著名,《近三百年名家词选》录屈大均词作六首,其中有四首就是赋落叶的

---

① 胡云翼:《中国词史略》,长沙,岳麓书社,2011 年,第 121 页。
② 龙榆生:《中国韵文史》,张晖主编《龙榆生全集》第一卷,上海,上海古籍出版社,2015 年,第 153 页。
③ 龙榆生:《跋钞本湘真阁诗余》,张晖主编《龙榆生全集》第九卷,上海,上海古籍出版社,2015 年,第 156 页。
④ 龙榆生:《跋钞本湘真阁诗余》,张晖主编《龙榆生全集》第九卷,上海,上海古籍出版社,2015 年,第 156 页。
⑤ 龙榆生:《近三百年名家词选》,张晖主编《龙榆生全集》第八卷,上海,上海古籍出版社,2015 年,第 201 页。

《梦江南》。其评明词，从屈大均、陈子龙"始崇风骨，而斯道为之一振"①。

《近三百年名家词选》录王夫之词十一首，龙榆生评："其词虽音律多疏，而芳悱缠绵，怆怀故国，风格遒上。"② 王夫之早年作品"芳悱缠绵"，《近三百年名家词选》作品以此风格为主。1963年，在详细考证王夫之生平及词作后，龙榆生对此前观点微做调整："船山以余力填词，前后达四五十年之久。但最高成就，似在康熙十年辛亥（1671年）《潇湘怨》编就之后，二十四年乙丑（1685年）《楚辞通释》写定之前。在这一段时期，他的词几乎全是激楚苍凉、声情并茂的。"③ 龙榆生认为王夫之这段时期的代表作是《贺新郎·自题草堂》《摸鱼儿·自述》《醉春风·遣病》等，但翻检《近三百年名家词选》却并未录这几首。这是何故？他在《读王船山词记》中有一番感慨："晚岁沉浸于屈子《离骚》和南宋诸大家词，含咀既深，把他那精湛的哲理、壮烈的怀抱，以及眷怀宗国、殷望复兴的信心，一以沉郁悲凉的笔调喷薄而出，使后来读者如闻其声，如见其人，具有强烈的艺术感染力。"④ 龙榆生晚年处境生变，读王夫之晚年作品感触更深，评骘观点的转变或与心境有关。

总体而论，龙榆生对元明两代词家研究较少，在《中国韵文史》中，他将这两朝词家划为一章论述——《元明词之就衰》。论元词，龙榆生着意于词人对宋词词风的承袭。论明词，他重点关注开创清词局面的词家。龙榆生将元明两代词置于社会史、民族史的大背景下进行考察，显示了他以文史学家思想治词的批评理路。

---

① 龙榆生：《中国韵文史》，张晖主编《龙榆生全集》第一卷，上海，上海古籍出版社，2015年，第153页。

② 龙榆生：《近三百年名家词选》，张晖主编《龙榆生全集》第八卷，上海，上海古籍出版社，2015年，第222页。

③ 龙榆生：《读王船山词记》，张晖主编《龙榆生全集》第三卷，上海，上海古籍出版社，2015年，第678页。

④ 龙榆生：《读王船山词记》，张晖主编《龙榆生全集》第三卷，上海，上海古籍出版社，2015年，第678～679页。

三、清词：常州词派乘浙西词派而起之原因

清词呈现中兴之象，龙榆生的清词评论围绕浙西、常州词派展开，《近三百年名家词选》的编选脉络正是此思路的体现。他在词选"后记"中阐明浙西词派和常州词派次第兴起的缘由："彝尊倡导尤力，自所辑《词综》行世，遂开浙西词派之宗……张惠言兄弟起而振之，别辑《词选》一书，以尊词体……周济继兴，益畅其说，复撰《词辨》及《宋四家词选》以为圭臬，而常州词派以成。"①

龙榆生以词派的代表词选为标志，进而圈定重点研究的清代词人——朱彝尊、厉鹗、张惠言、张琦、董士锡、周济。朱彝尊为浙西词派开宗者，厉鹗"浙西词派之中坚人物"②，"有起衰振废之功"③；张惠言、张琦、董士锡、周济则是常州词派开宗、发展的重要人物。龙榆生的清代词学批评便是从梳理上述词人词作开始的。

（一）论浙西词派以"醇雅"治"纤靡""叫嚣"

龙榆生对浙西词派的研究最早见于《中国韵文史》（1934年）"浙西词派之构成及其流变"章节，开篇即言："清词之有浙派，盖树立于朱彝尊，而肇端于曹溶。"④ 从晚清、民国时期的词学背景看，当时词坛主要受到常州词派的影响。作为常州词派朱祖谋的弟子，龙榆生在对浙西词派的评价上与晚清常州词派主将和民国重要词史家的观点大体一致。

龙榆生从缘起、宗旨与流弊三个层面分析浙西词派。此派宗尚姜、张，实承"南宋典雅派之系统"，朱彝尊"标宗立义，乃在所辑《词综》一书"。他考证浙西词派主要词人的籍贯，与"浙西词派"之由来

---

① 龙榆生：《近三百年名家词选·后记》，张晖主编《龙榆生全集》第八卷，上海，上海古籍出版社，2015年，第453～454页。
② 龙榆生：《近三百年名家词选》，张晖主编《龙榆生全集》第八卷，上海，上海古籍出版社，2015年，第285页。
③ 龙榆生：《中国韵文史》，张晖主编《龙榆生全集》第一卷，上海，上海古籍出版社，2015年，第173页。
④ 龙榆生：《中国韵文史》，张晖主编《龙榆生全集》第一卷，上海，上海古籍出版社，2015年，第171页。

相印证，肯定浙西词派以"醇雅"治"纤靡""叫嚣"的初心："以醇雅救明末清初专力《花间》《草堂》流于纤靡或叫嚣之失，亦自持之有故，言之有理。"①龙榆生指出浙西词派重视技巧、忽视情感之弊端是词派没落的主要原因："浙派既风靡海内，弊亦旋生。仁和谭复堂（献）先生云：'浙派为人诟病，由其以姜、张为止境，而又不能如白石之涩，玉田之润'。"②朱祖谋在《望江南》评朱彝尊曰："江湖老，载酒一年年。体素微妨耽绮语，贪多宁独是诗篇。宗派浙河先。"③"耽绮语"指浙西词派专注于技巧上的"字琢句炼"，只是改变了词风，但没有改变内容空洞、不重情感、"词旨枯寂"的局面。龙榆生从词史发展的角度再做辨析，认为"其弊正与明季作者相等"④。元明两朝，词体衰敝，如果仍是雕琢文字而不留意提高词格，则绝无挽救词体软弱无力之可能。

浙西词派的主要作家中，龙榆生以朱彝尊、李良年、李符和厉鹗四人词为佳⑤。《近三百年名家词选》录浙西词派词人词作不多：曹溶仅1首，朱彝尊词26首，李良年词3首，李符词1首，厉鹗词12首，沈皞日、沈岸登、龚翔麟等人的词未入选。从选录词人和作品数量来看，他对浙西词派理论和词作评价不高。

龙榆生论浙西词派时多引用陈廷焯和谭献的观点，对浙西词派的理解不出晚清常州词派词家之藩篱。相对于常州词派深微的论述，他对浙西词派流变的梳理和阐释显得简单。民国同时代词史家对浙西词派理论探索也都较浅，刘毓盘《词史》（1930年）、王易《词曲史》（1932年）、吴梅《词学通论》（1932年）、徐珂《清代词学概论》（1926年）仅仅停留于对浙西词派词论、词作的基本介绍和评述。《清代词学概论》第四章"评语"专论浙西词派代表词人及词作，徐珂所引大致是

---

① 龙榆生：《论常州词派》，张晖主编《龙榆生全集》第三卷，上海，上海古籍出版社，2015年，第490页。
② 龙榆生：《论常州词派》，张晖主编《龙榆生全集》第三卷，上海，上海古籍出版社，2015年，第490页。
③ 朱孝臧辑校编撰：《彊村丛书》，上海，上海古籍出版社，1989年，第8302页。
④ 龙榆生：《论常州词派》，张晖主编《龙榆生全集》第三卷，上海，上海古籍出版社，2015年，第494页。
⑤ 龙榆生：《近三百年名家词选》，张晖主编《龙榆生全集》第八卷，上海，上海古籍出版社，2015年，第250页。

其师谭献的观点。可见民国学者对浙西词派的评骘大体囿于晚清常州词派谭献等人的观点,未有实质性突破。

(二)论常州词派四次理论进阶之关键

1941年,龙榆生撰写《论常州词派》,从"常州词派的由来""常州词派之宗旨""常州词派之拓展"等方面系统研究常州词派谱系及其理论、影响。他开篇便言明常州词派中的关键人物及其所起的作用:"常州派继浙派而兴,倡导于武进张皋文(惠言)、翰风(琦)兄弟,发扬于荆溪周止庵(济,字保绪)氏,而极其致于清季临桂王半塘(鹏运,字幼霞)、归安朱彊村(孝臧,原名祖谋,字古微)诸先生,流风余沫,今尚未全衰歇。"① 二张开宗立派,周济以四家之论开拓门庭广博宗风,王鹏运、朱祖谋等清季词人则通过开展词学创作、词学校勘、词学批评将常州词派理论推向高点。龙榆生在研究时把握了常州词派在兴起和发展时出现的三次理论进阶的关键点。

第一阶段,尊体立派,以"比兴说"论词。针对浙西词派在发展末期中出现的弊端,张惠言、张琦"以《风》《骚》旨格相号召"②。《风》《骚》所代表的是中国诗歌传统的正声,张惠言以《诗经》中的"比兴说"论词:"盖《诗》之比兴变风之义,骚人之歌,则近之矣。"③ 常州词派"尊体"标准给龙榆生编词选以启发,他在《选词标准论》中说:

> 吾国文人之言诗歌者,咸以《风》《骚》为极则;所谓比兴之义,不淫不乱之旨,所争在托兴之深微,所务为修辞之醇雅。由传统观念以论词,词固早被士大夫目为小道,而一旦欲上跻于《风》《雅》之列,则抉择标准势必从严,此清代言词学者,所以先贵尊

---

① 龙榆生:《论常州词派》,张晖主编《龙榆生全集》第三卷,上海,上海古籍出版社,2015年,第489页。
② 龙榆生:《论常州词派》,张晖主编《龙榆生全集》第三卷,上海,上海古籍出版社,2015年,第490页。
③ 张惠言:《词选序》,孙克强主编《中国历代分体文论选》上,北京,北京交通大学出版社,2006年,第344页。

体也。①

　　第二阶段，恢宏词派，以"寄托说"提高词格。周济论曰："夫词，非寄托不入，专寄托不出。"② 龙榆生认为，"比兴说"起到"尊体"号召之用，"寄托说"则能"提高词格，以振颓风"③，故常州词派迅速取代浙西词派，词人队伍和理论得以恢宏："此张氏所以独树一帜，竟能力挽狂澜，而为众流所共宗仰也"④。这一时期，常州词派旨在尊体的基础上进一步强调意格，对词律等形式上的要求退居次席，这在张惠言《词选》和董士锡《续词选》的操选上发微可见：张惠言选唐宋词人44家160首词，摈弃柳永、吴文英词，仅录张炎词1首；董士锡录柳永、吴文英词2首，又在《词选》基础上骤增张炎词至23首，共录52家122首词。尽管词人词选数量有调整，但两本词选的主线基本一致，"则谓二本并为二张家法，殆无不可"⑤。对于这样的取舍，龙榆生认为符合开宗立派时意格先行的标准："二张开风气之先，崇比兴，争意格，而不甚措意于声律技巧。"⑥

　　第三阶段，精研技法，恢宏二张遗业。这一阶段的关键人物是周济，他完善了常州词派对学词途径和选声准则的理论阐释。龙榆生将周济的理论成就分为前后两期。前期以《词辨》为标志，《词辨》分正、变二端，录18家正、11家变共93首词，以温庭筠、辛弃疾词为最多，各10首，李煜、周邦彦词各8首，王沂孙词6首，冯延巳、吴文英词各5首，韦庄、陈克词各4首，姜夔词3首，欧阳修、苏轼词各2首。

---

①　龙榆生：《选词标准论》，张晖主编《龙榆生全集》第三卷，上海，上海古籍出版社，2015年，第196页。
②　周济：《介存斋论词杂著》，北京，人民文学出版社，1959年，第12页。
③　龙榆生：《论常州词派》，张晖主编《龙榆生全集》第三卷，上海，上海古籍出版社，2015年，第494页。
④　龙榆生：《论常州词派》，张晖主编《龙榆生全集》第三卷，上海，上海古籍出版社，2015年，第495页。
⑤　龙榆生：《论常州词派》，张晖主编《龙榆生全集》第三卷，上海，上海古籍出版社，2015年，第496页。
⑥　龙榆生：《论常州词派》，张晖主编《龙榆生全集》第三卷，上海，上海古籍出版社，2015年，第495页。

龙榆生认为周济前期理论与二张只是"微异其趣"①，依然行进在常州词派开宗的轨辙里："以此亦足窥见二张家法，未尝不参酌于婉约、豪放二派之间，以'醇雅'为归，而特措意于'文有其质'。"②

周济后期词学主张呈现于《宋四家词选》，他以周邦彦、辛弃疾、王沂孙、吴文英四家分领一代，其他各家附属于四家之后。周济后期词学理论有两个重要变化：一是以清真词为众流之源头，标志着他对于技巧的重视高于对意格的推崇；二是抑苏而扬辛，苏轼、姜夔排在辛弃疾领头的队伍中，张炎排在王沂孙之下，吴文英统领一代，退姜、张而进王、吴。龙榆生认为周济后期词学理论的两个变化别具匠心，自成学词体系，"规矩步骤，昭晰可寻"；短板则是"本末倒置，轩轾任情"，"常州派至此，已日趋于技术之讲求，持论益精，而拘束渐甚"③。

龙榆生对周济前后两期的词学理论贡献持肯定态度。周济在运笔和选声方面精研技法，这使得常州词派理论重新拥抱词体审音酌律的特质，回归词学应有之义，技巧的提高"一洗粗犷径露之习"④，极大地提升词的艺术性。周济的《宋四家词选》示学词者以津筏，大开词派门庭，龙榆生赞曰："止庵之有功于词林，盖不仅在恢宏二张之遗业，而其广开途术，示学者以善巧方便，诚不愧为广大教主矣。"⑤

第四阶段，导"梦窗"词风为声家之正统。清季，王鹏运益振止庵坠绪，其词"导源碧山，复历稼轩、梦窗以还清真之浑化；与周止庵氏说，契若针芥"⑥（朱祖谋评），龙榆生认为"此足证常州词派，由江南而移植于燕都，更由燕都而广播于岭表"⑦。王鹏运与朱祖谋同

---

① 龙榆生：《论常州词派》，张晖主编《龙榆生全集》第三卷，上海，上海古籍出版社，2015年，第496页。
② 龙榆生：《论常州词派》，张晖主编《龙榆生全集》第三卷，上海，上海古籍出版社，2015年，第496页。
③ 龙榆生：《论常州词派》，张晖主编《龙榆生全集》第三卷，上海，上海古籍出版社，2015年，第499～500页。
④ 龙榆生：《论常州词派》，张晖主编《龙榆生全集》第三卷，上海，上海古籍出版社，2015年，第505页。
⑤ 龙榆生：《论常州词派》，张晖主编《龙榆生全集》第三卷，上海，上海古籍出版社，2015年，第502页。
⑥ 朱孝臧：《半塘定稿·序》，王鹏运《半塘定稿》，北京，京华印书馆，1948年，第4页。
⑦ 龙榆生：《论常州词派》，张晖主编《龙榆生全集》第三卷，上海，上海古籍出版社，2015年，第504页。

校梦窗词,周济所推重的梦窗词在词坛掀起研究热潮。郑文焯、况周颐等词坛大家均步王、朱之途研究梦窗词,"又足证常派词风,复由北而南,俨然为声家之正统"①,故晚近词坛的局面"悉为常州所笼罩"②。通过分析梦窗词在晚清民初的接受度和传播力,龙榆生解读常州词派在第四阶段的理论转向。

对常州词派"梦窗热"的理论变化,龙榆生的态度有所保留。他认为梦窗词难学难通,学不好便会画虎类犬。因此,在《梦窗词选笺》中,他侧重选吴文英词中"虚实并到"的作品,试图扭转这种祈向。作为常州词派朱祖谋的弟子,龙榆生或许还有继续发展常州词派的规划,故其阐发了"标举苏辛""别建一宗"的学词路径。

常州词派的理论发展给予龙榆生启发,他沿用二张"比兴"之义以尊体的思路,在创制新体乐歌时提出"诗教复兴论",提出以《诗经》之精神、形式为内核,融合西洋音乐之长,创制适于时代之乐歌。龙榆生还从周济"四家之说"中得到启示,综合声情、词境的要求,提出"标举周(清真)、贺(方回)、苏(东坡)、辛(稼轩)四家,领袖一代"③的学词路径。周济于运笔、选声之外,极注意词体组织间字句的安排和关节的转换,对于领字、单句在词情中的作用有细致的分析,龙榆生以此入手解剖选调中平仄四声、领字、单字组织与表情的关系,创新性发展了"声调之学"理论。

第四节 评以致用:近人词作的批评立场与现实意义

清季民初至 20 世纪三四十年代,词坛依然是常州词派理论占主导地位,"清季词人,如王半塘(鹏运)、郑大鹤(文焯)、况蕙风(周

---

① 龙榆生:《论常州词派》,张晖主编《龙榆生全集》第三卷,上海,上海古籍出版社,2015 年,第 504 页。
② 龙榆生:《晚近词风之转变》,张晖主编《龙榆生全集》第三卷,上海,上海古籍出版社,2015 年,第 471 页。
③ 龙榆生:《晚近词风之转变》,张晖主编《龙榆生全集》第三卷,上海,上海古籍出版社,2015 年,第 474~475 页。

颐），盖无不学梦窗者；而朱彊村先生致力尤为深至"①。主导此时词坛的正是上述"清末四大家"及其同好。龙榆生与近代词人多有交集，因此对这一时期的词学进行批评时，他可用的材料极为丰富。1931年，龙榆生撰《清季四大词人》时列"王鹏运、朱祖谋、况周颐、郑文焯"为清季四大词人。1956年，龙榆生在《近三百年名家词选》后记中标举四位"晚近词家"：王鹏运、朱祖谋、况周颐、陈曾寿②。1962年的《近三百年名家词选》，"晚近词家"易"陈"为"郑"（即郑文焯）。从"清季四大词人"到"晚近四大词人"，提法之变隐藏了龙榆生"为我"的选词意识。"为我"的目的是"用"——为我所用，评以致用，这使得龙榆生对近人词作的批评具有现实性、实用性与导向性。洞烛龙榆生评骘近人词作的治词心路和批评立场，可研判其近代词学的批评理据，进而感知晚清至民国词坛的审美走向，触摸常州词派的词史脉络。

一、评清季四大词人

龙榆生在清季、近世词人的词学研究与批评中体现出鲜明的时代特色。他对唐宋元明清的词学批评大多停留于文献、文本，考证与推理并重；但对清季词人的词学研究和批评则是鲜活生动、立体可感的，实证与实用并举，具有鲜明的当代意识，呈现出以下三点特色。

其一，关注词家创作的多元化取径与词风的阶段性变化。

论王鹏运词，龙榆生称"自壮至老，其体屡变"③，"屡变"的路径为："欲由碧山、白石、稼轩、梦窗，蕲以上追东坡之清雄，还清真之浑化。"④ 碧山词是常派词人学词的必由之路，但受到"浙派"词风濡染，王鹏运兼宗白石。庚寅以迄乙未（1890～1895年），国势陵夷，政治腐败，王鹏运移官西台，"以此因缘，而鹏运词亦不期然而自趋于

---

① 龙榆生：《梦窗词选笺·引论》，张晖主编《龙榆生全集》第六卷，上海，上海古籍出版社，2015年，第457页。
② 参见龙榆生《近三百年名家词选》，张晖主编《龙榆生全集》第八卷，上海，上海古籍出版社，2015年，第454页。
③ 龙榆生：《清季四大词人》，张晖主编《龙榆生全集》第三卷，上海，上海古籍出版社，2015年，第64页。
④ 龙榆生：《清季四大词人》，张晖主编《龙榆生全集》第三卷，上海，上海古籍出版社，2015年，第71页。

稼轩一路。此时最为凄壮之作"①。丙申（1896年）之后，受郑文焯和朱祖谋的影响，王鹏运向梦窗靠拢，"稼轩风力终未全掩"②。己亥至甲辰（1899～1904年）六年间不专一体，"虽模拟之迹未尽化除，而用力之精勤、情感之浓厚，推为清季词坛大师，自可当之无愧色也"③。龙榆生从王鹏运的学词缘起和生活经历得出上述结论，这个结论是深可信服的。

　　清末词人词作中，龙榆生对王鹏运词和文廷式词最为钦挹："清季词家，以愚所见，当推半塘老人及萍乡文道希先生（廷式）最为杰出。半塘直逼稼轩而道希径入东坡之室。"④ 文廷式摈弃奉姜、张为圭臬的"浙派"，写词直抒胸臆，"彼所蕲向，固在豪放一派，而注重于内容之充实，借以充分发展其个性，信所谓'曲子律缚不住'者"。文廷式晚年词近稼轩，此正契合龙榆生在当时国运颓危所标举的天才为词、豪放一派之风格，龙榆生赞曰："文氏之词，在晚清可谓独树一帜，其天才之卓越可知矣。"⑤

　　在词学创作方面，郑文焯醉心乐律研究，故"性情环境，差与白石相同"。词作风格的变化主要有三次，"文焯既留心于乐律，故其词亦偏尚周、姜……中年于白石致力尤深……晚乃兼涉梦窗，以上追清真……而所自为词，则炼字选声，处处稳洽，而语语缠绵宕动，终与白石为近。文焯又盛推东坡……则知文焯晚年词境，盖受王、朱影响为深矣"⑥。郑文焯词在风格上近通音律的周邦彦、姜夔词，晚年词境受王鹏运、朱祖谋影响较深，悲怆深郁，龙榆生总结道："其踪迹由放浪江湖，而飘零落拓；其心境由风流潇洒，而怆恻悲凉；其词格由白石历梦

---

①　龙榆生：《清季四大词人》，张晖主编《龙榆生全集》第三卷，上海，上海古籍出版社，2015年，第67页。
②　龙榆生：《清季四大词人》，张晖主编《龙榆生全集》第三卷，上海，上海古籍出版社，2015年，第69页。
③　龙榆生：《清季四大词人》，张晖主编《龙榆生全集》第三卷，上海，上海古籍出版社，2015年，第71页。
④　龙榆生：《跋〈彊村先生旧藏王鹏运味梨、鹜翁、蜩知三集原刊初印本，校梦龛集原钞本〉》，张晖主编《龙榆生全集》第九卷，上海，上海古籍出版社，2015年，第151页。
⑤　龙榆生：《清季四大词人》，张晖主编《龙榆生全集》第三卷，上海，上海古籍出版社，2015年，第74页。
⑥　龙榆生：《清季四大词人》，张晖主编《龙榆生全集》第三卷，上海，上海古籍出版社，2015年，第81页。

窗，以窥清真、东坡，而终与南宋诸贤为近。"①

综合而论，清季词家大多服膺常州词派理论，宗白石、梦窗，但词家们也在词学活动中不断修正、调整创作思路和创作技巧，比如取径苏辛词（陈洵除外），创作与社会时势相合的作品，以挽救日渐衰敝的词学创作。

其二，注重结合词论、词校展开词学批评。

清季词家享有盛誉者多具双重身份，他们既是创作型作家，也是研究型学者，有佳作，亦有词论。清代以来，词学目录学兴起，词集繁多，清季、近世词家在词籍校勘上兴趣浓厚，亦多有建树。基于此，龙榆生着意从各人的词论、词校中发掘词家批评特色。

王鹏运论词"夙尚体格"，"对于词之主张，虽与周济相近；而于豪壮一派，抑辛而扬苏，乃恰与周氏相反"②。有着这样的理论主张，加上宦海沉浮的经历，王鹏运词"别有事在"，词风凄壮沉郁。在词学校勘方面，王鹏运历经二十四载校刻《东坡乐府》《稼轩长短句》《白石道人词集》《梦窗词》等25种词集。龙榆生评，清代校之学从王鹏运始："自鹏运以大词人从事于此，而后词家有校勘之学，而后词集有可读之本……伟哉盛业！匪鹏运孰能开风气之先欤？"③

在词论领域，龙榆生认同文廷式在《云起轩词钞·序》中关于词风衰敝的论述。文廷式提出词学创作主南宋辛刘词风的观点也深得龙榆生认可："吾人忾于国势之阽危，与词风之衰敝，深感文氏之说，实获我心。"④

郑文焯在词籍校勘和词律研究方面用力甚勤，他致力考校宫调乐律、以乐律指导词学创作，同样重视词之音乐性的龙榆生特为推崇："文焯在晚近词坛之贡献，莫过于考校宫调乐律一层。"郑文焯固求声谱之旧，推求词律本原，尽管龙榆生认为其说未必妥帖，但肯定了郑文

---

① 龙榆生：《清季四大词人》，张晖主编《龙榆生全集》第三卷，上海，上海古籍出版社，2015年，第85~86页。
② 龙榆生：《清季四大词人》，张晖主编《龙榆生全集》第三卷，上海，上海古籍出版社，2015年，第63~64页。
③ 龙榆生：《清季四大词人》，张晖主编《龙榆生全集》第三卷，上海，上海古籍出版社，2015年，第72页。
④ 龙榆生：《今日学词应取之途径》，张晖主编《龙榆生全集》第三卷，上海，上海古籍出版社，2015年，第301页。

焯重视词之音乐性的方向和精神："其研求声乐之精神，知词律不仅拘守阴阳平仄而已，实为具有卓识。"① 龙榆生对郑文焯的词作、词论有留存校役之功，他不仅搜辑汇录《大鹤山人词话》《大鹤山人论词遗札》（陆续刊载于《词学季刊》），还在《冷红词跋》中录郑文焯未刊的十二阕《迟红词》。

"清季四大词人"中，龙榆生称只有况周颐专事词学，"以词为终身事业，盖无有能出周颐右者"。他称况周颐是"一大批评家"，"《蕙风词话》，彊村先生推为千年来之绝作"②，龙榆生在文章、著述中多处引用《蕙风词话》。

其三，重视词学批评的实用性，评以致用。

对比唐、宋、元、明、清词学批评，龙榆生对清季词人的批评属于"当代"文学批评范畴，褒之皆大欢喜，贬之需要勇气与眼光。他没有回避，而是直面现实，融入对词学实践的思考加以评骘，这使得他的评论带有较强的批判性和实用性。

龙榆生对况周颐的词论评价极高，但对况周颐的创作思路却不认同。他认为况周颐在词律方面"拘守益严"，晚年多选僻调，以清真、梦窗为归，他从词作的实用性角度对况周颐提出批评，"周颐已自觉其难矣，持此说以绳后进，宜学者之望而却步也"③。

再看龙榆生论陈洵。1929 年，龙榆生在朱祖谋安排的席间见过陈洵，并曾与陈洵共同任职于中山大学。陈洵病逝后，龙榆生整理陈洵的遗稿《海绡词》和《海绡说词》。并世词人中，朱祖谋最推重陈洵词，"神骨俱静，此真能火传梦窗者"④，"善用逆笔，故处处见腾踏之势，清真法乳也"⑤。也许因着这些缘分，龙榆生对陈洵词屡有关注。1942

---

① 龙榆生：《清季四大词人》，张晖主编《龙榆生全集》第三卷，上海，上海古籍出版社，2015 年，第 79 页。
② 龙榆生：《清季四大词人》，张晖主编《龙榆生全集》第三卷，上海，上海古籍出版社，2015 年，第 87 页。
③ 龙榆生：《清季四大词人》，张晖主编《龙榆生全集》第三卷，上海，上海古籍出版社，2015 年，第 91 页。
④ 龙榆生：《词论零珠》，龙榆生主编《词学季刊》（上），北京，国家图书馆出版社，2015 年，第 122 页。
⑤ 龙榆生：《词论零珠》，龙榆生主编《词学季刊》（上），北京，国家图书馆出版社，2015 年，第 122 页。

年，龙榆生撰文《陈海绡先生之词学》，全面解读陈洵词学渊源、词作风格，并于《近三百年名家词选》录陈洵词作11阕。

从二人交往来看，龙榆生对陈洵的词品、人品皆具钦敬之忱，但在词学批评时，他亮出与陈洵不同的观点。陈洵主清真、梦窗二家，"悦稼轩、梦窗、碧山"（黄晦闻《海绡词序》），视南唐二主、苏、辛词为"变调"。龙榆生以为不妥，他的主张是："今日填词，似应以周、吴之笔法，写苏、辛之怀抱。予之持论，所不敢与翁尽同者，仅在于此。"①"周吴笔法"指技术、修辞，"苏辛怀抱"指词心、词境。技法是"表"，易学可仿；词心为"里"，短时间难以融会贯通，需持续滋养、培育。两者相较，龙榆生更看重的是后者："所可学而能者，技术词藻，其不可学而能者，所谓词心也。词心之养成，必其性情之特至，而又饱经世变，举可惊可泣之事以酝酿之，所谓'万感横集，五中无主'者。"② 龙榆生、陈洵所处的时代与辛弃疾所处的时代背景有相似之处——经历战事、国运衰微，因此龙榆生认为更适合抒发时代之音的"苏辛怀抱"应为"正音"——这是从词学现实性和实用性的角度思考词在当代的价值和意义。

郑文焯醉心恢复词乐，龙榆生对此尤为赞赏："姑无论其'以意通之'，甚或'羌无故实'；而其敢于尝试，自远胜于全不知音者。"③ 但他也在思考郑文焯溯流而上寻访古音未能成功的原因："独惜文焯知声词之不可离而为二，而不能于音乐方面别创新腔，附会牵强，时亦不能自圆其说。此则限于时会，非其聪明才智有所不及也。"④ 郑文焯的实验结果启发龙榆生另寻新调、"别创新腔"，于是他与精通西洋音乐的音乐家联手创制新体乐歌。评以致用，此为词学批评的当代意义。

晚清至20世纪30年代，词家因朱祖谋服膺梦窗词而误读其主推周、吴。龙榆生予以纠正："彊村先生虽笃好梦窗，而对东坡则尤倾

---

① 龙榆生：《陈海绡先生之词学》，张晖主编《龙榆生全集》第三卷，上海，上海古籍出版社，2015年，第544页。
② 龙榆生：《晚近词风之转变》，张晖主编《龙榆生全集》第三卷，上海，上海古籍出版社，2015年，第469页。
③ 龙榆生：《清季四大词人》，张晖主编《龙榆生全集》第三卷，上海，上海古籍出版社，2015年，第80页。
④ 龙榆生：《清季四大词人》，张晖主编《龙榆生全集》第三卷，上海，上海古籍出版社，2015年，第80页。

服。深以周选（按：周济《宋四家词选》）退苏而进辛，又取碧山侪于领袖之列为不当。以是晚岁乃兼学苏，门庭遂益广大。"① 词家认为朱祖谋"墨守四声"，龙榆生亦纠偏："往岁彊村先生虽有'律博士'之称，而晚年常用习见之调。尝叩以四声之说，亦谓可以不拘。"② 龙榆生指出，朱祖谋晚岁宽于守律，重新思考学词途径，"益致力于东坡，辅以方回（贺铸）、白石（姜夔），别选《宋词三百首》，示学者以轨范"③。"示学者以轨范"可归为词学实用性一途，这是龙榆生进行当代词学批评时用以衡量词学价值的重要准则之一。从探寻词学研究的当代意义出发，龙榆生未以门户之限从众说，而是对朱祖谋晚年的词学祈向做出客观判断。

二、论晚近四大词家

1931年，龙榆生在《最近二十五年之词坛概况》中提出"晚近"的概念，称"最近二十五年之词坛概况"为"晚近词坛概况"④。1941年作《晚近词风之转变》，言"晚近词坛之中心人物，世共推王半塘（鹏运）、朱彊村两先生"⑤。1956年出版《近三百年名家词选》，后记标举王鹏运、朱祖谋、况周颐、陈曾寿为四位"晚近词家"⑥。由是推知，龙榆生所指的"晚近"大致始于1906年。《近三百年名家词选》后记写于1948年春末，此时入选的在世词人有陈曾寿和夏敬观。次年陈曾寿去世，1953年夏敬观逝世——在1953年重订付印的词选"词人小传"中，所有词人的生卒年均已注明。故可推测，龙榆生所认为的

---

① 龙榆生：《陈海绡先生之词学》，张晖主编《龙榆生全集》第三卷，上海，上海古籍出版社，2015年，第543页。
② 龙榆生：《晚近词风之转变》，张晖主编《龙榆生全集》第三卷，上海，上海古籍出版社，2015年，第473～474页。
③ 龙榆生：《晚近词风之转变》，张晖主编《龙榆生全集》第三卷，上海，上海古籍出版社，2015年，第471页。
④ 参见龙榆生《最近二十五年之词坛概况》，张晖主编《龙榆生全集》第三卷，上海，上海古籍出版社，2015年，第108页。
⑤ 龙榆生：《晚近词风之转变》，张晖主编《龙榆生全集》第三卷，上海，上海古籍出版社，2015年，第470页。
⑥ 参见龙榆生《近三百年名家词选》，张晖主编《龙榆生全集》第八卷，上海，上海古籍出版社，2015年，第454页。

近代词史约终于1948年，前后大致40年。

从时间表述而言，"清季"与"晚近"确有区别，"清季"即"清末"，"晚近"则意在清末民初。从生卒年来看，郑文焯（1856～1918年）被列为晚清词人是毫无疑义的——他与王鹏运（1849～1904年）、朱祖谋（1857～1931年）、况周颐（1859～1926年）为同时代词人。朱祖谋四十始为词，此时郑文焯已刊行《瘦碧词》（1888年）、《冷红词》（1896年）、《词源斠律》（1890年），在词坛享有盛名。与郑文焯相比，陈曾寿（1878～1949年）不仅在年龄上是晚辈，在词坛地位上亦属后学。陈曾寿早年以诗闻名，在郑文焯去世的1918年，他才开始学词①。故龙榆生于1933年撰《清季四大词人》时将词人位置留给郑文焯是实至名归的。

再看"晚近四大词家"。1956年9月，上海古典文学出版社出版《近三百年名家词选》，收录67家518阕词。龙榆生在这一版的序中称，"晚近词家如王、朱、况、陈之辈，固皆沿张、周之涂辙，而发扬光大，以自抒其身世之悲者也"②。未明言"晚近四大词家"，而此意昭昭。然则，郑文焯是否能入选"晚近四大词人"？从时间上说是可行的，因为成名、去世均早于郑文焯的王鹏运能被列入"晚近"，则郑文焯亦无不可。1962年11月，中华书局上海编辑所亦出版这部词选，收录66家498阕词，删去陈曾寿及其20阕词，龙榆生将序中的"陈"改为"郑"（即郑文焯）。从改动可知，郑文焯与陈曾寿均可列入"晚近四大词家"，故龙榆生标举陈曾寿不是从时间上考虑的。

三、"为我"与《近三百年名家词选》的选词轨范

"晚近四大词家"中"词家"变化的原因与龙榆生对晚近词人的选词轨范密切相关。晚近词人的选词标准是什么？龙榆生只提及"（近三百年）选词标准，亦遂与前代殊途"③。"殊"在何处，他未专文以论，

---

① 参见钱仲联《梦苕庵清代文学论集》，济南，齐鲁书社，1983年，第162页。
② 龙榆生：《近三百年名家词选》，张晖主编《龙榆生全集》第八卷，上海，上海古籍出版社，2015年，第454页。
③ 龙榆生：《选词标准论》，张晖主编《龙榆生全集》第三卷，上海，上海古籍出版社，2015年，第196页。

然借由陈曾寿词的入选与《选词标准论》诸文，或可一解。

龙榆生在《选词标准论》中提出"便歌""传人""开宗""尊体"四个选词标准①，"前二者依他，后二者为我"②。他认为，"操选政者，于斯四事必有所居；又往往因时代风气之不同，各异其趣"③。在编选《近三百年名家词选》时，他将重心放在"为我"的两个标准上。这种考虑不无道理：词体在演进的过程中逐渐案头化，"便歌"已不完全适用于考察近三百年词作；编选近代词选理应有"传人"之意，但清代出版业、印刷业发达，词人繁多、词作繁盛，经典之作不如前朝，"传人"为词选标准的考量价值趋弱。

在《选词标准论》中，龙榆生谈及"自《花间》《尊前》以迄近代浙、常两派"词选的两个弊端："而或者蔽于一偏之见，互相排击：言宗派者，薄《花间》《草堂》，而重朱（彝尊）、周（济）诸选；矜新解者，由忽于作者之特殊造诣，而强古人以就一己之范围。"④

这两个弊端意在为"为我"的两个标准作注。逆推之，不"蔽于一偏之见"意指重视梳理源流，展现流派演进，以词选呈现各家"开宗"之意；不"强古人以就一己之范围"言应重视词家的词作特色，取其所长，"还他一个本来面目"⑤，勿以编选者喜好托古改制，强行"规范"古人，最终掩其在词史上的真实地位，此为"尊体"。"开宗"与"尊体"俱是"为我"，体现编选者选词观，其深意在于标举编选者的词学立场，示人以学词之津筏，继往开来，"而特富'传灯'之意"⑥。

"'开宗'写词史"是《近三百年名家词选》的编选思路之一。龙

---

① 龙榆生：《选词标准论》，张晖主编《龙榆生全集》第三卷，上海，上海古籍出版社，2015年，第183页。
② 龙榆生：《选词标准论》，张晖主编《龙榆生全集》第三卷，上海，上海古籍出版社，2015年，第183页。
③ 龙榆生：《选词标准论》，张晖主编《龙榆生全集》第三卷，上海，上海古籍出版社，2015年，第183页。
④ 龙榆生：《选词标准论》，张晖主编《龙榆生全集》第三卷，上海，上海古籍出版社，2015年，第183页。
⑤ 龙榆生：《选词标准论》，张晖主编《龙榆生全集》第三卷，上海，上海古籍出版社，2015年，第208页。
⑥ 龙榆生：《选词标准论》，张晖主编《龙榆生全集》第三卷，上海，上海古籍出版社，2015年，第205页。

榆生在"后记"中为近代词坛考镜源流的一段话可视为其对"开宗"编选理念的总括:"彝尊倡导尤力,自所辑《词综》行世,遂开浙西词派之宗……张惠言兄弟起而振之,别辑《词选》一书,以尊词体……周济继兴,益畅其说,复撰《词辨》及《宋四家词选》以为圭臬,而常州词派以成。"① 浙西词派和常州词派的代表人物均通过代表词选表达词学批评观,龙榆生考辨了浙西词派和常州词派的次第兴起,认为清以来的词风历经三个阶段,词学创作大多在浙、常两派的理论指导下进行,这样的学词、填词之风延至晚清至近代。《近三百年名家词选》中,龙榆生从"渊源流变"入手构建的词史脉络明晰,从词学理论主张出发,肯定了词派创作对词史的贡献,也使得近三百年词史在蔚为大观的词作面前有了清晰的面貌。

综上,"开宗""尊体"是《近三百年名家词选》编选理念的两大重要选词标准,旨归于龙榆生所提出的"为我",龙榆生在词选中重视以"为我"评价近代词人词作。

四、从收陈曾寿词察晚近词家词作之遴选宗旨

考察了龙榆生在编选《近三百年名家词选》的"为我"标准之后,便可理解龙榆生为何认可陈曾寿为"晚近四大词人"。陈曾寿的学词路径、词作意格、词作特色是符合常州词派"开宗""尊体"策略的,这成为龙榆生推重陈曾寿为晚近词坛四大词人的首要理据。

"开宗",意在恢宏常州词派之词学创作与词学主张。清代词人众多,龙榆生重点关注浙西、常州词派,尤以后者为重,《近三百年名家词选》的编选脉络正是此思路的体现。词选大篇幅选录了张惠言、张琦兄弟建立的常州词派的词人词作,二张以《词选》传播其说,强调比兴寄托,反对"荡而不反、傲而不理、枝而不物"② 的词学创作观;至周济,以《词辨》《宋四家词选》充实、推衍常州派理论,王鹏运、朱祖谋等晚近词家沿此理论继续前行。回到1956年序的原文,龙榆生

---

① 龙榆生:《近三百年名家词选》,张晖主编《龙榆生全集》第八卷,上海,上海古籍出版社,2015年,第453～454页。
② 张惠言:《词选序》,孙克强主编《中国历代分体文论选》上,北京,北京交通大学出版社,2006年,第344页。

言："晚近词家如王、朱、况、陈之辈，固皆沿张、周之涂辙，而发挥光大，以自抒其身世之悲者也。"① 他认为，此四人在词的修辞技巧上继承并推广了张惠言和周济开创的常州词派主张，词心饱满、内容充实，可谓"词中有大事在"，故龙榆生举此四人为"晚近常州词派四大词人"。陈曾寿的学词路径、创作内容与风格符合常州词派的审美意趣，陈词入选《近三百年名家词选》恰是龙榆生"为我"说中"开宗"的体现。

从学词路径上看，陈曾寿与朱祖谋、况周颐等常州词派名家多有交往，学词亦得到朱祖谋的指点。《旧月簃词》云："余自与彊村侍郎定交，始知所为词有涉于纤巧轻倩者，既极力改正，嗣后有作，辄请侍郎定之，得益不少。"② 朱祖谋也是四十之后由诗而词，他对有着深厚诗学涵养与造诣的陈曾寿青睐有加，龙榆生称："彊村先生晚岁居沪，于并世词流中最为推挹者，厥惟述叔、仁先两先生。"③

从创作风格上看，陈曾寿词为常州词派主要词人所认可。朱祖谋在《清词坛点将录》中点陈曾寿为天伤星行者"武松"④，将《旧月簃词》刻入所辑《沧海遗音集》十三卷十二种，并手批三则，赞曰：

《惜黄花慢·同彊村老人作》"人间"二语："言情极哀婉之致，从来未经人道。"
《庆宫春·七月返湖庐》："单微一线，古人集中，亦不多见。"
《临江仙·三月十六夜》："古人未曾有之境。"⑤

由此可见，陈曾寿的学词路径、词风特征得到常州词派词家首肯，其词确乎行进于常州词派的审美意趣之轨。

---

① 龙榆生：《近三百年名家词选》，张晖主编《龙榆生全集》第八卷，上海，上海古籍出版社，2015 年，第 454 页。
② 陈曾寿著，张寅彭、王培军校点：《苍虬阁诗集》，上海，上海古籍出版社，2009 年，第 496 页。
③ 龙榆生：《陈海绡先生词学》，张晖主编《龙榆生全集》第三卷，上海，上海古籍出版社，2015 年，第 534 页。
④ 觉谛山人遗稿：《清词坛点将录》，《同声月刊》1941 年第一卷第九号，第 165 页。
⑤ 陈曾寿著，张寅彭、王培军校点：《苍虬阁诗集》，上海，上海古籍出版社，2009 年，第 507 页。

再观郑文焯。郑文焯与王鹏运、朱祖谋、况周颐均主张学词取径梦窗，然其学词先从姜夔入："为词实自丙戌岁始，入手即爱白石骚雅，勤学十年，乃悟清真之高妙……"① 他曾致函朱祖谋言学柳永："近作拟专意学柳之疏宕，周之高健。虽神韵骨气，不能遽得其妙处。尚不失白石之清空骚雅，取法固宜语上也。"② 龙榆生对郑文焯的词风曾做总结："词格由白石历梦窗，以窥清真、东坡，而终与南宋诸贤为近。"③ 又，郑文焯醉心乐律研究，与王、朱、况重视格律的研究路径亦不相似，故将郑文焯列入"晚近常州词派四大词人"恐有未安。

"尊体"，旨在推重与晚近时代环境相谐之词格。与以考察是否协律作为唐宋词之重要标准不同，分析近三百年词作时，龙榆生更为看重的是作品的格调、意境。编选中，他再次强调这一观点："论近三百年词者，固当以意格为主，不得以其不复能被管弦而有所轩轾……所谓意格，恒视作者之性情襟抱，与其身世之感，以为转移。"④《近三百年名家词选》中，与时运结合紧密的词作入选比例最高，盖因晚近战乱纷争，催生乱世之音、离情之绪。入选词人大多有过宦游易代经历，身世起伏，工诗善文，学养深厚，写亡国之音、沉痛之意的词作均不同于凡庸，绵邈、缠绵的特点在清末遗民词中表现得极为明显。王鹏运、朱祖谋等因所处时代的特殊性而有了另一层身份——遗老，他们的一生充满悲剧色彩，常在词作中抒发矛盾、曲折、酸楚的心路历程。如王鹏运《三姝媚》（蘼芜春思远），叶恭绰评"缠绵往复"⑤；文廷式《摸鱼儿·惜春》，叶恭绰评"回肠荡气，忠爱缠绵"⑥；况周颐《西子妆》（蛾蕊颦深），叶恭绰评"怨断凄凉，意在内外"；汪兆镛《柳梢青》（雨暗烟昏），叶恭绰评"欲言不尽"⑦。宦海沉浮，这些词人对人事的理解更为透彻。弃诗而词（比如朱祖谋四十始为词）可被视为以"小

---

① 唐圭璋编：《词话丛编》，北京，中华书局，1986 年，第 4331 页。
② 唐圭璋编：《词话丛编》，北京，中华书局，1986 年，第 4354 页。
③ 龙榆生：《清季四大词人》，张晖主编《龙榆生全集》第三卷，上海，上海古籍出版社，2015 年，第 86 页。
④ 龙榆生：《近三百年名家词选》，张晖主编《龙榆生全集》第八卷，上海，上海古籍出版社，2015 年，第 454 页。
⑤ 叶恭绰选辑，傅宇斌点校：《广箧中词》，北京，人民文学出版社，2011 年，第 131 页。
⑥ 叶恭绰选辑，傅宇斌点校：《广箧中词》，北京，人民文学出版社，2011 年，第 93 页。
⑦ 叶恭绰选辑，傅宇斌点校：《广箧中词》，北京，人民文学出版社，2011 年，第 297 页。

道""他途"表达对于现实的不满,探求人生况味,这样的词作通常富含深刻的历史背景与高超意境。

龙榆生推重陈曾寿词的原因有二:一是"上通骚雅"①,咏托词志深味隐,崇比兴、重寄托,与常州词派"缘情造端,兴于微言,以相感动"②的主张一致。陈曾寿诗词皆长于咏物,常以咏菊词抒人生之忧愁和仕途之失意,如《八声甘州》(慰归来岁晏肯华予)"早芳心委尽,翻怯问佳期"③,叶恭绰评曰:"芳洁之怀,上通骚雅。"④陈曾寿的咏梅词寄托了故国之思,有遗民之志。龙榆生对陈词的咏梅之作极为欣赏,选有多阕咏梅之词。如,"一生长伴月昏黄,不知门外冷冷碧"(《踏莎行·白堂看梅》)、"有阑干处有横斜,几回坚坐送年华?"(《浣溪沙·孤山看梅》)、"漫拼将今世今生,长负梅花"(《扬州慢·忆烟霞洞梅》)、"待到千红闹处,故不见梅花"(《清平乐》)、"思量旧月梅花院,任是忘情也垂泪"(《鹧鸪天》)⑤。陈曾寿的咏物词词中有史,饱含家国身世之慨,反映社会现实,抒发强烈的社稷情怀。龙榆生认为,这些咏物词所展示的意象和意境与王鹏运、朱祖谋、况周颐词近,词中自抒其身世之悲;叶恭绰亦评陈词"凄丽入骨"(《临江仙》"修得南屏山下住")⑥、"悲壮"(《八声甘州》"镇残山风雨耐千年")⑦。原因之二在于陈曾寿以诗境入词境,此特色颇受朱祖谋、叶恭绰、龙榆生等词学名家之推重。陈曾寿由诗而词,词有诗意,这样的填词经历使得陈曾寿词富有哲理性,立意卓大、沉郁顿挫,有学人词的特点。陈声聪在《论近代词绝句》中论陈曾寿词说得更明确:"于世真成一孑遗,诗人词意总为诗。采薇何处非周粟,爱菊无端署义熙。"⑧ 夏承焘《天风阁学词日记》评陈曾寿词云:"夕读静安、陈仁先诸家词,以哲理入

---

① 叶恭绰选辑,傅宇斌点校:《广箧中词》,北京,人民文学出版社,2011年,第256页。
② 张惠言:《词选序》,孙克强主编《中国历代分体文论选》上,北京,北京交通大学出版社,2006年,第344页。
③ 龙榆生:《近三百年名家词选》,张晖主编《龙榆生全集》第八卷,上海,上海古籍出版社,2015年,第432页。
④ 叶恭绰选辑,傅宇斌点校:《广箧中词》,北京,人民文学出版社,2011年,第256页。
⑤ 龙榆生:《近三百年名家词选》,张晖主编《龙榆生全集》第八卷,上海,上海古籍出版社,2015年,第433~438页。
⑥ 叶恭绰选辑,傅宇斌点校:《广箧中词》,北京,人民文学出版社,2011年,第258页。
⑦ 叶恭绰选辑,傅宇斌点校:《广箧中词》,北京,人民文学出版社,2011年,第259页。
⑧ 陈声聪:《填词要略及词评四篇》,广州,广东人民出版社,1986年,第175页。

词最妙，静安偶有之，造辞似不如仁先。"① 王国维是词家中的思想家，夏承焘认为在哲理方面，陈曾寿的词与王国维可并称；而陈长于诗，制词技法或更在王国维之上。

"诗人词意总为诗"，这是陈曾寿词之特色，却也为部分词家所不喜。钱仲联《近百年词坛点将录》点陈曾寿为"天立星双枪将董平"："苍虬四十为词，瑶台婵娟，天生丽质，写情寓感，时杂悲凉。遐庵以为'门庑甚大'，'并世殆罕俦匹'，则不知其置疆村、大鹤于何地。孟劬谓：'苍虬诗人之思，泽而为词，似欠本色。'又评：'苍虬颇能用思，不尚浮藻，然是诗意，非曲意，此境亦前人所未到者。'斯乃持平之论也。"② 钱仲联认为，叶恭绰评陈词有拔高之嫌，他赞同张尔田的观点，认为陈词虽有端庄宏达的风格，却失去词之委婉本色。

尽管对陈词的评价不一，但不可否认的是，在清末民初后起词家中，陈曾寿词是有特色的，龙榆生较为准确地把握了陈曾寿词的特色，并在词选中肯定了陈词在近代词史中的地位，这正是龙榆生"为我"说中"尊体"的彰显。

五、"为我"之度与陈曾寿"名家"之谓

"为我"之度最难把握，过之则囿于主观、迷乱本真，故龙榆生认为在选词中要以"博观约取"解决这个问题，即"持两执中，重新估定各本之价值"③。《近三百年名家词选》选王鹏运词17首，况周颐词11首，朱祖谋词33首，郑文焯词15首，陈曾寿20首。以此五人而论，陈曾寿词在数量上超过晚清词坛巨擘王鹏运、况周颐，仅排在朱祖谋之后。这个"度"似乎不太符合"约取"的标准，因此有学者认为，龙榆生选陈词是因交谊而"移爱"。宋希於在《龙榆生删改〈近三百年名家词选〉的隐情》中猜想："龙榆生如此推重陈曾寿，是否会有龙的个人偏好、他们二人友谊的羁绊，或是有龙榆生因师长前辈推重而移爱

---

① 夏承焘：《夏承焘集》第六册，杭州，浙江古籍出版社、浙江教育出版社，1997年，第334页。
② 钱仲联：《梦苕庵清代文学论集》，济南，齐鲁书社，1983年，第162页。
③ 龙榆生：《选词标准论》，张晖主编《龙榆生全集》第三卷，上海，上海古籍出版社，2015年，第183页。

的原因夹杂其中呢。"① 这个推论是有可能成立的。龙榆生在"词人小传"中称陈曾寿"嘉、道间以诗名","义宁陈三立、归安朱孝臧推挹备至"②。

然而,"移爱"不是陈词入选的主要原因。首先,近世词家多与龙榆生有交集,陈曾寿1949年去世,1956年词选问世,龙榆生仅为交谊而选词并付梓成书的可能性微乎其微。其次,从入选词家数量来看,龙榆生选词的多寡与"晚近四大家"的排序关联度不大,比如文廷式不在"晚近四大家"之列,《近三百年名家词选》收其词16阕,也超过况周颐词的数量。这部词选从编选到成书,前后20多年,落笔谨慎,思考缜密,如果仅因"移爱"选陈词,那么选几首便可,何以一选就是20首?再次,龙榆生词学批评保持较高的学术独立性,因"移爱"选词与他"必须抱定客观态度""不容偏执'我见',以掩前人之真面目,而迷误来者"③ 的评骘标准相左。龙榆生选陈曾寿词的原因恐怕仍要从"为我"的两个标准——"开宗"与"尊体"来推演。选词各具手眼,但终究在于"扶持绝学",以"开宗"领悟旨归,以"尊体"引导读者知津筏,最终抵达"为我"之功效。从这样的批评立场出发,近代词人的影响力与词选的现实意义便愈加凸显,因此,龙榆生特为推重在晚近词坛有影响力的词人,以期力挽词学之颓势。

龙榆生为何提出"晚近词家"一说?在他看来,"晚近"节点具有承上启下的意义。撰写《晚近词风之转变》时,其师朱祖谋辞世十年,清季词坛的其他主将——文廷式(1909年去世)、王鹏运(1904年去世)、郑文焯(1918年去世)、沈曾植(1922年去世)、况周颐(1926年去世)辞世均在十年以上。十年之间,前辈之成就可盖棺定论,而其所提携者、门下弟子各有建树,前辈之影响业已彰显。词发展至当时已近穷途,"词至今日,一方以列于大学课程,而有复兴之望;一方以

---

① 宋希於:《龙榆生删改〈近三百年名家词选〉的隐情》,《南方都市报》2015年1月8日A10版。

② 龙榆生:《近三百年名家词选》,张晖主编《龙榆生全集》第八卷,上海,上海古籍出版社,2015年,第432页。

③ 龙榆生:《词学研究之商榷》,张晖主编《龙榆生全集》第三卷,上海,上海古籍出版社,2015年,第250~251页。

渐滋流弊，而有将绝之忧，此亦所谓存亡之机，间不容发之时矣！"①龙榆生希望通过总结晚近词风以助词学推拓，此时标举在世词人陈曾寿（1948 年龙榆生撰《近三百年名家词选》序时，陈曾寿尚在世）有其现实意义——其人其词具有较强的传播效应和社会影响力。

  陈曾寿词学活动丰富。1921 年，在湖州词人周庆云发起的雅集上（地点为西溪秋雪庵），朱祖谋与陈曾寿共同完成了"词客有灵应识我，西湖虽好莫吟诗"②的祠堂楹联。陈曾寿取调《采桑子》，题作《又赋二阕，呈彊村老人》。③ 1928 年，陈曾寿与一众遗民词人结社于天津，名之"须社"，影响巨大。④ "须社"唱酬结集《烟沽渔唱》收录陈曾寿词 15 首。陈曾寿的苍虬阁是社集活动场所之一，第九十二集社课为《凤凰台上忆吹箫·纳兰容若生日集苍虬阁》。1929 年，龙榆生在参加沤社组织的游览张氏园活动后作《七律》，小序言："己巳重阳前十日，约集散元、彊村、病山、十发、映庵、复园、苍虬、伯夔、公渚诸公于真如张氏园，别后率成长句。""苍虬"即陈曾寿，可见陈曾寿与朱祖谋、夏敬观等人交厚，亦可推知陈在当时诗词界是有一席之地的。另据学者谢永芳考证，"晚清民国时期，存在过一个以词坛名家陈曾寿为核心的湖北蕲水陈氏词学家族，其成员至少还包括陈氏从伯父恩澍、师关棠、次子邦直、从子邦武及婿周伟等五人"⑤。

  陈曾寿词作常见于公开发行物。陈曾寿在《同声月刊》上发表了 20 阕词，其中收入《近三百年名家词选》的有十阕，占半数，分别是：《八声甘州》（慰归来岁晏肯华予）、《鹧鸪天》（衰病逢辰一举觞）、《浣溪沙》（花径冥冥取次行）、《浣溪沙》（书卷抛残夜未残）、《蝶恋花》（万化途中为侣伴）、《扬州慢》（梅绣荒山）、《鹧鸪天》（燕子嗔帘不上钩）、《鹧鸪天》（偏爱沉吟白石词）、《清平乐》（笛声幽怨）、《南歌子》（鸡唱催将息）。民国时期有影响力的刊物《青鹤》也曾刊载陈曾寿词作，如《青鹤》第一卷第三期载《渡江云》（归墟何处

---

  ① 龙榆生：《晚近词风之转变》，张晖主编《龙榆生全集》第三卷，上海，上海古籍出版社，2015 年，第 474 页。
  ② 陈邦炎撰：《临浦楼论诗词存稿》，上海，上海古籍出版社，2008 年，第 337 页。
  ③ 陈邦炎撰：《临浦楼论诗词存稿》，上海，上海古籍出版社，2008 年，第 337 页。
  ④ 参见马勇《近百年词社考论》，《文艺争鸣》2012 年第 5 期。
  ⑤ 谢永芳：《陈曾寿〈旧月簃词〉补遗及其它》，《聊城大学学报》（社会科学版）2015 年第 2 期，第 50 页。

是),第七期载《风入松》(苦心不惜麝成尘)。叶恭绰辑选的《广箧中词》录陈曾寿词10阕(其中9阕龙榆生亦选)。《广箧中词》入选数量在10阕或以上词家的仅10家:朱祖谋(20首)、文廷式(13首)、叶恭绰(13首)、王鹏运(12首)、郑文焯(12首)、谭献(11首)、张茂炯(11首)、邵章(11首)、陈曾寿(10首)、廖恩焘(10首)。可见叶恭绰对陈曾寿也是推重的。从1935年《广箧中词》的问世到1956年《近三百年名家词选》的出版,陈曾寿词也经历了21年的时间检验。

上述材料可证,陈曾寿的词学活动丰富,其人、其词在当时词坛都有极大的影响力,龙榆生的《近三百年名家词选》要选的是"名家",陈曾寿担得起"名家"之谓,标举陈曾寿词可对词作的传播与词学的复兴起到推动作用。

龙榆生以陈曾寿为"晚近四大词人"之一,既显示出他对于现代词学批评的立场,也有关乎传播的现实考虑。龙榆生主张从时代背景与作家际遇出发,详考词家在各个阶段的词作风格与变化。他在《研究词学之商榷》中勾勒出现代词学批评之义:"必须抱定客观态度,详考作家之身世关系,与一时风尚之所趋,以推求其作风转变之由,与其利病得失之所在。"① 陈曾寿的生平、性情、学养、经历等因素使得他的词作呈现出鲜明的时代特征与独特的风格特色,恰与朱祖谋等晚近词家主张的常州词派的词学理论与审美意趣相合;龙榆生也寄望以陈曾寿的影响来力挽词学之颓势,助力词学之勃兴。从上述意义论,在郑文焯与陈曾寿之间选一位与王鹏运、朱祖谋、况周颐并列为"晚近四大词人",陈曾寿似乎更合适。

龙榆生持"为我"之理念操选《近三百年名家词选》,在对近代词人的词史地位考量上,他以"开宗""尊体"作为重要准绳。"晚近词家"中,陈曾寿词的词学特色、艺术特征符合常州词派创作理论的审美意趣。龙榆生对于陈曾寿的肯定,体现了他在国运堪忧、新旧文化冲突下的词学思考与祈向。相较于唐宋词选的选词思路,他的近代词选观念极具现实意义,蕴含当代性与实用性气质,其深意在于示人以学词

---

① 龙榆生:《研究词学之商榷》,张晖主编《龙榆生全集》第三卷,上海,上海古籍出版社,2015年,第250页。

之津筏，恢宏常州词派的词学主张，在近代词学的微光语境中承继"传灯"之志。

1962年，龙榆生删除陈词。2014年，上海古籍出版社重版《近三百年名家词选》时还书之原貌。2016年，《龙榆生全集》取1956年本，"增入陈曾寿一家及其词作二十首，以便读者了解选者宗旨"①。重新收入陈曾寿词，体现了对"选者宗旨"的尊重，也能让读者领略晚近词坛的真实情况与龙榆生的词学批评观。

要之，龙榆生的晚近词学批评全面描绘了清季民初词家的词学研究生态圈，梳理了他所处时代的词学谱系：从王鹏运的"扬苏"到朱祖谋的"学苏"，从文廷式的立主南宋辛刘词风到郑文焯倾挹南宋诸贤，从郑文焯醉心乐律期待重被管弦到龙榆生创制新体乐歌，从陈曾寿丰富的词学活动到龙榆生编选词选示人津筏，这一时期的词学家们为复兴词学做出种种努力，他们多角度发掘历代词作的美学特征，多维度阐释历代词家的思想内涵，并运用于创作实践和理论建构中，阐发了词学研究的终极意义。龙榆生为其所在的"当代词学"做出的批评具有实用性、现代性，观点鲜明、敢于评骘，保持了较高的学术独立性，体现出批评家的自觉担当与责任感。

六、"意境特胜"与意格

如前所述，龙榆生编选近三百年词作时最为看重的是作品的格调、意境："论近三百年词者，固当以意格为主，不得以其不复能被管弦而有所轩轾。"又说，"明、清易代之际，江山文藻，不无故国之思，虽音节有未谐，而意境特胜"②。龙榆生评词标准的调整是符合词体发展规律的，因为词体日尊，词成为案头文字，至明词已不可重被管弦，而作者所营造、建构的意境、词格却如同此前流传下来的诗经、乐府等文字一样姿态万千、永恒存在，"吾辈撇开音乐关系，以论清词，则实有

---

① 《本卷整理说明》，张晖主编《龙榆生全集》第八卷，上海，上海古籍出版社，2015年，第2页。

② 龙榆生：《近三百年名家词选·后记》，张晖主编《龙榆生全集》第八卷，上海，上海古籍出版社，2015年，第453页。

同于唐人之新乐府诗"①。

"意境特胜"是何种"意"、何种"境"?《近三百年名家词选》大抵可划分出如下五种"意境"。

"境"一:绵邈凄恻,亡音悲凉。

清初清季和民国近代战乱纷争,催生乱世之音和离情之绪。在龙榆生的词选中,这类与时运结合紧密的词作比例最高。冠首全书的词作是陈子龙的《点绛唇》:"满眼韶华,东风惯是吹红去。几番烟雾,只有花难护。梦里相思,故国王孙路。春无主!杜鹃啼处,泪染胭脂雨。"②全词绵邈凄宕,难掩悲怆。

这些词人大多有过宦游易代经历,身世起伏,工诗善文,学养深厚,写亡国之音、沉痛之意的词作均不同于凡庸。龙榆生拈出这个共同点,在"词人小传"中给予述评。如其评王夫之:"其词虽音律多疏,而芳悱缠绵,怆怀故国,风格遒上。"③ 评朱祖谋:"晚处海滨,身世所遭,与屈子泽畔行吟为类。故其词独幽忧怨悱,沉抑绵邈,莫可端倪。"④

绵邈、缠绵这层特点在清末遗民词中表现得更为明显,王鹏运、朱祖谋等词坛大家因所处时代的特殊性而有了另一层身份——遗老,他们的一生充满浓重的悲剧色彩,常在词作中抒发矛盾、曲折、酸楚的心路历程。如王鹏运《三姝媚》(蘼芜春思远),叶恭绰评"缠绵反复"⑤;文廷式《摸鱼儿·惜春》,叶恭绰评"回肠荡气,忠爱缠绵"⑥;况周颐《西子妆》(蛾蕊颦深),叶恭绰评"怨断凄凉,意在内外"⑦;汪兆

---

① 龙榆生:《中国韵文史》,张晖主编《龙榆生全集》第一卷,上海,上海古籍出版社,2015 年,第 167 页。

② 龙榆生:《近三百年名家词选》,张晖主编《龙榆生全集》第八卷,上海,上海古籍出版社,2015 年,第 201 页。

③ 龙榆生:《近三百年名家词选》,张晖主编《龙榆生全集》第八卷,上海,上海古籍出版社,2015 年,第 222 页。

④ 龙榆生:《近三百年名家词选》,张晖主编《龙榆生全集》第八卷,上海,上海古籍出版社,2015 年,第 387 页。

⑤ 龙榆生:《近三百年名家词选》,张晖主编《龙榆生全集》第八卷,上海,上海古籍出版社,2015 年,第 366 页。

⑥ 龙榆生:《近三百年名家词选》,张晖主编《龙榆生全集》第八卷,上海,上海古籍出版社,2015 年,第 374 页。

⑦ 龙榆生:《近三百年名家词选》,张晖主编《龙榆生全集》第八卷,上海,上海古籍出版社,2015 年,第 403 页。

铺《柳梢青》（雨暗烟昏），叶恭绰评"欲言不尽"①（以上作品及评语，龙榆生皆录入《近三百年名家词选》）。

宦海沉浮，这些词人对人事的理解更为透彻。弃诗从词（比如朱祖谋四十始为词）是对现实不满之后以"小道"或"他途"抒发平生感悟、寻求快意人生，这样的词作富含深刻的历史背景与高超意境。

"境"二：醇雅清空，规模南宋。

这种意境主要出现在浙西词派的词作中。作为近三百年词史一个重要的理论派系，浙西词人宗姜夔、张炎标榜醇雅、清空，尽管姜张二人的词因注重词的格律精巧、忽视词的内容而为常州词派所诟病，但龙榆生还是选用了其中部分佳作。如他选浙西词派中间人物厉鹗词12阕，《齐天乐·吴山望隔江霁雪》"顿挫跌宕"（谭献评）②，《玉漏迟·永康病中，夜雨感怀》"柔厚幽森"（谭献评）③，《忆旧游》（溯溪流云去）"白石却步"（谭献评）④，厉鹗的词风沉厚大雅、深美闳约，营造了遒逸的词境。

"境"三：意深浑厚，梦窗之笔。

作为朱祖谋的授砚弟子，龙榆生在词选中选录常州词派的词家佳作。1931年，龙榆生在精研王鹏运、文廷式、朱祖谋、况周颐等词人的创作和词论后撰写《清季四大词人》，1941年又撰写《论常州词派》。因此，龙榆生选常州词派代表词人、词作可谓成竹在胸。他在《梦窗词选笺·引论》中详谈了对梦窗词的看法，认为周济对梦窗词的三句评语最为精允："私意以为周氏'于逼塞中见空灵，于浑朴中见勾勒，于刻画中见天然'三语，最能表见梦窗真面目。"⑤从入选词作可以看出龙榆生所理解的梦窗词境的最高处。陈洵学梦窗，龙榆生选陈词

---

① 龙榆生：《近三百年名家词选》，张晖主编《龙榆生全集》第八卷，上海，上海古籍出版社，2015年，第406页。

② 龙榆生：《近三百年名家词选》，张晖主编《龙榆生全集》第八卷，上海，上海古籍出版社，2015年，第285页。

③ 龙榆生：《近三百年名家词选》，张晖主编《龙榆生全集》第八卷，上海，上海古籍出版社，2015年，第287页。

④ 龙榆生：《近三百年名家词选》，张晖主编《龙榆生全集》第八卷，上海，上海古籍出版社，2015年，第288页。

⑤ 龙榆生：《梦窗词选笺·引论》，张晖主编《龙榆生全集》第六卷，上海，上海古籍出版社，2015年，第459页。

11阕,《六丑》(正朱华照海)、《瑞龙吟》(是何世)、《风入松》(人生重九且为欢)等名作均得梦窗真谛,境深、浑化而见"腾踏之势"("腾踏之势"为朱彊村语),并引朱祖谋评:"海绡词神骨俱静,此真能火传梦窗者。"① "腾踏之势"化用周济在《宋四家词选目录序论》中所说的"奇思壮采,腾天潜渊"②,这是对吴文英善于制造空灵奇幻的词境的赞誉,正谙合"于逼塞中见空灵"语。况周颐亦学梦窗,龙榆生选况词《西子妆慢·赋葬花剧》,评曰:"周颐固自命'绝顶聪明',宜得'梦窗厚处'。且举《西子妆慢·赋葬花剧》一阕,以资参证……技术之精,庶几'无数丽字,一一生动飞舞'。然'千呼万唤',不出'忧生之嗟'。"③ "梦窗厚处"在于用字密丽但不见造作,正是"于刻画中见天然"。在"于浑朴中见勾勒"中营造"浑厚"之境,耐人寻味,这是梦窗词最难学习之处。龙榆生进一步阐述吴词"真面目":"梦窗天资高,学力厚,造语奇丽,金碧炫目,而能以疏宕沉着之笔出之;遂觉百折千回,凄酸掩抑,挹之不尽,味之弥久。"④ 龙榆生认为气韵浑厚、意境天然是梦窗词的精髓,在选近人词作时,他适时选入以密丽之语造"天然""浑厚"之境的作品。

"境"四:超脱纵横,苏辛神髓。

苏轼辽阔的心胸、旷达的情怀、奔放流转的词风和辛弃疾沉雄纵横的笔墨一直为龙榆生所推崇。近三百年词家中,无论作者隶属于哪个词学理论派系,对于有类似东坡词超脱、清雄词风的作品,龙榆生有意挑出佳作放入词选中。兹举数例以证。

选吴伟业《临江仙》(落拓江湖常载酒),引陈廷焯评"哀艳而超脱,直是坡仙化境"⑤。

---

① 龙榆生:《近三百年名家词选》,张晖主编《龙榆生全集》第八卷,上海,上海古籍出版社,2015年,第422页。
② 周济:《介存斋论词杂著》,北京,人民文学出版社,1959年,第12页。
③ 龙榆生:《清季四大词人》,张晖主编《龙榆生全集》第三卷,上海,上海古籍出版社,2015年,第94页。
④ 张晖主编:《龙榆生全集》第六卷,上海,上海古籍出版社,2015年,第459页。
⑤ 龙榆生:《近三百年名家词选》,张晖主编《龙榆生全集》第八卷,上海,上海古籍出版社,2015年,第209页。

选蒋士铨《水调歌头·舟次感成》，引谭献评"生气远出，善学坡仙"①。

选文廷式《水龙吟》（落花飞絮茫茫），引叶恭绰评"胸襟兴象，超越凡庸"②；《祝英台近》（剪鲛绡），引王鹏评"此作得稼轩之骨"③。

选屈大均《长亭怨》（记烧烛雁门高处），引叶恭绰评"纵横排荡，稼轩神髓"④。

选陈维崧《沁园春》（十万琼枝），引陈廷焯评"情词兼胜，骨韵都高，几合苏、辛、周、姜为一手"⑤。

选纳兰性德《金缕曲·赠梁汾》，引徐釚《词苑丛谈》评"词旨嵚奇磊落，不啻坡老、稼轩，都下竞相传写"⑥。

管弦不被，时局起伏，推重苏辛反映了晚近时代词风发展的一种趋向，苏辛词契合时代所需，从此类词作之入选亦可见龙榆生的选家心思与史家意识。

"境"五：自然丰神，意浅有味。

龙榆生发掘小词清浅、自然的审美价值。近三百年词人所作令词中，他以纳兰性德词为最好，"清代令词，盖未有过于性德者矣"⑦，录词作 25 首。词选录毛奇龄词七阕，均为令词，曰："奇龄小令学《花间》，兼有南朝乐府风味，在清初诸作者，又为生面独开也。"⑧ 其他词家的小令佳作，龙榆生也收入词选中，如彭孙遹《少年游》（花低新

---

① 龙榆生：《近三百年名家词选》，张晖主编《龙榆生全集》第八卷，上海，上海古籍出版社，2015 年，第 293 页。
② 龙榆生：《近三百年名家词选》，张晖主编《龙榆生全集》第八卷，上海，上海古籍出版社，2015 年，第 372 页。
③ 龙榆生：《近三百年名家词选》，张晖主编《龙榆生全集》第八卷，上海，上海古籍出版社，2015 年，第 373 页。
④ 龙榆生：《近三百年名家词选》，张晖主编《龙榆生全集》第八卷，上海，上海古籍出版社，2015 年，第 220 页。
⑤ 龙榆生：《近三百年名家词选》，张晖主编《龙榆生全集》第八卷，上海，上海古籍出版社，2015 年，第 245 页。
⑥ 龙榆生：《近三百年名家词选》，张晖主编《龙榆生全集》第八卷，上海，上海古籍出版社，2015 年，第 279 页。
⑦ 龙榆生：《近三百年名家词选》，张晖主编《龙榆生全集》第八卷，上海，上海古籍出版社，2015 年，第 275 页。
⑧ 龙榆生：《近三百年名家词选》，张晖主编《龙榆生全集》第八卷，上海，上海古籍出版社，2015 年，第 233 页。

声),并引谭献评"自然凑泊"①。

要之,《近三百年名家词选》所展现出的审美意趣和五种境界,既体现了龙榆生对词史格局、脉络的整体而客观的把握,也隐藏了个人的词评观念。从张惠言的《词综》到谭献的《箧中词》,再到叶恭绰的《广箧中词》,基本上是常州词派审美意趣的体现。龙榆生学承彊村,标举苏辛,但《近三百年名家词选》并未被贴上"常州词派"或者"豪放词派"的标签,主要原因在于龙榆生从词史出发编选词选,将学养传承、个人喜好置于词史发展的大背景之中。龙榆生在《选词标准论》中提出"抱定历史家态度,以衡量各名家之作品……务使此千年来之词学,与其渊源流变之所由,乃至各作家之特殊风格,皆可于此觇之"②,此思路依然实践于《近三百年名家词选》中,故沙先一认为,"相对于清人选清词,龙榆生能无门派之间,批评观念上也相对通脱、客观……对近三百年词坛创作的编选,也体现了这样的选词观念,既客观地展示了一代词史的状貌与发展轨迹,也有利于名家名篇的选择,从而有助于作家作品的经典化"③。最终,这部词选以客观、精准而不失个性的编选理念取胜,成为一本成熟的清代词选。

---

① 龙榆生:《近三百年名家词选》,张晖主编《龙榆生全集》第八卷,上海,上海古籍出版社,2015年,第230页。
② 龙榆生:《选词标准论》,张晖主编《龙榆生全集》第三卷,上海,上海古籍出版社,2015年,第208页。
③ 沙先一:《论〈近三百年名家词选〉选词学价值》,《徐州师范大学学报》(哲学社会科学版)2009年第2期,第47页。

第三章　龙榆生的词史之学

在词史研究中，龙榆生重点关注的是唐宋词史和清词史、近代词史。元明两朝，词体不振，他着墨不多，仅在《中国韵文史》中略做讲述。他在词史之学方面的研究可以分为三个方向：一是词与其他韵文之关系，包括词之起源与发展、词之体性与结构等；二是词体在唐宋之发展和唐宋词人、词作研究；三是清至近代词人、词作研究。龙榆生在词史方面的研究多有发现，主要以词选的形式呈现，《唐宋名家词选》《唐五代宋词选》《近三百年名家词选》三部词选展现了词体各种形式的特质以及各个时期的词派、词论特点。三部词选体例相近：梳理词人生平小传、词学源流，对词风略做评价。三本词选脉络清晰，分期明确，体现出词史框架建构意识和系统特征。这种体例与况周颐的《历代词人考略》十分相似，1934年由开明书店出版的《唐宋名家词选》引用况周颐的《历代词人考略》十七则，这或许可以旁证龙榆生的词史写作参考了《历代词人考略》①。

第一节　博闻体纯：从《词史要略》见"完美词史"之标准

龙榆生没有专门写一本《词史》(《中国韵文史》的下篇专述词曲，似可视为《词曲史》)。他欲编撰一部词学通史的纸端表述最早见于1931年6月的《最近二十五年之词坛概况》。文中，他对历代词史略做

---

① 《历代词人考略》的体例可视为"现代词史和词学史的雏形"，参见彭玉平著《况周颐与晚清民国词学》，北京，中华书局，2021年，第11页。

点评:《词林化事》"始具词史之雏形"①、《词林考鉴》"博稽群籍"、刘毓盘《词史》"见闻尚博,而颇伤于支离破碎"②、吴梅的《词学通论》和胡云翼的《宋词研究》"体例未纯,亦词学专史之属"③。他认为前贤同辈有治词史之功,但也有不尽如人意之处,故有意效仿王国维的《清真先生遗事》来修词史:"掇拾旧闻,纠正谬误,为一家事辑者,当推海宁王国维之《清真先生遗事》(《观堂全书》本)最为精审。吾意欲成一完美之词学通史,其第一步工作,殆当效法王氏矣。"④

何谓"完美之词学通史"?从龙榆生的论述来看,标准与要求有两点:一是"博闻",即考证宏博,知人论世;二是"体纯",即脉络清晰,体例纯粹。

一、考证宏博,知人论世

从前文引述可知,王国维《清真先生遗事》在内容上"掇拾旧闻,纠正谬误",龙榆生特为推崇。他在《周清真评传》中曾有具体阐述,"王国维采撷书史,旁及宋人笔记小说,参互校勘,成《清真先生遗事》一卷,有功词学,诚非浅鲜"⑤。"掇拾旧闻"指"书史"与"笔记小说"参互校勘,以互证、实证之方式去伪存真、去粗取精。1934年,龙榆生在《研究词学之商榷》中为"词史之学"定义,"排比作者时代之先后,自唐迄元,有得必书。于是词人之性行里居,约略可睹,以渐成其为'词史之学'"⑥。又说,"近人王国维《清真遗事》,吾友夏瞿禅继起有作,所撰《词人年谱》,考证宏博,后出转精。行见'词

---

① 龙榆生:《最近二十五年之词坛概况》,张晖主编《龙榆生全集》第三卷,上海,上海古籍出版社,2015年,第106页。
② 龙榆生:《最近二十五年之词坛概况》,张晖主编《龙榆生全集》第三卷,上海,上海古籍出版社,2015年,第106页。
③ 龙榆生:《最近二十五年之词坛概况》,张晖主编《龙榆生全集》第三卷,上海,上海古籍出版社,2015年,第106页。
④ 龙榆生:《最近二十五年之词坛概况》,张晖主编《龙榆生全集》第三卷,上海,上海古籍出版社,2015年,第106页。
⑤ 龙榆生:《周清真评传》,张晖主编《龙榆生全集》第三卷,上海,上海古籍出版社,2015年,第42页。
⑥ 龙榆生:《研究词学之商榷》,张晖主编《龙榆生全集》第三卷,上海,上海古籍出版社,2015年,第242页。

史之学',方兴未艾"①。可见,龙榆生所认为的完美的"词史之学"兼有征信学、谱牒学之意,他所期待的词史是一部以人的创作、主张为中心展开的词史,故充分掌握、占有词人的传记、年谱、行迹、纪事等史料是撰写词史之前必须要做的准备工作。

二、脉络清晰,体例纯粹

刘毓盘的《词史》具有开拓之功和先导之力,被称为"中国词学史上的第一部通代词史",对词体文学史的建设和研究影响深远。龙榆生认为刘毓盘的《词史》见闻尚博,但行文较散,"颇伤于支离破碎"②。《词史》原为刘毓盘在北京大学授词史课的讲义,他在其中探讨词体发展演进史、词学流派批评史,也融入词学鉴赏、创作等文学内容和词学文献学内容。沙先一认为,"这正是课堂本身的性质决定的,又体现了民国时期大学文学教育与文学史教学的某些特征","致使《词史》相对驳杂,不够精审"③。大量地占有、搜集文献材料只是完成了考辨、稽核等基础性工作,修词史者应具备历史的眼光,搭建词史框架,对掌握的材料有所取舍。龙榆生的《中国韵文史》等包含"词史"内容的著述也是大学讲义,从较为纯粹的论述体例来看,他在写作中应该是注意到刘毓盘《词史》出现的"驳杂"问题,并予以纠正。

《词学通论》是吴梅在大学教书时的讲义。第一章"绪论",谈有关词的重要理论问题。第二章至第四章围绕音乐问题论词,分别为"论平仄四声""论韵"和"论音律"。第五章谈词之作法。第六章至第九章为历代作家作品论。刘扬忠评价此书:"理论部分与史的部分互相游离,史的部分又太简单粗略,仅有代表作家及其个别代表作品的简单罗列,难以构成一个完整而有系统的史的框架。"④吴梅将学词之法、

---

① 龙榆生:《研究词学之商榷》,张晖主编《龙榆生全集》第三卷,上海,上海古籍出版社,2015年,第242页。
② 龙榆生:《最近二十五年之词坛概况》,张晖主编《龙榆生全集》第三卷,上海,上海古籍出版社,2015年,第106页。
③ 沙先一:《论刘毓盘的词学思想及其词史研究之贡献》,《2010年词学国际学术研讨会论文集》,2010年,第616页。
④ 刘扬忠:《本世纪前半期词学观念的变革和词史的编撰》,《江海学刊》1998年第3期,第162页。

音律音韵等与创作有关的问题放入词史的思路，龙榆生并不认可，他在《今日学词应取之途径》开篇即表明"词学与学词，原为二事"[①]。将"学词"这样的创作方法并入"词史"仍属于旧式写史体例，应从词史中去除。胡云翼《宋词研究》是词学史上第一部系统全面研究宋词的专著，全书分为《宋词通论》与《宋词人评传》上下两篇，上篇叙述宋词的起源、兴盛、发展、变迁、衰落、原因和结果，其中有作家作品介绍，下篇专为宋词重要作家的生平传略、作品分析，上下两篇内容杂糅。龙榆生认为《词学通论》和《宋词研究》"体例未纯"[②]。

三、龙榆生词史思想在《词史要略》中的实现

从写作时间来看，20世纪30年代初期撰写的《词学通论》《唐宋词通论》最有可能实践了龙榆生对"完美词史"的演绎，可惜"二论"稿件不存。《词史要略》未知写于何时，仅存上编目录和第一、第二章内容。尽管《词史要略》残缺未完成，但从综合架构、目录、写作内容、行文表述以及思想论说来看，《词史要略》有理论新见，较为贴近龙榆生修词史之思路，部分立论提法标杆意义明显，值得解读。

（一）辨析词体，考镜源流

《词史要略》第一章为"词体起源"。此章的写作大纲为"词之界说""隋唐以来音乐界概况""唐代歌诗之法""开元以后诗人填词之尝试""词体之确立""崔令钦《教坊记》所载隋唐旧曲表"以及"《宋史·乐志》所载燕乐曲名表"七部分。

首先，龙榆生开篇明义，为词定性，"词者，为求配合隋唐以来盛行之龟兹乐谱，因而创作之一种新体歌词，而以能入律传唱为原则者也"[③]。其次，他从音乐的角度出发，区分"词与乐府""词与诗"，考

---

① 龙榆生：《今日学词应取之途径》，张晖主编《龙榆生全集》第三卷，上海，上海古籍出版社，2015年，第297页。

② 原文为："他如吴梅之《词学通论》（广州中山大学排印），胡云翼之《宋词研究》（中华书局出版），虽体例未纯，亦词学专史之属也。"参见龙榆生《最近二十五年之词坛概况》，张晖主编《龙榆生全集》第三卷，上海，上海古籍出版社，2015年，第106页。

③ 龙榆生：《词史要略》，张晖主编《龙榆生全集》第二卷，上海，上海古籍出版社，2015年，第343页。

察词体在隋唐的嬗变。最后，附《教坊记》和《宋史·乐志》中的隋唐乐曲名以考量词调宫调来源，梳理曲调转为词调的源头，推演词调起源的时间。龙榆生从词乐和词调入手，以此作为词史首章，把握了词体特征和形式，解决了词与音乐的关系、曲调如何转变为词调等缘起问题。《词史要略》的第二章至第八章分别为："唐五代词""北宋词上""北宋词中""北宋词下""南宋词上""南宋词中""南宋词下"。从大纲所列唐五代、宋词的线索来看，龙榆生应该是有了清晰的想法，这一点符合"脉络清晰，后出转精"的标准。

（二）以人为线，以词观史

《词史要略》的第二章至第八章，龙榆生从代表作家切入论述，如"北宋词上"视为宋词初期，代表作家为晏殊、欧阳修、晏几道；"北宋词中"代表作家苏轼及苏门词人黄庭坚、秦观、晁补之、张耒；"北宋词下"代表作家徽宗；"南宋词中"代表作家吴文英及吴派词人翁元龙、高冠国、陈允平、周密，等等，第三、第四、第五、第八章附有词家作品表。这些提纲体现了龙榆生以人存词，以词观史的写作思路。就目前仅存的第二章《唐五代词》看，其写作提纲为："中晚唐人词""西蜀人词""南唐人词""五代诸国人词""《尊前集》作者分配表"和"《花间集》作者分配表"（惜"南唐人词"只完成部分，其余散佚）。

从开元天宝至南唐时期，龙榆生考察了 25 位词人的生平及代表词作（手稿仅至李煜前半段）。他考察词人有详有略，对于韦应物、戴叔伦、刘禹锡、白居易等人写得简约，盖因他推断"此一时期（按：指中唐）之词，咸出北于诗人之尝试，犹非著意为专门词人，观所作率不过数阕小词而可知也"[1]；对于韦庄、毛文锡、欧阳炯等人的解读稍详，因为他们对花间词派的发展起了重要作用。

在此章中，龙榆生重点对温庭筠、李煜其人其词做了解读分析。温庭筠是词体确立之关键人物，龙榆生爬梳《乐府纪闻》《旧唐书》等文

---

[1] 龙榆生：《词史要略》，张晖主编《龙榆生全集》第二卷，上海，上海古籍出版社，2015 年，第 356 页。

献，推导出"知著意填词，实始温氏"的结论①。他分析《花间词》中温庭筠词的句法、用韵，认为大多数作品与以前诗歌"截然不同"，如《酒泉子》（花映柳条）全阕五协仄韵，用平韵与前面呼应，"此格惟曲子词中有之；或由胡乐音繁，度新声以制此曲"，推断"至庭筠始取各种曲调，实之以词"，从而进一步确认温庭筠对词体确立之功。龙榆生将《南唐书》《江南野史》等各种史料与李煜词作综合而论，解剖后主词境的阶段性变化："后主词境，一随其生活状况为转移。归宋之前，与亡国之后，所有作品，截然不同。"② 在详略得当的写作布局中对词人、词作进行实证、考辨，读者可感知轻重缓急，避免产生"支离破碎"之感。

龙榆生注重梳理词的风格，精微触摸词派兴起与发展的历史。论花间词派，他从刘禹锡始，"婉丽缠绵，实开花间宗派。诗人制曲，盖至此已略是规模"，《云谣集杂曲子》"从词学系统上观之，此一派词，自上列诸阕，以逮花间乐章，一脉相承，昭然可睹"，至温庭筠，词体确立，词风"实开'镂金错彩'一派……在文学方面，自是一大进步"③。花间词人，温韦并称。除此之外，龙榆生还分析了韦庄、牛峤、牛希济、毛文锡、欧阳炯等人的词作。他在此章节中至少解决了如下四个问题：①民间词至文人词的嬗变；②刘禹锡、白居易的词史地位；③词体确立的时间、标志；④花间词派形成的过程、影响和贡献。

（三）评骘有方，亮明观点

龙榆生写词史善用历代词评，这种实证与批评相结合的词史描述方式准确地定位词家特点、成就与地位，以及他们在词史中的坐标与意义。《词史要略》仅存两章，而引用历代词人评论多达数十处，参考的资料有贺裳《皱水轩词筌》、倪元镇《古今词话》、王士祯《花草蒙拾》、沈雄《柳塘词话》、张炎《词源》、周济《介存斋论词杂著》、刘

---

① 龙榆生：《词史要略》，张晖主编《龙榆生全集》第二卷，上海，上海古籍出版社，2015年，第362页。
② 龙榆生：《词史要略》，张晖主编《龙榆生全集》第二卷，上海，上海古籍出版社，2015年，第377页。
③ 龙榆生：《词史要略》，张晖主编《龙榆生全集》第二卷，上海，上海古籍出版社，2015年，第364页。

熙载《艺概》、陈廷焯《白雨斋词话》、况周颐《餐樱庑词话》和《蕙风词话》、王国维《人间词话》、刘毓盘《词史》、吴梅《词学通论》，以及胡适、王鹏运的评论（文内未注明出处），等等。尽管龙榆生对吴梅《词学通论》的体例和刘毓盘《词史》的写作风格有不同看法，但在《词史要略》中，他评价温庭筠时皆引用这两本书的部分内容，表明他对吴梅和刘毓盘的词评观是认同的。龙榆生写史旁征博引，但每条评论的安放均围绕主题进行，在一定程度上避免"见闻尚博，而颇伤于支离破碎"[1]情况的出现。

龙榆生在《词史要略》中屡屡亮明自己观点与他人观点不同之处，如《菩萨蛮》（平林漠漠烟如织）、《忆秦娥》（箫声咽）二词"为百代词曲之祖"[2]，素来被冠以李白作，近人胡适、郑振铎亦考证认为此二词作者确为李白。龙榆生言"余对此时，有可怀疑者四点"[3]，并在章节中列明四点反证。又如，前人评温李一派诗人的"诗客曲子词"间有拔高之论，龙榆生批评持此论者"索解过深"："取助清欢，何有乎忠爱？治古文学者，固不可以轻率出之；而索解过深，翻违本旨。"[4]再如评价冯延巳词，"史称延巳小人，煦欲为之回护，乃托为比兴之说，以提高其词格。此前代批评家之通病。君子不以人废言，读《阳春集》，但当以文艺眼光，为之判断耳"[5]。在后两则评论中，龙榆生认为词学研究者品评文学作品时应当回归文学之立场和眼光，还原文学的本真面目，植入过多其他因素或者牵强附会容易造成曲解和误读。

另外，龙榆生著述的行文风格以20世纪50年代两期为界，后期表述近白话文，如《词学十讲》《词曲概论》《宋词发展的几个阶段》等。《词史要略》行文有古风，与中华人民共和国成立前风格近，且引

---

[1] 龙榆生：《最近二十五年之词坛概况》，张晖主编《龙榆生全集》第三卷，上海，上海古籍出版社，2015年，第106页。

[2] 龙榆生：《词史要略》，张晖主编《龙榆生全集》第二卷，上海，上海古籍出版社，2015年，第354页。

[3] 龙榆生：《词史要略》，张晖主编《龙榆生全集》第二卷，上海，上海古籍出版社，2015年，第354页。

[4] 龙榆生：《词史要略》，张晖主编《龙榆生全集》第二卷，上海，上海古籍出版社，2015年，第363页。

[5] 龙榆生：《词史要略》，张晖主编《龙榆生全集》第二卷，上海，上海古籍出版社，2015年，第381页。

用处为20世纪30年代以前的内容,故或可作为此书写于早期的论据。

龙榆生主张立体、多层次地审视词体的概念和范围。尽管今天看不到《词史要略》的全貌,但可通过部分文稿管窥龙榆生关于"完美词史"的"博闻"与"体纯"的构想。"博闻",指作者应当合理运用词话、丛话等评骘文献,既要广征博引,又要避免出现零碎琐乱、杂凑无章的情况,适时纠偏存疑,给予读者启示。"体纯",即明晰范畴、纲举目张、条分缕析,避免驳杂;撰写词史要建立在扎实、充分的文献材料的基础上,从作家作品入手体认词体在各个时期的源流特性、词史贡献,以及产生的词派主张、文化思潮,进而描绘词体发展变化的史线。

第二节　词选探微:唐宋词史演进之道与编选个性

龙榆生的"唐宋词体演进史"研究受到胡适研究唐宋词史的影响,他也运用阶段分期的方法建构"词体演进史"的框架。龙榆生将唐五代词分"词的萌芽时期""词的培养时期""词的成熟时期"三个阶段,宋词分为"南唐词风在北宋之滋长""教坊新曲促进慢词之发展""曲子律之解放与词体之日尊""大晟府之建立与典型词派之构成""南宋国势之衰微与豪放词派之发展""文士制曲与典雅词派之昌盛"六个阶段。

在分期治词的过程中,龙榆生尤为关注音乐对唐宋词体发展的影响,结合时代背景、地域文化差异、文人对词的自觉改造等因素,分析了西蜀、南唐、北宋、南宋词的艺术特色、词派启承、词史地位和词学价值。

一、词体确立阶段与唐宋词史之分期

胡适在《词选·序》中将词的历史分为三期。第一时期,"自晚唐到元初(850～1250年),为词的自然演变时期";第二时期,"自元到明清之际(1250～1650年),为曲子时期";第三时期,"自清初到今

日（1650～1900年），为模仿填词的时期"。①

"词的自然演变时期"是词体形成、确立时期。胡适认为，宋代词人完成对词体的改造后，词便走向末运，词史"正身"在第一时期已然终结："这种文学形式化的命运便完结了，文学的生命又须另向民间去寻新方向发展了。"②

龙榆生在《词体之演进》中对词史分期略有阐述："一种文体演进之步骤，非可一蹴而几，而其体势之完成，亦有多方面之影响……依声而制之词，经过若干时间之酝酿涵育，与夫种种障碍，历二三百载，而后体势乃大成。推其演进历程，往往与当世士大夫所讥之'淫冶曲词'，与夫'胡夷里巷之曲''声色歌舞之场'，皆有极深切之关系。"③"词"成长为一种文体，在历史时空里大约行走了三百年，从民间艺人手中至文人墨客笔下，从乡野山村到亭台楼榭，历史所赋予词的文化属性得以丰富。

龙榆生所指的这"二三百载"大致是从隋唐至宋，即"词"体确立的过程。在《唐五代宋词选》中，他将"这两三百年"再划分为三个阶段——"隋唐之间，以迄开元天宝之际"是词的萌芽时期，"从中唐刘白诸人到温庭筠"是词的培养时期，"晚唐五代"是词的成熟时期："经过了这三个阶段，于是词在中国文学史上的地位，方才确然建立了，乐府诗的位置，也就不能不让这个新兴体制'取而代之'了。"④龙榆生认为词的起源时间点在隋，词体成熟的时间定格于五代，词在这三个阶段内完成了从"民间的自然创化"到"文学家的培养灌溉"⑤的转变。

龙榆生与胡适在清词史的评价上分歧较大。胡适认为自清初到清末（1650～1900年）为模仿填词的时期，也是"鬼"的历史。龙榆生则认为清词在词史上留有浓墨重彩的一笔，其发展有着荣光的结局，"三

---

① 参见胡适选注《词选》，北京，中华书局，2007年，第3页。
② 参见胡适选注《词选》，北京，中华书局，2007年，第6页。
③ 龙榆生：《词体之演进》，张晖主编《龙榆生全集》第三卷，上海，上海古籍出版社，2015年，第148页。
④ 龙榆生：《唐五代宋词选·导言》，张晖主编《龙榆生全集》第八卷，上海，上海古籍出版社，2015年，第9页。
⑤ 龙榆生：《唐五代宋词选·导言》，张晖主编《龙榆生全集》第八卷，上海，上海古籍出版社，2015年，第7页。

百年来,屡经剧变,文坛豪杰之士,所有幽忧愤悱缠绵芳洁之情,不能无所寄托,乃复取沉晦已久之词体,而相习用之,风气既开,兹学遂呈中兴气象"①。二人结论不同,归根到底是词史观的差异。胡适的出发点是,到了清代,词体早已发展完备,豪放、婉约的词风均已登场,词再无创新空间,故而清的词作均可被视为对前人的模仿。龙榆生则联系"世运倚伏"考察词坛盛衰。清初至近代这三百年之社会变革不断,"国家不幸诗家幸,话到沧桑语始工",词人抒心中不快以寄托思绪,因而这一时期的词作显现出不同于唐宋的意格,"中兴之象"便是这一时期的词史特征。胡适将词体置于所有文体发展的视域下予以观照,是一种宏观的视角,从词体外部出发,着眼于词体体制的完善、词风的形成。龙榆生关注各种词风在融合、重组、互补后形成的新样貌,进入词体发展的内部进行考察,其词史观涵盖了影响词体发展、词作风格的时代背景与个人因素,是一种中观甚至微观的视角。因此,两人关于词史分期、词体发展产生的分歧是在所难免的。

二、唐宋词的分期及演进

《词选》以苏轼词为分界点提出"三段论":苏词以前的为教坊乐工、民间歌女所唱的词,胡适称之为"歌者之词";苏轼、辛弃疾、刘克庄等人的词是"诗人的词";姜夔之后至宋末元初的词是"词匠的词"。"三段论"影响极大,陈水云考述:"在三四十年代编选的词史及各种文学史……大多袭用胡适关于词史发展的三段论。"② 龙榆生亦大致认可胡适的"三段论",他在《中国韵文史》中引用了这个概念:"至东坡乃悍然不顾一切,借其体而解纵之,以建立'诗人之词'。"在龙榆生看来,苏轼词起着承上启下又解放词体的关键作用,以苏轼词为分界点是一个合理的裁断。胡适在《词选》的序中说:"苏东坡一班人以绝顶的天才,采用这新起的词体,来作他们的'新诗'。"③ 龙榆生对苏轼词在唐宋词史中的地位也持类似的观点:"苏轼以横放杰出之才,

---

① 龙榆生:《近三百年名家词选·后记》,张晖主编《龙榆生全集》第八卷,上海,上海古籍出版社,2015 年,第 453 页。
② 陈水云:《中国词学的现代转型》,北京,社会科学文献出版社,2016 年,第 120 页。
③ 胡适选注:《词选》,北京,中华书局,2007 年,第 5 页。

遂为词坛别开宗派；此词学史上之剧变，亦即词体所以能历久常新之故也。"① 由此可见，在对苏轼词之于唐宋词的地位与贡献上，二人观点接近。

但是，龙榆生认为胡适提出的"歌者之词""诗人之词""词匠之词"这三个概念难以安放各个时期的词人特点。例如，李煜、冯延巳等人的词已有"诗人之词"之气象，如何能被称为"歌者之词"？又如，苏轼、黄庭坚、秦观等人的词也多付"歌者"，这些词又当如何界定？同样的情况还有贺铸的词，"在东坡、美成间，特能自开户牖，有两派之长而无其短；有时为'诗人的词'，有时亦能为'歌者的词'"②。

在作家作品的风格上，龙榆生也不认同胡适的结论。例如，论述"诗人的词"，胡适以刘后村词殿后，龙榆生提出刘须溪、蔡伯坚、吴彦高、元遗山的词均可续后，同样应该放入"诗人的词"这个序列。再如，胡适提出姜白石、史梅溪、吴梦窗、张叔夏等人的词应归入"词匠的词"，但龙榆生指出《词选》选取的上述词家之作并非其代表作，"率取其习见之调，或较浅白近滑易者；集中得意诸阕，反被遗弃"③。

龙榆生不满胡适以"歌者之词""诗人之词""词匠之词"笼统区分唐宋词史的发展。他在《中国韵文史》将唐宋词史划分为十二期，这是从曲调发展和风格流变的两线角度对唐宋词史做出的分期：①燕乐杂曲词之兴起；②杂曲子词在民间之发展；③唐诗人对于令词之尝试；④令词在西蜀之发展；⑤令词在南唐之发展；⑥令词之极盛；⑦慢词之发展；⑧词体之解放；⑨正宗词派之建立；⑩民族词人之兴起；⑪南宋词之典雅化；⑫南宋咏物词之特盛。龙榆生注重在音乐的变化中寻找诗词演变的轨迹，从音乐、文本双线综合考察词史，梳理了唐宋词从民间兴起到文人创调的过程，强调音乐技法与人文观念对词体演进的贡献。

---

① 龙榆生：《中国韵文史》，张晖主编《龙榆生全集》第一卷，上海，上海古籍出版社，2015年，第112页。
② 龙榆生：《论贺方回词质胡适之先生》，张晖主编《龙榆生全集》第三卷，上海，上海古籍出版社，2015年，第154页。
③ 龙榆生：《论贺方回词质胡适之先生》，张晖主编《龙榆生全集》第三卷，上海，上海古籍出版社，2015年，第151页。

相较于胡适"歌者之词""诗人之词""词匠之词"的观点,龙榆生的分期说呈现出更为精密的逻辑结构与丰富的词史脉络,文体观念和学科意识在这样的分期说中得以强化。

三、宋词词风研究

历来词评家论宋词,或以词家分,或以风格论,这样的观点一直延续至词评宏阔丰裕的清代。以词家分者,或主北宋,或主南宋;以风格论者,或曰疏密,或曰婉约、豪放。以风格论两宋词者认为,"词至北宋而始大,至南宋而遂深"①。对于这两种观点,龙榆生认为皆有局限:以词家为标准而争两宋之高下是宗派之见的表现,"词以两宋为极则,而论者或主北宋,或主南宋。此皆域于门户之见,未察风气转变之由,而妄为轩轾者也"②;以风格之转变断词心之优劣亦不科学,"盖各有其环境关系,非可以一概言之也"③。

另外,龙榆生也不赞成以年代论宋词,他批评了将宋词分为南宋、北宋两段的论点,认为断代划分法未能准确勾勒宋词词史发展形貌,"必执南北二期,强为画界,或以豪放婉约,判作两支,皆'囫囵吞枣'之谈,不足与言词学进展之程序"④。

那么,当如何论宋词呢?龙榆生指出,词风演变当考虑时代发展、地理环境、人文环境等因素,而不能简单地以年代(南宋、北宋)或特色(婉约、豪放)论宋词。他将宋词词风的转变分为"南唐词风在北宋之滋长""教坊新曲促进慢词之发展""曲子律之解放与词体之日尊""大晟府之建立与典型词派之构成""南宋国势之衰微与豪放词派之发展""文士制曲与典雅词派之昌盛"六个阶段。

"南唐词风在北宋之滋长"阶段,龙榆生着意研究小令发展史,修

---

① 龙榆生:《两宋词风转变论》,张晖主编《龙榆生全集》第三卷,上海,上海古籍出版社,2015年,第275页。
② 龙榆生:《两宋词风转变论》,张晖主编《龙榆生全集》第三卷,上海,上海古籍出版社,2015年,第274页。
③ 龙榆生:《两宋词风转变论》,张晖主编《龙榆生全集》第三卷,上海,上海古籍出版社,2015年,第275页。
④ 龙榆生:《两宋词风转变论》,张晖主编《龙榆生全集》第三卷,上海,上海古籍出版社,2015年,第295页。

订前人认为北宋令词承《花间词》之遗响的论断，指出"乐府词"才是小令在北宋发展到极致的源头。他详考《花间集》中的曲调，指出小令自温庭筠开始由单遍增为两段，这是单曲变化为小令的标志：

> 凡此，必皆当时蜀中盛行之曲调，且一曲两段者居多；视刘、白、王、韦、戴之《忆江南》《潇湘神》《调笑》诸曲，仅用单遍者，显有长足之进步。王灼谓"近世曲无单遍者"，而《花间集》词，一曲两段或仅单遍者，各有制作。①

令词经过北宋文人的创作走向成熟，不仅出现了大量风格极高、字句讲究的作品，还出现了集大成的词家晏几道。龙榆生认为令词成熟的标志有两点，一是"作者多致意于提高令词之风格，而尤著重于句法之变化"②，二是"令词之发展，由《阳春》以开欧、晏，至小晏而集大成"③。

前人论词，认为北宋初期的作家创作的小令多受《花间词》的影响。龙榆生分析令词流播地域而推演出不同的结论。《花间词》收录的作家多为蜀人，当时这批词在蜀地流传，难以通至蜀地之外，而北宋初期的词家多为江西人，晏殊、欧阳修所写小词实际上是受到了冯延巳的影响。晏几道《小山词》自序言："试续南部诸贤绪余，作五、七字语，期以自娱。"④ 这不仅说明晏殊、欧阳修等词家创作小令多用于娱宾遣兴，也说明"北宋初期作家，实承南唐之遗续……南唐词风，其盛况不亚于西蜀"⑤。

探求小令起源之后，龙榆生着手慢词的研究。他认为，教坊新曲促

---

① 龙榆生：《词体之演进》，张晖主编《龙榆生全集》第三卷，上海，上海古籍出版社，2015年，第144页。
② 龙榆生：《两宋词风转变论》，张晖主编《龙榆生全集》第三卷，上海，上海古籍出版社，2015年，第278页。
③ 龙榆生：《两宋词风转变论》，张晖主编《龙榆生全集》第三卷，上海，上海古籍出版社，2015年，第279～280页。
④ 晏几道：《小山词自序》，孙克强主编《中国历代分体文论选》上，北京，北京交通大学出版社，2006年，第245页。
⑤ 龙榆生：《两宋词风转变论》，张晖主编《龙榆生全集》第三卷，上海，上海古籍出版社，2015年，第276页。

进慢词之发展:"北宋词风之转变,实以教坊新腔为最大枢纽。"① 令词格调高,教坊谱悦新声以迎合民间市场,慢词由是产生。柳永、张先、秦观等人致力慢词的创制,慢词得以迅速发展,"其功用则在使歌词复与民众接近,而变旧声为新声,使词体恢张,有驰骋才情之余地"②。

慢词之后,龙榆生以苏轼词为切入点,重点考察了"曲子词"的解放与尊体之关系。东坡词为词坛带来新局面:词在内容上愈加充实,成为表现作者性情抱负的文体,跳出音律之藩篱,摆脱单纯的游戏娱宾功能。龙榆生认为东坡词"破除狭隘之观念,与音律之束缚,使内容突趋丰富,体式益见恢张"③。词与音乐脱离,是对词体的解放,也使词与诗、文一样,成为独立之文体的标志,虽离"本色"远,但是词体发展的必经阶段:"词体日尊,而距原始曲情益远。此亦词学发展必至之境,不容以其非'本色'而少之也。"④

词至苏轼,虽格调阔逸,但人多病其音律不协,如何让文本与音律相协?以周邦彦为代表的典型词派解决了这个问题。龙榆生认为,矛盾的解决是典型词派产生的根源:"折中于二者之间,于音律和谐之内,益求词句之浑雅,于是典型词派兴焉。"⑤ 周邦彦成功的原因有三:"一在'知音',二在备诸法度,三在修辞之醇雅。"⑥ 这三点概括是非常精到的。周邦彦懂音乐,会制曲,填词符合平仄押韵等规范,故而其词醇化雅丽;任职大晟府期间,周邦彦掌管乐制,有能力和条件引导北宋后期词风朝字面浑雅、音律和谐的方向发展,"慢词发展至清真,既无柳永'词语尘下'之病,又无苏轼'多不协律'之讥,为文人学士所乐

---

① 龙榆生:《两宋词风转变论》,张晖主编《龙榆生全集》第三卷,上海,上海古籍出版社,2015年,第281页。
② 龙榆生:《两宋词风转变论》,张晖主编《龙榆生全集》第三卷,上海,上海古籍出版社,2015年,第283页。
③ 龙榆生:《两宋词风转变论》,张晖主编《龙榆生全集》第三卷,上海,上海古籍出版社,2015年,第286页。
④ 龙榆生:《两宋词风转变论》,张晖主编《龙榆生全集》第三卷,上海,上海古籍出版社,2015年,第284页。
⑤ 龙榆生:《两宋词风转变论》,张晖主编《龙榆生全集》第三卷,上海,上海古籍出版社,2015年,第287页。
⑥ 龙榆生:《两宋词风转变论》,张晖主编《龙榆生全集》第三卷,上海,上海古籍出版社,2015年,第288页。

闻，亦惟伶工歌妓所喜习"①。此后，姜夔的词风、张炎的词论多与这一时期的词风趋雅有关，故龙榆生称周邦彦开创的典型词派"允为百代词人法式"②。

南宋词风一脉，龙榆生主要研究了豪放词派的成因和文人制曲对典雅词派繁盛之贡献。他结合时运和流派分析南宋豪放词派之成因："一方固由时势造成，一方亦有渊源可述。"③ 时势而言，宋室南渡，乐谱散佚，南宋初期的作者以词释怀，无暇顾及音律，"姜夔一派清空俊雅之词作，风气即早转移"④。渊源而言，此时东坡词之豪迈风格恰好适合抒发慷慨悲壮的心境，于是辛弃疾、刘克庄、刘辰翁等词人承此词风继往开来，"稼轩词绍东坡之遗绪，又以身世关系，从而发辉光大之"⑤。南宋"偏安局定，士习苟安……文人才士既各有所依托，杯酒交欢，联吟结社"⑥。社会安定是典雅词派诞生的背景，姜、张一派词人精通曲律又严于定律，在词藻修饰方面精雕细琢，典雅词风由此大盛。

综上，龙榆生借由对宋词史六个阶段的研究解决了三大问题。其一，词至北宋而盛的四大原因——南唐遗绪，有一批学养好、才情佳的文人热衷填词，曲调与歌词相互促进发展，北宋政府重视词的创作。其二，对于令词、慢词等各种词体产生的原因和发展情况，他纠偏辨误，提出小令在北宋初期繁盛实承南唐之遗绪。其三，以重点词人为研究对象，详考宋词之风格衍为豪放词派和典雅词派的渊源、特色。时代环境、地域特点、音乐起衰、体制突破、词人品格等多种因素均被龙榆生综合纳入研究范畴。当文本风格朝着一个方向急遽发展，音律和文本的

---

① 龙榆生：《两宋词风转变论》，张晖主编《龙榆生全集》第三卷，上海，上海古籍出版社，2015年，第288页。
② 龙榆生：《两宋词风转变论》，张晖主编《龙榆生全集》第三卷，上海，上海古籍出版社，2015年，第289页。
③ 龙榆生：《两宋词风转变论》，张晖主编《龙榆生全集》第三卷，上海，上海古籍出版社，2015年，第289页。
④ 龙榆生：《两宋词风转变论》，张晖主编《龙榆生全集》第三卷，上海，上海古籍出版社，2015年，第291页。
⑤ 龙榆生：《两宋词风转变论》，张晖主编《龙榆生全集》第三卷，上海，上海古籍出版社，2015年，第290页。
⑥ 龙榆生：《两宋词风转变论》，张晖主编《龙榆生全集》第三卷，上海，上海古籍出版社，2015年，第292页。

关系必不能相协，此时敏锐的词人便会平衡此中矛盾，二者相协的过程便是推进词风转换的进程。龙榆生的分期论为宋词研究者所认可，据学者考证，薛砺若《宋词通论》的分期"是在胡适、龙榆生两家分期的基础上而深化的，而且可以说更多的是受到龙氏影响……此后的文学史论述，可以说不脱龙、薛二家之苑囿"①。

四、唐宋词选的编选特色

在唐宋词的研究中，龙榆生编纂的《唐宋名家词选》和《唐五代宋词选》彰显了他对于词史各个发生期的词学观念定位。《唐宋名家词选》于1934年12月由上海开明书店出版。1936年5月，《唐五代宋词选》由上海商务印书馆出版。随着民国词学研究的深入，龙榆生《唐宋名家词选》的选学价值多为学者所肯定②。两本词选均为普及读物，相仿处多，然而细致比较可以发现两本词选仍有侧重。《唐宋名家词选》以词家缀词史，强化各体渊源所自，沁入声调之学的研究理脉，意主欣赏传统词作；《唐五代宋词选》以词派安众家，侧重豪放词的选入，揭示词体内部组织关系，为创作新体乐歌提供思路。试从下述五个方面对两本词选进行比较。

第一，两选的写作缘起略有差异。

《唐宋名家词选》旨在为学生打造学词的入门之径。这本词选为暨南大学国文系的同学上课而准备的，龙榆生在"初版自序"中说："虽各家亦多开径独行，而渊源所自昭然可睹。学者果能于三派之内撷取精英，进而推求其所以异趣之故，则于欣赏与创作皆受用无穷矣。"③ 由此可见，这本词选具备溯源、赏析、填词三种功用。他希冀完整地展现唐宋词的脉络、流变，树立词人典范，以给学词者指明学词方向，因此"所录各家，以能卓然自树或别开生面者为主"，"所选作品，以能代表

---

① 傅宇斌：《龙榆生的唐宋词研究》，《文学遗产》2016年第2期，第180～181页。
② 曾大兴《龙榆生的词学主张与实践》、傅宇斌《龙榆生的唐宋词研究》、许菊芳《龙榆生〈唐宋名家词选〉选学价值探微》等做了细致深入的研究。
③ 龙榆生：《唐宋名家词选·初版自序》，张晖主编《龙榆生全集》第七卷，上海，上海古籍出版社，2015年，第406页。

某一作家的作风或久经传诵者为准"①。

《唐五代宋词选》重在风云涌动的时代中唤起青年读者们的士气，继而推广新体乐歌，实现"诗乐合一"的理想。故龙榆生在此词选的导言中阐述了偏重选豪放词的原因：

> 目的是想借这个最富于音乐性而感人最深的歌词，来陶冶青年们的性灵，激扬青年们的志气，砥砺青年们的节操。一方面对于这种声调组织，得着相当的修养和训练，可以进一步去创造一种适宜于现代的新体歌词。这便是编者的希望，并且极愿和读者们共同努力的。②

第二，从选词体系来看，《唐宋名家词选》和《唐五代宋词选》各有偏重，但编纂线索与龙榆生的唐宋词史观绵延相继，完整地呈现了词在唐宋逐渐成为一种自觉的、规范的文体的过程。

两部词选均以李白《菩萨蛮》（平林漠漠烟如织）、《忆秦娥》（箫声咽）冠首。张志和《渔父》，刘禹锡《潇湘神》、《忆江南》，白居易《忆江南》，王建《宫中调笑》，韦应物《调笑》等被选入两部词选。这些作品从五言七言转化而来，杂以散声，被之弦管，是词在萌芽时期的产物，入选"以见诗、词递嬗之迹"③。

龙榆生选宋词的思路和其宋词史观一致。《唐五代宋词选》序将宋词分为六个阶段：第一阶段承南唐遗绪，乐府诗朝"小令"方面发展；第二阶段受教坊新曲的影响，专向"慢曲"方面发展；第三阶段是"曲子词"的解放，文本渐与音乐脱离，苏轼等作者的个性充分展现；第四阶段重回讲求音律一途；第五阶段继承苏轼豪放词特色，豪放一派发扬光大；第六阶段词在文人手上归为骚雅合律④。这六个阶段与《两

---

① 《唐宋名家词选·编辑凡例》，张晖主编《龙榆生全集》第七卷，上海，上海古籍出版社，2015年，第3页。
② 龙榆生：《唐五代宋词选·导言》，张晖主编《龙榆生全集》第八卷，上海，上海古籍出版社，2015年，第15页。
③ 《唐宋名家词选·编辑凡例》，张晖主编《龙榆生全集》第七卷，上海，上海古籍出版社，2015年，第3页。
④ 参见《唐五代宋词选·导言》，张晖主编《龙榆生全集》第八卷，上海，上海古籍出版社，2015年，第9～12页。

宋词风转变论》中所述宋词发展的六个阶段类似。六个阶段的代表词家词作，两本词选都涵盖了。

循着龙榆生对唐宋词史的分期可以发现，这两部词选的词史编选思路大体一致，均是沿着"乐府杂曲—令词—教坊作曲之慢词—不守律之词—朝廷制乐之雅词—豪放词派—典雅词派"的词史脉络选录词人词作的。

第三，从词格风貌来看，《唐宋名家词选》选词家"精英呈露"[①]，展风貌"并蓄兼容"[②]；《唐五代宋词选》则意在凸显"豪放"一派词风。

《唐五代宋词选》收录50位词人的301阕词，其中唐五代词22家85阕，宋词28家216阕。在这个选本中，根据入选作品的多寡可将词家分为三个梯队。

第一梯队是选录10阕作品的词家，共有9人：辛弃疾33阕、朱敦儒17阕、晏几道16阕、欧阳修15阕、苏轼15阕、冯延巳14阕、李煜11阕、贺铸11阕、周邦彦11阕。

第二梯队是选录5阕至10阕的词家：李珣、秦观各9阕，叶梦得8阕，温庭筠、晏殊、晁补之各7阕，韦庄、吕本中、李清照、张炎各6阕，牛峤、柳永、刘仙伦各5阕。

余下为第三梯队：白居易、张元干、张孝祥、姜夔、吴文英、戴复古各4阕；顾敻、孙光宪、范仲淹、王安石、陈与义、陆游、陈亮各3阕；李白、韦应物、王建、刘禹锡、李煜、皇甫松、薛昭蕴、张泌、李璟、张先、岳飞各2阕；张志和、牛希济、鹿虔扆、欧阳炯各1阕。

龙榆生在《唐五代宋词选》导读中明确指出选本"侧重于所谓'豪放'一派"[③]。从他的编选词目来看，这个选词标准贯穿始终。苏轼、叶梦得、朱敦儒、张元干、张孝祥、辛弃疾、陈亮、陆游等词人的主要词作属"豪放"风格。入选第一梯队的词家有辛弃疾、朱敦儒、

---

① 龙榆生：《唐宋名家词选·初版自序》，张晖主编《龙榆生全集》第七卷，上海，上海古籍出版社，2015年，第406页。

② 龙榆生：《唐宋名家词选·初版自序》，张晖主编《龙榆生全集》第七卷，上海，上海古籍出版社，2015年，第406页。

③ 龙榆生：《唐五代宋词选·导言》，张晖主编《龙榆生全集》第八卷，上海，上海古籍出版社，2015年，第15页。

苏轼,词作占第一梯队词总数的46%。

《唐宋名家词选》选词数在20阕以上的有9位词人,可列为第一梯队:辛弃疾44阕、苏轼42阕、周邦彦31阕、晏几道31阕、贺铸29阕、欧阳修27阕、柳永25阕、姜夔和冯延巳各23阕。从《唐五代宋词选》和《唐宋名家词选》第一梯队的9位词人来看,辛弃疾词的入选数都居冠。不同之处在于,入选《唐宋名家词选》第一梯队的词人柳永和姜夔,在《唐五代宋词选》中被朱敦儒和李煜所取代,此二人在《唐宋名家词选》中入选作品数分别为14阕和12阕。

两个选本中,选李煜相同词作的有7阕,分别是《虞美人》(春花秋月何时了)、《清平乐》(别来春半)、《乌夜啼》(林花谢了春红)、《乌夜啼》(无言独上高楼)、《捣练子》(深院静)、《浪淘沙》(往事只堪哀)、《浪淘沙》(帘外雨潺潺)。《唐五代宋词选》多选了《忆江南》3阕和《浣溪沙》(转烛飘蓬一梦归),未选《喜迁莺》(晓月坠)、《虞美人》(风回小院庭芜绿)、《破阵子》(四十年来家国)和《临江仙》(樱桃落尽春归去)。从李煜词的入选情况来看,龙榆生推重李煜后期词,这是重"豪放"一派的体现。龙榆生在"词家小传"中写道:"至后主而眼界始大,感慨遂深。宋代苏辛诸家,实亦间接受其影响。"① "眼界始大,感慨遂深"出自王国维在《人间词话》中对李煜的评价,是指李煜在降制示尊、国破家亡之后所作词之特色。李煜前期的词未拓宽词境,仍多以艳词为主,后期作品则因身世突变而有了家国之感,突破花间樽前的风格,给苏、辛以启发,对豪放词派的发展有极大的影响。

在唐宋词史中,温庭筠是龙榆生重点研究的词人,但李煜和冯延巳的词对苏轼、辛弃疾的影响更大,因此,在《唐五代宋词选》的选词数目上,温庭筠被放入第二梯队中。

《唐宋名家词选》在展现词风变化的安排方面更显均衡。龙榆生根据风格流变梳理出三期:其一是"自温、韦以来,迄于南唐之李后主、冯延巳,北宋之晏殊、欧阳修、晏几道,为令词之极则,已俨然自成一

---

① 龙榆生:《唐五代宋词选》,张晖主编《龙榆生全集》第八卷,上海,上海古籍出版社,2015年,第65页。

阶段"①。其二、其三是"疏密二派"。"疏极于豪壮沉雄,自范仲淹、苏轼以下,晁补之、叶梦得、张孝祥、辛弃疾、陆游、刘克庄、刘辰翁、元好问之徒属之";"密极于精深婉丽,自张先、柳永以下,秦观、贺铸、周邦彦、姜夔、史达祖、吴文英、王沂孙、张炎、周密之徒属之"②。

  与《唐宋名家词选》"精英呈露"相比,《唐五代宋词选》在选择词家词作上并不求全,而是选取词家用词直浅之作,以便于读者学习。如周邦彦词,龙榆生未选《瑞龙吟》(章台路)、《风流子》(新绿小池塘)等体现周邦彦用语精雕细琢、精雅密丽之特色的名篇,也未选《六丑》(蔷薇谢后作)、《花犯·咏梅》、《大酺·春雨》等体现周邦彦研音炼字、审订词调成就的自度曲,而是选取《蝶恋花·秋思》、《少年游》(并刀如水)、《浣溪沙》(翠葆参差竹径成)等清疏之作。周词是丽密的典范,清疏并非周词的主要风格,但丽密的词风不适合为初学者所仿效,龙榆生在周邦彦小传中也予以说明:"过于丽密,非初学所能了解。兹选取其较清疏者,未足以见其全部风格也。"③

  在《唐宋名家词选》中,龙榆生展现了周邦彦精通音律的、创制新调的成就,名篇如《六丑》(正单衣试酒)、《花犯》(粉墙低)、《大酺·春雨》、《氐州第一》(波落寒汀)、《绕佛阁》(暗尘四敛)等悉数被收入。他在《唐宋名家词选》的"初版自序"中表明了另一种选词态度:"予意诗词之有选本,务须从全部作品抉择其最高足以代表其人者,未宜辄以私意妄为轩轾其间。"④ 由此可见,龙榆生编选这两本词选手眼有别:编选《唐宋名家词选》求其"全"与"重",务必体现词人的词学风格全貌;编选《唐五代宋词选》则求其"清浅"和"豪放"。

  第四,从文献价值来看,《唐宋名家词选》集纳的文献资料颇为精审,呈现出文约事丰、广博精专的特点;《唐五代宋词选》则较为简单。

---

① 龙榆生:《唐宋名家词选·初版自序》,张晖主编《龙榆生全集》第七卷,上海,上海古籍出版社,2015年,第406页。

② 龙榆生:《唐宋名家词选·初版自序》,张晖主编《龙榆生全集》第七卷,上海,上海古籍出版社,2015年,第406页。

③ 龙榆生:《唐五代宋词选》,张晖主编《龙榆生全集》第八卷,上海,上海古籍出版社,2015年,第115~116页。

④ 龙榆生:《唐宋名家词选·初版自序》,张晖主编《龙榆生全集》第七卷,上海,上海古籍出版社,2015年,第405页。

《唐宋名家词选》选录词评资料有三类：一是历代词话、词评；二是各种史料资料，包括年谱、史话、随笔等，如《梦粱录》《墨庄漫录》《能改斋漫录》等；三是况周颐、王国维、刘熙载、朱祖谋、郑文焯、夏敬观等晚清民初活跃于词坛的名家观点。

《唐宋名家词选》的文献价值还表现在"选源"上。《唐五代宋词选》的"词人小传"一般只记词家生平、著作；《唐宋名家词选》则录有词人的交游简况、风格流派、词作版本等，并注有"词评""集评"，便于学生深入品读词人词作。

试比较二选中的晏殊词。《珠玉词》是晏殊重要的词集，历来为词家所重，版本众多。《唐五代宋词选》唯有十字："有《珠玉词》，《宋六十家词本》。"[①]《唐宋名家词选》不仅标出所引用的是"朱彊村付校汲古阁六十家词本珠玉词"[②]，还指出《珠玉词》其他版本的情况："所传《珠玉词》，有明毛氏汲古阁刊宋六十家词本。清咸丰二年（一八五二）晏端书刻珠玉词钞，则从历代诗余中录出，复以毛本多出三十七首为补遗云。"[③]

又如黄庭坚词集。黄词有两个版本，一为《山谷琴趣外编》本，一为汲古阁《宋六十家词本》。两个版本内容多有差异，龙榆生引用时均仔细标出，显示出编者严谨的态度。

再看笺注。《唐五代宋词选》对晏殊词的注解只有五条：

《清平乐》释"紫薇朱槿花残"中的"槿"："槿音紧，木槿，灌木花，朝开暮敛。"[④]

《踏莎行》（金风细细）释"濛濛乱扑行人面"中的"濛濛"：

---

① 龙榆生：《唐五代宋词选》，张晖主编《龙榆生全集》第八卷，上海，上海古籍出版社，2015年，第72页。
② 龙榆生：《唐宋名家词选》，张晖主编《龙榆生全集》第七卷，上海，上海古籍出版社，2015年，第87页。
③ 龙榆生：《唐宋名家词选》，张晖主编《龙榆生全集》第七卷，上海，上海古籍出版社，2015年，第87页。
④ 龙榆生：《唐五代宋词选》，张晖主编《龙榆生全集》第八卷，上海，上海古籍出版社，2015年，第70页。

"濛音蒙,濛濛,微雨貌。"①

《踏莎行》(细草愁烟)释"带暝罗衣"中的"暝":"暝同暖。"②

《踏莎行》(细草愁烟)释"香残蕙炷"中的"炷":"炷,灯心,又爇香一枝曰一炷。"③

《踏莎行》(祖席离歌)释"祖席离歌"中的"祖席":"饯行筵席也,祭道神曰祖。"④

以上五条笺注均是解释词意,注释简单。

在《唐宋名家词选》中,龙榆生将笺注重点置于证本事和纳集评上,他频繁引用《渔隐丛话》《花草蒙拾》《词林纪事》《贡父诗话》《碧鸡漫志》《宋六十一家词选》和谭献词评等,深具学术价值,这对于有拓宽眼界、以书寻书需求的读者而言有极大裨益。

第五,从音律声情来看,二选均别创符号以标识声韵,使得词选兼备了词谱功能。

《唐五代宋词选》"从各家的全集里,提取'声情并茂',而又较易了解的作品"⑤。在导言中,龙榆生为读者指出读词方法:注意句法、揣摩声调、玩索词境⑥。他还提醒读者要注意句法之于表情的关系、辨别押韵与情感的关系:"押韵的疏密,和所押的韵,属于上去声,或入声,或平声的某一部,都与所表的情感,有密切的关系,不可随意乱用的……这些都是读词的时候,应当细心揣摩,才能领会得到的。"⑦

---

① 龙榆生:《唐五代宋词选》,张晖主编《龙榆生全集》第八卷,上海,上海古籍出版社,2015年,第71页。
② 龙榆生:《唐五代宋词选》,张晖主编《龙榆生全集》第八卷,上海,上海古籍出版社,2015年,第71页。
③ 龙榆生:《唐五代宋词选》,张晖主编《龙榆生全集》第八卷,上海,上海古籍出版社,2015年,第71页。
④ 龙榆生:《唐五代宋词选》,张晖主编《龙榆生全集》第八卷,上海,上海古籍出版社,2015年,第72页。
⑤ 龙榆生:《唐五代宋词选·导言》,张晖主编《龙榆生全集》第八卷,上海,上海古籍出版社,2015年,第15页。
⑥ 龙榆生:《唐五代宋词选·导言》,张晖主编《龙榆生全集》第八卷,上海,上海古籍出版社,2015年,第13页。
⑦ 龙榆生:《唐五代宋词选·导言》,张晖主编《龙榆生全集》第八卷,上海,上海古籍出版社,2015年,第14页。

"《唐五代宋词选》为了便于读者阅读,别创一种符号,加在每个押韵所在的字的右边,拿—来表示平声韵,／来表示入声韵,×来表示上去声韵。"① 龙榆生在《唐宋名家词选》"编辑凡例"中明确指出他为了这个词选"别创符号,置于字下"以"藉代词谱"②,并提醒读者重视词中领字句的作用。

总之,词选是词学家眼界与个性的体现。作为龙榆生研究唐宋词的两部重要著作,《唐宋名家词选》和《唐五代宋词选》呈现了他对于词体特质、词史脉络、词家特色、词派风格等词学研究领域重要问题的客观看法,编选初衷与遴选方向的差别又体现出具有个性的编选特色和主观意愿,有其独立的编选背景与意义。

第三节　词心见史:近三百年词史分期及词风嬗递

龙榆生是较早深入介入清词研究的学者之一。在 1934 年出版的《中国韵文史》中,龙榆生梳理了清词的发展阶段及词风流变。《近三百年名家词选》的清词部分循着这条线往下走,选取了五个阶段五十二位词人词作。读者可以在这部词选读出近代词史与清代词史的无缝衔接:王鹏运、文廷式、郑文焯、朱祖谋、况周颐、沈曾植为清季过渡至民国初年词坛的关键人物,他们的理论主张与创作意趣为近代词风之肇端,其门下弟子、重要追随者如龙榆生、张尔田、陈洵等人又薪火相传进入新阶段——两代词家词作构成近代词史发展的两个阶段。

龙榆生认为清以来的词风历经三个阶段,词学创作大多在浙、常两派的理论指导下进行,这样的学词、填词之风延至晚清至近代。他围绕"陈子龙—朱彝尊—张惠言"这条史线梳理了近三百年的词家、词作。龙榆生以"渊源流变"入手构建的词史脉络明晰,他从词学理论主张出发,肯定了词派创作对词史的贡献,也使得近三百年词史在蔚为大观的词作面前有了清晰的面貌。

---

① 龙榆生:《唐五代宋词选·导言》,张晖主编《龙榆生全集》第八卷,上海,上海古籍出版社,2015 年,第 15 页。
② 龙榆生:《唐宋名家词选》,张晖主编《龙榆生全集》第七卷,上海,上海古籍出版社,2015 年,第 3 页。

一、清词史分期

龙榆生以陈子龙为《近三百年名家词选》的"开山"人物。明清之际的词人入选者有陈子龙、屈大均、李雯、宋征舆、今释澹归、王夫之、吴伟业。清代词人,龙榆生以词派分,清初词人和清中期以后词人各分两派。

清初词人中,一派是宗《花间》《草堂》的王士禛、纳兰性德、彭孙遹等人,以小令见长;一派是宗苏、辛的曹贞吉、陈维崧等阳羡词派词人。"一派沿明人遗习,以《花间》《草堂》为宗,而工力特胜;其至者乃欲上追五代;如王士禛、纳兰性德、彭孙遹诸人是。一派宗苏、辛,发扬蹈厉,以自写其胸中磊砢不平之气,其境界乃前无古人;如曹贞吉、陈维崧诸人是"①。

陈维崧词名逊于朱彝尊,但龙榆生更推崇前者。他录陈词30首,朱词26首,因"词体之解放,盖至维崧而达于最高顶矣。但其尤可注意者,则《迦陵词》中,不特开苏辛未有之境,且以社会思想,发之于词"。陈维崧词纵横开阖,在意境、词格上、思想内容上呈现出自由飞腾的万千气象,龙榆生评陈维崧词有四字甚妙,曰"应用无方"②。

清中期以后词人分为浙西词派与常州词派。分析浙西词派之构成及其流变,龙榆生的研究仍从词人入手,他拈出浙派起、盛、衰三个节点的代表词人予以考察。浙西词派肇端于曹溶,弘盛于朱彝尊,朱之同乡李良年、李符从而和之。康、乾两朝,汪森、沈皞日、沈岸登、厉鹗等发扬、壮大浙西词派,而朱彝尊、李良年、李符、厉鹗四人成就最高。朱彝尊立派,二李精研词技,厉鹗"有起衰振废之功"(龙榆生评)。嘉、道年间,浙派衰敝,项鸿祚允为代表人物,"填词幽艳哀断,与纳兰性德异曲同工;其高者殆近南唐,非浙派至所能囿也"③。常州词派

---

① 龙榆生:《中国韵文史》,张晖主编《龙榆生全集》第一卷,上海,上海古籍出版社,2015年,第170页。
② 龙榆生:《中国韵文史》,张晖主编《龙榆生全集》第一卷,上海,上海古籍出版社,2015年,第170页。
③ 龙榆生:《中国韵文史》,张晖主编《龙榆生全集》第一卷,上海,上海古籍出版社,2015年,第173页。

以北宋宏音雅调为正统。《近三百年名家词选》收入张惠言、张琦兄弟，严元照、邓廷桢、董士锡、周济等人的词，可见这一脉发展的荦荦大端。张惠言倡导"说经尊体"标高格调，闻风而起者有恽敬、钱季重、丁履恒、陆继辂、左辅、李兆洛、黄景仁、郑抡元、金应城、金式玉、董士锡等。周济倡导的学词途径壮大门庭。嘉兴、道光年间，常州词派疆宇宏大，继之者有蒋敦复等。咸丰、同治的词家多受常州词派影响，此影响延续至清末王鹏运、朱祖谋等词坛巨擘。

浙、常二派是清代词坛的主流，但龙榆生并没有忽略周之琦、蒋春霖、庄棫、谭献、陈澧等另辟他途而卓然能树的词人。"（周之琦）词之高者，往往近唐人佳境，寄托遥深"①（《近三百年名家词选》选周之琦词十阕），"（蒋春霖）词本亦出于姜夔，而尤与张炎为近；徒以身世之感，发为苍凉激楚之音，非浙派诸家所及耳"②（《近三百年名家词选》选蒋春霖词十四阕），陈澧词"绰有雅音"③（《近三百年名家词选》选陈澧词六阕）。在介绍、剖析字词时，龙榆生常引用戈载《词林正韵》，但对戈载的词作却评价较低，"晦涩窳离，情文不副；其人但可与言词学，不足以与于词家也"④，故词选未录戈载词。

清季国势危微，词人以幽隐之词借抒忠愤，加之词籍校勘、整理特盛，龙榆生认为词学在经历了宋之辉煌后，又在清末有了光荣的结局，此"亦千年来词学之总结束时期"⑤。清季主持词坛者为王鹏运、文廷式、郑文焯、朱祖谋、况周颐。此五家外，龙榆生对沈曾植词尤为推赞，其人"闻见博洽"，其词"开秀水词家未有之境"⑥。

---

① 龙榆生：《中国韵文史》，张晖主编《龙榆生全集》第一卷，上海，上海古籍出版社，2015年，第181页。
② 龙榆生：《中国韵文史》，张晖主编《龙榆生全集》第一卷，上海，上海古籍出版社，2015年，第181页。
③ 龙榆生：《中国韵文史》，张晖主编《龙榆生全集》第一卷，上海，上海古籍出版社，2015年，第182页。
④ 龙榆生：《中国韵文史》，张晖主编《龙榆生全集》第一卷，上海，上海古籍出版社，2015年，第182页。
⑤ 龙榆生：《中国韵文史》，张晖主编《龙榆生全集》第一卷，上海，上海古籍出版社，2015年，第183页。
⑥ 龙榆生：《中国韵文史》，张晖主编《龙榆生全集》第一卷，上海，上海古籍出版社，2015年，第186页。

二、近代词史分期

前已分析,龙榆生所指的"晚近"大致始于1906年,近代词史之终点在1948年,前后大致40年。这一时期,词史可依词人作品之内容与境格分为"遗民词"和"学人词"两个时期。

遗民词(1906~1931年)时期词坛宗尚常州词派理论。近代词史以王鹏运、朱祖谋为开山,词家大多服膺常州词派理论,并在这个理论下指导创作。"晚近词坛,悉为常州所笼罩可也。"① 这一时期的词作在词的内容和格调上有较大突破:主持词坛风会的王鹏运、朱祖谋、端木埰等人同官内阁,组织了丰富的词社活动,继承并引导"以词存人、以词纪事"之词风。"风气之造成,则《薇省同声集》,实推首唱,而《庚子秋词》之作,影响亦深。"② 《薇省同声集》结端木埰、许玉瑑、王鹏运、况周颐四人词作为一集,于后世词学影响较大;《庚子秋词》反映了1900年前后慈禧仓皇西行、八国联军肆虐京城、珍妃坠井等历史重大事件以及士大夫们在家国存亡之际所表现的感伤情绪。"于遭庚子之乱,哀时词客,一寓悲愤于倚声;言在此而意在彼,词中大有事在。"③ 朱祖谋词《鹧鸪天》(野水斜桥又一时)为戊戌六君子之刘光第被祸后作、《声声慢》(鸣螀颓城)为德宗还宫后恤珍妃作、《庆宫春》(颓堞衔烟)为拜王鹏运殡宫作,这些"大有事在"的词均被龙榆生选入《近三百年名家词选》。

学人词(1932~1948年)时期,民国词学家以词社为中心开展了一系列词学活动,并催生大量作品。民国大学教授集会频繁,故而唱

---

① 龙榆生:《晚近词风之转变》,张晖主编《龙榆生全集》第三卷,上海,上海古籍出版社,2015年,第471页。
② 龙榆生:《晚近词风之转变》,张晖主编《龙榆生全集》第三卷,上海,上海古籍出版社,2015年,第470页。按:"薇省",即紫薇省,内阁异称。清光绪刻本《薇省同声集》五卷四册,收端木埰《碧滢词》二卷,许玉瑑《独弦词》、王鹏运《袌墨词》、况周颐《新莺词》各一卷,此四人皆为清末词坛名宿,且曾官内阁,时称"四中书"词人。《庚子秋词》写作自庚子年八月至十一月,计有词作622首,王鹏运有201首,朱祖谋191首,刘福姚189首,和词者宋育仁39首,于穗平1首,张仲炘1首。
③ 龙榆生:《最近二十五年之词坛概况》,张晖主编《龙榆生全集》第三卷,上海,上海古籍出版社,2015年,第103页。

酬、咏物、题画等内容在《近三百年名家词选》中多有体现，如：

张尔田词选：《石州慢》（蜕后哀蝉）"《上彊村授砚图》，为榆生题"；《渡江云》（溪堂何处好）"儗园杂莳花木，颇有终焉之志，赋示榆生、瞿禅"。

陈洵词选：《六丑》（正朱华照海）"木棉谢后作"；《宴山亭》（闲梦东篱）"辛未九日，与风余诸子风雨登高"；《玉楼春》（新愁又逐流年转）"酒边偶赋，寄榆生"。

易孺词选：《满江红》（一叶舆图）"再和胡汉民、龙榆生《满江红》作"。

陈曾寿词选：《八声甘州》（慰归来岁晏肯华予）咏晚菊；《踏莎行》（石叠蛮云）"白堂看梅"；《浣溪沙》（心醉孤山几树霞）"孤山看梅"；《齐天乐》（百年垂死当何世）"和彊村"；《扬州慢》（梅绣黄鳝）"忆烟霏洞梅"。

邵瑞彭词选：《浣溪沙》二首"赋短拍，寄榆生"；《齐天乐》（天花飞下兜罗手）"榆生赋小令见示，报以此解"。

夏敬观词选：《徵招》（温风不解哀弦冷）"花朝社集，追年沤翁下世，各拟挽章"；《石州慢》（花底清歌）"自题填词图"。

吴梅词选：《桂枝香》（凭高岸帻）"题龚半千画"。

黄侃词选：《西子妆》（汀草绿齐）"二月二十三日，社集北湖祠楼，感会有作"。①

从词风来看，这一阶段的词学创作是在常州词派衍分两线的词学理论下进行的。一派理论是陈洵、易孺等词家继续沿着墨守四声之路进行创作。另一派理论抑梦窗而举苏辛，持此论的龙榆生倡导文艺创作应表达爱国之热情，鼓舞民众士气："所谓'关西大汉，铜琵琶，铁绰板，

---

① 张尔田任教北京大学，陈洵任教中山大学，梁启超任教清华大学，易孺任教暨南大学、国立音乐院，夏敬观历任三江师范学堂、复旦讲席，王国维任教清华国学院，邵瑞彭任教河南大学等，吴梅历任北京大学、中山大学等教席，黄侃历任北京大学、中央大学、金陵大学等教授。

唱大江东去',《吹剑录》之风度,正今日谈词者所亟应提倡也。"① 朱祖谋晚岁提倡苏词是希望取苏词之疏豪补济梦窗词之密丽,龙榆生标举苏辛则是从文学与时代、环境的关系来考虑的。梦窗词语辞精细,合音按律,但在乐曲散失、时局动荡的当时,这种风格温婉、美轮美奂的词风与时代所需要的文艺创作方向背道而驰,故而失去安逸的社会氛围与合适的培植土壤,诚如龙榆生所言:"居今日而谈词,乐谱散亡,坠绪不可复振,则吾人之所研索探讨,亦惟有从文艺立场,以求其所表现之热情与作者之真生命,且吾民族性,多偏于柔婉,缺乏沉雄刚毅、发扬蹈厉之精神;日言儿女柔情,亦足以销磨英气。"②

综上,在战争频繁的背景下,近代词人寄寓悲愤伤感,写出大量情绪饱满的"词史"之作,作者多为清代遗老、民国政要;而词社的发展催生了丰富的词学活动,唱作应和之作繁盛,这一类词作以咏物、写景、题画等为主,作者多为民国教授、书画大家,他们在战火纷乱的年代中以词作娱己遣兴、交游谈艺,抒发内心郁结。

三、"渊源流变"与"开宗"

《近三百年名家词选》的选词脉络体现了龙榆生以"渊源流变"选"近三百年词"的词史思维。《唐宋名家词选》《唐五代宋词选》展现龙榆生"词选四标准"——"便歌""传人""开宗""尊体"。"渊源流变"与"开宗"之标准近似,即探求词派、词风之起源、发展。龙榆生从清词"尊体"来挖掘:"伶工之词,至是乃为士大夫所摈斥;思欲兴起绝学,不得不别树标帜,先之以尊体,继之以开宗,壁垒一新,而旗鼓重振。"③ 他意识到,词至清而呈中兴之象,创作活跃,研究丰富,梳理清代词史不能恒以词数量的多寡、词是否协律等唐宋词的特征为主导,而应以词坛出现的流派、词论、主张来建构。他梳理了词在清

---

① 龙榆生:《苏辛词派之渊源流变》,张晖主编《龙榆生全集》第三卷,上海,上海古籍出版社,2015年,第162页。
② 龙榆生:《苏辛词派之渊源流变》,张晖主编《龙榆生全集》第三卷,上海,上海古籍出版社,2015年,第162页。
③ 龙榆生:《选词标准论》,张晖主编《龙榆生全集》第三卷,上海,上海古籍出版社,2015年,第196页。

以来的三条发展脉络:"清代二百余年中,词人辈出……综厥源流,约有三派。清初诸老沿明季旧习,以《花间》《草堂》为宗,不失之纤巧,即失之粗狂,此一派也。竹垞(朱彝尊)宗南宋,尚清疏,嗣是浙西作者……此又一派也……武进张氏(惠言)崛起于浙派就衰之际,手定《词选》……此又一派也。"① 从《近三百年名家词选》的词家名录来看,龙榆生主要选录的正是这三条源流的词家词作:①陈子龙、王夫之、屈大均等明末清初气格高的词人词作(非以《花间》《草堂》为宗的一派);②浙西词派词人词作;③常州词派词人词作。

具体说来,第一阶段的词人有明季陈子龙、王夫之、屈大均等人,龙榆生认为近三百年词学中兴"实肇端于明季陈子龙、王夫之、屈大均诸氏,而极其致于晚清诸老,余波至于今日,尤未全绝"②。第二阶段,龙榆生选朱彝尊等浙西词派词家作品。朱彝尊《词综》树立浙西词派词学理论,推崇姜夔为词家正宗,又以张炎"清空""骚雅"之词风为理论补充,深邃地影响了清词的发展和词风的走向。第三阶段,《近三百年名家词选》重点选录了张惠言、张琦兄弟建立的常州词派的词人词作。二张以《词选》传播其说,强调比兴寄托,反对"荡而不反、傲而不理、枝而不物"③ 的词学创作观。至周济,以《词辨》《宋四家词选》充实、推衍常州派理论,王鹏运、朱祖谋等晚近词家沿此理论继续前行。

"渊源流变"显示龙榆生与其他清词选家不同的手眼。叶恭绰的《广箧中词》以王夫之居首,《近三百年名家词选》则以陈子龙冠首。彭玉平认为,"在选录标准上,叶恭绰注重雅言雅意,凡语体词及文、语杂糅者则不予采录。此与谭献并无二致。叶恭绰以王夫之为开选人物,当亦有此用意在内"④。谭献《箧中词》以吴伟业开篇,龙榆生亦

---

① 龙榆生:《清季四大词人》,张晖主编《龙榆生全集》第三卷,上海,上海古籍出版社,2015年,第60页。
② 龙榆生:《近三百年名家词选·后记》,张晖主编《龙榆生全集》第八卷,上海,上海古籍出版社,2015年,第454页。
③ 张惠言:《词选序》,孙克强主编《中国历代分体文论选》上,北京,北京交通大学出版社,2006年,第344页。
④ 彭玉平:《论民国时期的清词编纂与研究——以叶恭绰为中心》,《南京大学学报》(哲学·人文科学·社会科学版)2009年第2期,第116页。

有"清初作者,以吴伟业为'开山'"① 之论断。龙榆生为何用陈子龙开篇?他在"词人小传"中有解释:"词学衰于明代,至子龙出,宗风大振,遂开三百年来词学中兴之盛,故特取冠斯篇。"② 陈子龙词扭转明代词衰微的局面,开启了清代词坛振兴的局面,是近三百年词史承上启下的关键人物。可见,龙榆生写词史编词选均着眼于"溯源",尤为看重词人词作对词史走向产生的影响,他所着意的"宗风"与叶恭绰推重"雅言雅意"的选词标准明显不同。龙榆生在比较陈、王二人的词学贡献时说:"明季词人,惟青浦陈卧子(子龙),衡阳王船山(夫之),岭南屈翁山(大均)三氏风力遒上,具起衰之力。卧子英年殉国,大节凛然,而所作词婉丽绵密,韵格在淮海、漱玉间,尤为当行本色,此亦事之难解者。诗人比兴之义,固不以叫嚣怒骂为能表壮节,而感染之深,原别有所在也。"③ 此段可视为龙榆生为陈子龙开启的清词"宗风"作注:陈子龙词崇尚南唐李璟、李煜以及花间词名家、北宋秦观、周邦彦等人,意内言外,风流婉丽,词艺衰败之势得以扭转,开清代词学中兴之局面。张宏生、张樾晖认为,从龙榆生选陈子龙来看,"龙榆生对词史的理解比谭、叶二人更加深刻"④。

四、独立的词选态度

龙榆生在编选词选时并未摒弃与自己创作方向、理论观点不同的词人作品,这与他一贯秉持的"还他一个本来面目"⑤ 的词史观相一致。

龙榆生不认同易孺的词学主张:"我对填词是主张苏辛一派的,和

---

① 龙榆生:《中国韵文史》,张晖主编《龙榆生全集》第一卷,上海,上海古籍出版社,2015年,第167页。
② 龙榆生:《近三百年名家词选》,张晖主编《龙榆生全集》第八卷,上海,上海古籍出版社,2015年,第201页。
③ 龙榆生:《跋钞本湘真阁诗余》,张晖主编《龙榆生全集》第九卷,上海,上海古籍出版社,2015年,第156页。
④ 张宏生、张晖:《龙榆生的词学成就及其特色》,《江西社会科学》2004年第3期,第214页。
⑤ 龙榆生:《选词标准论》,张晖主编《龙榆生全集》第三卷,上海,上海古籍出版社,2015年,第208页。

他恰立于反对的地位。"① 其为易孺写"词人小传"亦持此论:"孺填词务为生涩,爱取周、吴诸僻调,一一依其四声虚实而强填之,用心至苦,自谓'百涩词心不要通'云。"② 龙榆生还录叶恭绰《广箧中词》评:"叶恭绰曰:大厂词审音琢句,取径艰涩。兹录其较疏快之作,解人当不难索也。"③ 仅从"传"和"评"来看,龙榆生录易孺的作品让人心生"因交谊而存私心"之惑,但字面表述又绝非溢美之词。龙榆生为何选了三首易孺词作?原因有二。其一,"四声之辨"是晚近词坛的重要文化事件,众位词坛大家纷纷表达观点,龙榆生认为这是词史上不可或缺的一笔,因此以严守四声的易孺词为代表,以词入史。其二,龙榆生取易孺疏快之作,既表达不做艰涩语的词学观点,也有示人津筏之意。易孺《满江红》(一叶舆图)的写作背景是,1936 年,龙榆生、易大厂、胡汉民三人同和文信国改王昭仪韵的《满江红》,相约用寻常习见之调,龙榆生和胡汉民劝易孺勿再以严守四声为填词第一要义,易孺接受朋友们的意见后和作快意激越的《满江红》(一叶舆图),此词深得龙榆生心,"易先生和了许多玉田词,变艰深为平易,苍凉变徵之音,能移我情"④,遂选入此词。

在坚持"还他一个本来面目"的词史观上,龙榆生对近人词选也有自己的主观价值取向。显例是对张尔田作《莺啼序》(琴台秋感,用梦窗丰乐楼韵)的评价。《近三百年名家词选》常引用叶恭绰的《广箧中词》的评论,可见龙榆生在编纂词选时对《广箧中词》多有参鉴。但张尔田的这阕《莺啼序》未被收入《广箧中词》。张尔田视叶恭绰为"知音",对于叶恭绰漏选了自己的最得意之作曾有不解:"叶遐庵《广箧中词》选录拙制五首,谓具冷红神理,可谓知音。然何不选《莺啼

---

① 龙榆生:《乐坛怀旧录续》,张晖主编《龙榆生全集》第九卷,上海,上海古籍出版社,2015 年,第 353 页。
② 龙榆生:《近三百年名家词选》,张晖主编《龙榆生全集》第八卷,上海,上海古籍出版社,2015 年,第 425 页。
③ 龙榆生:《近三百年名家词选》,张晖主编《龙榆生全集》第八卷,上海,上海古籍出版社,2015 年,第 426 页。
④ 龙榆生:《乐坛怀旧录续》,张晖主编《龙榆生全集》第九卷,上海,上海古籍出版社,2015 年,第 355 页。

序》，此词乃吾所最得意者也。"① 《莺啼序》调是最长的词牌，《唐宋词格律》以吴文英《莺啼序》（残寒正欺病酒）词为定格，一阕240字，结构复杂又富于变化，用韵讲究又需以词意为先，填好属实不易。尽管与张尔田是好友，但在对这首《莺啼序》的评价上，龙榆生与叶恭绰的意见一致，故此词未被收入《近三百年名家词选》，"不选"这个举动表达了龙榆生独立的词评态度。

综上，在《近三百年名家词选》中，龙榆生因人选词、以词定评的思路贯穿始终，但总体而言，清词史的脉络比近代词史的脉络要明晰得多。清词史流派意识明显，脉络宛然；近代词史由聚合到散点，词脉微弱，隐藏其间，体现出一种动荡无归的状态，有如风雨如晦的时局。龙榆生在《近三百年名家词选》中阐述了自己的选词标准："论近三百年词者，固当以意格为主，不得以其不复被管弦而有所轩轾也。"② 他对近三百年词史的考量是以"意格"为中心的，意格指词的意境与格调，是词家性格、内心、襟抱、经历等综合因素在词作中的体现，构成了词作的"词心"，多人之"词心"串联成一部立体、恢宏的词史，龙榆生以词心见史的深意便在于此了。

五、兼论朱祖谋词选观对龙榆生的影响

龙榆生曾见朱祖谋"手校《彊村丛书》及清代名家词，自加圈识，一笔不苟"③，这种精严的编校精神影响了龙榆生。朱祖谋编选《宋词三百首》和《词莂》时的选词框架和旨趣也给龙榆生极大的启发。

（一）选宋词：拓展门庭，兼崇各体

在着手编选《唐宋名家词选》时，龙榆生详细分析清人的唐宋词选本。他敏锐地看到，清人的唐宋词选是带着各自的历史使命出生的：

---

① 夏承焘：《天风阁学词日记》1938年7月7日条，《夏承焘集》第六册，杭州，浙江古籍出版社、浙江教育出版社，1997年，第32页。
② 龙榆生：《近三百年名家词选》，张晖主编《龙榆生全集》第八卷，上海，上海古籍出版社，2015年，第454页。
③ 龙榆生：《读词随笔》，张晖主编《龙榆生全集》第三卷，上海，上海古籍出版社，2015年，第446页。

"自浙、常二派出，而词学遂号中兴；风气转移，乃在一、二选本之力。"① 盖因清人将词选作为体现自己词学思想的利器和展现词学理论主张、审美倾向的平台。在《选词标准论》中，龙榆生具体分析朱彝尊《词综》、张惠言《词选》、周济《宋四家词选》、朱彊村《宋词三百首》的利弊。

朱彝尊开"浙西词派"，他编纂的《词综》推姜夔为词家正宗，史达祖、吴文英、张炎、周密、王沂孙等也对清词发展和词风改变有很大影响。但龙榆生认为，朱彝尊"徒欲立义标宗，乃拈出'雅'之一字"②，"其目的固在建立宗派，而其抉择标准，则以雅为归明矣"③，这样必然忽视苏、辛等词风，也"不知姜、张一派词之在南宋，各有其特殊性格与环境"。张惠言"以说经之目光论词，故其要在于'尊体'"④。

《词选》虽然精严，但门庭过隘，又特尊温庭筠，排斥柳永，龙榆生指出："其弊在过崇词体，乃不惜并其本来面目而亦隐没之。"⑤ 因此，学词者不能通过《词选》窥求唐宋词词体、词史之全貌。

周济《宋四家词选》注意到门庭不可过隘的问题，他以温庭筠、晏殊、周邦彦等词为正，以苏轼、辛弃疾、姜夔等人词为变。周济"问途碧山，历梦窗、稼轩以还清真之浑化"（《宋四家词选目录序论》），取稼轩之疏和碧山、梦窗之密。龙榆生肯定周济为学词者谋划的词选思路，"其所标宗旨，殆不仅以'尊体''开宗'，而特富'传灯'之意；在近代选本中，可谓最能示人以津筏，最有步骤及计划者矣。虽其所论，似仍偏于技术之修养，而堂庑特大，含蕴亦丰"⑥。但龙榆生也指出周济词选的两个问题：一是上述"偏于技术之修养"，周

---

① 龙榆生：《选词标准论》，张晖主编《龙榆生全集》第三卷，上海，上海古籍出版社，2015年，第196页。
② 龙榆生：《选词标准论》，张晖主编《龙榆生全集》第三卷，上海，上海古籍出版社，2015年，第198页。
③ 龙榆生：《选词标准论》，张晖主编《龙榆生全集》第三卷，上海，上海古籍出版社，2015年，第199页。
④ 龙榆生：《选词标准论》，张晖主编《龙榆生全集》第三卷，上海，上海古籍出版社，2015年，第201页。
⑤ 龙榆生：《选词标准论》，张晖主编《龙榆生全集》第三卷，上海，上海古籍出版社，2015年，第203页。
⑥ 龙榆生：《选词标准论》，张晖主编《龙榆生全集》第三卷，上海，上海古籍出版社，2015年，第205页。

济极力推崇周邦彦、吴文英,仍从艺术技巧着眼,忽视思想内容。二是对于词家地位高低、风格所属措置未妥。周济抑苏而扬辛,退姜、张而进辛、王;又将北宋晏殊、欧阳修、晏几道、张先、柳永、秦观、贺铸等大家置于周邦彦之下,范仲淹、苏轼、晁补之等置于辛弃疾之下,林逋、毛滂等置于王沂孙之下,赵令畤、王安国、苏庠等置于吴文英之下。龙榆生认为:"此其故盖亦蔽于宗派之说,过执度人之旨,故不惜颠倒衣冠,以就我范畴。"① 如果仅从周济所列词人名录看,有宋词人51家、词作230首,不存在"门庭过隘"的问题,但是他所列出的周(邦彦)、辛(弃疾)、王(沂孙)、吴(文英)四家词风特色不足以概括其他各家,另外范仲淹、苏轼、姜夔附于辛弃疾之下亦不妥当,是龙榆生所指出的"颠倒衣冠"的问题。

龙榆生视朱祖谋的《宋词三百首》为词选标杆。《宋词三百首》选录吴文英(24首)、周邦彦(23首)的词最多,苏轼、贺铸、辛弃疾等人的词也进入前十。这说明朱祖谋对周济《宋四家词选》"门庭过隘"的问题有所修正,故龙榆生称《宋词三百首》"不偏不颇,信能舍浙、常二派之所短,而取其所长,更从而恢张之,为学词者之正鹄矣"②。朱祖谋虽然承常州一派亦宗梦窗,但他编选词选秉持兼崇各体的选词准则,表现出与前人不同的开放心态,这是难能可贵的。彭玉平认为,朱祖谋的《宋词三百首》是"一部既能体现其词学倾向又在词学普及方面产生重要影响的选本"③。适度地展现词学倾向又注意普及词学,这也是龙榆生编选唐宋词选的方向。

《唐宋名家词选》所录词人与《宋词三百首》相同者达50人,排名前十的词家中,相同者有9人(见表3-1)。朱祖谋选词家词作的比例合理,他录宋词82家285首词,选词数量前十名的作家词作有148首,占词选总数的51.93%。《唐宋名家词选》中,选词数量前十名的作家全是宋家,录词作288首,占词选总数51.89%,与《宋词三百首》的比例何其相近。这表明,龙榆生对宋词词史的走向和特色的判

---

① 龙榆生:《选词标准论》,张晖主编《龙榆生全集》第三卷,上海,上海古籍出版社,2015年,第206~207页。

② 龙榆生:《选词标准论》,张晖主编《龙榆生全集》第三卷,上海,上海古籍出版社,2015年,第207页。

③ 彭玉平:《朱祖谋〈宋词三百首〉探论》,《学术研究》2002年第10期,第121页。

断与朱祖谋十分接近，受朱祖谋影响较深。不过，从前十词家词作数量的位序来看，龙榆生扬苏、辛，与朱祖谋"稍扬东坡而抑辛"有较大的区别。

表 3-1 《宋词三百首》与《唐宋名家词选》情况对比

	《宋词三百首》	《唐宋名家词选》
选录宋词情况	82家，285首	69家，555首
选词数量居前十的作家	吴文英（24首）、周邦彦（23首）、晏几道（18首）、姜夔（16首）、柳永（13首）、苏轼（12首）、贺铸（12首）、晏殊（11首）、辛弃疾（10首）、欧阳修（9首）	辛弃疾（44首）、苏轼（42首）、周邦彦（31首）、晏几道（31首）、贺铸（29首）、欧阳修（27首）、柳永（25首）、姜夔（23首）、秦观（19首）、晏殊（17首）

龙榆生与朱祖谋在选词过程中表现出的不同源于词史观的差异。朱祖谋喜爱吴文英词，故选吴词最多，苏轼、柳永、贺铸、姜夔等词家的词也进入第一梯队，确实做到"不偏不颇"，疏密兼取，情辞皆收，但仍是密席更重，可见《宋词三百首》终归以坚持常州词派理论主张为职志。龙榆生在《论常州词派》中评："彊村晚辑《宋词三百首》，于张、周二选所标举外，复参己意，稍扬东坡而抑辛、王，益以柳耆卿、晏小山、贺方回冀以救止庵之偏失。然渊源所自，终不可掩。"[①]

尽管在词选数量、词家排位、词学祈向上有所差异，但《宋词三百首》拓展门庭、兼崇各体的思路对龙榆生编选《唐宋名家词选》是有启发的，因此这两本词选才可成为垂范后学的经典词选。龙榆生对于"兼崇各体"的考虑比朱祖谋更成熟，他认为词派、词体形式的兴起与发展通常建立在解决上一阶段词人词作问题的基础上，而新的词派在解决上一阶段词体出现的问题之后，也会展露破绽与弊端，因此便会出现另一种词体、词派。基于此，龙榆生在编选词选时抱定史家之态度，展现词史发展的嬗变过程，展示词人词作的利弊得失。

---

① 龙榆生：《论常州词派》，张晖主编《龙榆生全集》第三卷，上海，上海古籍出版社，2015年，第504页。

（二）选清词：独立门户，特为精严

与经历岁月考验的唐宋词不同，清词存世时间短，词作繁盛，词家该如何编选清词？龙榆生研究了不少重要的清词选本，他在《读词随笔——清词之选本》中谈到，谭献《箧中词》和朱祖谋的《词莂》可视为辑选清词及近世词的标杆。《箧中词》选词量大，收录近两百家词作千余首词，因此龙榆生称这部词选"以词存人"。《词莂》选词矜慎，仅选毛奇龄（11阕）、陈维崧（11阕）、朱彝尊（10阕）、曹贞吉（6阕）、顾贞观（8阕）、纳兰性德（8阕）、厉鹗（9阕）、张惠言（4阕）、周之琦（8阕）、项廷纪（9阕）、蒋春霖（10阕）、王鹏运（11阕）、郑文焯（9阕）、朱祖谋（10阕）、况周颐（9阕）15家词。龙榆生总结《词莂》的选词观说："选择仅能独立门户者十余家，特为精严，足资模楷。"① 两部词选相较，《箧中词》具目录文献学价值，《词莂》更具学术价值和文学批评价值。"如陈、朱、纳兰三家，全集过于繁富，不有抉择，何以昭示来兹？"② 龙榆生认为，陈维崧、朱彝尊、纳兰性德词作繁盛，不可用"以词存人"的观念选词，因此他承继了朱祖谋《词莂》"独立门户"的词学观念，从词家风格、流派入手进行遴选，梳理出清词史三条线索，即前文所述的陈子龙、王夫之、屈大均等明末清初气格高的词人词作一派，朱彝尊、厉鹗等人所主张的浙西词派和张惠言、周济等所引领的常州词派。

（三）拓展：龙榆生编选词选的思路

朱祖谋编选词选的思路对龙榆生有所启发，但在实际选词中，龙榆生将自己对唐宋词史、近三百年词史的研究融入其中，独具之匠心体现在如下三点。

一是"考词风之转变"。龙榆生编选词选前对词史进行细致的考证，这是他编选词选的理论基础。在编选唐宋词选前，他撰写了《中国韵文史》《词体之演进》《论贺方回词质胡适之先生》《苏辛词派之

---

① 龙榆生：《读词随笔——清词之选本》，张晖主编《龙榆生全集》第三卷，上海，上海古籍出版社，2015年，第445页。
② 龙榆生：《读词随笔——清词之选本》，张晖主编《龙榆生全集》第三卷，上海，上海古籍出版社，2015年，第446页。

渊源流变》《研究词学之商榷》《两宋词风转变论》等重要理论著作，表明他对唐宋词史在分期、风格等方面的思考已经十分成熟。

《近三百年名家词选》的撰写前后历经二十年，执笔前龙榆生已经反复梳理过清代词人、词作、词选、词学理论、词学流派对清及近代的影响，《中国韵文史》中"清词之复盛""浙西词派之构成及其流变""常州派之兴起与道咸以来词风""清词之结局"等章节是他最早整体研治清词史的体现。他还撰写了《周清真评传》《清季四大词人》《今日学词应取之途径》《论常州词派》等重要文章（早在1931年，龙榆生《最近二十五年之词坛概况》就已经开始思考近三百年词史），并整理了包括《彊村遗书》在内的一大批清代词学作品。对近代词家的词学研究、词作分析是龙榆生在这二十年间研词的重要内容。人事代谢，在后来的岁月中，龙榆生注意搜集、存留前辈、同辈人的词作、词学随笔，也不断总结同时代词坛关键人物的词学思想，比如撰写了《陈海绡先生之词学》。更多零散的思考则体现在与其他词家的通信、交往、办刊理念中——龙榆生活跃于近代词史舞台中心，主编重要的词学刊物，与词坛关键人物交好，掌握了大量的素材，因此他对于近代词风有权威解读。

二是以知人论世的史观解读词家词作。"作家史迹之宜重考。"[①] 如果说细考词风是龙榆生编选词选的"经"，那么词人小传是词选的"纬"。龙榆生认为作家生平、游历、学养等个人经历与词学创作、词学风格、词学观念之形成、词学活动与传播密不可分。他在"词人小传"中会列出词家的词学传承、渊源演变。如他在晏殊小传中谈到词人词风对后代之影响，"盖北宋初期作家，皆承南唐风气，殊亦不能出其范围也"[②]。在朱彝尊小传中，他梳理浙西词派的渊源，"彝尊选辑唐、五代、宋以来下逮元张翥诸家词为《词综》，以开浙西词派，而其渊源所自，盖出于曹溶"[③]。在王鹏运小传中，他简略交代词人与词派

---

① 龙榆生：《研究词学之商榷》，张晖主编《龙榆生全集》第三卷，上海，上海古籍出版社，2015年，第254页。
② 龙榆生：《唐五代宋词选》，张晖主编《龙榆生全集》第八卷，上海，上海古籍出版社，2015年，第72页。
③ 龙榆生：《近三百年名家词选》，张晖主编《龙榆生全集》第八卷，上海，上海古籍出版社，2015年，第250页。

发展的关系,"其词学承常州派之余绪而发扬光大之,以开清季诸家之盛"①。词人小传虽不如年谱详尽,但通过阅读词人小传,读者能便捷而较全面地了解词人。

三是充分利用各类词评材料。龙榆生的三部词选在征引文献资料方面颇为突出。他熟悉文献,不仅常引历代重要词评,还较多地选录晚清民初活跃于词坛中心的词家观点②。阅读唐宋词选,读者在感受词家风格后能够进一步从理论上理解词风在词史每个阶段中变化、阐发的意义。清季及晚近词家大多有理论主张和派别宗尚,阅读《近三百年名家词选》,读者可以在点评、集评中领略词家的词学主张在创作中的体现。如王鹏运词后的集评有两条,其一是朱祖谋《半塘定稿序》,"君词导源碧山,复历稼轩、梦窗以还清真之浑化,与周止庵氏说契若针芥"③。这条评论表明了王鹏运词学思想之渊源、路径和创作思路。其二引叶恭绰《广箧中词》评:"幼遐先生于词学独探本原,兼穷蕴奥,转移风会,领袖时流,吾常戏称为桂派先河,非过论也。彊村翁学词,实受先生引导。文道希丈之词,受先生攻错处,亦正不少。"④ 这条评论道明王鹏运的词学思想和活动在当代及之后的影响,帮助读者了解词人在晚近词史中的地位和意义。

要之,选家手眼决定词选的质量和价值,两方面结合方能编选出高水平的词选。龙榆生受到朱祖谋《宋词三百首》和《词莂》的启发,他精研词史,将研究思路融入词选的编选中。因此,《唐宋名家词选》《唐五代宋词选》《近三百年名家词选》均是龙榆生在考察词史的基础上编选而成的,集合了他在词学评论、词学校勘、词学创作等多方面的研究成果,是其词学思想的结晶。

---

① 龙榆生:《近三百年名家词选》,张晖主编《龙榆生全集》第八卷,上海,上海古籍出版社,2015年,第361页。

② 据沙先一统计,《近三百年名家词选》"辑录《箧中词》106条、《广箧中词》45条、《白雨斋词话》38条,对《忍古楼词话》《人间词话》《蕙风词话》《芬陀利词话》等也广事参照;对朱祖谋《手批〈箧中词〉》、王伯沆《手批〈云起轩词〉》也注意加以辑录、引述"。参见沙先一《论〈近三百年名家词选〉选词学价值》,《徐州师范大学学报》(哲学社会科学版)2009年第3期,第47页。

③ 龙榆生:《近三百年名家词选》,张晖主编《龙榆生全集》第八卷,上海,上海古籍出版社,2015年,第367页。

④ 龙榆生:《近三百年名家词选》,张晖主编《龙榆生全集》第八卷,上海,上海古籍出版社,2015年,第367页。

第四节　选择之道：龙榆生与胡适的词学之"争"

中国现代词学的启蒙、发展与成熟是一个渐进的过程，在前人批评理论的基础上，词学研究者不断思考，进而形成自己的理论体系。前人的批评理论既囊括古人的词学观点，也涵盖近人的研究理路；既含有自己认可的主张，也包括与己不同的见解。胡适便是一位对龙榆生词学研究助力颇多的"前人"。

胡适编选的《词选》带有强烈的个人色彩，体现出重白话轻文言、重苏辛轻吴张、重情感轻格律的文学主张，在20世纪的中国词学界产生巨大的影响。《词选》的编选手眼引起龙榆生的强烈不满，他两度公开发文《论贺方回词质胡适之先生》，向胡适发出学术争论的邀约；又撰《研究词学之商榷》批《词选》"独标白话"[1]，"未深究诸家词集"[2]。对于龙榆生的公开诘问和质疑，胡适自始至终未作回应。1936年，龙榆生编撰《唐五代宋词选》，在导言中针对《词选》序和附录（《词的起原》）中有关词史分期、词人分类等问题提出异议。

由于胡适的"缺席"，这番学术之争非典型之"战"，但从另一个侧面反映出旧派词学家在化解传统文化危机中做出的积极探索，呈现出20世纪30年代文学复古思潮与新文学运动的交锋与对抗。这场论争推进了龙榆生的词学研究向专业化、现代化的转型。

一、胡适对龙榆生的学术启蒙与影响

1928年，旅沪执教的龙榆生曾就学术问题向胡适当面请益，他自述道："认识的名流老辈，也逐日的多了……先后见过了陈散原、郑苏戡、朱彊村、王病山、程十发、李拔可、张菊生、高梦旦、蔡孑民、胡适之诸先生，我不管他们是新派旧派，总是虚心去请教，所以大家对我

---

[1]　龙榆生：《研究词学之商榷》，张晖主编《龙榆生全集》第三卷，上海，上海古籍出版社，2015年，第252页。

[2]　龙榆生：《研究词学之商榷》，张晖主编《龙榆生全集》第三卷，上海，上海古籍出版社，2015年，第253页。

的印象，都还不错。我最喜亲近的，要算散原、彊村二老。"① 龙榆生师法多方。散原、彊村二老属旧派学者，龙榆生"最喜亲近"，终承彊村衣钵，学归传统一脉。胡适为新派学者，龙榆生向他请教的具体内容尚未有文献支撑，但龙榆生1930年的课堂讲义《唐宋诗学概论》多次引用《白话文学史》，这说明他对胡适这部经典著作的学理与观点是熟稔于心的。在治学道路上，胡适的学术观点对龙榆生产生了重要影响。此其一。

胡适以《新青年》为学术平台与舆论阵地，发起声势浩大的新文化运动。1923年，《国学季刊》创刊，胡适任编辑委员会主任。办刊之初，《国学季刊》的学术影响力便蔚成高峰，在胡适的号召下，"整理国故"思潮使学术界发生深刻的裂变。胡适推行文学主张的举措具有范式意义，他充分利用媒介力量，强势输出学术观点，掌握学术话语权，恢宏学术理念。在请益胡适之后的第五年（1933年），龙榆生创办了享誉词坛的《词学季刊》，聚集词坛宿儒才彦，阐发词学主张，刊载词学作品。在学术思想的传播路径上，胡适对龙榆生产生了潜在影响。此其二。

学者再有第三层推测："《研究词学之商榷》中，列出现代词学之八事（当然未明确标榜八事）及其言说方式，是不是有胡适《文学改良刍议》中改良八事之影子？"② 并论，"胡适在一九一七年即发表《文学改良刍议》，先生（按：指龙榆生）亦深知胡适'在现代文学界中影响颇大'，而先生虽然古学根基深厚，然其全部词学研究、词学贡献，其思维方式，皆是现代的，若言其受到胡适影响，亦是自然之事"③。诚如朱惠国所论："他（按：指胡适）注重宏观研究，以社会进化论的观点来观照词的发展研究，在具体的论证过程中又往往采用分析、实证的方法，这些对中国传统词学向现代词学的转化起到了直接的推动作用。"④ 此"八事"与彼"八事"似未有强关联，但龙榆生词学

---

① 龙榆生：《自传：苜蓿生涯过廿年》，张晖编《忍寒庐学记——龙榆生的生平与学术》，上海，生活·读书·新知三联书店，2014年，第24页。
② 龙榆生著，倪春军编：《龙榆生未刊诗学稿》，上海，复旦大学出版社，2022年，"序"第7页。
③ 龙榆生著，倪春军编：《龙榆生未刊诗学稿》，上海，复旦大学出版社，2022年，"序"第8页。
④ 朱惠国：《中国近世词学思想研究》，上海，上海古籍出版社，2005年，第311页。

研究的论述方式、体系建构呈现出现代性特征，应当也是受到胡适的科学论述方法之影响。此其三。

1933年是一个分水岭。龙榆生在1933年以前研诗治词，对胡适论诗之观点虽未可言完全"服膺"，但也多持赞赏态度。1933年后，龙榆生着力攻词，对胡适的词学观点以批驳为主，且语带风雷。无论推崇抑或摒弃，不可否认的是，这位"前人"研诗治词的思路和观点深刻地影响、启发了龙榆生。

二、诗论中的同与异

《唐宋诗学概论》十三次引用胡适的观点，观点皆从《白话文学史》出。所论为唐代诗人及诗作，其中七条围绕杜甫诗展开，三条围绕白居易诗展开，论孟郊诗和卢仝诗各两条，论韩愈诗一条。论述内容涵盖文体、文献、诗风、诗歌的社会功用、声韵等领域。在前四个领域中，龙榆生与胡适的观点趋近。

在评析诗歌产生的时代背景与风格之关系时，龙榆生对于胡适的观点首肯心折，他在《唐宋诗学概论》"论杜甫"篇以近千字的篇幅引用《白话文学史》论盛唐诗[①]。杜诗悲天悯人，关注民生疾苦，展现政治与社会乱象。胡适将杜诗呈现的现实主义风格置于家国命运的时代背景下诠释，龙榆生对此大力揄扬："杜甫诗之脱离模仿而趋于创造，脱离幻想而趋于写实，观乎胡氏所论，足知风气之转移，盖与国运之盛衰有密切之关系。"[②]

龙榆生对胡适时代文学观深为信服，在论诗歌文体演进和诗风创新时多次称引胡适的观点。他评骘杜甫新题乐府组诗"无意规模古人，而自成一种新乐府"[③]，并举胡适的观点证补，"元（稹）、白（居易）、张（籍）、王（建），皆后此路发展者（参用胡适说，详《白话文学

---

① 龙榆生著，倪春军编：《龙榆生未刊诗学稿》，上海，复旦大学出版社，2022年，第62～64页。

② 龙榆生著，倪春军编：《龙榆生未刊诗学稿》，上海，复旦大学出版社，2022年，第64页。

③ 龙榆生著，倪春军编：《龙榆生未刊诗学稿》，上海，复旦大学出版社，2022年，第72页。

史》三二九—三三六)"①。论孟郊受杜甫影响,龙榆生再引胡适语,"近人胡适,谓东野颇受老杜影响……自李、杜逮郊,仿如一脉相承,则胡说亦不为无见也"②。后人对杜甫绝句的评判常有两端,不喜者讥其绝句少含蓄、乏风韵,背离诗歌婉、雅传统,非盛唐正格;爱之者如龙榆生认为这正是杜甫的创新之处,"有其特别风格,而不屑随人转移"③,并以胡适说证己见,"近人胡适,复为表章,所见略同"④。唐代文化多元发展,诗体演变、诗风转换正是文化相撞相融的体现。卢仝以古文法作诗、句读参差近似散文,龙榆生评曰"至玉川子而诗体解放极矣"⑤,此处的论述引用胡适的观点再予推进:"胡适以为此种体裁,或由佛教梵唱、唱导以及民间佛曲俗文、盲词鼓书为其背景(说见《白话文学史》三九七),亦持之有故。"⑥

龙榆生与胡适的观点冲突集中于论艺术形式领域。白居易在《与元九书》中表达了对诗歌本质的见解,提出"诗者,根情,苗言,华声,实义"的文艺理论。此理论论述了诗歌的四要素——情、言、声、义之间的关系,情感为诗之根本,语言是枝叶,声律是花朵,义理为果实。龙榆生授课时对此理论有一段较为重要的整体理解:"知声诗之道,感人最深,'托根于人情,而结果在正义'(胡说)。以情与义为里,以言与声为表。表里交融,声情并茂,乃能以我之热烈情感,不期然而引起全人类之同情心,借以'改善人心,救济社会'。"⑦ 此段论述

---

① 龙榆生著,倪春军编:《龙榆生未刊诗学稿》,上海,复旦大学出版社,2022年,第72~73页。
② 龙榆生著,倪春军编:《龙榆生未刊诗学稿》,上海,复旦大学出版社,2022年,第162页。
③ 龙榆生著,倪春军编:《龙榆生未刊诗学稿》,上海,复旦大学出版社,2022年,第78页。
④ 龙榆生著,倪春军编:《龙榆生未刊诗学稿》,上海,复旦大学出版社,2022年,第78页。
⑤ 龙榆生著,倪春军编:《龙榆生未刊诗学稿》,上海,复旦大学出版社,2022年,第166页。
⑥ 龙榆生著,倪春军编:《龙榆生未刊诗学稿》,上海,复旦大学出版社,2022年,第167页。
⑦ 龙榆生著,倪春军编:《龙榆生未刊诗学稿》,上海,复旦大学出版社,2022年,第176~177页。

引用胡适"托根于人情而结果在正义"[①]和"改善人心,救济社会"[②]的观点。"情"与"义"代表了诗歌的缘起与目的,分别对应于诗歌的文化价值与诗教意义,二者皆属于诗歌的思想内容。在"情"与"义"上,龙榆生与胡适持论相同,即"托根于人情,而结果在正义"。二人的分歧在诗歌的形式表达方面,即"言"与"声"。胡适认为"语言声韵不过是苗叶花朵而已"[③],龙榆生则主张"声情相应"[④],故其指出胡适轻视声韵"违白氏本旨矣"[⑤]。胡适倡导白话文学,提取传统诗词文体中朝着俗文学、平民化、语言解放方向演进的样本为新文学作注,故而"轻视"诗词的声韵问题。深耕古学的龙榆生特为重视诗词与音乐的关系,详考声韵之于诗词审美、意境表情之奥妙。在他看来,"情"与"义"是诗歌的内质,"言"与"声"是诗歌的外形,根、苗、花、果各自茁壮又相协而生,内外兼修,未可偏废。

由于文艺立场不同,胡适评杜诗语言仅以"不拘平仄,多用白话"[⑥]一笔带过,龙榆生指摘胡适对杜诗音律展现的形式美概不置论,"就其内容、意境上言之,而于艺术方面无与也"[⑦]。龙榆生认为杜诗不为平仄所缚,格律用韵起伏顿挫,笔力变化险峻灵秀,而胡适"不复注意于此,漫以'诙谐风趣'四字了之,以此为杜氏特有之技能,亦浅哉其视子美矣"[⑧]。

综上,龙榆生与胡适在论诗之体制、思想等问题上脉息相通,但论诗乐声律等艺术形式方面则各持己见。观点的异同体现出新旧两派批评家文学观的趋新与守旧,也证明了胡适所倡导的人文精神、引领的文学

[①] 胡适:《白话文学史》,合肥,安徽人民出版社,2019年,第231页。
[②] 原文为:"文学是救济社会,改善人生的利器……"参见胡适《白话文学史》,合肥,安徽人民出版社,2019年,第230页。
[③] 胡适:《白话文学史》,合肥,安徽人民出版社,2019年,第231页。
[④] 龙榆生著,倪春军编:《龙榆生未刊诗学稿》,上海,复旦大学出版社,2022年,第177页。
[⑤] 龙榆生著,倪春军编:《龙榆生未刊诗学稿》,上海,复旦大学出版社,2022年,第177页。
[⑥] 胡适:《白话文学史》,合肥,安徽人民出版社,2019年,第188~189页。
[⑦] 龙榆生著,倪春军编:《龙榆生未刊诗学稿》,上海,复旦大学出版社,2022年,第64页。
[⑧] 龙榆生著,倪春军编:《龙榆生未刊诗学稿》,上海,复旦大学出版社,2022年,第65页。

思潮真切地影响过龙榆生。

三、词论中的剑拔弩张

《唐宋诗学概论》原为课堂讲义,龙榆生是在课堂这样一个相对狭小的场域里表达与胡适诗论主张的异同,且以"同"为主。但在词论领域,龙榆生对胡适论词观点的批驳变为公开化,且以"异"为要。以《词选》为靶,从词学史观、词学批评到学词取径,龙榆生对胡适以白话选词的理路做出批驳,主要集中于两文两选:1933 年、1936 年两度发表《论贺方回词质胡适之先生》,对《词选》不录贺铸词提出质疑;1934 年发表《研究词学之商榷》,指出《词选》选词独标白话有失客观①;1934 年出版《唐宋名家词选》,1936 年又编《唐五代宋词选》,意在扭转《词选》的词学祈向。在与胡适词学观对峙的过程中,龙榆生的词学思想逐渐成熟,他不仅厘清了词体演变、词史分期、流派风格、词学取径等词学研究中具有基石意义的问题,还创建"声调之学"、创办《词学季刊》,探索出词学研究的现代化转型之路。

(一)词学史观

胡适在《词选》序中提出将词史分为三期:晚唐至元初(850～1250 年)为第一时期,即词的自然演变时期;元至明清(1250～1650 年)为第二时期,即曲子词时期;清初至 19 世纪结束(1620～1900 年)为第三时期,即模仿填词时期。他将第一时期的词分为"歌者的词""诗人的词""词匠的词":"苏东坡以前,是教坊乐工与娼家妓女歌唱的词;东坡到稼轩、后村,是诗人的词;白石以后,直到宋末元初,是词匠的词。"②

"歌者的词"③ 凸显了词的原生态特点,意指由教坊乐工与娼家妓女演唱的词。"诗人的词"概括出词在"以诗为词""诗词合流"阶段的特质,此阶段文人有意识地改造词,词从内容到音律摆脱了五言七言

---

① 龙榆生:《研究词学之商榷》,张晖主编《龙榆生全集》第三卷,上海,上海古籍出版社,2015 年,第 252 页。
② 胡适选注,刘石导读:《词选》,北京,中华书局,2007 年,第 3～4 页。
③ 胡适选注,刘石导读:《词选》,北京,中华书局,2007 年,第 4 页。

的束缚，获得更大的自由，词人个性、词作风格得以勃发、丰富。"词匠的词"承"诗人的词"而来，指词陷入"格律化"的藩篱，胡适将姜夔、史达祖、吴文英、张炎等人的词归入"词匠的词"："他们不惜牺牲词的内容，来牵就音律上的和谐……这种人不是词人，不是诗人，只可叫做'词匠'。"① 胡适揭示了词体演变的规律：词以天真烂漫的面目从民间走来，盛于天才的文人之手，又衰于机械模仿的匠人之手。

龙榆生认为"歌者""诗人""词匠"这三个概念难以安放各个时期的词人及其词作，解读也颇为牵强。他连发诘问：李煜、冯延巳的词已有诗人词的气象，缘何被列入"歌者之词"？苏轼、黄庭坚、秦观等人的词多付"歌者"，为何不可置于"歌者之词"？贺铸词"在东坡、美成间，特能自开户牖，有两派之长而无其短；有时为'诗人的词'，有时亦能为'歌者的词'"，又当如何处置？刘须溪、蔡伯坚、吴彦高、元遗山的词放入"诗人的词"又有何不可？②

胡适为第一时期的词总结了一个公式："文学史上有一个逃不了的公式。文学的新方式都是出于民间的。久而久之，文人学士受到了民间文学的影响，采用这种新体裁来做他们的文艺作品……但文人把这种新题材学到手之后，劣等的文人便来模仿；模仿的结果，往往学得了形式上的技术，而丢掉了创作的精神……于是这种文学方式的命运便完结了，文学的生命又须另向民间去寻新方向发展了。"③ 胡适认为，宋代词人完成对词体的改造后，词便走向末运，词史"正身"在第一时期已然终结。这个公式与其在《文学改良刍议》中主张的"一时代有一时代之文学"④ 的文明进化公理一脉相承。胡适以文学"始民间终文人"的万能公式裁断词史，使得词史分期具有"通论"之意，并拈出"歌者""诗人""词匠"等关键词指代词体发生、鼎盛、衰竭的特质。

在龙榆生看来，胡适的万能公式不适用于词史，这也促使他着手研究词史的相关问题。1934年，龙榆生撰写《中国韵文史》，下篇"词曲"的写作脉络可视为他对唐宋词史分期的早期思考。他把"词"划

---

① 胡适选注，刘石导读：《词选》，北京，中华书局，2007年，第6~7页。
② 参见龙榆生《论贺方回词质胡适之先生》，张晖主编《龙榆生全集》第三卷，上海，上海古籍出版社，2015年，第150~161页。
③ 胡适选注，刘石导读：《词选》，北京，中华书局，2007年，第6页。
④ 胡适：《胡适古典文学研究论集》，上海，上海古籍出版社，1988年，第18页。

分为十二期：燕乐杂曲词兴起—杂曲子词在民间之发展—唐诗人对于令词之尝试—令词在西蜀之发展—令词在南唐之发展—令词之极盛—慢词之发展—词体之解放—正宗词派之建立—民族词人之兴起—南宋词之典雅化—南宋咏物词之特盛。① 比起胡适的词史"三期论"，龙榆生的分期表述过于细碎且主线隐约，他在撰写《唐五代宋词选》时又行修正，提出"萌芽时期—培养时期—成熟时期"的词史三期论：以隋唐至开元天宝为萌芽期，中唐刘白诸人到温庭筠为培养期，晚唐五代是词的成熟期②。他将没有纳入"三期论"的宋词史单列为词的"黄金时代"，细分为"令词发展—慢曲发展—曲子律解放（词体脱离音乐）—回归音律—承苏辛传统—文人填词作曲"六个阶段③。龙榆生的"三期论"从形式到内核均有胡适词史分期论的影子，不同之处在于，龙榆生注重在音乐的变化中寻找词体演变的轨迹，从音乐、文本双线综合考察词史，梳理了唐宋词从民间兴起到文人创调的过程，强调音乐技法与人文观念对词体演进的贡献。相较于胡适"歌者之词，诗人之词，词匠之词"的观点，龙榆生的分期说呈现出更为精密的逻辑结构与丰富的词史脉络，涵盖词体嬗变、词风转换、审美转向等词史专题，文体观念和学科意识得以强化。

二人结论不同，归根到底是词史研究的切入点不同。提出"归纳的理论""历史的眼光"和"进化的观念"的胡适着意词体发展的大致样貌，无暇细顾分期、流派——他采用宏观视角，将传统词学研究置于新文学运动的视野下观照。胡适大致勾勒了词之艺术价值与生命价值的史学脉络，然稍欠精审，绝非细密的微观研究。这是胡适文学进化论之长，亦是其短。无论是从文学意义还是社会学意义来看，胡适的词史观都对冲破传统词学故步自封的局面起了重要作用。龙榆生进入词体内部进行考察，选用中观甚至微观的视角，关注词体文本与音乐融合、分离、重组后形成的多样貌、新风尚。如果以龙榆生对词人、词作解剖式

---

① 参见龙榆生《中国韵文史》"词曲"目录，张晖主编《龙榆生全集》第一卷，上海，上海古籍出版社，2015年，第4页。

② 参见龙榆生《唐五代宋词选》，张晖主编《龙榆生全集》第八卷，上海，上海古籍出版社，2015年，第5～12页。

③ 参见龙榆生《唐五代宋词选》，张晖主编《龙榆生全集》第八卷，上海，上海古籍出版社，2015年，第9～12页。阶段名称为笔者归纳概括。

的考量法裁断词史，胡适的万能公式必不能通行，因为苏轼的词当然也为歌者所用，姜夔、吴文英的词也不全是七宝楼台虚无炫目。

(二) 词学批评

在《论贺方回词质胡适之先生》中，龙榆生从六个方面表达了对《词选》不录贺铸词的质疑，此六"质"可归结为：贺铸词格高、体新、音谐，词作水平不在周邦彦词之下。[①] 胡适"摈不采录，令人百思莫得其解"[②]。

贺铸词的艺术价值不容忽视，即使置于词之鼎盛的宋代，东山词也应有一席之地，《青玉案》（凌波不过横塘路）更是千古名作，在任何一部词选、词史的撰写中都不应该被忽视或者被忘却。作为文化大家，胡适对"贺梅子"是知晓的，但《词选》对贺铸不留片语，原因何在？《词选》是胡适白话文运动的产物之一，"视词体为白话文学，这或许是《词选》中体现的最基本的词学观点"[③]。贺铸词"语意精新，用心甚苦"[④]，虽不乏豪迈清疏之作，但居多者仍是深婉丽密之词，非胡适推崇的天然之作，难以成为"白话文学史"的词史样本，与胡适选词手眼相悖，此为《词选》不录贺铸词的根本原因。

龙榆生全面分析贺铸词的词格、词境、词律，给出了近乎完美的评价："无论就豪放方面，婉约方面，感情方面，技术方面，内容方面，音律方面，乃至胡氏素所主张之白话方面，在方回词中盖无一不擅胜场；即推为兼有东坡、美成二派之长，似亦不为过誉。"[⑤] 故其在《唐宋名家词选》中录贺词 29 阕、《唐五代宋词选》录贺铸词 11 阕——从入选数量上来看，贺词均进入第一梯队。

贺铸词用韵特严，富有节奏感和音乐美，龙榆生视其词为典范。他

---

① 参见龙榆生《论贺方回词质胡适之先生》，张晖主编《龙榆生全集》第三卷，上海，上海古籍出版社，2015 年，第 152 页。
② 龙榆生：《论贺方回词质胡适之先生》，张晖主编《龙榆生全集》第三卷，上海，上海古籍出版社，2015 年，第 152 页。
③ 刘石：《胡适的词学思想与〈词选〉》，胡适选注，刘石导读《词选》，北京，中华书局，2007 年，第 10 页。
④ 王灼：《碧鸡漫志及其他三种》，北京，中华书局，1991 年，第 12 页。
⑤ 龙榆生：《论贺方回词质胡适之先生》，张晖主编《龙榆生全集》第三卷，上海，上海古籍出版社，2015 年，第 161 页。

尤爱贺词中爱国忧时之作，曾在词学实践中步韵"东山体"。1933年，徐悲鸿前往巴黎主持中国美术展览会，龙榆生填《水调歌头》相送，用的是"贺方回体"①，词作雄阔高旷；1933年，填《六州歌头》，"感愤无端，长歌当哭，以东山体写之"②，词风悲壮激昂。

基于此，龙榆生期望文章能得到胡适的回应："吾对于近世治中国文学史者，惟胡氏为素所服膺，而兹选关系于词学者尤大；辄就鄙见所及，妄肆批评，冀与读兹选者共为扬榷，且以质之适之先生，期得相当解答焉。"③《论贺方回词质胡适之先生》在公开刊物上发表了两次：1933年5月首刊于《中国语文学丛刊》创刊号；1936年9月在《词学季刊》第三卷第三号再次刊发。据龙榆生1936年再发此文，且内容并无更新来推测，胡适没有回应首发之文。

胡适最有可能看到的是首发之文，彼时他担任北京大学文学院院长，对国内的学术争鸣、研究热点较为关注。文章发于5月，胡适6月由上海登轮赴美讲学，未知是否得见此文。此时，龙榆生任上海暨南大学和国立音乐专科学校教席。1936年，胡适仍任北大文学院院长，但研究兴趣和工作重心已转移，他更多地关注国内外政治局势，从事独立评论和游学演讲的工作，阅读《词学季刊》这种传统文学刊物的可能性不大。当然，在当时的学术界，龙榆生与胡适的影响力不在同一量级，两人分属不同的学术阵营，胡适的不回应或许也可视为一种态度。

吴文英的词亦成为两人"交锋"焦点。胡适不喜梦窗词："《梦窗四稿》中的词几乎无一首不是靠古典与套语堆砌起来的。"④《词选》选录吴文英的《玉楼春》和《醉桃源》，他说："近年的词人多中梦窗之毒，没有情感，没有意境，只在套语和古典中讨生活。所以我选他（按：指吴文英）的词，特别加严，只取几首最本色的。"⑤此二阕词难入旧派词家法眼，朱祖谋《宋词三百首》选吴文英词二十四首，未录此二首；龙榆生在《梦窗词选笺》和《唐宋名家词选》中也只录《玉

---

① 张晖主编：《龙榆生全集》第四卷，上海，上海古籍出版社，2015年，第90页。
② 张晖主编：《龙榆生全集》第四卷，上海，上海古籍出版社，2015年，第98页。
③ 龙榆生：《论贺方回词质胡适之先生》，张晖主编《龙榆生全集》第三卷，上海，上海古籍出版社，2015年，第151～152页。
④ 胡适选注，刘石导读：《词选》，北京，中华书局，2007年，第304页。
⑤ 胡适选注，刘石导读：《词选》，北京，中华书局，2007年，第305页。

楼春》,《唐五代宋词选》更是二首皆不录。龙榆生叹道:"胡氏《词选》仅录其《玉楼春》《醉桃源》二阕,则'词匠'之真实本领,亦被湮没无余。"① 吴文英词厚而密,难懂难通,是以清末民初的词学家们矻矻于梦窗词笺注。以"白话"为标准衡量吴文英的词学成就的确有失偏颇,故龙榆生批评胡适误读梦窗:"以读白话词之目光论梦窗,其无当于理必矣。"

胡适明言"我对于词的历史的见解,也就是我选词的标准"②。龙榆生认为胡适恒以白话词价值为高的评骘理路以偏概全,否定了词在发展中流转呈现的多样性。龙榆生对《词选》不录贺铸词"百思莫得其解",答案其实就在于二人词史观存在差异,这直接导致他们词学评价标准和选词手眼产生分歧。

(三) 学词取径

胡适在《白话文学史》中阐释"白话"的三层意思:"一是戏台上说白的'白',就是说得出,听得懂的话;二是清白的'白',就是不加粉饰的话;三是明白的'白',就是明白晓畅的话。"③《词选》选录、推广用语、意境偏"白"的词,本质上是表达他的编选思想,推广白话文学的学术观点。

《词选》一出,风靡天下。龙榆生曾感叹《词选》的传播力强、接受度高:"自胡适之先生《词选》出,而中等学校学生,始稍稍注意于词;学校中之教授词学者,亦几全奉此书为圭臬;其权威之大,殆驾任何词选而上之。"④ 常年在讲授词学的龙榆生主张全面评价词人词作,对白话词选的迅速推广深感忧虑,他认为《词选》收录的词非诸家代表作,批胡适对白石、梦窗诸作品"特未之深究"⑤,对姜夔、吴文英等人的词"率取其习见之调,或较浅白近滑易者;集中得意诸阕,反

---

① 龙榆生:《论贺方回词质胡适之先生》,张晖主编《龙榆生全集》第三卷,上海,上海古籍出版社,2015 年,第 253 页。
② 胡适选注,刘石导读:《词选》,北京,中华书局,2007 年,第 7 页。
③ 胡适:《白话文学史·自序》,合肥,安徽人民出版社,2019 年,第 6 页。
④ 龙榆生:《论贺方回词质胡适之先生》,张晖主编《龙榆生全集》第三卷,上海,上海古籍出版社,2015 年,第 150 页。
⑤ 龙榆生:《论贺方回词质胡适之先生》,张晖主编《龙榆生全集》第三卷,上海,上海古籍出版社,2015 年,第 151 页。

被遗弃"①。因此，龙榆生在1934年编纂了《唐宋名家词选》，以期全面、完整地展现唐宋词史的脉络、流变，希望重树传统词家认可的词人词作典范，故其言"所录各家，以能卓然自树或别开生面者为主"，"所选作品，以能代表某一作家的作风或久经传诵者为准"②。1936年，"为了时代的关系，和顾及读者方面的程度起见"③，龙榆生为青年选编了语言畅晓、意境通达的《唐五代宋词选》，"从各家的全集里，提取'声情并茂'，而又较易了解的作品"④。此二选可视为龙榆生再次对《词选》选词标准的不满的表达。

与《唐宋名家词选》相比，《唐五代宋词选》更重视语言的清疏、浅近，但这种偏"直白"的"清疏"只是相对于"深婉"而言，"浅近"也是相对于"精美"而论，白而俗、浅而浮的词，龙榆生不予选录。比对《词选》和《唐五代宋词选》可以发现，同一作者的词，胡适、龙榆生选录的词作差异不小。辛弃疾、朱敦儒词作数量在《词选》和《唐五代宋词选》中均位于前两位，试以这两位词人为例述之。

《词选》录辛弃疾词46阕，居首位；《唐五代宋词选》录辛弃疾词33阕，亦居首。二选相同的词只有14首⑤。龙榆生认为《词选》收录的辛弃疾词非其代表作，他措辞严厉地批评道："近人胡适之《词选》，力主苏辛，而于稼轩之词，专取其浅鄙不经意之作，贻害词林，实非浅鲜。"⑥

在朱敦儒词的选取上，二人分歧更大。《词选》录朱敦儒词30阕，

---

① 龙榆生：《论贺方回词质胡适之先生》，张晖主编《龙榆生全集》第三卷，上海，上海古籍出版社，2015年，第151页。

② 龙榆生：《唐宋名家词选》，张晖主编《龙榆生全集》第七卷，上海，上海古籍出版社，2015年，第3页。

③ 龙榆生：《唐五代宋词选》，张晖主编《龙榆生全集》第八卷，上海，上海古籍出版社，2015年，第15页。

④ 龙榆生：《唐五代宋词选》，张晖主编《龙榆生全集》第八卷，上海，上海古籍出版社，2015年，第15页。

⑤ 相同的入选作品是：《西江月》（明月别枝惊鹊）、《清平乐》（绕床饥鼠）、《破阵子》（醉里挑灯看剑）、《菩萨蛮》（郁孤台下清江水）、《浪淘沙》（身世酒杯中）、《太常引》（一轮秋影转金波）、《生查子》（去年燕子来）、《武陵春》（走去走来三百里）、《鹧鸪天》（陌上柔桑破嫩芽）、《鹧鸪天》（枕簟溪堂冷欲秋）、《水调歌头》（带湖吾甚爱）、《水龙吟》（楚天千里清秋）、《沁园春》（杯，汝前来）、《贺新郎》（甚矣吾衰矣）。

⑥ 龙榆生：《读词随笔》，张晖主编《龙榆生全集》第三卷，上海，上海古籍出版社，2015年，第445页。

居次席;《唐五代宋词选》录朱敦儒词 17 阕,亦居次席,却仅有《鹧鸪天》(唱得梨园绝代声)和《朝中措》(先生筇杖是生涯)两阕同时入选二选。尽管胡适和龙榆生均肯定了朱敦儒词的价值,但在单篇的审美评价上,二人观点相去甚远。

朱敦儒词浅白清新,出尘旷逸,以寻常口语入词,鲜作深奥绵密语。《词选》中,朱敦儒词几乎占了全书十分之一,可见胡适对朱词之倾挹。他多选朱敦儒的白话小词,如:"我不是神仙,不会烧丹炼药"(《好事近》);"一个小园儿,两三亩地,花竹随宜旋装缀"(《感皇恩》);"无人请我,我自铺毡松下坐"(《减字木兰花》)。在胡适看来,这是朱敦儒的词作特色,也是其词与苏辛词的区别:"词人的个性出来了:东坡自是东坡,稼轩自是稼轩,希真自是希真,不能随便混乱了。"①

二人均爱朱敦儒晚年之作。晚境闲居的朱敦儒在饱经世故之后,看透世事万物,胡适赞朱词"有他独到的意境,独到的技术"②,这种"独到"的个性便是白话实境。龙榆生对朱敦儒词的"独到"个性也是认可的,但他推崇的是朱词以清新自然之语造返璞归真之境,其于朱敦儒小传中论,"其词多出尘之想,又喜用白话,如辛弃疾晚年风格,然亦常为悲愤之音,盖伤心人别有怀抱者也"③。朱词用语清浅,又有辛词之格,恰与他编选《唐五代宋词选》的手眼相契。

《词选》与《唐五代宋词选》同时选了朱敦儒的《苏幕遮》。龙榆生选的是:

> 酒台空,歌扇去。独倚危楼,无限伤心处。芳草连天云薄暮。故国山河,一阵黄梅雨!
>
> 有奇才,无用处。壮节飘零,受尽人间苦。欲指虚无问征路。回首风云,未忍辞明主。④

---

① 胡适选注,刘石导读:《词选》,北京,中华书局,2007 年,第 6 页。
② 胡适选注,刘石导读:《词选》,北京,中华书局,2007 年,第 168 页。
③ 龙榆生:《唐五代宋词选》,张晖主编《龙榆生全集》第八卷,上海,上海古籍出版社,2015 年,第 141 页。
④ 龙榆生:《唐五代宋词选》,张晖主编《龙榆生全集》第八卷,上海,上海古籍出版社,2015 年,第 137 页。

胡适选的是：

> 瘦仙人，穷活计；不养丹砂，不肯参同契。两顿家餐三觉睡；闭著门儿，不管人间事。
>
> 又经年，知几岁？老屋穿空，幸有天遮蔽。不饮香醪常似醉；白鹤飞来，笑我颠颠地。①

两阕词同写酒后心境，龙榆生所选朱词壮怀伤感，有身世飘零之悲叹，用词白中见雅；胡适所选朱词乐天自适，有疏狂不羁之气象，用词白中见俗。龙榆生对朱敦儒《苏幕遮》（酒台空）有此评价："这不是'高尚其事'的词人，在饱经忧患、痛定思痛之后的自白吗？"② 可见，龙榆生喜朱词之词格高而阔；胡适则爱朱词的浅而直。

前例乃同一作者的同一词牌作品之比较，若从同一作者入选的整体词作风格来比较，则更可见选家手眼。胡适选朱敦儒词均为白话词，胡云翼在1928年出版的《抒情词选》小序中评："《词选》是完全代表白话文学的作品，所以最爱选朱敦儒《樵歌》一类的白话词。"③ 龙榆生选词既考虑词人词作的整体风格，也注重词人在人生各个阶段的词风变化。他认为《樵歌》的整体风格"是沿着苏轼这一个清刚豪放的道路向前发展的"④，故选词多为朱敦儒避难南奔、悲壮沉郁的中年之作和乐天知足的晚年之作，兼顾展现词作的独特风格和整体面貌，示后学者以正确的学词之道。试想，初学词者读了《唐五代宋词选》中的朱敦儒词，既可感受朱词言语之质朴与词格之遒健，亦可触摸两宋词风前后相继之脉络。

在《词选》中，胡适大量选取白话词以证白话文运动的合理性，站在文学革命的立场上选取了服务于白话文运动的模本。"它（按：指《词选》）和几乎同时出版的两部文学史著作《国语文学史》《白话文

---

① 胡适选注，刘石导读：《词选》，北京，中华书局，2007年，第184～185页。
② 龙榆生：《试论朱敦儒的〈樵歌〉》，张晖主编《龙榆生全集》第三卷，上海，上海古籍出版社，2015年，第666页。
③ 胡云翼：《抒情词选》，上海，亚细亚书局，1946年，第1页。
④ 龙榆生：《试论朱敦儒的〈樵歌〉》，张晖主编《龙榆生全集》第三卷，上海，上海古籍出版社，2015年，第672页。

学史》一样，都是胡适为白话运动张目的重要举措。"① 但应看到，白话词不能代表词风发展的主线，以偏概全的词选会给读者造成认知偏差，这种在文学革命背景下对词的体认，不可避免地造成选词标准的片面性。胡适并没有否认《词选》带有浓厚的主观色彩，"我深信，凡是文学的选本都应该表现选家个人的见解"②，又说，"我是一个有历史癖的人，所以我的《词选》就代表我对于词的历史的见解"③。胡适对词特性的体认带着托古改制的目的，这被龙榆生看作是"强人就我""厚诬古人"的说辞，他批评道："后人从事批评者，正不容以一人之私见，而率意加以褒贬也。"④ 龙榆生在词学研究中有一种使命意识，要求客观、全面地评价词人词作，向后人展现词史的发展全貌，导人以学词门径。

然而，《词选》的影响似乎没有因为龙榆生的持续发文而消减。直至1941年，龙榆生在论及"今后词学必由之途径"时仍希望再编一部词选以扭转胡适《词选》的学词祈向："取其格高而情胜，笔健而声谐者，别为一编，示学者以坦途，俾不至望而生畏，转而求词于胡适《词选》，以陷于迷误忘归。"⑤ 此时距离龙榆生首次撰《论贺方回词质胡适之先生》已有八年。

四、余论

胡适的文学进化观为近现代学术打开新局，其词学主张有"我注六经"的意味。他在《词选》中旗帜鲜明地标举白话词，编选者的主观意趣开卷可见。胡适的词学思想对新派词学家产生了极大的影响，如胡云翼的《宋词研究》便是以白话词人和古典词人划分词家类别⑥，这

---

① 刘石：《胡适的词学思想与〈词选〉》，胡适选注，刘石导读《词选》，北京，中华书局，2007年，第6页。
② 胡适选注，刘石导读：《词选》，北京，中华书局，2007年，第1页。
③ 胡适选注，刘石导读：《词选》，北京，中华书局，2007年，第2页。
④ 龙榆生：《研究词学之商榷》，张晖主编《龙榆生全集》第三卷，上海，上海古籍出版社，2015年，第253页。
⑤ 龙榆生：《晚近词风之转变》，张晖主编《龙榆生全集》第三卷，上海，上海古籍出版社，2015年，第475页。
⑥ 胡云翼：《宋词研究》，长沙，岳麓书社，2010年，第57页。

使得他对词体发展的考察和词风丰富性的把握略显单薄疏旷。胡适的词史分期论也为诸多治词者沿用，如薛砺若的《宋词通论》、胡云翼的《中国词史大纲》和《中国词史略》、刘大杰的《中国文学发展史》等均从胡适说，"尽管它们对词史的分期和一些具体意见互有差异，但其基本观点却大都是从胡适那里'批发'来的"①。作为一位学归传统的词学家，龙榆生的词学语境与词学思想是建立在文言文基础上的。他强调诗教复兴、重视声律词情，治学思路与表述框架虽然涌动着现代化的暗潮，但其秉持的词学观念之内核依然是复古的、尊体的。他注重探究词的本体性、艺术性与审美性，选词标准多维、审慎、细密，选词因人而选，因时而选，因题而选，因调而选。不同的研究路径、研究方法和研究视角决定了龙榆生不可能认同胡适的编选手眼和词史结论。他的公开发文意在清理胡适《词选》的影响，对受到新思想熏陶的新派词学家的研究理路与结论提出质疑。

与胡适的学术之"争"见证了龙榆生词学研究格局的变化。1930年至1936年是龙榆生对胡适谈诗论词观点持续发表不同意见的六年。这六年间，他编写了《唐宋诗学概论》《梦窗词选笺》等讲义，编纂了《唐宋名家词选》《唐五代宋词选》《中国韵文史》等力著，撰写了《从旧体歌词之声韵组织推测新体乐歌》《词体之演进》《论贺方回词质胡适之先生》《选词标准论》《研究词学之商榷》《今日学词应取之途径》等宏文，区分"词学"与"学词"二事，提出研究词学八事，构建了较为成熟、初具现代特征的词学学科研究体系；他创办了蜚声国内词坛的《词学季刊》，刊发了夏承焘等词学家的重要词论，《词学季刊》由此成为连接国内外词学家的文化平台，推动词学的传播与发展。从著作到论文再到刊物，胡适的观点屡屡出现在龙榆生的笔下，在不断批驳胡适观点的过程中，龙榆生的研究思路越理越清，研究路径越辩越明，而他也从诗词教师成长为研词专家，终成极富号召力的词坛领袖。从这个意义上说，从未回应龙榆生的胡适确为其在治学道路上一路相扶的"前人"。

---

① 杨海明：《词学理论和词学批评的"现代化"进程》，《文学评论》1996年第6期，第116页。

第四章　龙榆生的校勘之学与目录之学

清代学者视词学目录学为传统词学的重要组成部分，词集、词话的校刻、景刊、辑佚、编纂全面兴盛。清季词家在词集校勘中倾注心血，1931年6月12日，龙榆生在《最近二十五年之词坛概况》中总结说："二十年来，国内学者，对于文学史上最大之贡献，端推词集之总结与整理。"①清末词家中王鹏运和朱祖谋精于校雠，享誉词坛，他们运用治经史之方法进行校勘，其中王鹏运的《四印斋所刻词》与朱祖谋的《彊村丛书》是集大成者，龙榆生总结道："彊村老人，承王氏之业，益务恢张扩大，一以清儒校订经籍之法，转治词集，以成词学史上最伟大之《彊村丛书》。"②

在追随朱祖谋时，龙榆生便立下词集整理之志，也欲与夏承焘合作，《天风阁学词日记》载："得榆生十一月廿九夜书。谓亦有意于词集考证，为朱、王未竟之业。拟专从事江右词人之考核，与予分工合作。"③后因整理《彊村遗书》，龙榆生搁置了这项考校工作。他在词集校勘与目录整理中渐有阐发，在尚未形成理论体系前，已有将校勘之学和目录之学发展为词学研究系统分支学科的思路。

龙榆生论述词的校勘学时说："光绪间，临桂王鹏运与归安朱彊村先生，合校《梦窗词集》，创立五例（详四印斋本《梦窗甲乙丙丁稿》），藉为程期，于是言词者始有'校勘之学'。其后《彊村丛书》

---

① 龙榆生：《最近二十五年之词坛概况》，张晖主编《龙榆生全集》第三卷，上海，上海古籍出版社，2015年，第97页。
② 龙榆生：《最近二十五年之词坛概况》，张晖主编《龙榆生全集》第三卷，上海，上海古籍出版社，2015年，第99页。
③ 夏承焘：《天风阁学词日记》1929年12月4日条，《夏承焘集》第五册，杭州，浙江古籍出版社、浙江教育出版社，1997年，第139页。

出,精审加于毛、王诸本之上,为治词学者所宗。"① 王鹏运吸取清代朴学大师治经、治史之法,制定了五例:一曰正误,二曰校异,三曰补脱,四曰存疑,五曰删复。王鹏运在词学校勘的原则、义例、质量等方面都做了规范。朱祖谋承王鹏运校勘之长,态度谨严,校勘精细,尤其在广择善本和补阙周全方面特为详至。王鹏运校勘的不唯吴文英的《梦窗词》,还有《四阴斋所刻词》16册、《宋三十一家词》4册、《四印斋宋元三十家词》25种30卷等。晚清民初的"梦窗热"是通过词集校勘疏导、践行梦窗词学的旨趣,王、朱及其追随者如杨铁夫等人借由校勘梦窗词引领了一代词学宗风,指明词学理论的方向和主旨。从这个意义上说,王鹏运、朱祖谋整理的《梦窗词集》开学科之先,二人的校勘超越了狭义所指的校对、勘误,因此龙榆生所理解的校勘之学是以词学文本为基础、与词学批评相结合的词学分支学科。

第一节 虚实并到:《梦窗词选笺》的编选宗旨与笺注特色

2015年12月,《龙榆生全集》由上海古籍出版社出版,第六卷收入《梦窗词选笺》。龙榆生大部分著作在20世纪70年代前已出版,有的著作还被再版(如《近三百年名家词选》),而这部《梦窗词选笺》的出版尚属首次。《梦窗词选笺》是龙榆生的讲义,此笺的选词和笺注展现了龙榆生对梦窗词的评骘与对民国梦窗热的反思。他选录吴文英词中"虚实并到"之作,视其为梦窗词之"真面目",同时对梦窗词过度考索的笺校方向提出不同意见。龙榆生的编选初衷和对梦窗词"真面目"的理解决定了这部选笺具有示初学词者以津筏的选学特色。此前,学界极少关注龙榆生的梦窗词研究,此笺的发现有助于了解龙榆生对民国梦窗热的词学态度以及选笺梦窗词之手眼。清季词宗朱祖谋一生四次笺校梦窗词,作为朱祖谋的弟子,龙榆生对朱祖谋的梦窗词学说和观念的继承在《梦窗词选笺》亦有所体现。

---

① 龙榆生:《研究词学之商榷》,张晖主编《龙榆生全集》第三卷,上海,上海古籍出版社,2015年,第242页。

一、选笺的基本情况

收入《龙榆生全集》的《梦窗词选笺》编于 1931 年 6 月,是龙榆生为暨南大学中文系学生上课时的讲义。编者在"整理说明"中描述了这本书被发现时的概貌:

> 上海图书馆藏龙榆生《词选》一部,油印本,系执教国立暨南大学中文系时讲义。由黄孝纾题签,封面右上角标"民国十九年六月",左下角标"暨南大学印",当中写"词选"二大字,下标小字"附梦窗词选笺"(皆竖行书写),署黄孝纾名并钤名章。扉页题"蔡正雅先生教正 龙沐勋"。①

《词选》分唐、五代、北宋及南宋词,内容与《唐五代宋词选》及《唐宋名家词选》多重合,唯《梦窗词选笺》前所未见。题签者黄孝纾是民国著名词家,与朱祖谋、龙榆生交好。蔡正雅毕业于美国纽约大学,是社会经济学专家,对劳工问题颇有研究,著有《中日贸易统计》和《上海劳工统计(民国十九至民国二十六年)》等书,民国时期曾任教于暨南大学、光华大学,与时任教于暨南大学中文系的龙榆生相识。似可推知,龙榆生将这本《词选》赠予文学爱好者蔡正雅阅读。

二、选笺产生的背景

晚清民初,词学界兴起校勘梦窗词的热潮。校勘者中,王鹏运、郑文焯、朱祖谋、况周颐等晚清四大家及其弟子们用力皆勤。师友相承下,吴文英词成为词坛尊崇的典范。校勘"梦窗词"的标志性起始时间为清光绪二十五年(1899 年),此时王鹏运与朱祖谋共同校勘的四印斋刊本《梦窗词》刊行。此后,朱祖谋于 1908 年、1913 年、去世前三次校订《梦窗词》。1933 年,龙榆生在朱祖谋去世后将他的四校定本

---

① 张晖主编:《龙榆生全集》第六卷,上海,上海古籍出版社,2015 年,"本卷整理说明"第 2 页。

《梦窗词》收入《彊村遗稿》，并刊印。除此之外，郑文焯历时十余年校勘的《杜刻梦窗词》《手批梦窗词》和张寿镛于民国二十一年（1932年）编刻的四明丛书本《梦窗甲乙丙丁稿》也都是梦窗词校勘中的重要版本，其中张寿镛版取众家之长，补入多篇史料，是梦窗词校勘的集大成之作。

在笺注方面，20世纪初的校勘者对梦窗词的本事、名物、词意、词境进行细致而深刻的笺注、考释和解读，朱祖谋、夏承焘、陈洵、杨铁夫着力最多。朱祖谋的《梦窗词集小笺》笺释了93首梦窗词；夏承焘则详细考察50首梦窗词的词作年代、人事名物，结为《梦窗词后笺》；陈洵的《海绡说词》精选70首梦窗词进行考释、分析；1936年，杨铁夫对吴文英340首词做了全面笺释，出版《吴梦窗词笺释》。夏承焘、陈洵、杨铁夫在笺校梦窗词时大多参考了朱祖谋的定本。在《晚近词风之转变》中，龙榆生对于朱祖谋校勘梦窗词的贡献有极高评价："梦窗沉埋六七百年，自止庵表而出之，始为世重。既经半塘之校勘，先生复萃精力于此，再三覆校，勒为定本，由是梦窗一集，几为词家之玉律金科，一若非浸润其中，不足与于倚声之列焉。先生亦自言，于梦窗之闳奥，自信能深入。"[①] "非浸淫其中，不足与于倚声之列"，说明梦窗词传播广、地位高，是学词必读书目，热读吴文英词成为入学门径与词坛风尚，这也意味着当时词风已为梦窗词所笼罩，常州词派所引领的词学创作方向和理论主张围绕精研梦窗词而展开。

自常州词派主导词坛后，以学梦窗词为门径成为词家学词的必由之路。周济《宋四家词选目录序论》标举周、辛、王、吴为四家，称"梦窗奇思壮采，腾天潜渊，返南宋之清泚，为北宋之秾挚"[②]，学词途径是"问途碧山，历梦窗、稼轩以还清真之浑化"[③]。学梦窗之风在晚清走向高潮，龙榆生在《梦窗词选笺》中描述了当时的情形："清季词人，如王半塘（鹏运），郑大鹤（文焯），况蕙风（周颐），盖无不学

---

① 龙榆生：《晚近词风之转变》，张晖主编《龙榆生全集》第三卷，上海，上海古籍出版社，2015年，第470～471页。
② 周济：《介存斋论词杂著》，北京，人民文学出版社，1959年，第12页。
③ 周济：《介存斋论词杂著》，北京，人民文学出版社，1959年，第12页。

梦窗者；而朱彊村先生（孝臧）致力尤为深至。"① 晚清四大词人皆步梦窗，并以此导示后学。

但梦窗难学，天分、学力、才情缺一不可。况周颐在《蕙风词话》中直言："梦窗密处易学，厚处难学"（卷二）②，"非绝顶聪明，勿学梦窗"（卷一）③。在一味学梦窗的热潮中，不少词作画虎类犬，由此导致"晚近"词风产生一系列弊端：片面追求辞藻的绚烂和平仄的守律，则容易忽视梦窗词在内容、词格等方面所展现的浑厚气韵和沉郁感情。朱祖谋晚年意识到学梦窗带来的问题，他调整思路，选辑《宋词三百首》以拓宽学词路径和门庭，故龙榆生在《论常州词派》中谈道："彊村晚辑《宋词三百首》，于张、周二选所标举外，复参己意，稍扬东坡而抑辛、王，益以柳耆卿、晏小山、贺方回冀以救止庵之偏失。"④ 但是朱祖谋的编选宗旨终归以坚持常州词派理论主张为职志，他选吴词最多，疏密兼取，而密席更重。龙榆生分析，朱祖谋依然抱守推挹梦窗以示后学之观念："彊村以周氏四家，抑苏而扬辛为不当；又微嫌碧山才力，未足以与梦窗抗行。（详见予所为《杏花春雨庐日记》）其推挹梦窗，示后学以此为必经之途径，了然可睹矣。"⑤

由此可见，龙榆生编选的《梦窗词选笺》产生的背景有三：一是20世纪30年代，梦窗词的校勘、笺注已硕果累累；二是词坛崇尚梦窗之风炽烈，"七宝楼台"般炫目却晦涩的词作已难掩词坛的索然生气；三是尽管朱祖谋出版了《宋词三百首》，欲取东坡之清雄矫专学梦窗之弊，但导学路径依然是以学梦窗词为主，不少后来者因学艺不精而误读梦窗。

---

① 龙榆生：《梦窗词选笺·引论》，张晖主编《龙榆生全集》第六卷，上海，上海古籍出版社，2015年，第457页。
② 〔清〕况周颐原著，孙克强辑考：《蕙风词话　广蕙风词话》，郑州，中州古籍出版社，2003年，第33页。
③ 〔清〕况周颐原著，孙克强辑考：《蕙风词话　广蕙风词话》，郑州，中州古籍出版社，2003年，第11页。
④ 龙榆生：《论常州词派》，张晖主编《龙榆生全集》第三卷，上海，上海古籍出版社，2015年，第504页。
⑤ 龙榆生：《梦窗词选笺·引论》，张晖主编《龙榆生全集》第六卷，上海，上海古籍出版社，2015年，第457页。

三、选笺的编选主旨

　　龙榆生旅沪后不久便追随朱祖谋研词,他也因此关注、研究梦窗词。词坛梦窗热和创作现状令他担忧,他在选笺的"引论"中表达了对这种现状的思考:"然则梦窗之真面目,果为何如乎?吾辈研习梦窗,又将取何种态度?"①龙榆生希望为初学者准确解读梦窗词,帮助他们理解梦窗词之精髓,厘清切入学习梦窗词的正确路径,这两个疑问句背后所隐藏的思考可以视为他选笺梦窗词的初衷。

　　然则,梦窗词的真面目是什么?龙榆生认为周济对梦窗词的三句评语最为精允:"私意以为周氏'于逼塞中见空灵,于浑朴中见勾勒,于刻画中见天然'三语,最能表现梦窗真面目"②。"于逼塞中见空灵"意指吴文英词空灵奇幻的词境,他善于打破时空变化次序,构境造景出其不意,这也就是周济在《宋四家词选目录序论》中所说的"奇思壮采,腾天潜渊"③。吴文英词密而厚,"于浑朴中见勾勒"指其返南宋之清为北宋之浓挚,"浑厚"之境耐人寻味,这是最难学习之处。在修辞用语上,吴文英词"于刻画中见天然",看似"刻画",实则这份天然自在如羚羊挂角无迹可寻。在周济评语的基础上,龙榆生从语言、意境等方面进一步揭示吴词的"真面目":"梦窗天资高,学力厚,造语奇丽,金碧炫目,而能以疏宕沉着之笔出之;遂觉百折千回,凄酸掩抑,挹之不尽,味之弥久。"④龙榆生欣赏梦窗词中那些以"疏宕之笔"写"凄酸"之味的作品,即气韵"浑厚"之作,"'厚',似当于气格上求之"⑤,他认为这才是梦窗词的精髓。

　　龙榆生的编选初衷和对梦窗词"真面目"的理解决定了《梦窗词

---

　　① 龙榆生:《梦窗词选笺·引论》,张晖主编《龙榆生全集》第六卷,上海,上海古籍出版社,2015年,第457页。
　　② 龙榆生:《梦窗词选笺·引论》,张晖主编《龙榆生全集》第六卷,上海,上海古籍出版社,2015年,第459页。
　　③ 周济:《介存斋论词杂著》,北京,人民文学出版社,1959年,第12页。
　　④ 龙榆生:《梦窗词选笺·引论》,张晖主编《龙榆生全集》第六卷,上海,上海古籍出版社,2015年,第459页。
　　⑤ 龙榆生:《梦窗词选笺·引论》,张晖主编《龙榆生全集》第六卷,上海,上海古籍出版社,2015年,第460页。

选笺》与其他词家的笺注有较大的不同：在选词上，它不会展示吴文英词的多重面貌与风格，而是把握梦窗词最重要的特色——"奇思壮采，腾天潜渊"；在笺注上，它立足于推广与普及的基础性研究，因此考索相对简单。

四、《梦窗词选笺》的编选特色

选笺首先是"选"。《梦窗词选笺》导人以学，朱祖谋《宋词三百首》亦是示人学词之津筏。龙榆生的《梦窗词选笺》选笺了吴文英词51阕，占吴文英词的15%（吴词共有340阕词）。《宋词三百首》选吴文英词24首，其中17首亦为龙榆生所选。这种极高的选词相似度可以说明：在对梦窗词风的总体把握上、在选择可列为学词轨范的具体作品中，龙榆生与朱祖谋的词学观趋近一致。

词学观决定选家手眼。从具体作品看，龙榆生与朱祖谋选的是吴文英"虚实并到"的作品。龙榆生在"引论"中明确了这种选词标准："今讲梦窗词，拟择其虚实并到之作，略加诠释，以便研寻"①。"虚实并到"四字出自《宋四家词选目录序论》："梦窗立意高，取径远，皆非余子所及……若其虚实并到之作，虽清真不过也。"② 周济指出，吴文英词之妙就在于"虚实并到"。"虚实并到"是非常难拿捏的境界，"太实"或者"太虚"就会坐实张炎对吴词的批评。张惠言编《词选》不录梦窗词，张炎于《词源》亦拆解吴词："词要清空，不要质实；清空则古雅峭拔，质实则凝涩晦昧……吴梦窗词如七宝楼台，眩人眼目，碎拆下来，不成片段。此清空质实之说。"③ 张惠言不喜梦窗，讥其"质实"、讽其"晦昧"。"太实"则"质实"，"太虚"则"晦昧"，故吴词中"虚实并到"的"清空"之作才是梦窗词中的精品，亦方能体现梦窗词"立意高，取径远"的意格。试以《花犯》（小娉婷）论，这是一首水仙咏物词，全词采用拟人手法，以梦境入，又融入神话传

---

① 龙榆生：《梦窗词选笺·引论》，张晖主编《龙榆生全集》第六卷，上海，上海古籍出版社，2015年，第460页。
② 周济：《介存斋论词杂著》，北京，人民文学出版社，1959年，第14页。
③〔南宋〕张炎、〔南宋〕沈义父著，夏承焘校注，蔡嵩云笺释：《词源注 乐府指迷笺释》，北京，人民文学出版社，2018年，第16～17页。

说，虚境实写，将水仙刻画得形神毕肖。陈洵（《海绡说词》）认为此词的结构尤是精当：

> 自起句至"相认"，全是梦境。"昨夜"，逆入。"惊回"，反跌。极力为"送晓色"一句追逼。复以"花梦准"三字钩转作结。后片是梦非梦，纯是写神。"还又见"应上"相认"，"料唤赏"应上"送晓色"。眉目清醒，度人金针。全从赵师雄梦梅花化出，须看其离合顺逆处。①

"离合顺逆"处由实入虚、触虚而实，镜花水月，虚实相生。在龙榆生看来，这种灵动之笔法与深湛之词境正是"虚实并到"的体现，他认为《花犯》这样"虚实并到"的梦窗词恰是"度人金针"的典型之作。

龙榆生的《唐宋名家词选》选吴文英词十首、《唐五代宋词选》选吴文英词四首，对勘比较，唯有《唐多令》（何处合成愁）没有被选入《梦窗词选笺》。这是何故？《唐多令》风格"疏快"，历代词家多认为与吴文英词密丽的风格不符。张炎《词源》称"此词疏快却不质实"②。《周批绝妙好词笺》（卷四）评"词固佳，但非梦窗平生结构"③。《唐多令》的立意、取径简单，与吴文英词的主导风格相去甚远。再如吴文英的《贺新郎》（乔木生云气），语言浅显，朱祖谋的《宋词三百首》收此词，而《梦窗词选笺》未收。一般而言，词家在创作中不会只展现一种风格，词家选词通常以作家主导风格为主，其他风格的优秀作品亦会选入，所以《唐宋名家词选》《唐五代宋词选》和朱祖谋的《宋词三百首》均选《唐多令》。从选笺篇目的整体风格来看，龙榆生认为《唐多令》等词不是梦窗词的"真面目"，故而未收，这恰恰证明了龙榆生编选此笺的手眼：选代表词家最高水平和主要风格的作品，即"虚实并到"之作。

---

① 〔宋〕吴文英著，吴蓓笺校：《梦窗词汇校笺释集评》中册，杭州，浙江古籍出版社，2007年，第282页。
② 〔南宋〕张炎、〔南宋〕沈义父著，夏承焘校注，蔡嵩云笺释：《词源注 乐府指迷笺释》，北京，人民文学出版社，2018年，第17页。
③ 〔宋〕吴文英著，吴蓓笺校：《梦窗词汇校笺释集评》下册，杭州，浙江古籍出版社，2007年，第790页。

五、选笺的笺注特色

《梦窗词选笺》的笺注简单,有些词下面一条笺也没有,如《风入松·听风听雨过清明》《三姝媚·夷则商》《夜游宫·窗外捎溪雨响》《江绳子·李别驾招饮海棠花下》。大部分词笺在三五条左右,最多的是《水龙吟·惠山酌泉》,也只有 11 条。词笺主要集中于名物、本事、化用诗句之来由等,无一条主观推测。这与民国其他词家的梦窗词选笺大为不同。

民国梦窗词笺注着意于对梦窗词不易索解处下功夫,陈洵、夏承焘的笺注对本事、名物反复考校,有时不免有附会之嫌。如对《渡江云》(羞红颦浅恨)之本事的解释,"陈洵释为初遇吴姬,夏承焘释为初遇杭妾,杨铁夫释为游冶之词"①。三家笺释各不相同,且都很用力,以陈洵释为例:"此词与《莺啼序》第二段参看。'渐路入仙坞迷津',即'溯红渐招入仙溪'。'题门''堕履',与'锦儿偷寄幽素'是一时事,盖相遇之始矣。'明朝'以下,天地变色,于词为奇幻,于事为不祥,宜其不终也。"②陈洵《海绡说词》笺注 70 阕,选的是梦窗词中较难读懂的词,他通过自己的解释,让读者更容易理解词意,但从这条笺注来看,"天地变色"之后句引申太过,亦于史无据。对这样的笺释方向,龙榆生并不认同,他在《介绍夏承焘唐宋词人年谱》中就夏承焘证姜夔情事提出不同意见:"这怕有些受了陈海绡(洵)、杨铁夫(玉衔)两先生说梦窗词的影响,可能产生一些流弊。"③龙榆生所指的"流弊"便是类似这些有过度解读和再创造之嫌、进而出现游离原貌甚至掩盖原貌的笺释。

《梦窗词选笺》引用最多的是朱祖谋的《梦窗词小笺》,计有 13 条,还有一条出自朱祖谋的《梦窗丙稿》,具体情况见表 4-1。

---

① 〔宋〕吴文英著,吴蓓笺校:《梦窗词汇校笺释集评》上册,杭州,浙江古籍出版社,2007 年,第 11 页。
② 〔宋〕吴文英著,吴蓓笺校:《梦窗词汇校笺释集评》上册,杭州,浙江古籍出版社,2007 年,第 13 页。
③ 龙榆生:《介绍夏承焘唐宋词人年谱》,张晖主编《龙榆生全集》第九卷,上海,上海古籍出版社,2015 年,第 136 页。

表4-1　《梦窗词选笺》引用朱祖谋《梦窗词小笺》《梦窗丙稿》的具体情况

词牌名	从朱本的情况
《绛都春》	"李贺房"的解释引《梦窗词小笺》
《丑奴儿慢》	"簏翁"的解释引《梦窗词小笺》
《八声甘州》（灵岩）	"灵岩"的解释引《梦窗词小笺》
《八声甘州》（步晴）	"姑苏台"的解释引《梦窗词小笺》
《夜合花》	"葑门"的解释引《梦窗词小笺》
《满江红》	"淀山湖"的解释引《梦窗词小笺》
《解语花》	"处静"的解释引《梦窗词小笺》
《齐天乐》（三千年）	"冯深居"的解释引《梦窗词小笺》
《齐天乐》（麹尘）	"坡靖"的解释引《梦窗丙稿》
《扫花游》	"古江村"的解释引《梦窗词小笺》
《西河》	"鹤林"的解释引《梦窗词小笺》
《西平乐慢》	"西湖先贤堂"的解释引《梦窗词小笺》
《祝英台近》	"龟溪"的解释引《梦窗词小笺》
《江绳子》	"朔翁"的解释引《梦窗词小笺》

《梦窗词选笺》"校"的情况中，龙榆生对郑文焯版引用较多，不过有些校也从"朱本"。如《琐寒窗》中"海谷"："王刻本作梅谷，误。王半山《送郓州知府诗》：'海谷移文省。'朱校：'按谷疑客误'。盖词意亦与王诗不合也。"[1] 同阕中的"□遗"："王刻'遗'上未空格，从朱本。"[2]《梦窗词选笺》全书仅有八条"评"，其中两条来自朱祖谋，一条是《瑞鹤仙》："彊村先生曰：'待凭信以下四句，力破余地。'"[3] 另一条是《宴清都》："彊村先生曰：'濡染大笔何淋漓。'"[4] 其他六条评：两条取自陈洵（评《宴清都》《三姝媚》），两条取自谭献（评《点绛唇》《风入松》），一条取自张炎（评《声声慢》），一条

---

[1] 龙榆生：《梦窗词选笺》，张晖主编《龙榆生全集》第六卷，上海，上海古籍出版社，2015年，第462页。

[2] 龙榆生：《梦窗词选笺》，张晖主编《龙榆生全集》第六卷，上海，上海古籍出版社，2015年，第462页。

[3] 龙榆生：《梦窗词选笺》，张晖主编《龙榆生全集》第六卷，上海，上海古籍出版社，2015年，第466页。

[4] 龙榆生：《梦窗词选笺》，张晖主编《龙榆生全集》第六卷，上海，上海古籍出版社，2015年，第472页。

取自麦孟华评《高阳台》（修竹凝妆）。从笺、校、评来看，龙榆生编选的《梦窗词选笺》对朱祖谋的笺校成果、研究心得采纳最多。

"虚实并到"多指梦窗词结构、意境。在辞采方面，梦窗词文字考究，龙榆生认为这也是梦窗词值得学习之处，他说："以秾丽许梦窗，即其研炼之功，亦诚可以垂范作则矣。"① 尽管龙榆生对陈洵笺校梦窗词重情事有微词，但他肯定了陈洵对"梦窗词出于温飞卿"（《海绡翁说词》）的分析，也注意到《四库全书总目提要》"词家之有文英，亦犹诗家之有李商隐"的评骘。因此，在笺校中，龙榆生重视整理吴文英词与诗之源流关系，对于"眩人眼目"的字词做源头解释。例如，《花犯》"翠翘"二字，龙榆生引李商隐诗"旁有堕钗双翠翘"②，"凌波"二字引黄庭坚诗："凌波仙子生尘袜，水上轻盈步微月。是谁招此断肠魂？种作寒花寄愁绝。"③ 类似这样梳理诗句源头的例子在《梦窗词选笺》中在在可见。这是笺校吴文英词的重点，对于初学者来说，也是需要被点拨的方向和值得学习的地方，故龙榆生着意最多。

综上所述，在"选""笺""校""评"等方面，龙榆生编选的《梦窗词小笺》受到朱祖谋的影响。在选词上，龙榆生力图展现吴文英词"虚实并到"的"真面目"，他认为这是梦窗词之精髓，研习"虚实并到"的作品是学好梦窗词的路径。对比《梦窗词小笺》与《宋词三百首》中吴文英词的选目可知，龙榆生对梦窗词价值和风格特色的理解与朱祖谋晚岁倡导学梦窗词的思路趋近。当然，相较于其他梦窗词选笺，这个为初学者提供鉴赏、学词的版本在"笺""校""评"上均显简单。龙榆生在"引论"中说："吾意以为研习梦窗，苟能深玩周况诸家之言，以与其词相印证，亦断无不能悟入之理。"④ 他认为体会梦窗词需要结合周济、况周颐等人的评论，尽管"引论"中引用了不少周、况二人论梦窗词的词论，但在选笺正文中却无一处提到二人的具体点

---

① 龙榆生：《梦窗词选笺·引论》，张晖主编《龙榆生全集》第六卷，上海，上海古籍出版社，2015年，第459页。
② 龙榆生：《梦窗词选笺》，张晖主编《龙榆生全集》第六卷，上海，上海古籍出版社，2015年，第481页。
③ 龙榆生：《梦窗词选笺》，张晖主编《龙榆生全集》第六卷，上海，上海古籍出版社，2015年，第481页。
④ 龙榆生：《梦窗词选笺·引论》，张晖主编《龙榆生全集》第六卷，上海，上海古籍出版社，2015年，第460页。

评。这是何故?《梦窗词选笺》是龙榆生给学生上课用的通行本,更多的鉴赏理论也许会在课堂上展开研论,从这个角度来看,选笺过于"简朴"是符合他在"引论"中所言"略加诠释,以便研寻"的情况的。

第二节　词有大事:笺注朱祖谋纪事词的文史学价值

龙榆生对朱祖谋词作涉及本事者编成《彊村本事词》,分为《彊村词前集》《寒灰集》和《怀舟集》,载于《词学季刊》第一卷第三号,就朱祖谋词作内容予以考证。此部分内容为学者所忽略,笔者以为这项内容应被列入龙榆生整理朱祖谋词集的贡献之一。

其一,朱祖谋的纪事词具有保存与研究价值。朱祖谋为清季进士,官至礼部侍郎,兼署吏部侍郎。光绪三十年(1904 年)为广东学政,因与总督不和辞官,寓居苏州,任教于江苏法政学堂。他经历了清朝灭亡、民国始兴,见证义和团之乱、辛亥革命等重大历史事件,因此部分词作抒参事之感,有纪事之用。龙榆生曾评价:"先生之词,托兴深微,篇中咸有事在。"[①] 朱祖谋词的本事词多以香草、美人、怨鸟隐喻,上承楚辞寄托传统,陈三立为朱祖谋撰墓志铭亦言:"晚处海滨,身世所遭,与屈子泽畔行吟为类,故其词独幽忧怨悱,沉抑绵邈,莫可端倪。"[②] 因此,朱祖谋的纪事词在文学和史学上都具有研究价值。

其二,朱祖谋的纪事词有助于学界进一步研究朱祖谋其人其词。因为时局不稳,政治生态恶劣,朱祖谋生前对词中本事往往三缄其口,非十分信任者不能内详。龙榆生以词中本事相询,朱祖谋"多不肯言"。一日,"先生(按:指朱祖谋)就其大者有所指示,予因从而笔记之。然欲叩其详,亦坚不肯吐"[③]。托兴深微,别有寄托:"咸、同兵事,天

[①] 龙榆生:《彊村本事词》,张晖主编《龙榆生全集》第三卷,上海,上海古籍出版社,2015 年,第 224 页。

[②] 陈三立:《清故光禄大夫礼部右侍郎朱公墓志铭》,龙榆生主编《词学季刊》(上),北京,国家图书馆出版社,2015 年,第 456 页。

[③] 龙榆生:《彊村本事词》,张晖主编《龙榆生全集》第三卷,上海,上海古籍出版社,2015 年,第 224 页。

挺蒋鹿潭（春霖），以发抒离乱之忧，世以拟之'杜陵诗史'。若先生所处时势之艰危，视鹿潭尤有过之。读先生之词，又岂仅黍离、麦秀之感而已？"① 因此，龙榆生笺注这批词除了为编朱祖谋年谱做好文献基础外，还有为研读者之一助之意。

由词及人，龙榆生的这些笺注是走进朱祖谋其时、其人、其词的关捩。解密、笺注这批本事词为研究朱词的学者提供了参证之资。从文献看，龙榆生主要经由三途整理、笺注朱祖谋的本事词。

一是与朱祖谋交谈，录其行事、言语，进而与历史事件互参。龙榆生编辑的《彊村本事词》录词 21 阕，笺注词 29 阕，其中《怀舟集》所录《杨柳枝》4 阕"为后四军机作"②。这批词与当时重大历史事件相关，出处可考。

《丹凤吟·和半塘四月二十七日雨霁之作依清真韵》为翁同龢罢相作。翁同龢为同治、光绪两朝帝师，官居协办大学士兼军机大臣、总理各国事务衙门大臣，对晚清政局和国家命运产生过重大的影响。"此后别肠寸寸，去魂总怯波浪恶"③、"旧情未诉，已是一江潮落"④，宦海沉浮，朱祖谋感同身受，借他人酒杯浇心中块垒。

作《高阳台·残雪》时，朱祖谋时任会典馆总纂，"以考差事有所抑郁"，故有"谢东风、不当花看，为划愁根"⑤ 之语。

《念奴娇·同理臣、半塘观荷苇湾，用白石韵》，龙榆生笺注："先生（按：指朱祖谋）于苇湾遇南海康有为，方与人大谈新政，面有得色。词盖有感于斯事而作。"⑥ 有此笺注，再读朱词，"江南多恨，老仙

---

① 龙榆生：《彊村本事词》，张晖主编《龙榆生全集》第三卷，上海，上海古籍出版社，2015 年，第 224 页。
② 龙榆生：《彊村本事词》，张晖主编《龙榆生全集》第三卷，上海，上海古籍出版社，2015 年，第 227 页。
③ 龙榆生：《彊村本事词》，张晖主编《龙榆生全集》第三卷，上海，上海古籍出版社，2015 年，第 225 页。
④ 龙榆生：《彊村本事词》，张晖主编《龙榆生全集》第三卷，上海，上海古籍出版社，2015 年，第 225 页。
⑤ 龙榆生：《彊村本事词》，张晖主编《龙榆生全集》第三卷，上海，上海古籍出版社，2015 年，第 225 页。
⑥ 龙榆生：《彊村本事词》，张晖主编《龙榆生全集》第三卷，上海，上海古籍出版社，2015 年，第 225 页。

休唱愁句"①"残蝉无赖,日斜嘶断归路"②,便可理解朱祖谋对新政的看法。

《解连环·七月十四日坐雨有作》词云:"打尽枯荷,几曾减、秋塘波力。但赢得、镜棱泪点,断云共滴。"龙榆生笺注:"时正厉行新政,裁汰官员。'打尽枯荷'二句,谓清寒微末,横被裁减,而于国库终无补益也。"③ 再证朱祖谋对新政态度。

这批词写于1987年至1900年。从笺注看,词涉及的重要历史事件还有"义和拳乱事""那拉后下令推置珍妃于宫井"④ 等,这些事件发生在1900年前后。1897年,时年四十的朱祖谋始作词,当时仍在朝廷为官。光绪二十六年(1900),义和团包围外国使馆,董福祥部击毙日本外交官。朱祖谋上疏触怒西太后,几获罪。此为朱祖谋由宦而隐的重要事件,《寒灰集》十三阕《菩萨蛮》记录了事件的发展,如第七阕云:

蜂衙蝶馆参差对,行轩四角流苏缀。一霎谢桥风,蛮花委地红。

玉珰缄翠札,曲折何缘达。商略解连环,人前出手难。⑤

龙榆生笺注:"'蜂衙'二句谓各国使馆,'蛮花'句谓日本书记官被戕事,'玉珰'以下,先生自谓曾苦谏,不蒙采纳也。"⑥ 再如第八阕:

---

① 龙榆生:《彊村本事词》,张晖主编《龙榆生全集》第三卷,上海,上海古籍出版社,2015年,第225页。
② 龙榆生:《彊村本事词》,张晖主编《龙榆生全集》第三卷,上海,上海古籍出版社,2015年,第225页。
③ 龙榆生:《彊村本事词》,张晖主编《龙榆生全集》第三卷,上海,上海古籍出版社,2015年,第225页。
④ 龙榆生:《彊村本事词》,张晖主编《龙榆生全集》第三卷,上海,上海古籍出版社,2015年,第226~227页。
⑤ 龙榆生:《彊村本事词》,张晖主编《龙榆生全集》第三卷,上海,上海古籍出版社,2015年,第226页。
⑥ 龙榆生:《彊村本事词》,张晖主编《龙榆生全集》第三卷,上海,上海古籍出版社,2015年,第226页。

弱杨晔睍秦虋老，驮金走马长楸道。宝带鹝䴙裘，东方居上头。

背丸珠错落，脱手翻阿鹊。际海发红桑，箴心花箭香。①

此词仅从字面看难以解读。龙榆生笺注："此谓董福祥兵肆行动掠也。"②

凡此种种，这些历史细节都隐藏在词中，借由龙榆生的笺注，后人诵读朱祖谋词时才能借资参证，深度解读。对于这批本事词，朱祖谋对龙榆生只是"就其大者有所指示"③，没有深谈具体细节，但透过龙榆生的笺注，读者大致可以了解朱祖谋在这段风雨飘摇时期的情绪、姿态与政治抉择。

二是参鉴其他词家词作中朱祖谋词之本事，并为注。这些本事词较为零散，整理不易，龙榆生以随笔的方式记录下来。如《忍寒漫录（十九）》载："郭氏（按：郭则沄）《清词玉屑》，有纪及《庚子秋词》本事者，因并录之。"④朱祖谋对朝中因政事易人换员的看法在此批笺注中有所体现。

其三，搜集其他师友考证朱祖谋词之本事的资料。谢榆孙与朱祖谋同为沤社成员，与朱祖谋颇有往来。谢榆孙称朱祖谋曾为自己解《广元裕之宫体鹧鸪天词》："其（按：指朱祖谋）《鹧鸪天·广元裕之宫体》，皆有所讽，师（按：指朱祖谋）曾为余言之。"⑤龙榆生请谢榆孙记下这八阕本事词之深意，分成两篇刊于《词学季刊》一卷二、三号，题为《谢榆孙记彊村先生〈广元裕之宫体鹧鸪天词〉本事》。谢榆孙言，此八阕词主要内容是反对袁世凯称帝一事，翻检《朱彊村年

---

① 龙榆生：《彊村本事词》，张晖主编《龙榆生全集》第三卷，上海，上海古籍出版社，2015年，第226页。
② 龙榆生：《彊村本事词》，张晖主编《龙榆生全集》第三卷，上海，上海古籍出版社，2015年，第224页。
③ 龙榆生：《彊村本事词》，张晖主编《龙榆生全集》第三卷，上海，上海古籍出版社，2015年，第224页。
④ 龙榆生：《忍寒漫录（四十二则）》，张晖主编《龙榆生全集》第九卷，上海，上海古籍出版社，2015年，第111～112页。
⑤ 龙榆生：《忍寒庐零拾（七则）》，张晖主编《龙榆生全集》第九卷，上海，上海古籍出版社，2015年，第23页。

谱》,民国十四年,朱祖谋于"三月十六日后至闰四月初五日前,与陈仁先同赴天津,4次觐见逊帝溥仪"①。朱祖谋以歌女隐喻帝王,讽喻溥仪陷入进退失据、处境艰难的局面。但谢榆孙的考证遭到张尔田的抨击,他接连写了四封信给龙榆生,对谢榆孙的说法提出异议。张尔田的观点大致有四。一是认为谢榆孙的考证不实。二是谈了自己对笺注朱祖谋本事词的看法,"勿以现代之见,抹杀其遗老身份"②,提出"笺注词事,当慎之又慎,宁缺毋滥,更须参以活笔,不可说成死句"③。张尔田认为,在考证本事关键处,"须先涵咏本词,虚心体贴,然后再以事合之。不合则姑阙,不可穿凿以求合也"④。张尔田主张从词心出发去理解词意与词境,再结合确凿的史实去体会,而不是牵强附会地找所谓的史实来解词。

  张尔田的数通书信言辞严厉,龙榆生将这四封信刊载于《词学季刊》一卷第四号,并且也在同期做出回复。龙榆生一是致歉,对有史实出人之处"且感且愧"⑤。二是表明自己请师友考证朱祖谋词之本事的用意:"勋所以欲求诸老辈,将彊丈词中确有本事可纪者,多所指示,以便汇为一编者,亦虑依附之徒,造为疑似,妄自撰述,以迷误方来耳。且词中本事,不及时诠释,更百十年后,安知不如玉溪《锦瑟》一诗,聚讼纷如,翻滋疑窦乎?"⑥龙榆生的考虑不无道理,这种请历史经历者、见证人口述、写作、访谈的形式能够及时留存史实、记录回忆,是一种搜集历史资料的有效途径。即使部分史实或有出入或记忆不全,亦可作为日后学术分析的重要资料。三是列明计划,他日时间宽

---

① 沈文泉:《朱彊村年谱》,杭州,浙江古籍出版社,2013年,第267页。
② 张尔田:《四与榆生论彊邨词事书》,龙榆生主编《词学季刊》(中),北京,国家图书馆出版社,2015年,第211页。
③ 张尔田:《三与榆生论彊邨词事书》,龙榆生主编《词学季刊》(中),北京,国家图书馆出版社,2015年,第211页。
④ 张尔田:《再与榆生论彊邨词事书》,龙榆生主编《词学季刊》(中),北京,国家图书馆出版社,2015年,第208页。
⑤ 龙榆生:《报张孟劬先生书》,张晖主编《龙榆生全集》第九卷,上海,上海古籍出版社,2015年,第223页。
⑥ 龙榆生:《报张孟劬先生书》,张晖主编《龙榆生全集》第九卷,上海,上海古籍出版社,2015年,第223页。

裕，自己将"博考清季史实，藉证所闻，为撰小笺"①。他计划抽取有关的史料，将原始记录与其他历史文献进行比对，考证与所闻相结合，更加全面补充、接近具体而真实的历史事件，从而为朱祖谋的这批词作进行笺注。

今之学者指出，龙榆生的这种解词方式过实，"使'篇中咸有事在'的论述指向了纪事，容易导致读者对朱祖谋词作产生解谜一般的错觉，将词文理解为谜面，将所纪之事理解为谜底。这种解词方式过于重视'按合时事'，进而遮蔽了字词用典本身的价值"②。朱祖谋的这批词确以纪事为基底，其填词之微旨包含了抒写家国身世之迹。因此，若仅从存词写史的初衷而论，其指向史实的笺注方向是合理的。但是龙榆生急于求"史"，有可能对"史"之真实性与"词"之文学性的关系把握失度，有可能因过实的解读而"遮蔽了字词用典本身的价值"，在一定程度上先入为主地介入、影响了读者的阅读体验，也损伤了词的艺术性。从这个意义上看，张尔田提出的读朱祖谋这批本事词"须先涵咏本词，虚心体贴，然后再以事合之"的读词观点实在是颇有见地的。

综上，"求全"而言，龙榆生对朱彊村词作及诗文的保存思路相当完备。一是根据朱祖谋手稿、已刊稿写定诗词集——《彊村语业》。二是积极与朱祖谋生前师友联系，借助《词学季刊》广泛搜罗遗漏作品，如《彊村集外词》卷首《买陂塘》一阕，便是夏孙桐录示③。用类似的方法，他还搜集了朱祖谋本事、杂缀等文字。三是仿照朱祖谋辑《半塘剩稿》的方法，归类、整理朱祖谋自己圈定之后的删除稿，成《彊村词剩》二卷，"取诸集中词为《语业》所未收者，次为《剩稿》二卷，而以辛亥后存有手稿不入《语业》卷三者，别为《集外词》以附《遗书》之末"④。"求精"而言，龙榆生有意识地留存、捕捉、挖掘了朱祖谋本事词的历史记忆和文学价值。陈水云指出："从文学批评

---

① 龙榆生：《报张孟劬先生书》，张晖主编《龙榆生全集》第九卷，上海，上海古籍出版社，2015年，第223页。
② 莫崇毅：《读者之心：论周济"词史"思想在清季的实现》，《文学遗产》2021年第3期，第122页。
③ 参见龙榆生《彊村集外词跋》，张晖主编《龙榆生全集》第九卷，上海，上海古籍出版社，2015年，第9页。
④ 龙榆生：《彊村词剩稿跋》，张晖主编《龙榆生全集》第九卷，上海，上海古籍出版社，2015年，第10页。

角度而言，本事对于作品本义的理解有重要作用，对于理解作品之意义与作者之意图均有参考价值。"① 龙榆生认为"词有大事"是朱祖谋词作中值得阐发的内容，他对朱祖谋词作价值的判断体现出深邃的词史眼光和独到的选词手眼。

第三节　后出转精：龙榆生对朱祖谋校勘学的继承与发微

一代词宗朱祖谋在校勘之学上用力甚勤，他的精研精神和成果对龙榆生产生多层次、全方面的影响。龙榆生在词集校勘、作品笺注、选本编辑的方向与方法上承接朱祖谋的思路，同时也在清词辑佚、版本甄选、考校选笺等领域有所突破。

一、朱祖谋词学校勘实践对龙榆生产生的影响

晚清以降，词集校刻蔚然成风。师承相继，词之凋敝进一步带动经世之学的兴盛，一时间校订词集在清末民初成为治词风尚。朱祖谋晚岁寓居沪上，一方面以治经之法治词，另一方面也广收词集，成立词社，开展一系列校词活动，龙榆生追随其后。在校勘之学上，朱祖谋对龙榆生多有指导、考察与提携之意，他的词学校勘实践对龙榆生产生了极大的影响。

其一，词宗亲炙，龙榆生快速提升校记处理能力和眼界。朱祖谋善以治经之法校勘，龙榆生从朱祖谋手稿标识的关键处体会校词精髓，且词集涉及唐、五代、宋、金、元等朝代，眼界大开。他回忆道："先生（按：指朱祖谋）晚岁以校刊唐、五代、宋、金、元人词为专业，每一种刊成，必再三覆勘，期归至当，复就心赏所及，细加标识，其关捩所在，恒以双圈密点表出之。虽不轻着评语，而金针于焉暗度。予于此学略有领会，所得于先生手校词集者为多。"② 朱祖谋下世，龙榆生编纂

---

① 陈水云：《唐圭璋先生对传统词学批评方法的继承与发扬》，《南京师范大学文学院学报》2022 年第 1 期，第 22 页。

② 张晖主编：《龙榆生全集》第九卷，上海，上海古籍出版社，2015 年，第 164 页。

《彊村遗书》，诸多词籍为朱祖谋手定本。

其二，龙榆生参与朱祖谋的校词工作，在词籍校勘原则、路径上所获良多。龙榆生请益颇勤，"每于星期日，自真如走虹口东有恒路先生寓庐质疑请益。先生乐为诱导，亦每以校词之事相委"①，此后"校勘之役，亦数使参与"②。朱祖谋主持编纂《清词钞》，龙榆生是其中一员；朱祖谋还带着杨玉衔和龙榆生共校《云谣集杂曲子》等文献。朱祖谋的《梦窗词集》"既经半塘之校勘，先生复萃精力于此，再三覆校，勒为定本，由是梦窗一集，几为词家之玉律金科……"③，这部词集在朱祖谋去世后由龙榆生整理。朱祖谋在校勘唐宋词籍方面的成就得到治词者的高度评价。沈曾植在《彊村校词图序》中言："盖校词之举，骛翁造其端，而彊邨竟其事，志益博而智专，心益勤而业广。"④龙榆生称"(《彊村丛书》)精审加于毛、王诸本之上，为治词者所宗"。胡适曾批评朱祖谋词宗梦窗，但对朱祖谋的校勘功力深为拜服："王氏的《四印斋所刻词》，朱氏的《彊村所刻词》，吴氏的《双照楼词》，都是极可宝贵的材料。从前清初词人所渴想而不易得见的词集，现在都成了通行本了。"⑤"成为'通行本'""为治词者所宗"，说明《彊村丛书》为多方所认可。吴熊和认为《彊村丛书》校勘有八条经验可供遵循，分别是尊源流、择善本、别诗词、补遗佚、存本色、订词题、校词律、证本事。⑥这些特点使得清末民初的词籍校勘愈发精审，后人校笺词得以遵循王鹏运、朱祖谋的校勘理论和方法，故龙榆生认为，自王鹏运、朱祖谋之后，"言词者始有'校勘之学'"⑦。

---

① 张晖主编：《龙榆生全集》第九卷，上海，上海古籍出版社，2015年，第164页。
② 龙榆生：《朱彊邨先生永诀记》，张晖主编《龙榆生全集》第九卷，上海，上海古籍出版社，2015年，第220页。
③ 龙榆生：《晚近词风之转变》，张晖主编《龙榆生全集》第三卷，上海，上海古籍出版社，2015年，第470页。
④ 朱孝臧辑校编撰，夏敬观手批点校：《彊村丛书》，上海，上海古籍出版社，1989年，第8730页。
⑤ 胡适：《日本译〈中国五十年来之文学〉序》，《胡适古典文学研究论集》，上海，上海古籍出版社，2013年，第148页。
⑥ 参见吴熊和《〈彊村丛书〉与词籍校勘》，《吴熊和词学论集》，杭州，杭州大学出版社，1999年，第150～158页。
⑦ 龙榆生：《研究词学之商榷》，张晖主编《龙榆生全集》第三卷，上海，上海古籍出版社，2015年，第242页。

其三，龙榆生为朱祖谋董理遗稿，产生良好的社会效应。龙榆生整理彊村遗稿编辑思路非常清晰：以朱祖谋的手订本为内编，以自己辑录的内容为外编，"以世系、行状、墓志铭、校词图题咏之属"为附在其后①。条贯明晰加上校记规范，朱祖谋的遗稿整理得很出色，龙榆生在校勘领域之声名由此鹊起，不少大儒将未刊稿、遗稿托付给龙榆生整理、刊印。如黄侃欲将《日知录校记》交由龙榆生刊付，沈曾植"以身后遗文为托"②，李希泌将其父李印泉"遗著《曲石诗录》十六卷见寄，属为校阅，以备重刊"③，吴梅曾将手定《霜厓词录》寄给龙榆生，请他刊入《沧海遗音集续编》④。

龙榆生随朱祖谋校词时间并不长，但在这个过程中，他的治词能力与问学韧性打动了朱祖谋。朱祖谋以托钵授砚表达了对龙榆生的信任和肯定。龙榆生没有辜负这份信任与认可，他以整理《彊村遗稿》奠定了自己在词学校勘领域的地位，并延至词学目录学，展现出更为宏阔的研究格局。

二、龙榆生词学校勘学的实践

辨别版本是龙榆生校勘、笺注、选辑工作的基础，在此方面，龙榆生着力亦厚。当时版本讹舛的现象常见，"词既被视为小道，校刊之学，至近代而始昌明。版本流传，讹舛互见"⑤，因此龙榆生指出目录之学第一要义是"版本善恶"宜详辨。龙榆生重点笺注的词集几乎都有朱祖谋校勘的定本，但他极少直接选用，只是参考朱本，有的甚至重校。

《樵歌》选用版本的情况比较简单——龙榆生直接用《彊村丛书》本做底本。在《彊村丛书》行世前，《樵歌》只有钞本，原刊本已失。

---

① 龙榆生：《彊村遗书总目附记》，张晖主编《龙榆生全集》第九卷，上海，上海古籍出版社，2015年，第17页。
② 张晖主编：《龙榆生全集》第九卷，上海，上海古籍出版社，2015年，第97页。
③ 张晖主编：《龙榆生全集》第九卷，上海，上海古籍出版社，2015年，第202页。
④ 参见龙榆生《忍寒漫录（三十五则）》，张晖主编《龙榆生全集》第九卷，上海，上海古籍出版社，2015年，第122页。
⑤ 龙榆生：《研究词学之商榷》，张晖主编《龙榆生全集》第三卷，上海，上海古籍出版社，2015年，第255页。

朱祖谋修订的本子是从范锴藏的钞本校订付刊的，较王鹏运刊刻本后出，因而也更为完善。龙榆生以此为底本，参校宋元三十一家词本、铁琴铜剑楼藏旧钞本、鸽峰草堂钞校本、各重要选本①和《乐府雅词》《花庵词选》《草堂诗余》《花草粹编》《词综》等。

《东坡乐府笺》的版本选择稍显复杂。1936年，龙榆生笺注的《东坡乐府笺》由商务印书馆出版，1958年重印。在《后记》中，他提到自己在编写此书时参考的版本："曩从上虞罗子经先生假得南陵徐氏藏旧钞傅干《注坡词》残本，取校毛氏汲古阁本、王氏四印斋影元延祐本、朱氏《彊村丛书》编年本……又从徐绩余先生假得郑叔问手评《东坡乐府》，于本笺不少补助，特并附著于此。"②从叙述可知，他至少比较了毛刻本《稼轩词》、万载辛氏词堂本《稼轩词遗补》、王刻《四印斋所刻词》之景元信州书院本《稼轩长短句》、陶刻《涉园景宋金元明本词》之景宋本《稼轩词甲乙丙集》（按：此为毛钞本，原本藏涵芬楼）、天津图书馆藏明吴讷《唐宋百家词》本之《稼轩词甲乙丙丁集》（其甲、乙、丙集同涉园刊本、丁集见赵万里校辑《唐宋辽金元人词》）五个本子。事实上，1910年朱祖谋校注的《东坡乐府》已经很详备，其笺校本"以元刻延祐本为主，毛氏汲古阁本著于词后，改传统的分调本为编年本，无从编年者再以调编次，在每首词后附录笺证，或采宋人诗话说部，或录同时交游事迹"③，沈曾植推其为"七百年来第一善本"④。然而，龙榆生没有直接以朱祖谋的笺注本为底本，而是尽可能地追本溯源，多方参照、采录其他底本。他比较后发现，由于版本不同，内容大有出入，"万载本《补遗》，出自《永乐大典》；四印斋本与涉园本，编次大异"⑤。龙榆生重视傅干的《注坡词》，因为这是苏轼词最早的笺注本，最接近苏词原貌。但《注坡词》笺校并不精湛，

---

① 参见龙榆生《樵歌·初版出版说明》，张晖主编《龙榆生全集》第六卷，上海，上海古籍出版社，2015年，第273页。
② 龙榆生：《东坡乐府笺·后记》，张晖主编《龙榆生全集》第五卷，上海，上海古籍出版社，2015年，第420页。
③ 陈水云：《中国词学的现代转型》，北京，社会科学文献出版社，2016年，第87页。
④ 沈曾植：《沈寐叟与朱彊村书》，唐圭璋《词话丛编》，北京，中华书局，1986年，第4380页。
⑤ 龙榆生：《研究词学之商榷》，张晖主编《龙榆生全集》第三卷，上海，上海古籍出版社，2015年，第255页。

"循览既竟，疏漏甚多；所引故实，又不表明出处。爰用博稽群籍，重加校订"①。故在《东坡乐府笺》中，常见龙榆生对傅注进行修订、增补。如《南乡子》（裙带石榴红）中"一点灵心必暗通"，龙榆生笺"灵心"："李商隐诗（《无题》）：'身无彩凤双飞翼，心有灵犀一点通。'傅注误作李后主词。"② 又如，《皂罗特髻》（采菱拾翠），傅注本无下半阕，龙榆生补足③。朱氏《彊村丛书》易得，傅干《注坡词》稀见。1953 年，龙榆生见到黄永年收藏的南陵徐氏旧钞傅干《注坡词》残本时喜赋《水龙吟》（为黄生永年题南陵徐氏小团圞室旧藏宋仙溪傅干注坡词残钞本），词曰：

  古今多少才人，有谁能似坡翁者。纵横排宕，珠玑咳唾，掬之盈把。喷薄而来，飘摇以逝，天仙姚冶。算神通游戏，奇情壮采，除庄屈，难方驾。

  酌酒欢招白也。问青天、月明今夜。琼楼高处，清寒自忍，更何牵挂。可笑群儿，相惊浩博，听他持扯。但殷勤护取，檀栾旧影，证容斋话。④

"证容斋话"指《容斋随笔》将为《注坡词》作序的傅共误为作者傅干。龙榆生注："《容斋随笔》载'傅洪秀才有《注坡词》云云'，此本题傅干撰，干字子立，仙溪人，卷首有傅共洪甫序，称'族子干'云云，岂容斋亦仅得诸传闻，以致误共为洪，且即以作序者为撰注人耶？《直斋书录解题》亦见著录，则已题傅干《注坡词》二卷，此为十二卷，又有出入耳。"⑤ 可见，龙榆生不仅看到至少两种《注坡词》，还从笔记《容斋随笔》、书目提要《直斋书录解题》等书中多方核校东坡词。夏敬观为《东坡乐府笺》赋序时对龙榆生广博群书、精细勘校的

---

① 龙榆生：《东坡乐府笺·附记》，张晖主编《龙榆生全集》第五卷，上海，上海古籍出版社，2015 年，第 419 页。
② 龙榆生：《东坡乐府笺》卷一，张晖主编《龙榆生全集》第五卷，上海，上海古籍出版社，2015 年，第 90 页。
③ 参见龙榆生《东坡乐府笺》卷三，张晖主编《龙榆生全集》第五卷，上海，上海古籍出版社，2015 年，第 396 页。
④ 张晖主编：《龙榆生全集》第四卷，上海，上海古籍出版社，2015 年，第 196 页。
⑤ 张晖主编：《龙榆生全集》第四卷，上海，上海古籍出版社，2015 年，第 196 页。

精神赞誉有加："考证笺注，精核详博，靡溢靡遗。"① 曹辛华评《东坡乐府笺》的贡献时说："这是现代第一部采用科学的考证、编年、注释、辑佚等方法对苏轼词进行整理的著作，也是第一部以现代方式先以讲义形式、后以书本形式刊行的苏词专著。"②

《淮海词》版本较多，如何选择？龙榆生初步比较之后发现，三卷本宋乾道年间的《淮海居士长短句》为最好，但仅剩两个残本，朱祖谋用这两个残本互参成底本，大致保存了三卷本的本来面目。在笺校《淮海词》时，龙榆生"依两个残宋本和张（按：明嘉靖己亥张绽武昌刻本）、毛（按：明毛晋常熟刻本，即汲古阁《宋六十家词》本）、王（按：道光丁酉王敬之高邮刻本）诸本，逐一勘定……王敬之翻刻本附有补遗，于各书辑得词二十三首……又从《花草粹编》续得五首，并依篇幅长短，重行编排次序"③。可见，龙榆生没有直接用朱祖谋修订的本子为底本，而是重新做了朱祖谋以这两个残本互参的工作；与此同时，又参较其他本子，并做了尊源流、择善本、别诗词、补遗佚等工作。

从上述三种情况看，龙榆生对朱祖谋编订的定本，有选用、参考、重校三种情形。为何不直接用朱祖谋校勘过的本子呢？是发现了新的善本还是不认可朱祖谋的笺注？龙榆生没有做出解释。但是，这种钻研精神无疑是从朱祖谋等前辈处传承而来的。朱祖谋四校《梦窗词》，前后历经二十年，不断考释梦窗词的本事、名物。作为朱祖谋的弟子，龙榆生不仅对朱祖谋的校勘方法有所领会，也对这种勤奋专注之精神有所继承。

"辨别版本"是第一步，接下来要做的是"后出转精"。龙榆生指出，编纂词学目录提要者，应详分各种情况，"虽同为一家之集而后出转精"④。"后出转精"是在参校众多版本之后的再校勘。那么，"精"

---

① 夏敬观：《东坡乐府笺·序一》，张晖主编《龙榆生全集》第五卷，上海，上海古籍出版社，2015年，第33页。
② 曹辛华：《论龙榆生的词学研究贡献》，张晖主编《忍寒庐学记——龙榆生的生平与学术》，北京，生活·读书·新知三联书店，2014年，第227页。
③ 龙榆生：《苏门四学士词·〈淮海词〉后记》，张晖主编《龙榆生全集》第六卷，上海，上海古籍出版社，2015年，第52～53页。
④ 龙榆生：《研究词学之商榷》，张晖主编《龙榆生全集》第三卷，上海，上海古籍出版社，2015年，第255页。

在何处？

"精"，首先体现在"精审"。"精审"是指对各种版本的内容进行精细的比较和审视。"精"，其次体现在"精简"。龙榆生在《苏门四学士词》"后记"中谈及校勘的"精简"原则时说："古人的写作，是异常认真的，常是改了又改。所以流传下来的本子，也往往不能一致。这是我们从事校订的人所应特别慎重的。为了精简，认为不必要说明的，也就不再罗列异同了。"① 穷尽善本是"加法"，整理的时候，龙榆生使用的是"减法"，这样方便读者阅读和使用。

出现异字时，龙榆生在比较的基础上做出判断，一般写明某本作某字，此从某本。比如《淮海居士长短句》中《好事近》（梦中作）"春路雨添花"，校记注："'春'王本作'山'，此从宋本及张、毛本。"②

出现字义、平仄、用韵两通的情况时，龙榆生秉持谨慎的态度存之。他在写定《豫章黄先生词》时，以嘉靖宁州祠堂本为底本，参据朱祖谋《琴趣》、宋刊《山谷琴趣外篇》等本子，"加上夏映庵先生（敬观）手校毛本，参以宋黄昇《花菴词选》和明陈耀文《花草粹编》所选录，细加比勘，写定为《豫章黄先生词》一卷。除从毛本删去《东坡词》三首、《六一词》一首，更据宋刊《琴趣》增入《画堂春》'东堂西畔有池塘'一首外，其间文字异同，显系传刻错误的，标一'误'字，说明依某本改。其或义可两通，很难断定的，只称改从某本"③。

《樵歌》《苏门四学士词》笺注情况大致相同，举例如下：

○《洞仙歌》题《红梅》："红梅"原本无题，依各本补。④
○《风流子》"茜幄稳临津"句，"'茜'原误作'茵'，依

---

① 龙榆生：《苏门四学士词·〈山谷词〉后记》，张晖主编《龙榆生全集》第六卷，上海，上海古籍出版社，2015年，第156页。
② 龙榆生：《苏门四学士词》，张晖主编《龙榆生全集》第六卷，上海，上海古籍出版社，2015年，第41页。
③ 龙榆生：《苏门四学士词·〈山谷词〉后记》，张晖主编《龙榆生全集》第六卷，上海，上海古籍出版社，2015年，第155～156页。
④ 龙榆生：《樵歌》，张晖主编《龙榆生全集》第六卷，上海，上海古籍出版社，2015年，第288页。

瞿、周两本改"。①

○《相见欢》(秋风又到人间)"四望烟波无际欠青山"句，"'际'原作'尽'，依《拾遗》改"。②

○《相见欢》(泷州几番清秋)"叹我等闲白了少年头"句，"'等'原作'贴'，改从各本"。③

○《胜胜慢·雪》"圣洽中兴"句，"'洽'原作'治'，依瞿、周两本改"。又，"任流香满酌杯深"句，"'流'原作'留'，依瞿、周两本改"。④

○《相见欢》(当年两上蓬瀛)"海鸥轻"句，"'鸥'各本作'沤'"。龙榆生不改。⑤

从这些点滴的校注内容可知，龙榆生对待各种版本的态度是细加比勘、择善而从。改与不改，都有比较有鉴别，一目了然。

"精"，还体现为"精准"。在笺注、校勘中出现不能判断的情况时，与许多校勘者一样，他选择忠实记录。如《阮郎归·歌停檀板舞停鸾》一般认为是黄庭坚词，但至正本《草堂诗余》将此词上阕与黄庭坚的《品令》相连，却未注作者，赵万里认为"《类编》本《草堂诗余》因以为黄作，失之"⑥，龙榆生按："嘉靖本及汲古阁本《山谷词》并载此阕。果出谁手：颇难臆断，姑两存之。"⑦ 又如，《东坡乐府》中《南乡子·晚景落琼杯》一词，龙榆生笺注时附考："傅注本既作'黄州临皋亭作'，则当编辛酉，时先生年四十六，方寓居临皋亭

---

① 龙榆生：《樵歌》，张晖主编《龙榆生全集》第六卷，上海，上海古籍出版社，2015年，第290页。
② 龙榆生：《樵歌》，张晖主编《龙榆生全集》第六卷，上海，上海古籍出版社，2015年，第351页。
③ 龙榆生：《樵歌》，张晖主编《龙榆生全集》第六卷，上海，上海古籍出版社，2015年，第350页。
④ 龙榆生：《樵歌》，张晖主编《龙榆生全集》第六卷，上海，上海古籍出版社，2015年，第290页。
⑤ 龙榆生：《樵歌》，张晖主编《龙榆生全集》第六卷，上海，上海古籍出版社，2015年，第351页。
⑥ 龙榆生：《苏门四学士词·山谷词》，张晖主编《龙榆生全集》第六卷，上海，上海古籍出版社，2015年，第177页。
⑦ 龙榆生：《苏门四学士词·山谷词》，张晖主编《龙榆生全集》第六卷，上海，上海古籍出版社，2015年，第177页。

也。朱刻既从《纪年录》编入甲寅，姑仍之，以待更考。"① 再如，1956 年，他在《〈晁氏琴趣外篇卷〉后记》中坦言，有些字句自己也不能理解，"只得留待有新发现时再说了"②；《临江仙》虽然被列入补遗，但他认为"恐非晁作"，"姑录以存疑"③。《梦窗词选笺》中《莺啼序》"鹔凤迷归"中的"鹔凤"，他未能找到最好的解释，因此特别注明"待考"④。龙榆生希望在讹舛衍脱、良善精益的版本中拨开迷雾。但面对没有解决的问题，他不做臆断，而是秉持了实事求是的科学精神，将疑问留下，体现了对"精准"原则的严格把控。

在词学文献学的实践中，龙榆生展现了广博扎实的文献学功力。

一是词学著作的整理。他在清词校勘学中的最重要的贡献是董理了朱祖谋词学遗著。此外，他还整理了张尔田《遯盦乐府》、彭贞隐《铿尔词》、奕绘《写春精舍集》、沈蕊遗著《来禽仙馆词》、劳纺《织文词稿》、李瑞清《李梅庵词》、吴淑人《漱红馆主词》、曾祖谦《梅月龛词》、周作镕《蕡月词》、莫友芝《影山词》、郑文焯《大鹤山房未刊词》、吕惠如《惠如长短句》、陈毅《甓宁词》等词人词作。龙榆生撰写的《清词经眼录》（分载于《同声月刊》第一卷第十二号、第二卷第一号）粗略整理了许宗衡《玉井山馆词》（金陵坊刻本）、冯履和《浪余词》（冯氏家刊本）、佚名《国朝金陵词钞》（光绪二十八年三月刊本）、邓嘉缜《晴花暖玉词》（邓氏群碧楼精刊本）、莫庭芝《青田山庐词钞》（光绪己丑日本使署刊本）、郑守廉《考功词》（光绪壬寅武昌本）等六部清人词作。

二是词话、词笺的校辑。龙榆生校辑了《文芸阁词话》《彊村老人评词》《大鹤山人词话》《大鹤山人论词遗札》《海绡说词》（定本）和沈曾植眉批《稼轩长短句小笺》等。他的论词心得和各种序跋（如《论词遗札》《论词零珠》《忍寒漫录》《忍寒庐拾零》中）也倾注了校

---

① 龙榆生：《东坡乐府笺》卷一，张晖主编《龙榆生全集》第五卷，上海，上海古籍出版社，2015 年，第 65 页。
② 龙榆生：《苏门四学士词·晁氏琴趣外篇》，张晖主编《龙榆生全集》第六卷，上海，上海古籍出版社，2015 年，第 251 页。
③ 龙榆生：《苏门四学士词·晁氏琴趣外篇》，张晖主编《龙榆生全集》第六卷，上海，上海古籍出版社，2015 年，第 251 页。
④ 龙榆生：《梦窗词选笺》，张晖主编《龙榆生全集》第六卷，上海，上海古籍出版社，2015 年，第 489 页。

勘精力。

　　三是解决词学文献中的问题。利用《词学季刊》这个平台，龙榆生完成了《词通》和《词律笺榷》作者的考校。1930年春，赵尊岳在上海坊肆之中觅得《词通》和《词律笺榷》手稿两种，作者姓名不详。1933年，龙榆生将《词通》（论字部分）刊载于《词学季刊》（创刊号）的"遗著"栏目，注为"失名"，并附有小记，概述《词通》一书之由来。"因请于叔雍，将《词通》一卷，交本刊陆续发表，藉为校订《词律》者之先导。世有知作者姓氏里居，及其生平志行者，尤盼举以见告；庶使专门学者，不至终于湮没而无闻，又岂特本刊之幸而已。"①

　　《词通》之论韵部分、论律部分、论歌论名论谱部分连载于《词学季刊》第一卷第二号、第一卷第三号、第一卷第四号，均署"失名"。也就是说，直到1934年4月，《词通》全文连载完毕，作者依然是个谜。龙榆生对"遗著"栏目是非常重视的，他收录的都是大家之文，比如与《词通》并列刊发的作品有况周颐《词学讲义》、沈曾植《稼轩长短句小笺》、梁启超《跋稼轩集外词》、陈锐《词比》（连载）等。因此对于《词通》的价值，龙榆生是认可的，他认为《词通》"参互校核，至为精审"②，作者词学功力非同一般，"志学之坚卓，运思之缜密，咸足令人佩仰无穷"③。

　　1935年1月，在《词学季刊》第二卷第二号上，龙榆生刊发路朝銮《与龙榆生言〈词通〉作者》一文，初步认定《词通》作者为徐荣。此时，《词通》全文已经在《词学季刊》连载完，"遗著"栏目连载《词律笺榷》（卷一）时，作者署名为"徐荣"，可见龙榆生采纳了路朝銮的考证意见。他在后注中记载了求证的过程："经路瓠盦先生（朝銮）来函，谓疑为徐荣之笔。旋质之吴董卿先生，（用威）言荣字戟门，曾举于乡，早逝。当更托夏映庵先生向其兄固卿先生（绍桢）

---

① 原载《词学季刊》创刊号，见龙榆生主编《词学季刊》（上），北京，国家图书馆出版社，2015年，第147页。
② 龙榆生主编：《词学季刊》（上），北京，国家图书馆出版社，2015年，第147页。
③ 龙榆生主编：《词学季刊》（上），北京，国家图书馆出版社，2015年，第147页。

处,详询其生平行迹,迄未得报,深为耿耿。"① 自此,《词通》和《词律笺榷》二书作者一直被认为是徐榮(今有研究者考为"徐绍榮",又当别论)。

三、小结

　　清末民初的词学文献学领域,朱祖谋堪为一代祭酒,他以治经之力治词,腾纵唐至元词。师从朱祖谋的龙榆生传承了前辈学者治词体系的方法与理论,主攻清词与近人词的辑佚。他立观念、谋全局、搭平台、重实践,推进词学校勘学的转型与目录学的现代化构建。有清以来,词学研究者以小学、经学之义为词学稽考之事,至清末王鹏运、朱祖谋而集大成。龙榆生在《最近二十五年之词坛概况》中说:"光绪末年,王(鹏运)况(周颐)诸老,相率为校订词集之学;流风余则,今尤未衰。"② 朱祖谋承王鹏运治词之业,"以清儒校订经籍之法,转治词集;以成词学史上最伟大之《彊村丛书》……海内闻风而起,以研究整理词学为己任者,嗣是乃大有人"③。这股治学方向与热度直接影响了民国词学研究,诸多学者致力于词家考校、词集整理等与词学文献学相关领域的探索。尽管在文献学方面,龙榆生的著述不如同时代唐圭璋、夏承焘的著述恢宏、深邃,也不如后二者精谨求善,但他时时在做这样的校勘守护工作,保存了大量的词作、词话,并在辑佚之初便有了较为系统的整体意识,未让材料散漫梓行。以艺术水准论,这些词作未必都是佳品,龙榆生对此不会不知,而其初衷在于"以词传人",正如他评论《四明体乐府》《常州词录》《金陵词徵》《粤西词见》《闽词徵》等词选所言:"虽纯驳互见,而其旨在传人,兼足为言词史者之资,则亦应运而生,不为无功于词学者也。"④ 今之学者研究清末民初词人词作、

---

　　① 原载《词学季刊》第二卷第二号,见龙榆生主编《词学季刊》(中),北京,国家图书馆出版社,2015年,第642页。
　　② 龙榆生:《最近二十五年之词坛概况》,张晖主编《龙榆生全集》第三卷,上海,上海古籍出版社,2015年,第96页。
　　③ 龙榆生:《最近二十五年之词坛概况》,张晖主编《龙榆生全集》第三卷,上海,上海古籍出版社,2015年,第99页。
　　④ 龙榆生:《选词标准论》,张晖主编《龙榆生全集》第三卷,上海,上海古籍出版社,2015年,第195页。

词话词论，《词学季刊》《同声月刊》都是必检之书，从这个意义上论，龙榆生有功于词林，其在词之校勘学中的贡献是不可忽视的。

第四节　从入之途：《水云楼词》"解题"与龙榆生的目录学实践

龙榆生视"目录之学""声调之学""批评之学"为20世纪30年代词学研究的重点领域。他说："'目录之学'，所以示学者以从入之途，于事为至要。"① "目录之学"古已有之，龙榆生将陈振孙《直斋书录解题》"歌词类解题"视为词学目录学之滥觞："宋陈振孙《直斋书录解题》，后附'歌词'一类，于是歌词始有'目录之学'。其书对于各家词集，间附评语，而或详或略，未足以窥见源流。"② 但若要将"目录之学"朝前推进，成为一门学科，龙榆生认为尚有三义需陈："作家史迹之宜重考""版本善恶之宜详辨""词家品藻之宜特慎"③。解读此"三义"可知，年谱、版本、校勘、辑佚、有文学批评性质的评骘性文献整理都应被列入词学目录之学的研究范畴。龙榆生所言"校勘之学"与"目录之学"的内容有交叉，"版本善恶之宜详辨"一义已于前文展开，本节重在对其所提出的"示学者以从入之途"这一目录学要义做论述。

一、《水云楼词》与龙榆生的词籍解题思路

《直斋书录解题》是南宋陈振孙撰私家藏书目录，是第一部以"解题"为书名的目录，其基本体例是列朝代、官职、籍贯、姓名、字号。《直斋书录解题》"歌词类"凡著录120种（加上零散记载在其他类词集，"实著录唐宋金人词籍共一百三十二种"），其中"解题"者，论及作者仕履行迹、著作价值、内容、取材、真伪、版本等，兼论学术源流与词

---

① 张晖主编：《龙榆生全集》第三卷，上海，上海古籍出版社，2015年，第254页。
② 张晖主编：《龙榆生全集》第三卷，上海，上海古籍出版社，2015年，第254页。
③ 参见龙榆生《研究词学之商榷》，张晖主编《龙榆生全集》第三卷，上海，上海古籍出版社，2015年，第254～255页。

家风格。龙榆生以《直斋书录解题》之"歌词类"为词学目录之始，肯定了它对词学目录学和批评学的贡献，在编订词选、笺注作品时亦参照了《直斋书录解题》的体例。1941年，他按照《直斋书录解题》的体例为《水云楼词》作"解题"，并提出一个宏大的设想——撰写《词林要籍解题》。"要籍解题"从梁启超而来，他在清华大学讲授国学时曾撰《要籍解题》，当时"门庭大启，读者便焉"①。龙榆生深受启发，"思取诸名家词集，及选本之佳者，为撰《词林要籍解题》"②。

且以《水云楼词》为例分析龙榆生的词籍解题思路。解题《水云楼词》分四部分：一是作者传略，二是鹿潭词学与著作之流传，三是近代诸家对于《水云楼词》之评论，四是《水云楼词》之特色。

第一部分龙榆生用简明的语言介绍蒋春霖所处时代和行状，引用《清史稿》、宗源瀚《水云楼词续·序》、李肇增《水云楼词·序》及唐圭璋、张尔田、徐乃昌、缪荃孙等人的表述。这样的描述像是一部言语简练的纪录片，勾勒出蒋春霖浪迹形骸、不善治生的性格，此性格最终导致词人落魄潦倒、为情而伤。

第二部分追溯蒋春霖创作观念的渊源和词作版本的流变。龙榆生引用李肇增《水云楼词·序》和宗源瀚《水云楼词续·序》来评价蒋春霖的词，推断出词人的创作源流和词学主张，"据此二说，知蒋氏论词，亦主尊体。其受张皋文（惠言）影响，殆可断言。至其宗尚所趋，殆以白石为主"③。其后，龙榆生从"水云楼"三字所出（纳兰性德《饮水词》与项鸿祚《忆云词》）证蒋春霖词学主张之渊源：蒋春霖词宗姜夔，兼济常州一脉，并深受纳兰性德、项鸿祚启发。从谭献评其词与纳兰性德、项鸿祚词同为"词人之词"，龙榆生推出《水云楼词》"最能表现时代精神"④的结论，读者便可理解了。

蒋春霖词作的版本流变并不复杂。蒋氏生前有自定之本，在此基础

---

① 龙榆生：《水云楼词——词林要籍解题之一》，张晖主编《龙榆生全集》第三卷，上海，上海古籍出版社，2015年，第476页。

② 龙榆生：《水云楼词——词林要籍解题之一》，张晖主编《龙榆生全集》第三卷，上海，上海古籍出版社，2015年，第476页。

③ 龙榆生：《水云楼词——词林要籍解题之一》，张晖主编《龙榆生全集》第三卷，上海，上海古籍出版社，2015年，第478页。

④ 龙榆生：《水云楼词——词林要籍解题之一》，张晖主编《龙榆生全集》第三卷，上海，上海古籍出版社，2015年，第484页。

上，补充其去世后删余之作和漏收之作，合为足本。龙榆生将版本流变与词作风格合论，除了辨别版本存佚、真伪，更通过作品产生的社会文化背景帮助读者了解词人的思想倾向与词作风格。

第三部分是集评。龙榆生选录谭献《箧中词》《复堂日记》、陈廷焯《白雨斋词话》、冒广生《小三吾亭词话》、刘毓盘《词史》四家词评。龙榆生认为："上列四家之说，以谭氏最为的评。"① 蒋春霖有词一百六十余首，谭献《箧中词》录蒋词二十三首，占八分之一，可见谭献对蒋春霖词之推重。龙榆生广辑与该书有关的序、跋、题记、评论，将文艺批评纳入"解题"中，辨析批评之高下，让读者知其然，更知其所以然，加深对作品的理解。

第四部分是龙榆生自己的评论，为全章重点。这部分内容夹叙夹议，超越了一般目录学的"解题"范畴，含纳词学批评。龙榆生从源头论风格，把握蒋春霖词的总体特色，评曰："鹿潭词取径于白石、玉田，而身世之感，多所激发，言之有物，而托体遂尊，用能集浙、常二派之长，而极激楚苍凉之致。"② 他精选蒋词八阕予以论证（《木兰花慢·江行晚过北固山》《浪淘沙·云气压虚阑》《踏莎行·癸丑三月赋》《扬州慢·癸丑十一月二十七日贼趋京口报官军收扬州》《虞美人·金陵失》《虞美人·水晶帘卷澄浓雾》《唐多令·枫老树流丹》《台城路·易州寄高寄泉》），此八阕词皆有冷峻悲壮之声，系"声家杜老"之作，被龙榆生视为蒋词极高艺术水平之典范。首先，蒋春霖词是典型的"词人之词"，"以骚经为骨，类情指事，意内言外，造词人之极致"③（宗源瀚《水云楼词序》），形式精致，词中有事，这批作品符合这样的标准。其次，蒋春霖词"能兼重大，又充分表现时代精神"④，无纤细靡靡之气，是《水云楼词》整体风格的代表，故龙榆生言，"晚

---

① 龙榆生：《水云楼词——词林要籍解题之一》，张晖主编《龙榆生全集》第三卷，上海，上海古籍出版社，2015年，第483页。
② 龙榆生：《水云楼词——词林要籍解题之一》，张晖主编《龙榆生全集》第三卷，上海，上海古籍出版社，2015年，第484页。
③ 冯乾编校：《清词序跋汇编》第三册，南京：凤凰出版社，2013年，第1338页。
④ 龙榆生：《水云楼词——词林要籍解题之一》，张晖主编《龙榆生全集》第三卷，上海，上海古籍出版社，2015年，第486页。

近数十年，世日亟，而词格日高，《水云楼词》遂亦惟世重"①。

第四部分的分析抽丝剥茧。龙榆生未止于论词作与风格，而是跳脱出来，深层次分析词格的时代意义，揭示了蒋春霖被誉为"声家杜老"的历史根源，予读者以启发。蒋春霖的词品与龙榆生力主的"诗教复兴"襟抱一致，故龙榆生说，清代词人"最能表现时代精神者，又当推《水云楼》为首出"②。

《词林要籍》并未写成，仅有《水云楼词》"解题"一篇。循其脉络，或可推衍《词林要籍》"解题"研究理路。

其一，以文献考索为基础，存人意识浓厚，为读者提供资料索引。在论述"目录之学"研究方法时，龙榆生提出的首条便是"作家史迹之宜重考"③，知人论世，"为治学者之所宜先也"④。龙榆生详考词学家的家世、生平、行实、学术交游，这种编纂特色贯穿其各类词学研究著作和文章中，词选如《唐宋名家词选》《近三百年名家词选》，文论如《周清真评传》《苏门四学士词》《两宋词风转变论》等。龙榆生详考词家生平的深层指向是"抉择要点，以入目录，藉为读词者考论之资"⑤，他编辑思路显示出重视地方文化与文献意义的编纂特色。

其二，解题目录所引作品为词家代表作，参有词学批评功能，以便读者能把握作家作品的真实面目。从《水云楼词——词林要籍解题之一》的内容来看，参照《直斋书录解题》体例只是"表"，"里"则是要求写目录者能拎出词家代表作，在词史坐标中准确地安放词家位置，使得目录提要起到高屋建瓴之效。因此，龙榆生尤为强调举例的准确性：

---

① 龙榆生：《水云楼词——词林要籍解题之一》，张晖主编《龙榆生全集》第三卷，上海，上海古籍出版社，2015年，第486页。
② 龙榆生：《水云楼词——词林要籍解题之一》，张晖主编《龙榆生全集》第三卷，上海，上海古籍出版社，2015年，第484页。
③ 龙榆生：《研究词学之商榷》，张晖主编《龙榆生全集》第三卷，上海，上海古籍出版社，2015年，第254页。
④ 龙榆生：《研究词学之商榷》，张晖主编《龙榆生全集》第三卷，上海，上海古籍出版社，2015年，第254页。
⑤ 龙榆生：《研究词学之商榷》，张晖主编《龙榆生全集》第三卷，上海，上海古籍出版社，2015年，第254～255页。

目录提要，所以指导学者以从入之途，则于某一作家之风格转变，与其利病得失，举例说明，实为至要。惟所举之例，必确能代表某一作家或某一时期之真面目与真精神，乃不致诬古人而误来学耳。①

龙榆生对从事文献目录研究的研词者提出更高的要求，不仅要抉择精审、笺注准确，还要批评得当，考虑词风赓续与个性特色，要求编纂者置身于词学批评领域为读者遴选词作，精准挑选出代表词家之风格、气象、情致的词作。这样的解题有以选家手眼著目录的意味，是目录学与批评学相结合的研究理路。《水云楼词》是龙榆生纳入《词林要籍解题》的首篇文章，也是唯一的一篇。然而，从材料的准备和前后写成的论文来看，龙榆生撰写的部分词家作品"解题"也是遵循这个体例，将他整理的《玉井山馆词》《浪余词》《国朝金陵词钞》《晴花暖玉词》《青田山庐词钞》和《考功词》六部清人词作纳入《词林要籍解题》亦无不可。

龙榆生分析词人艺术风格的文字短小精悍，为文章的点睛之笔。论《浪余词》，推冯履和的小令，言其"词尽而意无尽，实臻圣境"②，在以慢词相尚的清季词作中，拈出冯氏小令，指出其词的独特性和精彩处，显示评家慧眼。评《晴花暖玉词》和《考功词》，龙榆生言其词作间杂方音，疏于韵律，但亦有值得研究的风调。同为咏花，《晴花暖玉词》"思笔殊清，无尖纤犷悍之习"③；《考功词》"钟情独深，故所作类皆缠绵芳悱，耐人寻味"④。他通过细致的比较发掘词作的共性与特性，文章言简意赅，绝非千人一面、千篇一律的泛泛之谈，显示了较高的著录水准。类似这样的小文还有一些，或为随感，或为笔记，灵活多样地散见于杂著之中，但均可视为"解题"之作。

---

① 龙榆生：《研究词学之商榷》，张晖主编《龙榆生全集》第三卷，上海，上海古籍出版社，2015年，第255页。
② 龙榆生：《清词经眼录》，张晖主编《龙榆生全集》第三卷，上海，上海古籍出版社，2015年，第509页。
③ 龙榆生：《清词经眼录》，张晖主编《龙榆生全集》第三卷，上海，上海古籍出版社，2015年，第510页。
④ 龙榆生：《清词经眼录》，张晖主编《龙榆生全集》第三卷，上海，上海古籍出版社，2015年，第512页。

其三，词集目录的体例详备有序，方便读者获取相关信息。《水云楼词》体例明晰：一是介绍版本情况、词人简略生平，二是列举词家代表词作，三是简评作品风格。目录提要提供从入之途，这是目录提要的基本功用。蒋春霖词为初学者学习之处在于：他的词风走出浙常二派之藩篱，造就奇高之词格，与龙榆生所处时局所需的文艺创作方向相契合。

"解题"只有一篇"样本"，留给词学研究者想象和评价的空间有限，但可以肯定的是，《水云楼词——词林要籍解题之一》初衷是为读词者提供从入之途，其目录学意义畅晓，可为近代"解题"提供参鉴。此"解题"当释则释，抉择要点；利病兼论，补偏救弊；研究方法明晰，读者意识较强。尽管龙榆生所著录的这批清季词籍年代并不久远，但在战争年代也极易散失，"解题"内容若在，便可存人存词，为学者提供更多参资。

二、龙榆生词学目录学的规划与实践

1934 年，龙榆生提出构建词学"目录之学"的框架、路径，推动词学目录学的现代化发展。

（一）立观念

龙榆生提出词学目录学研究框架应该包括"考证词人史迹""详辨版本善恶"和"把握词人词风转变历程"[①]三个方面。辨别版本是传统词学校勘、目录学的范畴，考证词人史迹和把握词人词风转变历程则融入了词史观、词学批评观的内容，体现了治词者的观点与态度，是谓"知人论世"。龙榆生认为，"'目录之学'，所以示学者以从入之途，于事为至要"[②]。这个定义包含两方面的意思，一是"从入之途"，二是"事为至要"。

作家与作品不可孤立而论，如果只是完成了校词的工作，学词者仍

---

① 参见龙榆生《研究词学之商榷》，张晖主编《龙榆生全集》第三卷，上海，上海古籍出版社，2015 年，第 254 页。

② 龙榆生：《研究词学之商榷》，张晖主编《龙榆生全集》第三卷，上海，上海古籍出版社，2015 年，第 254 页。

有可能不清楚资料与作品之间的关系，唯有词人经历、词人词风的变化等政治、社会、经济、交游、思想情感等一切有关资料相互印证，再加以分析、评论，这些文献才能相协俱变，读者方能正确理解词人词作，从而找到"从入之途"。

"事为至要"意指勿要事无巨细地考证，而是有重点、有观点地考证。传统目录学，年谱、笺注、文献目录等征信之学力主详尽周至，但龙榆生认为过于细碎甚至有所附会的考校不值得提倡。事无巨细之考证有喧宾夺主之嫌，不利于读者从整体上把握词家的主流风格。例如，他在《介绍夏承焘唐宋词人年谱》中委婉批评夏承焘对姜夔情词的考证用力过度："《白石怀人词考》，对姜词的体会，真可说得是'细入秋毫'，因而证明有本事的情词几占全部歌曲三分之一，好像姜夔在词学上的地位，几乎全是为了那一位'合肥人'。"① 他认为这样的"创见"不值得提倡："为了要显示著者深入探索的创见，有的地方很可能指引读者陷入钻牛角尖的危险，反而会贬损了作家和作品的某些价值。"② 龙榆生做类似笺注时以史证词、以词印史，因此笺注言简意赅，既有基本判断，又鲜有夸大之语和附会之笔，兹举三例。

辛弃疾词《贺新郎·韩仲止判院山中见访席上用前韵》，龙榆生注：

> 《贺新郎》邑中园亭，仆皆为赋此词。一日，独坐停云，水声山色，竞来相娱。意溪山欲援例者，遂作数语，庶几仿佛渊明思亲友之意云。③

周邦彦词《少年游》（并刀如水）、《洛阳春》（眉共春山争秀），龙榆生注：

---

① 龙榆生：《介绍夏承焘唐宋词人年谱》，张晖主编《龙榆生全集》第九卷，上海，上海古籍出版社，2015年，第136页。
② 龙榆生：《介绍夏承焘唐宋词人年谱》，张晖主编《龙榆生全集》第九卷，上海，上海古籍出版社，2015年，第136页。
③ 龙榆生：《稼轩先生年谱》，张晖主编《龙榆生全集》第三卷，上海，上海古籍出版社，2015年，第26页。

> 邦彦以英俊少年，职位清简，间游坊曲，自在意中……二词宛转缠绵，殷勤惜别，其为赠妓之作无疑。特《浩然斋雅谈》及《耆旧续闻》咸以为为李师师作，或不免附会耳。①

文廷式词《迈陂塘·惜春》，龙榆生注：

> 廷式既主直抒胸臆，又身丁末季，激扬蹈厉，有济世之心，故其发而为词，哀怨苍凉，往往与刘辰翁相近……廷式在当时，以珍妃故，特为德宗所赏拔，锐意讲求新政。既遭贬斥，逾年而政变，德宗被禁瀛台；又逾年而联军入京，那拉后迁怒珍妃，逼之投井。廷式虽远适异国，自未能恝然忘怀。②

对于龙榆生在选词、笺注等方面的功力，叶恭绰评"于词之独到处，尤多发微"③。

（二）定规划

在词学目录学的研究中，龙榆生不仅规划了长远的目标，也拟定了短期的研究计划。1934 年，龙榆生提出这样的研究设想："依上三义（按：指论目录之学三义，即作家史迹之宜重考，版本善恶之宜详辨，词家品藻之宜特慎），以从事于《词籍目录提要》之编纂，庶几继往开来，成就不朽之业。私意以为不妨先从《四库提要》之词曲类，加以补苴；更取《彊村丛书》，分别撰述。宋、元词籍既竟，进而考校清词，由大家以迄小家，集众力以成伟著，是所望于海内治词学者之合作矣。"④

长远而言，龙榆生的目标是编纂《词籍目录提要》，技术线路是以

---

① 龙榆生：《周清真评传》，张晖主编《龙榆生全集》第三卷，上海，上海古籍出版社，2015 年，第 43 页。
② 龙榆生：《清季四大词人》，张晖主编《龙榆生全集》第三卷，上海，上海古籍出版社，2015 年，第 74～75 页。
③ 龙榆生：《东坡乐府笺·序》，张晖主编《龙榆生全集》第五卷，上海，上海古籍出版社，2015 年，第 36 页。
④ 龙榆生：《研究词学之商榷》，张晖主编《龙榆生全集》第三卷，上海，上海古籍出版社，2015 年，第 255 页。

已经涵盖唐至元人词的《彊村丛书》内容为基础，提取《四库提要》的词曲类内容加以补充，完成明词与清词的目录整理。上述内容中，龙榆生未提及明词，因为他已将明词的整理寄望于赵尊岳，赵尊岳"汇刻明词，亦在百家以上"①，所指即为赵尊岳编校的《明词提要》。龙榆生重点致力于清词的考校，清词当时的状况是散落难聚、真赝杂糅、抉择未精，故龙榆生希望其他学者也加入其中。

短期而言，龙榆生的研究计划是辑佚、校勘清代及近现代词人词作、词话。"稍稍留心于清人词集。所得约百种，大抵皆中叶以后小名家也。"② 20世纪40年代前期，他已存有100多部清人词集，他意日后将这批清代词家词作汇编为《清词经眼录》③。

(三) 搭平台

清代词家众多，词作繁盛，整理清词者在收录时难免有遗漏，而近人词随写随有，未有穷时。龙榆生利用《词学季刊》《同声月刊》平台，揭载刊物以代雕版。他在刊物中设置"辑佚""遗著""通讯""近人词"等栏目，用以刊发、留存词人词作。例如，况周颐藏清代第一女词人顾太清的《东海渔歌》三卷，分别是卷一、卷三、卷四，缺卷二。龙榆生从朱祖谋处得绍兴诸宗元所藏副本的一部分（诸宗元原本已在火中荡为飞烟），恰有卷二，虽闻日本铃木虎雄藏有六卷足本，但只是道听途说，师友及其本人皆未有机缘亲见。在此情况下，龙榆生在《词学季刊》第一卷第二号的"辑佚"刊发卷二所录词，"今此残帙，既合刻未能，辄先揭载，以资流布……"④，虽不能合浦珠还，但在兵荒马乱的年代，这是保存珍贵词集最好的方式。

近人词保存更多。沈增植诗词"随手拈破旧日历，或截取新闻纸一角，或取友朋笺封，反面书之"⑤，张尔田将沈增植诗词校定后交给

---

① 龙榆生：《研究词学之商榷》，张晖主编《龙榆生全集》第三卷，上海，上海古籍出版社，2015年，第254页。
② 龙榆生：《忍寒漫录（四十二则）》，张晖主编《龙榆生全集》第九卷，上海，上海古籍出版社，2015年，第105页。
③ 参见龙榆生《忍寒漫录（四十二则）》，张晖主编《龙榆生全集》第九卷，上海，上海古籍出版社，2015年，第105页。
④ 龙榆生主编：《词学季刊》（上），北京，国家图书馆出版社，2015年，第430页。
⑤ 张晖主编：《龙榆生全集》第九卷，上海，上海古籍出版社，2015年，第121～122页。

龙榆生发表。文廷式的遗扎①、冒广生《淮海集笺长编》②、潘若海遗词二阕③、沈曾植致朱祖谋论词二扎④等词人词作、词话、词论均以刊载的方式整理、留存。易孺、张尔田写词亦不自存，龙榆生为之搜集。

20世纪三四十年代，龙榆生以刊代雕版校编的词集主要有《王病山先生遗词》（辑王病山与朱祖谋唱和词）、《易大厂宋词集联》、晚清莫友芝《影山词》、今释澹归《徧行堂集词》（明词清初刊）、文廷式《云起轩词钞》等。

词人纷纷将自己的词作或者搜集到的珍贵词本寄给龙榆生，如张尔田"十数年来，每有所作，辄以见寄"⑤。由于刊物未能继续办下去，部分词集词作未及整理、刊载，龙榆生在中华人民共和国成立后献给图书馆或者寄赠他人整理，如《槐庐词学》（龙继栋撰，刘永济四益堂钞本）、《王龙唱和词》（王鹏运、龙继栋手稿）、《悔龛词》（夏孙桐手稿）、易大厂题画词等。未能刊载的重要的词集，龙榆生也着手整理，如他将《文芸阁先生词话》汇抄成帙，"藉为学者参究之资料。他日续有所得，当为补入焉"⑥。

龙榆生撰写的一些序跋也有存词、存诗的情况。如《冷红词跋》中录郑文焯未刊词十二首，"予从彊村老人所，得读小坡《瘦碧盦诗》未刊稿，有《迟红词》十二首，足与《冷红词》相印发。因备录之"⑦。又如，他在《忍寒漫录》中简略记述的词集刊本有咸丰庚申冬迟云山馆刊本《淮海秋笳集》、光绪曹恺堂刻汤雨生《琴隐楼词集》、咸丰丙辰闽刊本《聚红榭雅集词》、敏刊本周晋琦遗注《香草词》、清周星誉《东鸥草堂词》等。

平台的搭建为清词和近人词的存留做出了贡献。在词学文献学"补遗佚"的版块上，龙榆生领先于同时代的词学研究者。

---

① 张晖主编：《龙榆生全集》第九卷，上海，上海古籍出版社，2015年，第89页。
② 张晖主编：《龙榆生全集》第九卷，上海，上海古籍出版社，2015年，第91页。
③ 张晖主编：《龙榆生全集》第九卷，上海，上海古籍出版社，2015年，第105页。
④ 张晖主编：《龙榆生全集》第九卷，上海，上海古籍出版社，2015年，第123页。
⑤ 张晖主编：《龙榆生全集》第九卷，上海，上海古籍出版社，2015年，第99页。
⑥ 龙榆生：《文芸阁先生词话》，张晖主编《龙榆生全集》第六卷，上海，上海古籍出版社，2015年，第439页。
⑦ 龙榆生：《〈冷红词〉跋》，张晖主编《龙榆生全集》第九卷，上海，上海古籍出版社，2015年，第3页。

(四) 主便学

前文已述，龙榆生认为目录之学"所以示学者以从人之途"[①]，因此词学目录的实用性还应包含"便学"功能。朱祖谋一生四校梦窗词，使目录之学成为专家之学，他在晚年意识到这样的词学倾向是便学的阻碍，于是编选《宋词三百首》以便初学，此书由此成为词学普及的重要选本，况周颐称这本词选"取便初学，诚金针之度也"[②]。执教于大学院校的龙榆生受朱祖谋词学观念的影响，将"便学"的选家手眼植入目录学研究中，他所笺校的书目中，有部分内容是为了方便读者学习、阅读而作，显例即《梦窗词选笺》。龙榆生化专家之学为普及之学，为了帮助读者理解梦窗词之真面目，他选"虚实并到"之作。梦窗不易学，当时对梦窗词的笺注细碎且集中于词之注释，在一定程度上引导学词者不要过度关注梦窗词华美之外衣，以防陷入填词重字词、重音律却忽视作品应当反映时代特色、展现生活风貌的误区。吴词难懂、难学，只见树木不见森林的笺校思路让学词者如坠迷雾。龙榆生笺注的五十一阕词是读懂梦窗词的入口，这样的梳理和笺校对于初学者了解词人词作、对于普及词学起到了很好的作用。龙榆生从"便学"考虑，在治词学文献学时，跳脱以小学、经学注词的研究思路，在笺注中拈出重点，对词风词貌间有发微，开创词学文献学目录与评骘相结合之格局。

---

① 龙榆生：《研究词学之商榷》，张晖主编《龙榆生全集》第三卷，上海，上海古籍出版社，2015年，第254页。
② 〔清〕况周颐撰，屈兴国辑注：《蕙风词话辑注》，南昌，江西人民出版社，2000年，第522页。

第五章　龙榆生的词学活动与传播

龙榆生交友甚广，他是著名的社会活动家，与众多词学大师、词学同辈、词学爱好者多有往来。叶恭绰在《广箧中词》称龙榆生"主持风会"①，这是对他词坛盟主地位的高度评价。借由交游、讲学、办刊，龙榆生继承、发展、推广词学创作与理论主张。他创办的词学刊物《词学季刊》蜚声海外，推动了词学在创作实践、词史研究、词籍整理、词艺评论等多领域的现代化发展，这使得他的词学贡献更为全面、立体、极具引领性。龙榆生请多位好友绘制《授砚图》，并邀名家题跋，创作诗词文系列作品，成为词坛的文化事件，这组别有深意的系列作品见证了他以词交谊的翰墨因缘。龙榆生的学术交谊广泛，时间跨度大，赢得同时代诸多学者的认同和尊重，有的成为知己和挚友，如夏敬观、夏承焘、张尔田、易孺、冼玉清、赵尊岳、吴湖帆、钱仁康等，彼此之间书信往来频繁、诗词唱酬频密，学术切磋中即便见解相左而始终心有灵犀。这一代学人学术功底深厚、心志相通、风骨担当，这些友谊见证了民国以来词学发展和学术研究的繁荣，共同构筑了词坛宏雅深隐的人文生态环境。

第一节　主持风会：龙榆生词学交游考

旅沪后，龙榆生参加沪上诗词社的活动。1930年秋，龙榆生加入沤社，朱祖谋任社长，有社员29人。沤社集会20次，填词284阕，词作收入《沤社词钞》。龙榆生既是参与者，也是组织者。1931年春，他筹划沤社成员朱祖谋、夏敬观、林葆恒等人前往张园赏花，朱祖谋和有

---

① 叶恭绰选辑，傅宇斌点校：《广箧中词》，北京，人民文学出版社，2011年，第445页。

《汉宫春》（真如张氏园杜鹃盛开，后期而往，零落殆尽，歌和榆生）。1939年6月，夏敬观、林葆恒、廖恩焘等沤社成员组织午社，前后集会20多次，集词160阕，龙榆生作为早期社员亦有词12阕。这些雅集也间有学术交流活动，比如他在1939年12月20日的集会中谈及为齐鲁大学撰写词史、编纂清词总集的计划①。龙榆生参加以李宣倜为中心的"桥西草堂雅集"（又名"星饭会"），冒孝鲁、钱仲联以及日本诗人今关天彭等为常客。

龙榆生在大学积极组织文学社、文艺社。1933年，他任教于上海国立音乐专科学校，成立音乐艺文社，社长蔡元培，副社长叶恭绰，成员除了龙榆生，还有萧友梅、黄自等音乐家。1936年，他与谢英伯、易剑泉发起歌舞剧研究会，"谢（按：指谢英伯）擅制词，易（按：指易剑泉）精度曲，并训练男女青年，成一歌舞剧团，公开表演"②。他们将诗歌与乐舞结合，"略依唐人之遗矩"③，"以期歌剧之中兴"④。

在结社、雅聚等词学活动中，龙榆生与诸多师友建立了一生之情谊，对龙榆生词学研究有较大影响和帮助的师友主要有以下三类。

一、诗词界：论诗研词江湖凤契

龙榆生与诗词界师友的诗词唱酬、书信往来和学术研究，对彼此皆有借鉴和促进作用。这些珍贵的学术交谊构筑了近现代词坛温婉淳厚的人文生态环境，促进了词学的发展与繁荣，成为近现代词学研究极为重要的文献资料。

（一）黄侃（1886～1935年）

龙榆生在声韵、文字与词章之学领域的启蒙老师是黄侃。1921年，

---

① 夏承焘：《天风阁学词日记》1939年12月22日条，《夏承焘集》第六册，杭州，浙江古籍出版社、浙江教育出版社，1997年，第159页。
② 《南中歌舞剧研究会之发起》，龙榆生主编《词学季刊》（下），北京，国家图书馆出版社，2015年，第412页。
③ 《南中歌舞剧研究会之发起》，龙榆生主编《词学季刊》（下），北京，国家图书馆出版社，2015年，第412页。
④ 《南中歌舞剧研究会之发起》，龙榆生主编《词学季刊》（下），北京，国家图书馆出版社，2015年，第412页。

黄侃在武昌高等师范学校教书,龙榆生去旁听。龙榆生教黄侃次子读《论语》,黄侃也帮他点评过《梦窗四稿》(按:龙榆生在《自传》中提及,今未见)。多年后龙榆生仍然感念:"念自弱冠请业于武昌,先生所以诱掖教诲之者甚至,而十数年来江湖流浪曾不得少成其志业,以报答师恩。"① 在黄侃门下进行声韵、文字等训练的经历为龙榆生日后治词做了知识储备,龙榆生提倡"声调之学"、撰写《声韵学》等著作或与这段珍贵的学习经历有关。黄侃治学勤奋,这种精神影响了龙榆生,他"深感先生往年见厚之谊与先生治学之精勤"②,曾回忆道:"先生毕生精力,萃于《说文》《广韵》二书,治许书尤勤笃,从十五六岁至五十之年,每夕必挑灯研索,至午夜始休。"③ 他在《蕲春黄氏切韵表跋》中念及:"予每见其夜深兀坐,一灯荧然,时或达旦方休。以此知专业之成,非积年累月,锲而不舍,好之笃而习之勤,莫由幸致也。"④ 龙榆生为朱祖谋校勘一事令黄侃动容,黄侃辞世前欲将《日知录校记》交由龙榆生刊付,可见黄侃对龙榆生之信任。

(二) 夏敬观 (1875～1953 年)

夏敬观与龙榆生为同乡,是他出道的引路人。1928 年,前往上海暨南大学任教的龙榆生持陈衍手书拜谒夏敬观。据学者考证,"龙父赓言尝从夏献云(夏敬观父)游,又与夏敬敏(夏敬观兄)同年乡举,二人有世谊。夏敬观对龙榆生青眼有加,为赋《赠万载龙榆生持陈石遗书来谒予初识之方为暨南教授》,此为二人订交之始"⑤。龙榆生自述,初至上海,"最初器重我的是新建夏映庵先生,他做了一篇《豫章

---

① 龙榆生:《黄侃日知录校记跋》,张晖主编《龙榆生全集》第九卷,上海,上海古籍出版社,2015 年,第 226 页。
② 龙榆生:《蕲春黄氏切韵表跋》,张晖主编《龙榆生全集》第九卷,上海,上海古籍出版社,2015 年,第 190 页。
③ 龙榆生:《蕲春黄氏切韵表题记》,张晖主编《龙榆生全集》第九卷,上海,上海古籍出版社,2015 年,第 195 页。
④ 龙榆生:《蕲春黄氏切韵表跋》,张晖主编《龙榆生全集》第九卷,上海,上海古籍出版社,2015 年,第 189 页。
⑤ 虞思徵整理考证:《龙榆生致夏敬观书札四通考释》,《词学》第 43 辑,上海,华东师范大学出版社,第 324 页。

行》赠给我"①。龙榆生致夏敬观信札，尊称其为"映庵老伯大人"，落款为"侄沐勋"。夏敬观对龙榆生有提携之谊，为龙榆生引荐词林名宿。1931年和1948年，夏敬观两度为龙榆生绘《彊村授砚图》，这两个节点对于龙榆生来说殊为重要。1931年，龙榆生承彊村衣钵，立足未稳，夏敬观为其背书，格外垂注。1948年，龙榆生遭遇众友疏离之困境，夏敬观扶帮力挺，助其再出江湖。龙榆生成长为词坛领军人物，夏敬观功不可没。夏敬观是《词学季刊》《同声月刊》的主要撰稿人，与龙榆生多有和作。1953年，夏敬观逝世。龙榆生悲恸不已，作《鹧鸪天》（派衍西江此殿军）。他们之间亦师亦友的情谊，彰显了传统士大夫对友谊的忠诚。

夏敬观手批词籍多种，屡有真知灼见。龙榆生曾于《忍寒漫录》分两次详细刊载夏敬观对贺铸的词评，并在《论贺方回词质胡适之先生》中表达与夏敬观论贺铸词相近的观点。在编著《唐宋名家词选》时，龙榆生选用夏敬观批唐宋名家词19条②，包括张先、欧阳修、晏几道、晏殊、贺铸、苏轼、黄庭坚、秦观、周邦彦、辛弃疾等。这些词论虽是散论，但涉及遣词、音韵、章法、风格、流派等词学的各个领域。夏敬观手批词中，贺铸词最多。龙榆生在《唐宋名家词选》中选用夏评贺铸词亦最多，计有7条。以《唐宋名家词选》中夏敬观对贺铸词的评价与《论贺方回词质胡适之先生》中的观点做比较，可以看出龙榆生词观曾受夏敬观的影响。

1. 评贺铸词取法唐诗

评《归望书·边堠远》："观以上凡七言二句，皆唐人绝句作法。"③——夏评

评《梦江南·九曲池头三月三》："多以唐人成句入词，有天衣无

---

① 龙榆生：《自传：苜蓿生涯过廿年》，张晖编《忍寒庐学记——龙榆生的生平与学术》，北京，生活·读书·新知三联书店，2014年，第24页。
② 《唐宋名家词选》收夏敬观批语22条，可能是将手批集评中的"又说"拆分计为一条。参见曾大兴《夏敬观先生的词学批评》，《2008年词学国际学术研讨会论文集》，2008年，第6页。
③ 龙榆生：《唐宋名家词选》，张晖主编《龙榆生全集》第七卷，上海，上海古籍出版社，2015年，第191页。

缝之妙。"① ——夏评

"小令喜用前人成句，其造句亦恒类晚唐人诗。"② ——夏评

"实则方回小词，并极蕴藉清婉之致，类此者甚多。妙在取境萧疏，恰恰映出幽婉情绪，大似唐人绝句，饶弦外音。"③ ——龙评

2. 评贺铸性格、词风之豪爽，兼与辛弃疾比较

评《行路难·缚虎手》："稼轩豪迈之处，从此脱胎。豪而不放，稼轩所不能学也。"④ ——夏评

评《横塘路·凌波不过横塘路》："稼轩秾丽之处，从此脱胎。细读东山阁，知其为稼轩所师也。世但言苏、辛为一派，不知方回，亦不知稼轩。"⑤ ——夏评

"方回既为武弁，又尚气使酒，其性格略近后来之辛稼轩。"⑥ ——龙评

3. 评贺铸词"炼字"取法于李贺、温庭筠诗

"张叔夏谓'与吴梦窗皆善于炼字面者，多于李长吉、温庭筠诗中来'，大谬不然。方回词取材于长吉、飞卿者不多，所以整而不碎也。"⑦ ——夏评

"张叔夏《论字面》篇：'如贺方回、吴梦窗皆善于炼字面，多于李长吉、温庭筠诗中来。'（《词源》卷下）一似方回专以炼字见长者。其实方回词多用素描，而自然深婉丽密……而其技术之精巧，全在开阖

---

① 龙榆生：《唐宋名家词选》，张晖主编《龙榆生全集》第七卷，上海，上海古籍出版社，2015 年，第 192 页。

② 龙榆生：《唐宋名家词选》，张晖主编《龙榆生全集》第七卷，上海，上海古籍出版社，2015 年，第 200 页。

③ 龙榆生：《论贺方回词质胡适之先生》，张晖主编《龙榆生全集》第三卷，上海，上海古籍出版社，2015 年，第 159 页。

④ 龙榆生：《唐宋名家词选》，张晖主编《龙榆生全集》第七卷，上海，上海古籍出版社，2015 年，第 193 页。

⑤ 龙榆生：《唐宋名家词选》，张晖主编《龙榆生全集》第七卷，上海，上海古籍出版社，2015 年，第 196 页。

⑥ 龙榆生：《论贺方回词质胡适之先生》，张晖主编《龙榆生全集》第三卷，上海，上海古籍出版社，2015 年，第 153 页。

⑦ 龙榆生：《唐宋名家词选》，张晖主编《龙榆生全集》第七卷，上海，上海古籍出版社，2015 年，第 200 页。

映射间,固不仅以驱使温、李诗句见长也。"① ——龙评

4. 评《六州歌头》等词

"与小梅花曲,同样功力,雄姿壮采,不可一世!"② ——夏评

"《六州歌头》《宛溪柳》《伴云来》《石州引》诸阕,意态雄杰,辞情精壮,使人神往……"③ ——龙评

由上可知,夏敬观的词论对龙榆生有极大的参考价值,龙榆生所论更为系统、严密:在《论贺方回词质胡适之先生》中,他从词风的豪放与婉约、遣词的音律与炼字、词的内容与情感等方面举例论述,全方位剖析贺铸词,而非传统的手批散漫式的点论。

(三)叶恭绰(1881～1968年)

叶恭绰是龙榆生的前辈、词友,他们同为沤社词人,常有词艺切磋。龙榆生曾助叶恭绰编撰《全清词钞》,叶恭绰也助龙榆生编撰《词学季刊》。1922年,叶恭绰为龙榆生的《东坡乐府笺》作序:"余喜其志之同也,漫述所见如右,期相印证。至编校之精核,有目共赏,固无事赘言也。"④"志之同"是叶恭绰对与龙榆生交谊的极高认可:在革新词坛文风、改良词体、创制新体乐歌三个方面,叶恭绰与龙榆生都怀有共同的理想。

龙榆生编选《近三百年名家词选》时对叶恭绰《广箧中词》多有参酌。《近三百年名家词选》是以谭献《箧中词》、叶恭绰《广箧中词》为蓝本编选成的。龙榆生对词史的理解受到谭、叶二人的启发,多处引用《广箧中词》的评论(详见论词选部分)。《广箧中词》选龙榆生词作七阕,分别是《石州慢》(急景凋年)、《天香》(荒雪胎魂)、《鹊踏枝》(斜掠云鬟凝睇久)、《鹊踏枝》(谁道侬家心许久)、《鹊踏枝》(忽忆故人天际去)、《鹊踏枝》(多事金风催书短)、《水龙吟》(怨春何惜抛家)。叶恭绰在《广箧中词》中对龙榆生的词学造诣、词

---

① 龙榆生:《论贺方回词质胡适之先生》,张晖主编《龙榆生全集》第三卷,上海,上海古籍出版社,2015年,第155、159页。

② 龙榆生:《唐宋名家词选》,张晖主编《龙榆生全集》第七卷,上海,上海古籍出版社,2015年,第199页。

③ 龙榆生:《论贺方回词质胡适之先生》,张晖主编《龙榆生全集》第三卷,上海,上海古籍出版社,2015年,第159页。

④ 叶恭绰:《遐庵小品》,北京,北京出版社,1998年,第78页。

学组织能力都给予肯定:"榆生承彊村先生之教,以词学传授东南,苕溪一脉,可云不坠。近年余与诸友倡《词学季刊》,榆生实任编辑,主持风会,愿力甚宏,兹所采录,略见所学一斑。"① 叶恭绰在《广箧中词》中自选13首,置于最末,然而龙榆生《近三百年名家词选》未选录叶恭绰词,这其中有何玄妙,尚待考究。

龙榆生和叶恭绰的词作有八阕②,这里有他们在山河破碎之际的悲痛,"冰绡裁剪北行词,争得江南巷哭似当时"(《虞美人》,1937年);也有他们创制新体乐歌的愉快记忆,"歌社消沉逾廿载,凭谁为写欢声"(《临江仙》,1955年);更有他们对老朋友的真诚祝福和热忱期待,"八十状元犹未老,愿共开颜"(《浪淘沙》,1959年)……此八阕词写于1933年至1959年间,见证了龙榆生与叶恭绰的深厚情谊。

(四)陈寅恪(1890～1969年)

龙榆生与陈寅恪交厚,中华人民共和国成立后诗函来往频密。2000年,张樾晖(即张晖)在《陈寅恪与龙榆生的诗函往来》中考证,龙榆生的长公子龙厦材家藏手稿中有龙榆生与陈寅恪二人往来诗词40首,包括龙榆生写给陈寅恪的诗词34首,陈寅恪寄给龙榆生的诗词6首(其中和作5首)。2013年,张晖在《南方都市报》上发表《新发现的陈寅恪给龙榆生诗函》称:"2012年,龙榆生的子女在清理家藏遗物中又整理出陈寅恪致龙榆生的信函十三封,其中包括:附有诗笺之信札六封、未附诗笺之信札三封、仅有诗笺的信札四封。另有空白信封三个,

---

① 叶恭绰选辑,傅宇斌点校:《广箧中词》,北京,人民文学出版社,2011年,第445页。
② 分别是《天香》(陈生贻孤山绿萼梅枝,因用梦窗韵赋呈遐庵正律,1933年)、《虞美人》(丁丑七夕,遐庵招集上海寓庐,为李后主忌日千年纪念,鹤亭翁先成此曲,依韵和之,1937年)、《八六子》(丁亥冬湖帆寄示送遐庵南归词,兼及遐庵和作,动余悽感,爰亦继声,1947年)、《临江仙》(民族音乐研究所杨荫浏所长寄赠《陕西的鼓乐社与铜器社》一册,从知唐宋旧曲尚在民间,谱字正与《白石道人歌曲》相同,沉埋六七百年之歌词法,殆将重显于世矣。喜拈小调,赋寄叶遐庵翁恭绰。1954年)、《南乡子》(寄叶遐庵丈北京,1955年,叶恭绰有和作)、《临江仙》(中央音乐学院民族音乐研究所副所长杨荫浏同志先后以敦煌唐乐谱及西安何家营鼓乐社、北京智化寺所传宋元旧谱见寄,其字谱多与白石道人歌曲相合,沉埋数百年之词乐,行将重显于世,绵此坠绪,推陈出新,诗人与乐家分工合作,以民族形式结合社会主义思想,创作新体歌词,以应广大人民之需要,此其时矣。赋谢荫浏兼简叶遐庵。1955年)、《醉太平》(与叶遐翁重见都门,并相约作春节词,爰缀小阕就教,1956年)、《浪淘沙》(冬日有寄叶遐翁北京,1959年)。参见张晖主编《龙榆生全集》第四卷,上海,上海古籍出版社,2015年。

零散诗笺三纸、便条一张。"①

从现有材料来看，1953年秋，龙榆生和陈寅恪第一次唱和。龙榆生寄给陈寅恪《癸巳秋日追念陈散原丈，兼怀寅恪教授广州》诗共三首，陈寅恪和作两首②。从诗的内容来看，龙榆生怀念陈散原翁，也关心陈寅恪的眼疾。自此之后，两人诗词往来频繁，如1954年，龙榆生写了七首诗、一阕词给陈寅恪，陈寅恪回复三首绝句。

1953年，龙榆生作七律《癸巳岁晏寄怀陈寅恪教授广州》。这首七律的基调与半年前的七绝有异，半年前的七绝还只是客气地表达敬仰之情，七律则写有当年南下不愉快的记忆，更有抒写今日孤寂之感。可见，龙榆生当时已视陈寅恪为知己，向他敞开了内心世界。陈寅恪有二绝句报龙榆生③。

不久，龙榆生再作七绝三首，题《江南春晚追忆岭表旧游，兼怀寅恪教授广州》，第二首诗是对陈寅恪前两首诗的回应。此后，龙榆生多次赋诗、作词寄怀陈寅恪，如《漫步半山韵寄寅恪教授岭南》（六言绝句四首）、《初冬有怀寅恪翁岭表》（七绝三首）等。1964年后，两人唱和减少，常常通过冼玉清来传递，如在《鹧鸪天·得冼玉清教授广州肿瘤医院来书却寄，兼讯陈寅恪先生》词中，龙榆生自注云："寅老双目失明已久，前岁复折足，不能行动自如，音问遂疏。偶得玉清为传消息，今玉清亦病倒矣。"④ "音问遂疏"的原因是陈寅恪双目失明，难再笔谈。

1964年，龙榆生作七绝《玉清寄示寅老报赠诗，感成一绝》。1965年，龙榆生赋诗《甲辰端午前一日喜得冼玉清大家来问，报以三绝句，兼简寅恪翁》。龙榆生读到陈寅恪的七律《乙巳七夕》后赋七律《玉清教授见示和寅老乙巳七夕之作，率依元韵奉酬，兼呈寅老一笑》。在这些诗中，健康状况不佳、身处逆境的龙榆生透露出积极向上的情绪，他鼓励陈寅恪乐观面对疾病。从十年前互诉内心苦闷、追寻事业人生的高点到嗟叹老病，两位学人在诗词寄怀中共渡人生难关。

龙榆生与陈寅恪交厚的原因有三。一是龙榆生常向陈寅恪的父亲散

---

① 张晖：《新发现的陈寅恪给龙榆生诗函》，《南方都市报》历史版，2013年1月23日。
② 张晖主编：《龙榆生全集》第四卷，上海，上海古籍出版社，2015年，第188～189页。
③ 张晖主编：《龙榆生全集》第四卷，上海，上海古籍出版社，2015年，第199页。
④ 张晖主编：《龙榆生全集》第四卷，上海，上海古籍出版社，2015年，第380页。

原老人请益,他曾说"我最喜亲近的,要算散原、彊村二老"①。二是龙榆生与陈寅恪曾任教于中山大学,虽任教时期不同,但均有在岭南生活的经历,有共同认识的好友(如冼玉清),也面临南北去留的处境。第三层原因是两位大家在学术曾有合作,也相互求教。他们于1955年共同校订山谷词,《新发现的陈寅恪给龙榆生诗函》载,陈寅恪来信:"少游词'倚楼听彻单于弄',又《景德传灯录》卷十四天皇道悟、崇信师弟语录似皆可与山谷词印证。尚希教正。一年来纷纷扰扰,一事无成。附呈小诗一首,藉博一笑。"② 龙榆生也曾就学术问题请教陈寅恪,据郑逸梅《艺林散叶续编》:"龙榆生校订《山谷词》,其中多禅语,不易理解,乃致书马一浮、陈寅恪,有所询问。"③ 1955年6月26日,陈寅恪撰写《柳如是别传》,托龙榆生从沈曾植之子沈慈护处寻找资料。1957年,陈寅恪托龙榆生向沈尹默求字,同年将新作《秦妇吟校笺》寄给龙榆生,"一册呈教,一册请转交沈先生"④,可见两人在学术上亦有交往。

(五)赵尊岳(1898～1965年)

赵尊岳与龙榆生年岁相近,志趣相投。经朱祖谋的推荐,赵尊岳拜入况周颐门下,龙榆生则传接朱祖谋衣钵。因袭师辈情谊,赵尊岳与龙榆生交情深厚,均为上海沤社、南京如社成员。赵尊岳词集存《高阳台·秦淮夜泛和龙榆生韵》。翻检龙榆生的词集,原作或为填于1940年的《高阳台·秦淮水榭书所见》⑤。

在词学研究上,赵尊岳专攻明词,龙榆生则着力清至民国词。尽管关注的领域不同,但赵尊岳在汇刻《明词丛刊》期间得到龙榆生、叶恭绰、唐圭璋、夏承焘、黄公渚等人的相助,整理出四百家词人的268种词集。赵尊岳以康熙间刊《宝纶堂集》为底本,裁录陈洪绶词29首,后龙榆生得陈彦畴函,函录家藏陈洪绶词19首。龙榆生将函件转

---

① 张晖编:《忍寒庐学记——龙榆生的生平与学术》,北京,生活·读书·新知三联书店,2014年,第24页。
② 张晖:《新发现的陈寅恪给龙榆生诗函》,《南方都市报》历史版,2013年1月23日。
③ 郑逸梅:《郑逸梅选集》第3卷《艺林散叶续编》第2088条,哈尔滨,黑龙江人民出版社,1991年,第577页。
④ 张晖:《新发现的陈寅恪给龙榆生诗函》,《南方都市报》历史版,2013年1月23日。
⑤ 参见张晖主编《龙榆生全集》第四卷,上海,上海古籍出版社,2015年,第126页。

交赵尊岳,赵尊岳刊比手稿和康熙本后补录 9 首①。

赵尊岳对龙榆生的词学研究帮助极大,至少有以下三个方面。

其一,为龙榆生创办的词学刊物提供资助。赵尊岳家境富裕,龙榆生创办《词学季刊》《同声月刊》二刊时,他提供了经济支持。

其二,为《词学季刊》《同声月刊》踊跃投稿。赵尊岳的《珍重阁》诗词创作和重要论文刊于上述两刊,比如,词学目录学研究成果《惜阴堂汇刻明词提要》刊于《词学季刊》者计有一百家,词学评论《珍重阁词话·金荃玉屑》也以连载的形式刊出。

除自己撰稿,赵尊岳还提供其他词坛大家的稿件。《词学讲义》是况周颐生前未刊稿②,1927 年分三次刊于《联益之友》,题为《词话》,署"况蕙风遗作"。1933,龙榆生将况周颐遗作刊于《词学季刊》创刊号,题为《词学讲义》。孙克强比较两个刊本后发现,《词学季刊》本较《联益之友》本多一则,少五则。从内容上看,《词学季刊》刊载的《词学讲义》自成系统,《联益之友》2 月 16 日所载五则,与前两期的内容不类,有可能是《词学季刊》刊载时有所选择③。

其三,为龙榆生构建科学系统的词学文献学、批评学提供参考依据。赵尊岳的词学成就主要体现在词学目录学上,重要著作有《词集提要》《惜阴堂汇刻明词提要》《惜阴堂明词丛书叙录》《惜阴堂汇刻明词汇刊》四种。赵尊岳在明代词集的整理上领先于同时代的其他词家,《词集提要》版本详尽,如《花间集》十卷,赵尊岳著录版本达十八种,其中宋本五种、明本七种、清刻本四种、民国印行本一种,日本京都炳文堂本一种。《词总集考》是考辨历代词总集的著录,悉数列出各家序跋及版本,以备研究者参考之用,这在体例上是一种创新。《惜阴堂汇刻明词提要》是民国时期最重要的明词研究著作,赵尊岳为每

---

① 参见《宝纶堂佚词》,赵尊岳辑《明词汇刊》,上海,上海古籍出版社,据赵氏未刊稿本影印,2012 年,第 1810 页。

② 龙榆生记载:"词学讲义,为蕙风先生未刊稿。先生旧刻《香海棠馆词话》,后又续有增订,写定为《蕙风词话》五卷,由武进赵氏惜阴堂刊行。朱彊村先生,最为推重,谓:'自有词话以来,无此有功词学之作。'此稿言简意要,足为后学梯航。叔雍兄出以示予,亟为刊载,公诸并世之爱好倚声者。二十二年二月一日,龙沐勋附记。"参见龙榆生主编《词学季刊》(上),北京,国家图书馆出版社,2015 年,第 128 页。

③ 参见况周颐原著,孙克强整理《词学讲义》,《南阳师范学院学报》(社会科学版) 2016 年第 10 期,第 32~35 页。

一部词集撰写提要,介绍作者,厘清版本,品评作品风格。赵尊岳的词学目录理论和体系对龙榆生有所启发,他在编选《唐宋名家词选》《近三百年名家词选》和《苏门四学士词》时,尤为注重考察作家史迹、详辨版本善恶、慎重品评词家风格。龙榆生对赵尊岳明词文献学研究持肯定态度:"赵氏既自为《明词提要》,其他宋、元以来,乃至清代诸家之作,其重要十倍于明贤,其亟待有目录专书之刊行,盖无疑义。然兹事体大,非一人之力所能胜,合作分工,庶几有济。"① 纸背之意,赵尊岳治明词体例周备,明词部分他可完成,而宋、元、清三代词集,望海内治词者能"集众力以成伟著"②。

在撰写《蕙风词史》时,赵尊岳将况周颐创作分为三个阶段:初入词坛受王鹏运点悟阶段、癸巳、甲午以后国势颓败阶段和辛亥革命之后的动荡阶段。这种对词人词作进行阶段分析的批评方法与龙榆生知人论世的阶段分析法相似。

在词学批评领域,赵尊岳的表述和思路依然是传统的,即以"词话"形式建构理论,如《珍重阁词话》《填词丛话》等。在《填词丛话》中,赵尊岳提出"神味"说,又以"风度""气度"论词。相较之下,龙榆生词学理论已有现代词学批评的雏形。

1962年,赵尊岳从新加坡托女儿转交耗尽一生精力写就的《词总集考》稿本给龙榆生。龙榆生将其转献给杭州大学文学研究室。据龙榆生题记云,手稿共十册十六卷:卷一,唐、五代、宋;卷二,宋;卷三,金、元;卷四,明;卷五至卷十,清;卷十一,近人;卷十二至卷十四,汇刻;卷十五,丛钞;卷十六,合刻③,"所见传世词总集,大致几备"④。《词总集考》是赵尊岳学术研究集大成之作,他将稿本交给龙榆生可见交谊之厚。

---

① 龙榆生:《研究词学之商榷》,张晖主编《龙榆生全集》第三卷,上海,上海古籍出版社,2015年,第254页。
② 龙榆生:《研究词学之商榷》,张晖主编《龙榆生全集》第三卷,上海,上海古籍出版社,2015年,第255页。
③ 龙榆生:《词总集考稿本题记》,张晖主编《龙榆生全集》第九卷,上海,上海古籍出版社,2015年,第170页。
④ 张晖主编:《龙榆生全集》第九卷,上海,上海古籍出版社,2015年,第170页。

（六）冒广生（1873～1959年）

冒广生是近代文化名人，20世纪三四十年代，他与龙榆生在词学活动中颇多交集。两人同为沤社、午社成员，有潘飞声、吴湖帆、叶恭绰等共同好友，以词唱和。1937年，叶恭绰主办李后主千年忌日雅集，冒广生赋词，龙榆生和《虞美人》，记云"丁丑七夕，遐庵招集上海寓庐，为李后主忌日千年纪念。鹤亭翁先成此曲，依韵和之"①。冒广生三子冒效鲁与龙榆生亦为好友，1950年，冒广生、冒效鲁父子应龙榆生之邀，为其《哀江南图》题词。1958年，龙榆生填《满庭芳》贺冒广生八十大寿。次年，冒广生去世，龙榆生填《木兰花令》悼念。1964年，龙榆生去世，冒效鲁作《七绝》悼之。

龙榆生为冒广生《淮海集笺长编》作跋时赞曰："疚斋先生，耆年笃学，撰述不倦……亟为载入本刊，以见老辈致力学术之勤，与淮海之风流遗韵，历时既久，犹彰彰在人耳目云。"②冒广生是《词学季刊》和《同声月刊》的重要作者，长于文献整理与勘校，在《词学季刊》发表词作、词论和考述。在词学事业上，冒广生与龙榆生互相扶助。1934年，龙榆生向暨南大学文学系主任张世禄引荐冒广生教授词学；次年，冒广生和胡汉民向中山大学校长邹鲁举荐龙榆生担任词学教授。

（七）夏承焘（1900～1986年）

民国词坛，夏承焘和龙榆生词名并显。夏承焘长龙榆生两岁，毕生致力于词学研究和教学。两人交往始于1929年10月，龙榆生时任暨南大学教员，通过李雁晴转给夏承焘一函，言"欲治词学，愿为师友之交，以获切磋之益"③，表达缔交之意。1929年10月，两人相约合作治宋代词人年谱。1930年，夏承焘任教杭州之江大学，回温州省亲取道上海，与龙榆生论词。他们同为午社成员，多有唱作。

关于两人在治词方面的合作，学者已有研究。胡可先《20世纪30年代夏承焘先生的词作和词学》对二人的关系进行考察，认为在两人

---

① 张晖主编：《龙榆生全集》第四卷，上海，上海古籍出版社，2015年，第119页。
② 龙榆生：《淮海集笺长编跋》，张晖主编《龙榆生全集》第九卷，上海，上海古籍出版社，2015年，第91页。
③ 张晖：《龙榆生先生年谱》，上海，学林出版社，2001年，第26页。

的交往中有两件事最值得称道:"第一,夏承焘为龙榆生《东坡乐府笺》校正书稿并作序;第二,龙榆生和夏承焘切磋词作。有时夏承焘作词,函寄给龙榆生后,龙榆生对于夏词作出批评,夏氏亦自反省。"① 除此之外,笔者认为还有一件事情值得记录,那便是龙榆生在《词学季刊》上发表夏承焘的许多重要年谱考证、词论、笺校等文章。仅以年谱为例,夏承焘发表在《词学季刊》中的年谱有《张子野年谱》《贺方回年谱》《韦端己年谱(附温飞卿)》《晏同叔年谱(附晏叔原)》《冯正中年谱》《南唐二主年谱》六部,计九家。这批文章成为夏承焘词学研究中最重要的成果。

两人书信往来频密。龙榆生与夏承焘通信的主要内容围绕词学研究展开,夏承焘曾就学术问题托龙榆生代询朱祖谋,促成夏承焘与朱祖谋晤面;书信往来也涉及研词计划、搜集资料等内容,夏承焘撰《张子野年谱》时曾委托龙榆生"查子野入蜀年代",夏承焘为龙榆生的《东坡乐府笺》校正、删繁,且提供"东坡词宋人有顾禧景繁补注"等信息②。

经夏承焘引荐,谢玉岑与龙榆生相识。谢玉岑与龙榆生虽只见过两面,但两人学术交往不断。1933年2月至4月,谢玉岑返常州养病期间与龙榆生多次往来信函③,探讨词学,并拟加入词社。在谢玉岑的推荐下,陈思的《白石词疏证》刊载于《词学季刊》1933年第1卷第3期。谢玉岑的部分词作(含遗稿)亦刊登于《词学季刊》。谢玉岑下世,龙榆生填《鹧鸪天》送别,并在《词学季刊》第2卷第4号(1935年7月)刊登"行状"悼念。龙榆生与谢玉岑的交往成为词坛一段佳话。

1985年5月4日,夏承焘在写给施蛰存的函中回忆自己与龙榆生的交往:"彼此之间,不惟探讨词学,商榷述作,抑且砥砺志行,时有直谅之言……(《词学季刊》)每期必有龙君词论弁其端,而以予之

---

① 胡可先:《近三十年夏承焘研究论述》,《中文学术前沿》编辑委员会编《中文学术前沿》(第五辑),杭州,浙江大学出版社,2012年,第55页。
② 参见胡永启《日记所见夏承焘与龙榆生交游——以〈天风阁学词日记〉所载书札为中心》,《泰山学院学报》2016年第1期,第32~35页。另汪海洋《龙榆生与夏承焘交游考》亦从日记考述两人交谊,《开封文化艺术职业学院学报》,2020年第11期,第25~27页。
③ 参见《致龙榆生书(五通)》,谢建红编注《谢玉岑集》,上海,华东师范大学出版社,2019年,第226页。

《词人年谱》继其后。自始至终，几成定格。"① "砥砺志行"与"直谅之言"是两位学人相互扶持的真实写照。他们在词学研究领域各有所长，共同推进词学发展。他们的交谊，在20世纪词学史上留下浓墨重彩的一笔。

（八）易孺（1874～1941年）

龙榆生自述，"易先生（按：指易孺）和我的交谊，是以词为因缘的"②。两人在词学上曾有争论。龙榆生"对填词是主张苏辛一派的，和他（按：指易孺）恰立于反对的地位"③。易孺（号大厂）填词严守声律，"四声清浊，一直不肯变动，连原词所有的虚字实字，都一一要照刻板式的去填"，朱祖谋曾借易孺自题"百涩词心不要通"一句批评他填词过于刻板以致晦涩难通。1930年，龙榆生和作易孺《红林檎近》时特别注明，"大厂旅游白门，和清真此阕见寄，依韵奉答。但守四声，不判阴阳，仍无当于大厂所定规律也"④。龙榆生深知易孺对四声平仄要求严格，他估计这首词不能完全符合朋友的要求，故自谦而题于词注，但隐隐中也透露出他对易孺填词用韵"铿钉"破碎的不满。1936年，龙榆生、易孺、胡汉民三人同和文天祥的《满江红·和王昭仪韵》，"相约用寻常习见之调"。龙榆生对易孺的这次和韵极为欣赏，"易先生和了许多玉田词，变艰深为平易，苍凉变徵之音，能移我情"⑤。

《近三百年名家词选》选易词三阕，取清疏直近之作，分别是《霜花腴》（怨潮暮咽）、《满江红》（一叶舆图）、《虞美人》（霜中枫冷犹红舞）。龙榆生在集评中录叶恭绰《广箧中词》评语并证："大厂词审音琢句，取径艰涩。兹录其较疏快之作，解人当不难索也。"⑥ 可见，

---

① 信函图片来源于2005秋季艺术拍卖会。夏承焘、吴无闻夫妇致施蛰存信札，四通七页连封。
② 龙榆生：《乐坛怀旧录续》（原刊《求是》月刊第一卷第四号，1944年6月15日出版），张晖主编《龙榆生全集》第九卷，上海，上海古籍出版社，2015年，第353页。
③ 张晖主编：《龙榆生全集》第九卷，上海，上海古籍出版社，2015年，第353页。
④ 张晖主编：《龙榆生全集》第四卷，上海，上海古籍出版社，2015年，第82页。
⑤ 张晖主编：《龙榆生全集》第九卷，上海，上海古籍出版社，2015年，第355页。
⑥ 龙榆生：《近三百年名家词选》，张晖主编《龙榆生全集》第八卷，上海，上海古籍出版社，2015年，第426页。

雕琢字音、奥涩难懂是易孺常见的词风，但为同时代选家所认可的还是清疏易明的词。龙榆生甚至在"词人小传"中直言易大厂作词的问题："孺填词务为生涩，爱取周、吴诸僻调，一一依其四声虚实而强填之，用心至苦……""强填之"三字见龙榆生下笔之重，可谓诤友。易孺全力支持龙榆生创制新体乐歌的设想，他们同为"歌社"和"音乐艺文社"的发起人，共同探索词体在当下演进为"歌"体的可能性。龙榆生在《乐坛怀旧录》和《乐坛怀旧录续》中深情地回忆与易孺的交往，评价他是"最有天性的人"①。易孺多才多艺，"除了诗词歌曲之外，写字绘画，都是超逸绝尘的，尤其篆刻是他的绝技，别有一种气味，我以为当世印人，没有一个能敌过他的，他也非常自负"②。易孺则用宋词集联评价龙榆生："任事施教，忠勇无比"，"独咏苍茫（袁去华《柳梢青》），佳处径须携仗去（辛弃疾《满江红》）。忍寒滋味（侯寘《清平乐》），风流不枉与诗尝（汪莘《浣溪沙》）"③。可见在易孺眼中，龙榆生亦是性情中人。

二人和作很多。1937年，上海战事吃紧，在"七夕"聚会上，龙榆生和易孺的《临江仙》，"南面词坛千岁业，愁心又转冥迷"，自注"仓皇杯酒，正似当年也"④。在特殊年代，他们以词交心，把酒谈论词坛伟业，而这些温暖的瞬间熨帖了词人的心。钱仁康回忆龙榆生与易孺的交往时说："两人论词时有争论，但仍经常有诗词酬答，保持着亲密的友谊。"⑤ 1941年，易孺病危，龙榆生赋诗《口占寄大厂居士，时居士方病剧》，作词《鹧鸪天》。病榻之上的易孺和作四首《鹧鸪天》，"词肠未断已离魂""八千里外还家易，十二时中念汝颜""细缕藏雅深巷门，诗成阁泪怆留痕"。龙榆生读罢喟叹，"真个一字一泪，令人不忍卒读"⑥。1942年，易孺捐背，龙榆生作五古《哭大厂居士三首》，

---

① 龙榆生：《乐坛怀旧录续》，张晖主编《龙榆生全集》第九卷，上海，上海古籍出版社，2015年，第351页。
② 张晖主编：《龙榆生全集》第九卷，上海，上海古籍出版社，2015年，第355页。
③ 龚联寿编著：《中华对联大典》，上海，复旦大学出版社，1998年，第915页。
④ 张晖主编：《龙榆生全集》第四卷，上海，上海古籍出版社，2015年，第119页。
⑤ 钱仁康：《龙榆生先生的音乐因缘》，张晖编《忍寒庐学记——龙榆生的生平与学术》，北京，生活·读书·新知三联书店，2014年，第62页。
⑥ 龙榆生：《乐坛怀旧录续》，张晖主编《龙榆生全集》第九卷，上海，上海古籍出版社，2015年，第352页。

其二"相约究声律,亦复勤雕镌"言两人谈艺的过往。

在之后的日子里,龙榆生常常怀念这位好友。1944年,作七绝《忆大厂》;1961年,作七绝《题大厂居士遗作雁来红扇面》;同年,作七绝三首《题大厂局势残画青椒扇面寄刘作筹》、七绝一首《于旧箧中检得岭表故人易大厂居士遗作菊花便面,率题一绝句,以赠志清同志留玩》、《满庭芳》词一阕。易孺填词随填随散,龙榆生屡屡帮朋友存词,他从易孺的行箧中整理出他生前绘制的水仙小幅,录画中题词存于《忍寒漫录(二七)》中。1964年,龙榆生又翻检出易孺的红渠雪藕扇面残稿,遂作两阕《望江南》。"贫贱交情,江湖夙契,怕闻邻笛凄清。魂断何处,留韵在丹青"①,董理易孺的遗作,睹物思人,历历往事浮上心头。

龙榆生与易孺在学术观点上偶有分歧,两人生活中惺惺相惜,理性的文学批判让彼此研有所成,开一代文化新风,这正是民国知识分子君子之交的写照。

(九)张尔田(1874~1945年)

张尔田是近代历史学家、词人。1928年,龙榆生抵沪后与张尔田相识。1930年,张尔田北上定居。北上前,二人各写了一首七律。龙榆生在《送张孟劬先生北上》中表达了对张尔田的景仰:"旅食频年所钦慕,彊翁而外惟公贤。"②张尔田亦有一首《北行留别榆生》,情义深婉。直到1944年年底,龙榆生才在北游时见上张尔田一面,回来后不久,张尔田即去世。二人见面时间很短,基本上靠书信、和作保持联系。通过书信往来,张尔田与龙榆生对不同的词学主张进行探讨,"虽晤对末由,而翰札往还,商讨倚声之学,月必数通"③,可见通信频繁。1966年,龙榆生在《钱塘张孟劬先生尔田遗稿跋尾》中对张尔田评价极高:"予之得识先生(按:指张尔田),始在上海贝勒路同益里,亦常遇于彊村先生座上。彊翁下世后,先生转就燕京大学之聘,尽室北

---

① 龙榆生:《满庭芳》,张晖主编《龙榆生全集》第四卷,上海,上海古籍出版社,2015年,第313页。
② 张晖主编:《龙榆生全集》第四卷,上海,上海古籍出版社,2015年,第81页。
③ 龙榆生:《钱塘张尔田清史后妃传跋》,张晖主编《龙榆生全集》第九卷,上海,上海古籍出版社,2015年,第139页。

行，相见日稀而书札往还日密，所以匡益之者良厚；博学而工词，情深而谊重，师友中未有过于先生者也。"① 张尔田治史为主，若以词学论，"师友中未有过于先生者也"恐非事实，也许"未有过于先生"的是"情深而谊重"罢。可见，在龙榆生的心目中，张尔田是一位良师益友。

张尔田写诗填词，常常是兴之所至，又随写随散，龙榆生通过发表词作的形式帮其整理、保存，得《遯盦乐府》。他曾总结张尔田诗词创作特色："先生诗学李商隐，词喜元好问，身世悲凉之感，缠绵悱恻之思，一于韵语发之。晚作诸词直摩遗山之垒，蒋春霖未足喻也。"② 蒋春霖的词风为龙榆生所激赏，龙榆生认为张尔田晚年的词风可与蒋春霖并举，可见对张尔田词作的认可。

刊载于《词学季刊》通讯栏目的函中，张尔田与龙榆生论词的书札最多，主要有：

第一卷第一号：《与榆生论彊村遗文书》《与榆生言彊村遗事书》。

第一卷第二号：《与龙榆生论彊村词书》。

第一卷第三号：《与龙榆生言碧桃仙馆词书》《与龙榆生言郑叔问遗札书》《与龙榆生言词事书》。

第一卷第四号：《与龙榆生论彊村词事书》《再与榆生论彊村词事书》《三与榆生论彊村词事书》《四与榆生论彊村词事书》。

第二卷第一号：《与龙榆生论温飞卿贬尉事》《再论温飞卿贬尉事》《三论温飞卿贬尉事》。

第二卷第三号：《与龙榆生论苏辛词》《再与龙榆生论苏辛词》。

第三卷第二号：《与龙榆生言况蕙风逸事》。

另，《词学季刊》第二卷第四号发表张尔田《近代词人逸事》。

龙榆生有两封回函，一封是发表在《词学季刊》第二卷第一号上的《报张孟劬先生书》。张尔田纠正《词学季刊》记载朱彊村之词事，龙榆生致谢并致歉，表示在下一期改正，同时向张尔田索《授砚图》的题句。

---

① 龙榆生：《钱塘张孟劬先生尔田遗稿跋尾》，张晖主编《龙榆生全集》第九卷，上海，上海古籍出版社，2015年，第204页。

② 龙榆生：《钱塘张尔田清史后妃传跋》，张晖主编《龙榆生全集》第九卷，上海，上海古籍出版社，2015年，第139页。

张尔田的函是做投稿用。从内容来看，主要以词人词事为主，兼谈词学的创作主张、平仄声韵等。在《同声月刊》中，张尔田继续沿用了这种方式论词，如《与龙榆生论词书》（刊《同声月刊》1941 年第一卷第八号）。

另一封回函是刊于《词学季刊》第二卷第三号的《答张孟劬先生》。龙榆生倡导苏辛词，并拟由此入手开宗建派。张尔田批评他"言之未免太易"①，"根柢既漓，遂成风气，又安望其词之真耶？学梦窗如是，学苏辛又何独不然"②，进而提出"尊体不如尊品"③，主张从词之内容、格调来挽救词风甚至世风，而不是寄望于某个流派或者某个人。龙榆生在函中感谢张尔田的直言批评："勋之持论，时人毁誉参半。而皆不中肯綮之言。能指斥其非，而匡益吾不逮者，惟公耳。"④ 他认同张尔田对于"词风之坏，乃人为之"⑤ 的观点，并重申主张推苏辛之原因，20 世纪 30 年代，"正惟世风日坏，士气先馁"⑥，故"颇思以苏辛一派之清雄磊落，与后进以渐染涵泳，期收效于万一"⑦。张尔田的批评，龙榆生也许未全盘接受，但应该有所触动，因此他在此后没有强推苏辛词，而是寄望于创制新体乐歌以唤起词坛新风。

张尔田在词学文献学、词学批评、声调之学等多个词学研究领域的观点对龙榆生均有所启发。在四声问题上二人观点相近；在标举苏辛以救词坛之弊的问题上，两人意见相左。正是因着这样的争鸣，龙榆生不断修正、完善自己的词学观点，并在争鸣中扩大词学主张的传播力、影响力，从这个意义上说，"师友中未有过于先生者也"非门面语。

---

① 张尔田：《与龙榆生论苏辛词》，龙榆生主编《词学季刊》（中），北京，国家图书馆出版社，2015 年，第 885 页。

② 张尔田：《再与龙榆生论苏辛词》，龙榆生主编《词学季刊》（中），北京，国家图书馆出版社，2015 年，第 885 页。

③ 张尔田：《再与龙榆生论苏辛词》，龙榆生主编《词学季刊》（中），北京，国家图书馆出版社，2015 年，第 886 页。

④ 龙榆生：《答张孟劬先生》，张晖主编《龙榆生全集》第九卷，上海，上海古籍出版社，2015 年，第 225 页。

⑤ 龙榆生：《答张孟劬先生》，张晖主编《龙榆生全集》第九卷，上海，上海古籍出版社，2015 年，第 225 页。

⑥ 龙榆生：《答张孟劬先生》，张晖主编《龙榆生全集》第九卷，上海，上海古籍出版社，2015 年，第 225 页。

⑦ 龙榆生：《答张孟劬先生》，张晖主编《龙榆生全集》第九卷，上海，上海古籍出版社，2015 年，第 225 页。

（十）冼玉清（1895～1965年）

"岭南才女"冼玉清是著名的文史专家、书画家，精传统诗词书画。1917年，冼玉清考入广州岭南大学，主修古典文学。她曾任岭南大学国文系副教授、中山大学文学系教授。1953年，龙榆生作《七绝》，从题注"与冼玉清相知近廿年"可知，两人相识于20世纪30年代前中期。1953年，冼玉清北游，途经上海，两人关系开始密切；回岭南时又经过上海，两人再次会晤。冼玉清对岭南文献的整理与发掘有重大贡献。从唱和内容看，龙榆生与冼玉清有学术交流。1955年，久不得冼玉清来信的龙榆生填《临江仙》，"过却清明风更雨，高楼谁共论文""几时同把盏，清话到黄昏"①，怀念与友人谈诗论词的时光。冼玉清善于画，龙榆生长于词，冼玉清示画，嘱龙榆生为其画《水仙图》和《授经图》题词。陈寅恪眼疾后，冼玉清成为龙榆生与陈寅恪联系的"中间人"，龙榆生填《鹧鸪天》寄冼玉清以存感谢，是谓"凭谁问询陈居士，可更安心强著书"②。龙榆生欣赏冼玉清的品德与才学，称其"浑未让须眉"③。事实上，对女性词人、词学研究者，龙榆生亦有关注，《词学季刊》辟"现代女子词录""近代女子词录"，收录吕碧城、丁宁、陈家庆、汤国梨、罗庄、叶成绮、翟贞元、童璠、吕凤、陈翠娜、王兰馨、张荃、张默君、李瑗灿、马素蘋、俞令默、刘嘉慎、徐小淑、蒯彦范、刘敏思、李澄波、翟兆复、程倩薇、黄庆云等女性词人的词，对于推广、保存近代女性词贡献良多。

龙榆生在诗词界相当活跃。除上述师友外，龙榆生与陈三立、陈中凡、黄孝纾、吴梅、谢玉岑、林葆恒、胡汉民、吕贞白等人结社雅聚、出刊唱酬；与俞平伯、马一浮、沈尹默、谢沉（无量）、欧阳渐等学者亦多有往来；与弟子龚家珠、任睦宇、张寿平、徐培均、王筱静、丘立等人有赠答之作，词学事业在文字间薪火相传。上海是20世纪三四十年代中国旧体词学创作与研究重镇，处于词坛中心的龙榆生与其他词家词友的交往在一定程度上影响了词坛理论走向：龙榆生等词坛有识之士

---

① 张晖主编：《龙榆生全集》第四卷，上海，上海古籍出版社，2015年，第231页。
② 张晖主编：《龙榆生全集》第四卷，上海，上海古籍出版社，2015年，第380页。
③ 张晖主编：《龙榆生全集》第四卷，上海，上海古籍出版社，2015年，第198页。

力主扭转词风之弊,对常州词派的理论主张及"梦窗热"提出反思;与此同时,他们的在文献目录、声调词乐、文艺批评等方面的探索与理论建构均有进展,渐成体系。借由龙榆生的交游轨迹,一幅幅意象精绝的诗词交游图跃然纸上,时空转接,人世变幻,大多数从壮年相识到暮年相别的情谊如词之正体,大纯雅厚,文质适中,令人长吟远慕。

二、音乐界:结社创作共谱新歌

在与音乐家、音乐学生的跨界交往中,龙榆生吸收西方音乐的精妙并自觉内化,综合传统韵文的句式、章法、韵律,形成富有现代气质的歌词体体势,在生动多姿的实验中朝着复兴中国的诗教理想靠近。

(一)萧友梅(1884~1940年)

萧友梅是中国现代音乐教育的开拓者与奠基者。20世纪30年代,龙榆生任教于上海国立音乐院,与萧友梅、易孺、黄自、李惟宁诸位音乐家交往密切,着手进行"将传统的诗词规律用于现代的歌词创作"的实验。

1928年,龙榆生帮易孺代音乐院的诗词课,萧友梅时任音乐院教务主任兼代院长,两人相识。龙榆生重视词与乐的关系,"声调之学"的系统研究和对新体乐歌的探索皆与音乐有关。龙榆生从音乐角度研究词学并进行创作,离不开萧友梅等音乐界师友的帮助。萧友梅是"歌社"最重要的倡导者,龙榆生盛赞"若说到主持风会,这开路的先锋,恐怕还是少不了要归功于萧先生的"[①]。

除了组织"歌社"、发行音乐杂志、培养音乐人才,萧友梅还为新体乐歌提供了技术支撑。前文已述,最早为新体乐歌命名的可能是萧友梅。在创作上,萧友梅等音乐家制曲,龙榆生承担了填词的文本工作。龙榆生在与萧友梅共同署名的(萧友梅名字在前)的《歌社成立宣言》中说:"将谋文艺界音乐界之结合,以弥诸缺陷,而从事于新体歌词之

[①] 龙榆生:《乐坛怀旧录》,张晖主编《龙榆生全集》第九卷,上海,上海古籍出版社,2015年,第344页。

创造,以蕲适应现代潮流。"①

不仅为新体乐歌定名,萧友梅还为新体乐歌定下形式。"适应现代潮流"的"歌",可以理解为当时的流行音乐,这种音乐形式是青年人喜闻乐见的。留学归来的萧友梅对中西音乐皆有研究,他对如何融会贯通中西音乐的特点并将之用于新体乐歌提出了合理意见。《歌社成立宣言》称,"晚近数百年,西方歌曲之发达,恒由于新式歌词,为之引导。盖歌词形式上既有变化,歌曲节奏,亦即随以转移。譬如最流行之《櫂歌》军歌,与简单的三段式歌词(按:指《苍苍松树》)为民歌所不能缺,而吾国旧诗词中,均罕此形式"②。意大利民歌《櫂歌》是两段式重复,德国民歌《苍苍松树》(均为青主译)是三段式重复,这种音乐形式适合传唱,也适合填词。新体乐歌在形式上由此定下雏形。龙榆生之后创作的《玫瑰三愿》等名曲遵循的便是这种形式。

萧友梅1940年病逝。相识十一载,龙榆生在1944年出版的《求是》月刊第一卷第一号上撰写了《乐坛怀旧录》来回忆萧友梅。萧友梅与龙榆生无应和。从有限的文字来看,两人的情谊只停留在工作层面上。萧友梅有着西方的思维,他可以为了教育散尽千金,但也公私分明,故龙榆生评价萧友梅天性近于古代的"狷者"③。龙榆生回忆道,当年他逃难寄住于汽车间内,萧友梅也坚持要他缴纳房租。龙榆生说:"我知道他的为人,是严于公私之辨的,所以对这丝毫没有什么意见。可是这类的细枝末节,看得太认真了,在这个马马虎虎惯了的中国社会,最容易得罪人,而且会妨碍着一个伟大计划的发展。"④ 未知龙榆生所言"伟大计划"是否确指合作"新体乐歌",但对于龙榆生这样一位性情侠义的传统文人来说,他与萧友梅的私交可能并不愉快,也因此,两人交情只能求同存异,进而止步于"工作交往"了。但不可否认的是,跨界合作是新体乐歌创制的根基,如果没有萧友梅在音乐上的

---

① 萧友梅、龙榆生:《歌社成立宣言》,张晖主编《龙榆生全集》第九卷,上海,上海古籍出版社,2015年,第216页。
② 萧友梅、龙榆生:《歌社成立宣言》,张晖主编《龙榆生全集》第九卷,上海,上海古籍出版社,2015年,第217页。
③ 龙榆生:《乐坛怀旧录》,张晖主编《龙榆生全集》第九卷,上海,上海古籍出版社,2015年,第344页。
④ 龙榆生:《乐坛怀旧录》,张晖主编《龙榆生全集》第九卷,上海,上海古籍出版社,2015年,第345页。

支持，龙榆生创制新体乐歌的理想不能付诸实践。

(二) 钱仁康（1914～2013年）

龙榆生曾于国立音乐院兼任国文诗歌讲席12年，自述"音乐出身的同学，对我都有好感，差不多没有一个不认识我的"①，这些学生有不少成为中国音乐界的殿堂级人物，比如钱仁康。钱仁康曾任上海音乐学院音乐研究所所长和音乐学系主任，他在《龙榆生先生的音乐因缘》中深情回忆："榆师在音专教课，十分认真负责。音专同学很少对诗词发生兴趣，榆师循循善诱，培养出了不少能写诗词的学生……我也是在榆师的栽培下，粗通写作诗词的门径的。"② 可知，钱仁康在诗词方面的文学修养师承龙榆生。《钱仁康歌曲集》收录有9首龙榆生作品：1939年的《红叶》；1946年的《小夜曲》；1947年创作了五首——《春朝曲》《沧浪吟》《骸骨舞曲》《是这笔杆儿误了我》《山鸡救林火》；1948年的《一朵鲜花》《梅花曲》。直至龙榆生晚年，两人仍保持深厚的情谊。1964年，钱仁康被评为先进工作者，龙榆生赋《西江月》贺之。龙榆生是江西人，钱仁康从庐山回来给龙榆生带云雾茶，"不尝此味瞬逾三十六年"的龙榆生赋《虞美人》致谢。

除上述两位音乐人外，龙榆生与黄自、李惟仁等音乐家亦多有合作，比如脍炙人口的《玫瑰三愿》便是与黄自合作完成。龙榆生的诗词教育影响了一些中国音乐家。

三、美术界：词心画意消郁遣怀

民国前期，沪上填词作画风雅盛行。龙榆生与美术界诸多大师多有往来，从现有资料看，龙榆生与徐悲鸿、吴湖帆、汤定翁等人皆有词画之交，且与吴湖帆的交谊持续至1949年之后；中华人民共和国成立后，龙榆生与丰子恺、傅抱石亦有交集。20世纪30年代初，龙榆生旅沪即与吴湖帆相识。吴湖帆（1894～1968年）是现代著名绘画大师，家学

---

① 张晖主编：《龙榆生全集》第九卷，上海，上海古籍出版社，2015年，第257页。
② 钱仁康：《龙榆生先生的音乐因缘》，张晖编《忍寒庐学记——龙榆生的生平与学术》，北京，生活·读书·新知三联书店，2014年，第62页。

深厚,精于金石文献考订,集创作、鉴赏、收藏于一身,龙榆生曾评价吴湖帆《佞宋词痕》"多有关金石书画之作,考订绝精"①。

吴湖帆为龙榆生创作《彊村授砚图》和《风雨龙吟室图》。《词学季刊》创刊,吴湖帆为创刊号作封面。

龙榆生为吴湖帆画作题词。1931年,龙榆生填《洞仙歌》,题注"用柳屯田韵为湖帆先生题仇实甫画长门赋图"②;1934年,填《减字木兰花》,"为湖帆题马湘兰、薛素素画兰合卷"③;1958年,作七绝《题吴湖帆画双蕖赠张文铨、黄文卿夫妇》④。除了画作、填词,两人亦有和作,1954年,龙榆生在《石湖仙》(依白石声韵为吴湖帆题所作《佞宋词痕》)附识中提及:"与湖帆道兄相契廿余年,垂老江湖,每以歌词相商榷。"⑤ "相契""垂老"道出二人关系非同一般,廿余年的情谊更是让人钦羡。龙榆生与吴湖帆的题画诗词精微细腻,题画兰,"骚怀九畹,无分移根栽上苑。侠骨柔肠,异代相望引恨长"⑥,人景合一,笔力千钧;题画双蕖,"灼灼双蕖出水清,含苞早自孕深情"⑦,虚实相生,情语至真;感谢吴湖帆为自己作《风雨龙吟室图》,"云乍纵,日初迟,四山风雨渐冥迷"⑧,借景抒怀,哀音似诉。

他们用词心画意消郁遣怀,这些画作、词作内容常于细约题材中抒发个人与时代之感。这些词作、画作既是时代的审美需要,也是词人、绘者在艺术与现实之间寻求慰藉的心理需要。艺术是客观世界在人意识领域的审美反映,尽管诗词、绘画是不同门类的艺术,但它们体现出创作者对意境追求的互通,共同守护了创作者的精神家园,激活艺术思想在当代词、画创作及鉴赏中的生命力。

---

① 龙榆生:《〈石湖仙〉附识》,张晖主编《龙榆生全集》第四卷,上海,上海古籍出版社,2015年,第203页。
② 张晖主编:《龙榆生全集》第四卷,上海,上海古籍出版社,2015年,第86页。
③ 张晖主编:《龙榆生全集》第四卷,上海,上海古籍出版社,2015年,第101页。
④ 张晖主编:《龙榆生全集》第四卷,上海,上海古籍出版社,2015年,第270页。
⑤ 张晖主编:《龙榆生全集》第四卷,上海,上海古籍出版社,2015年,第203页。
⑥ 张晖主编:《龙榆生全集》第四卷,上海,上海古籍出版社,2015年,第101页。
⑦ 张晖主编:《龙榆生全集》第四卷,上海,上海古籍出版社,2015年,第270页。
⑧ 张晖主编:《龙榆生全集》第四卷,上海,上海古籍出版社,2015年,第227页。

四、异域学者：诗词为媒缘成知音

龙榆生作为现代词学奠基人，与海外热爱旧体诗词的文人亦有交流。20世纪30年代，龙榆生与日本词学协会间有学术信息交流，龙榆生与日本学者今关天彭、小川环树、吉川善之也多有唱和。

今关天彭（1882～1970年）是日本汉学家，本名寿麿，号天彭，笔名天彭生。"天彭"取自四川古代地名（即今之彭州市），天彭是唐代以来牡丹的著名产地，因今关家有牡丹园，故其少年时期起就以天彭为雅号。1908年，辞去总统府官职的今关赴北京游学，在三井公司（时称"三井合名本社"）的资助下成立"今关研究室"，从事中国国情调查以及古今艺文资料的收集与研究，并广泛结交文艺界朋友。

1941年，龙榆生填《八声甘州》、作《七律》赠今关天彭，"印心还借手为口，相对无言情转亲"①，"以手为口"即与今关天彭笔谈。笔谈的内容是"新诗合向闲中老，逸响听从域外真。我欲三山寻乐谱，李唐声教愧重陈"②，龙榆生希冀从诗词文化同源的域外寻求诗乐、词乐的痕迹，以此考察唐宋词的用律规律，在此基础上总结、重建一套合理的创作规则。1942年，龙榆生写有《日本诗人今关天彭枉过寓庐赋赠》《再用前韵答天彭先生》《秋晓有怀今关天彭先生东京》等诗。今关天彭亦有和作《次榆生见赠韵却寄》（刊于1942年出版的《同声月刊》二卷二号）。龙榆生与今关天彭的交流相谈甚欢，其诗记曰"偶缘文字托知音"③，"挥麈谈玄忘久坐"，"鸥波起处看诗成"④。

二人在文献交流上亦有往来，龙榆生创办的《词学季刊》交换到日本京都的东方文化研究所⑤，今关天彭也为龙榆生提供过文献帮助，《荒鸡警梦室杂缀》记："予来白下，获交今关天彭先生（寿麿），屡为称道其邦人竹田先生有填词图谱之作。比承以所藏田能村竹田全集见

---

① 张晖主编：《龙榆生全集》第四卷，上海，上海古籍出版社，2015年，第133页。
② 张晖主编：《龙榆生全集》第四卷，上海，上海古籍出版社，2015年，第133页。
③ 张晖主编：《龙榆生全集》第四卷，上海，上海古籍出版社，2015年，第207页。
④ 张晖主编：《龙榆生全集》第四卷，上海，上海古籍出版社，2015年，第138页。
⑤ 参见张晖主编《龙榆生全集》第九卷，上海，上海古籍出版社，2015年，第256页。

赠，则图谱在焉。"①

小川环树（1910～1993 年）是日本中国学京都学派第三代代表性学者之一，在文学和语言学两大领域均有建树。在中国文学的唐诗研究、宋诗研究、明清小说方面均有建树。小川环树在《雅友》诗刊上读到龙榆生的诗很是喜爱，"欲修一柬未果"②后便写了一首诗，诗云："曾从海外识君名，偶见新诗无限情。松柏经寒凋总后，未知何日话平生。"③小川环树表达了盼与龙榆生谈学的愿望。1955 年，龙榆生作《七绝》报之。

吉川幸次郎（1904～1980 年），字善之，号宛亭，日本汉学家，被称为"汉学泰斗"。1957 年，龙榆生填《鹧鸪天》赠吉川善之，不久后收到吉川善之的回复，吉川善之寄给龙榆生《中国文学报》第九册。此后，两人常有唱和。龙榆生将自己所藏《海日楼遗诗》赠给吉川善之，吉川善之也将自己所著的《宋诗概论》送给龙榆生。

检龙榆生诗词集可知，龙榆生与德国学者霍福民（1911～1997年）、马仪思有交集。霍福民在德国汉堡大学专攻中国诗词期间已读过《词学季刊》，对诗词有浓厚的兴趣，曾将李后主词译成德文出版。1940 年 12 月，霍福民前往北平；1943 年抵达南京，与龙榆生相识后成为其弟子。1945 年，龙榆生与霍福民相聚，作《虞美人》，学者评赞："龙榆生的这首词并没有使用华丽的辞藻和深奥的典故，只是通过对除夕欢乐场的铺写，用浅近而真挚的语言，述说与知己一起共度除夕的欢乐之情。由于当时的形势，词中也体现了无法摆脱的对时事的伤感。龙榆生与霍福民相差九岁，作为异国他乡对词学情之维系的霍福民，龙榆生将他看作难得的知音（同心侣）。这首词写的深沉委婉，真实诚挚！"④霍福民回德国后，龙榆生于 1954 年、1956 年填词寄怀。马仪思是中德学会的德方人员，1954 年龙榆生曾赋《临江仙》念之。

诗词是龙榆生与异域学者交流、沟通的桥梁。从寄怀诗词的内容来看，虽不频繁，但亦珍贵。1982 年 7 月，霍福民给当时在汉堡访问的

---

① 张晖主编：《龙榆生全集》第九卷，上海，上海古籍出版社，2015 年，第 81 页。
② 张晖主编：《龙榆生全集》第四卷，上海，上海古籍出版社，2015 年，第 231 页。
③ 张晖主编：《龙榆生全集》第四卷，上海，上海古籍出版社，2015 年，第 231 页。
④ 李雪涛：《岁寒难致同心侣——汉学家霍福民与词学家龙榆生》，《诗书画》2018 年第 1 期，第 128 页。

龙榆生的四女龙雅宜写了一封中文信,"可以看到三十多年后他对自己的这位老师依然保持着钦佩之情"①。时局诡谲,他们的交往也许不仅限于诗词,但对于诗词的热爱却是真挚浓烈的,也许只有馥郁意切的文学情感和文化力量才能无视政治的裹挟、抵抗时光的遗忘。

学科的交叉与交融、中西的抵牾与调和、传统和前卫的冲突与趋近,贯穿龙榆生与诗词界、音乐界、美术界以及异域诗词同好的交往过程。他们学养深厚、人文情怀深远、对诗词感情深沉。借由龙榆生的交游图,人们仿佛重回历史现场,一部丰富而生动的词学活动史徐徐展开,那里有学术的交锋,有智慧的碰撞,更有一代学人对于传承文化的自觉担当。

第二节　传播记事:"彊村授砚"图诗词文考述

龙榆生的一生随清末词宗朱祖谋治词而改变。1928 年,龙榆生前往上海任教职,积极参加当时沪上的词社雅集,渐为词坛巨擘朱祖谋赏识。朱祖谋去世前将象征学术传承的朱墨双砚赠予龙榆生,并托其整理稿件。龙榆生不负所托,完成彊村遗稿的整理出版工作,并请前辈、朋友围绕"彊村授砚"的主题作画、题诗、填词、赋文,蔚成一时之艺文风雅。还原该系列图像与文字所经历的历史场域和行动轨迹可见,"彊村授砚"深刻地影响了龙榆生的人生与学术:《授砚图》诗词文系列作品勾连 20 世纪 30 年代错综密织的学术圈,见证了民国诗词大家之交游,以及 20 世纪 30 年代旧式诗词文人圈的生存状态、群体心理与当时词学走向、词坛新变,而"彊村授砚"也由此成为值得被记录与再思考的文化事件。

一、授砚:可怜传钵意云何

砚者,研也。传砚,意为传钵。龙榆生感念师恩,多次请人为此事

---

① 李雪涛:《岁寒难致同心侣——汉学家霍福民与词学家龙榆生》,《诗书画》2018 年第 1 期,第 127 页。

绘图、作文，尊师重道之意尽显，洵为词坛一段佳话。据首幅《上彊村授砚图》的绘制时间可知，1931年10月，夏敬观受朱祖谋所托，绘成《上彊村授砚图》，朱彊村寓目，"授砚"应在"托稿"前。夏敬观《忍古楼词话·龙榆生》记："（朱彊村）以校词双砚相授，期以传衣钵也，予复为作《上彊村授砚图》。沤尹临没，以遗稿整理梓行为托。"①

《朱彊村先生永诀记》详细记载"托稿"细节。1931年12月27日，朱彊村因病未能参加沤社集会，口占《鹧鸪天》词示社友。龙榆生从"任抛心力作词人""不结他生未了因"②句读出朱彊村对未竟之业与谁托付之意，次日赋诗二首，于午后袖此二诗看望朱彊村。诗云：

> 信是人间百可哀，无穷恩怨一时来。
> 只应留取心魄在，掺入丹铅泪几堆。
>
> 经旬不见病维摩，沾溉余波我独多。
> 万劫此心长耿耿，可怜传钵意云何。③

此二诗走进朱彊村内心，"万劫此心长耿耿，可怜传钵意云何"两句有学承彊村之意。朱祖谋读诗后将《沧海遗音》等稿托付龙榆生整理。从龙榆生的成长历程和创作经历来看，他早年并未治词：翻检《忍寒庐吟稿》，1928年以前，他只赋诗未填词；1929年至1930年，填词5阕，赋诗30首；1931年之后，创作渐以填词为主。可见，龙榆生来上海前屡见"诗心"鲜有"词意"，甚至去看望病危的朱祖谋时也还是以诗言志。龙榆生走上治词之路是受到了朱祖谋的影响，他参加沪上词坛雅集盛会，服膺朱学，在词学研究方面常常请益，"先生乐为诱导，亦每以校词之事相委"④。

---

① 夏敬观撰：《忍古楼词话·龙榆生》，龙榆生主编《词学季刊》（中），北京，国家图书馆出版社，2015年，第414页。
② 朱孝臧撰：《鹧鸪天》（绝命词），张晖主编《龙榆生全集》第四卷，上海，上海古籍出版社，2015年，第86页。
③ 龙榆生：《十二月二十八日赋呈朱彊村先生》，张晖主编《龙榆生全集》第四卷，上海，上海古籍出版社，2015年，第86页。
④ 龙榆生：《彊村晚岁词稿跋》，张晖主编《龙榆生全集》第九卷，上海，上海古籍出版社，2015年，第164页。

张瑞田见过此砚,据其描述,此砚为"黑红色的木盒,约长二十二厘米,宽八厘米,盒盖泛着幽暗的光泽"①。双砚规格,一方是研制朱墨,用于批注文稿,一方是研制黑墨,用于写作,"凹处的下面,刻有'彊村先生所授砚'。翻转另一方砚台,也看到另一段砚铭:'彊村翁生前以此二砚授其弟子龙忍寒以理遗稿付托既成之粤命其友大庵居士刻志乙亥中秋'"②。1935年,龙榆生请易孺(大庵)将砚之来源刻于砚底。1966年年初,龙榆生将砚交给汤靖先生保管,同年11月辞世。2014年年初,"汤靖去世,家属与龙榆生的后人联系,将沉寂汤家四十六年的'彊村授砚'完璧归赵"③。

《授砚图》诗词文系列作品计有画作八幅、题记三则、诗十首、词十三阙,部分作品通过传播平台进行社交传播,刊载在《青鹤》《词学季刊》《同声月刊》等蜚声于当时之刊物。以夏敬观绘制《上彊村授砚图》为始,这组《授砚图》诗词文系列作品的创作时间从1931年至1952年,时间跨度达20年。从创作时间看,大部分作品集中于20世纪三四十年代(一诗、一文作于1952年,作者为陈声聪),民国诸多词家参与撰词。

二、《授砚图》:萧疏尺幅见恢奇

《授砚图》诗词文系列作品属于题咏作品。以往学界认为《授砚图》有七幅,绘者为夏敬观(两幅)、吴湖帆、汤涤(别名定之)、徐悲鸿、方君璧、蒋慧。笔者结合近年来拍卖情况发现,杨芝泉在1936年6月作《上彊村授砚图》。另,吴湖帆所绘《受砚庐图》可能有两幅,一幅为立轴水墨纸本,一幅设色纸本,但也不排除伪作之可能。

(一)画面创作各有特色

诸图均为文人画,绘者皆有画名,置于当下又以徐悲鸿画名为最

---

① 张瑞田:《抚摸"彊村授砚"》,《文汇报》2019年3月15日第9版。
② 张瑞田:《抚摸"彊村授砚"》,《文汇报》2019年3月15日第9版。
③ 张瑞田:《抚摸"彊村授砚"》,《文汇报》2019年3月15日第9版。

高，其所绘《彊村授砚图》2015年拍出8200000元港币①。汤涤、吴湖帆的画名在旧时文人圈内更盛：汤涤是清代名画家汤贻汾之曾孙，家学深厚，画以气韵清幽见长；吴湖帆为清代著名书画家吴大澂之嗣孙，画风雅腴灵秀、清韵缜丽。绘制两幅授砚图的夏敬观词、画造诣深厚、落笔宕逸，而杨芝泉、方君璧的画亦为人称颂。

这些画作描绘的是文人读书生活最熟悉的一个场景——授砚。叙事主体大多是师徒二人与庐舍，即"授砚"的主体及场所。汤涤、夏敬观、蒋慧笔下的师徒着古装、梳发髻，笔意极简。徐悲鸿创作的师徒二人相当写实：长髯老者朱祖谋白发苍苍，龙榆生戴着眼镜，一袭长衫。杨芝泉笔下的人物亦是写实为主。选择用写实还是写意在于绘者对叙述主题的理解：与民国词学圈深交的绘者如汤涤、夏敬观、蒋慧，大多熟悉"彊村授砚"的过程及文化内涵，着力揭示"授砚"的象征意义，即代表了词学在当下的传承，虚笔写意旨在回归词学本体，致敬一代词宗。徐悲鸿、杨芝泉不在民国词学圈中心，且均为专业画家，在绘制"彊村授砚"事件时实笔写之，力求逼真还原人物、场景，或仅为"彊村授砚"本事而作，突出"授砚"之于朱、龙二人的意义。

徐悲鸿与杨芝泉绘作不同的是，"授砚"地点前者写意，后者写实。徐悲鸿将"授砚庐"置于松柏矗立之中，这或许便是朱祖谋的故里"彊村"——这片山青水绿是词宗的家学根脉，也是词人的精神原乡。杨芝泉所作《授砚图》更像是一篇白话短文，径直将叙事视角聚焦于"授砚"当下：以整张白纸为"授砚"庐，房间只有一桌一凳与师徒二人，朱祖谋正面手执端砚，戴着眼镜的龙榆生在旁侧聆听师嘱，开门见山、言简意赅摹写"授砚"之事。

"授砚图"画面中的植物多为苍松劲柏，又有嶙峋山石。在中国传统山水画中，松、石是品格坚贞、意志坚定的文化指代。徐悲鸿"授砚图"中，人物只占画面一角，但苍松气魄非凡，象征师傅对弟子的希冀与二人情谊，意境深远，画面风格饱含传统山水画的风格与意趣。

吴湖帆《授砚图》题"仿李檀园笔为榆生社兄雅正"。吴湖帆与龙榆生同为沤社会员，故落款称龙榆生为"社兄"。李檀园即李流芳

---

① 据雅昌拍卖网信息，https：//auction.artron.net/paimai-art5071601225/（截至2018年6月5日）。

(1575～1629年),明代诗人、书画家。李流芳画学思想有"三不似"理论,"萃造化、古人、诗境于一局,以不似求真似"。吴湖帆此画得李流芳之精髓,所绘"授砚庐"掩映于群山青翠之中,只画"庐"未见"人",与其另一幅山水画《沤社填词图》笔意相近。《沤社填词图》绘沤社20余人尊酒相尚之事,画中亦只见山石嶙峋、茂林修竹,楼阁一座,未见一人。两图于水墨变化中尽得山水之妙,其所阐发的悠远隽永的词境跃然纸上。陈三立为吴湖帆的《授砚图》撰题记:"榆生受词学于彊村侍郎,而侍郎病垂危,以平昔校词双砚授之,期待甚至。吴君湖帆因为作图志其遇。"①"志其遇"表明吴湖帆作画心态:此画不写垂危托钵伤心事,但述见始知终而承志开来之情,在意境上一骑绝尘。吴湖帆的山水画素以熔水墨烘染与青绿设色于一炉为特色,此幅《授砚图》正是用此法绘制,用笔可谓上乘。

蒋慧的《授砚图》有俞陛云题诗、俞平伯题《减字浣溪沙》词。全图无"庐"无"人"无"砚",使用中国传统绘画常用的"藏露"技法,精髓处又用俞氏父子的诗词点题。俞陛云诗云:"耆学吴兴仰大师,传薪深喜得英姿。江东余子纷年少,绝忆升堂奉砚时。词坛衣钵企前贤,六一眉山互后先。圮绝微言看继起,龙吟风云动江天。"此诗是典型的唱和之作,用欧阳修、苏轼师徒情深之典比龙榆生承朱祖谋"词坛衣钵",以"微言继起"喻词学式微之后再度繁盛,最后"龙吟"的"龙"谐合龙榆生的姓。俞平伯《减字浣溪沙》云:"白发天南旧史臣,弘文不起砚田贫。师门风义石交亲。历眼海桑如转烛,生花词笔又传薪。还教芳翰溯前尘。"俞平伯词短情长,融历史、现实与个人情感于一体揭出"传钵"之意,"桑田""转烛"道世事变幻,"芳翰溯前尘"寄语龙榆生。蒋慧是俞平伯的弟子,他们父子、师徒三人共同创作了这幅《授砚图》:"藏露"避免重复,以诗词点题,也不抢俞氏父子诗词的地位。此图虽为典型的传统题画诗的创作模式,然文图互生,词画融合,构思缜密,营造出和美的整体感。

(二)绘制时间耐人寻味

20世纪30年代另一组著名的题画诗是《睇向斋授经图》,《青鹤》

---

① 龙榆生主编:《词学季刊》(中),北京,国家图书馆出版社,2015年,第201页。

杂志的主编陈赣一请汤涤、夏敬观、黄孝舒绘制这组图画,以表自己承父读书之志。与之相比,《授砚图》无论是在画作数量还是画家阵容上,都更胜一筹。何则?一则,"彊村授砚"的文化影响力和词坛祭酒朱祖谋在民国词坛的号召力更大;再者,《授砚图》系列在数量上和传播时间上都倍数于《睼向斋授经图》系列:九幅《授砚图》绘制时间从1931年至1948年,前后近20年;三幅《睼向斋授经图》大致创作于1934年至1936年,时间跨度较短。细察《授砚图》的绘制时间,颇有耐人寻味之处,图画绘制的关键节点均与画卷主人龙榆生人生的起合承转休戚相关。

首幅和最后一幅《授砚图》均为夏敬观所作,分别作于1931年和1948年,这两个时间节点对于龙榆生而言意义重大。首图是朱祖谋病危之际嘱夏敬观作,这是朱祖谋唯一亲见的《授砚图》。据龙榆生自述,朱祖谋"托夏映庵先生替我画了一幅《上彊村授砚图》,他还亲眼看到"①。1931年,龙榆生任教于上海暨南大学及上海音乐专科学校,在当时的词坛还是晚辈后学,此前几次欲入朱门,却也只是从朱祖谋游、问词学,龙榆生自称"俨然自家子弟一般"②。夏敬观亦谓,"榆生于沤尹虽未有师弟之名,殆如后山瓣香南丰,亦亲炙,亦私淑也"③。尽管龙榆生常就词学问题请益于朱祖谋,朱祖谋也欣赏龙榆生的才华,但在传统的门第观念中,龙榆生并非真正意义上的朱氏传人。从某种意义上说,朱祖谋嘱夏敬观绘制《授砚图》,龙榆生"朱祖谋传人"的身份才算被认证。可见首幅《授砚图》是"护驾"龙榆生步入民国词坛中心的"黄袍"。

1948年初夏,夏敬观再作《授砚图》。1945年11月8日至1948年2月5日,龙榆生身陷囹圄近三载。17年前,夏敬观以《授砚图》推龙榆生入词坛中心,如今为龙榆生再作《授砚图》,可谓意味深长:表达了自己对龙榆生的鼎力支持和愿助力龙榆生重回词坛中心之意。是

---

① 张晖编:《忍寒庐学记——龙榆生的生平与学术》,北京,生活·读书·新知三联书店,2014年,第25页。
② 张晖编:《忍寒庐学记——龙榆生的生平与学术》,北京,生活·读书·新知三联书店,2014年,第25页。
③ 夏敬观:《忍古楼词话》,龙榆生主编《词学季刊》(中),北京,国家图书馆出版社,2015年,第414页。

年，龙榆生出版《忍寒词》（铅印线装本），即在书前冠以此图，以期重回词坛中心。

1932年3月，朱祖谋下世后数月，吴湖帆为龙榆生作《授砚图》，款识"为榆生社兄雅正"。沤社是民国时期的重要词社，1930年秋冬之际成立于上海，朱祖谋任社长，吴湖帆、龙榆生同为社员。1930年，龙榆生结识朱祖谋等词坛大家之后才开始填词。因此，1932年的龙榆生仅以词宗病危临时传钵、且未有拜师之礼的传人身份出现，信服力仍显不足。吴湖帆拈出"沤社"关键词创作《授砚图》，为他争取了更多旧式文人、词坛大家的支持，帮助龙榆生完成从研诗到治词的身份转型与学术转型。

1933年8月，龙榆生完成《彊村遗书》的刊刻。《彊村遗书》工作繁重，时局不稳，经济拮据，龙榆生身体羸弱，终年为病痛所扰，烦郁不已。1934年春，汤涤绘《上彊村授砚图》，将师徒相见地点搬到庐外，人物虽置于画面中心，但素笔勾勒，影迹简朴。这幅画给病中的龙榆生以极大的鼓舞，龙榆生填《鹧鸪天》寄谢汤涤，词云：

高绝江南老画师，萧疏尺幅见恢奇。溪山满眼撩诗思，霜霰凋年感故知。

惊独树，爱贞姿。从公更乞岁寒枝。好看直干生云气，作健浑忘病起时。①

此图绘有师徒二人，徒弟上身微微前倾，呈问学状。龙榆生赞此图有"恢奇"气势，更索画松，盼能让自己"作健浑忘病起时"。该画刊于《词学季刊》1936年3月第三卷第一号——《汤定之先生画上彊村授砚图（风雨龙吟室藏）》。徐培均先生为龙榆生高足，他曾回忆这幅画："画之右侧为一茅屋，桌上置有双砚，屋后为奇石远山，屋前疏柳一株斜倚湖畔。龙先生正拾级而上，彊村出门相迎。画中意境深远，不禁令人产生无限的遐想和由衷的敬意。"② 根据描述，这幅画应为汤涤

---

① 张晖主编：《龙榆生全集》第四卷，上海，上海古籍出版社，2015年，第102页。
② 张静：《"词苑幽深欲探微"——徐培均研究员访谈录》，《文艺研究》2018年第11期，第80页。

所绘《上彊村授砚图》，龙榆生将之悬挂于家中，可见喜爱。

1933 年，龙榆生填词《水调歌头》（送徐悲鸿之巴黎主持中国美术展览会并索画卷用贺方回体）。据题目推断，也许是徐悲鸿 1934 年作《彊村授砚图》之来由（暂未见徐悲鸿为龙榆生作其他画）。1964 年 5 月 1 日，龙榆生在《预告诸儿女》中嘱咐子女，历年所作诗词"分作《忍寒庐吟稿》《葵倾室吟稿》两编，以解放前后为断。篇首冠以徐悲鸿先生所绘《彊村授砚图》及黄自先生作《玫瑰三愿》曲谱"①。《玫瑰三愿》由龙榆生作词，为其平生最爱之曲，他将徐悲鸿《彊村授砚图》与黄自《玫瑰三愿》置于诗词集篇首，可见此画在龙榆生心中分量极重。

龙榆生文集未见与杨芝泉交往的记载，观杨芝泉生平，推断二人相识于中山大学教书时期。1935 年，杨芝泉被聘为中山大学文学部画史、画论讲师。同年 9 月 10 日，龙榆生举家南下，任广州中山大学中国语言文学部主任，继续进行词学教学与词学传播。1936 年"六一事变"，两广时局突变，龙榆生返沪——杨芝泉此画便作于此时（1936 年 6 月），踏战乱、伤别离，此番相送未知何时再见，杨芝泉此画或为送别之物，见证了二人战火纷飞之际的交谊。

方君璧②、蒋慧的《授砚图》分别作于 1943 年的 1 月和 8 月。蒋慧的《授砚图》画面空灵，以俞氏父子的诗词强调了"师承关系"，对"彊村授砚"再作发酵，以促进《同声学刊》的创办。

总体而言，"传经""授砚"是中国山水画中常见的经典内容，尽管艺术范式上没有跳出中国文人画惯有的审美程式，但《授砚图》的创作思路、整体构图、落笔细节不尽相同、各有特色。这些画作取"授砚"传道之意向，未细绘砚台形貌，张瑞田先生认为，这样的处理体现了"国画的高妙，这是中国文化的独有"③。《授砚图》是一组承载了叙事主题的山水画，萧疏尺幅可见岁月沧桑与民国文人传统、交往方式、风姿雅态。通过这些画作，今人可细品同一题材在不同绘者笔下的叙事框架与描述视角，而这些"不同"在很大程度上为该系列诗词

---

① 张晖：《龙榆生先生年谱》，上海，学林出版社，2001 年，第 219 页。
② 限于目力，方君璧的《授砚图》笔者未见。
③ 张瑞田：《抚摸"彊村授砚"》，《文汇报》2019 年 3 月 15 日第 1 版。

文的创作营造了想象空间。

三、《授砚图》的诗词文：题咏殆遍广传播

题画诗、词、文是文人学承、交往的方式之一，用以表达他们的友情、思念，叙述自己对绘图者和索词人为人、为学的肯定。通常而言，"题图"诗、词、文是一件书画作品，与图主人相关的人围绕此图主题共同完成。这些话语之外的图像补充、勾连了民国词学发展的脉络，记录了民国词坛传承、走向与变化，这使得该系列作品在传播形态上有别于一般意义上的题图作品。总体而言，《授砚图》诗词文系列作品呈现了如下特点。

其一，作品数量大，公开发表，叠加文化事件传播力。《授砚图》诗词文系列作品数量大，形态多元；从《授砚图》诗词的题注来看，大部分作品是龙榆生率先向题注者发出邀约，如汪兆镛填《减字木兰花》注"为榆生题上彊村授砚图"[1]、李宣龚填《浣溪沙》注"为榆生题授砚图"[2]、廖恩焘填《笛家弄》注"榆生属题授砚图检柳耆卿谱填此"[3]、黄濬填《尉迟杯》注"用片玉韵奉题上彊村授砚图"[4]，俞平伯在蒋慧绘制的《授砚图》上亦题"榆生先生命题"，等等。可见龙榆生数年用心经营"彊村授砚"主题。题诗、词、文者的职业为大学教授、知名学者诗词名流、文化大家、官员政要。大学教授、知名学者有夏敬观、黄孝纾、叶玉麟、邵章、张尔田、吴则虞、向迪琮、钱仲联；诗词名流、文化大家有潘飞声、陈衍、谭祖壬、李宣龚、李宣倜、汪兆镛、姚鹓雏、仇埰；官员政要有廖恩焘、黄濬、曹经沅、梁鸿志等。民国文坛、政界声名显赫的风云人物为"彊村授砚"留下墨宝，这在近代"图咏"作品中并不多见。作者身份看似庞杂，但主线清晰：多为致力于民国传统文化尤其是诗词的传播者与推广者。"词至今日，一方以列于大学课程，而有复兴之望；一方以渐滋流弊，而有将绝之忧，此亦所

---

[1] 龙榆生主编：《词学季刊》（下），北京，国家图书馆出版社，2015年，第381页。
[2] 龙榆生主编：《词学季刊》（下），北京，国家图书馆出版社，2015年，第383页。
[3] 龙榆生主编：《词学季刊》（中），北京，国家图书馆出版社，2015年，第659页。
[4] 龙榆生主编：《词学季刊》（中），北京，国家图书馆出版社，2015年，第864页。

谓存亡之机，间不容发之时矣！"① 词发展至当时已近穷途，龙榆生叹息"七百年来乐苑荒，究心声律已微茫"②，他期盼联手大学教授、能挽救词学式微的有识之士共同推进词学之发展。

该系列作品有超过半数发表于当时的重要刊物，极大地增强《授砚图》诗词文的传播效应。今检，其中五首词刊于民国重要杂志《青鹤》，十首词刊于龙榆生主编的《词学季刊》（三首与《青鹤》重），两首诗发表于龙榆生主编的《同声月刊》。此三本刊物收录的多为文言文作品，刊载之词作、诗作表达了期刊所代表的文化立场：复兴国学，扭转词风之弊，与新文学争夺话语权。充分利用古体诗词传播平台，龙榆生精耕由这些作者构成的诗词传播群，实现传统文化的深度交流，从而形成较为精准的社交传播，有助于进一步做大"彊村授砚"这篇"文章"。

其二，具有史料价值，承担传世纪念的功能，展现当时词坛旧式文人的精神世界。画作写意，文字言实。诗词描绘朱祖谋病榻前"授砚"的现实场景，如"病余禅榻，托意薪传，高歌青眼"（谭祖任词）③、"禅床衣钵亲传"（邵瑞彭词）④、"药炉禅榻，几人夜半传衣"（张尔田词）⑤ 等，形成对"彊村授砚"事件的解释与说明。这组系列作品传递"传薪""托钵"之意，展现词坛大家对词学繁盛、词作丰沛时代的怀念和对一代词宗的缅怀。诗词中频频出现相关字眼，如"辛苦传衣旧梦寻"（汪兆镛词）⑥、"是传人，定应是，衣钵瞿昙案头早授"（廖恩焘词）⑦、"石交真契，是传衣留证"（夏孙桐词）⑧、"醉翁嫡乳本来稀"（李宣龚词）⑨……朱祖谋离世前选定接班人之事备受瞩目，诗词进一步强化了龙榆生成为朱祖谋学术传人的意义，激发词坛名宿、文化名人

---

① 龙榆生：《晚近词风之转变》，张晖主编《龙榆生全集》第三卷，上海，上海古籍出版社，2015 年，第 474 页。
② 龙榆生：《鹧鸪天·陈乃乾嘱题所辑〈清百名家词〉》，张晖主编《龙榆生全集》第四卷，上海，上海古籍出版社，2015 年，第 115 页。
③ 龙榆生主编：《词学季刊》（中），北京，国家图书馆出版社，2015 年，第 432 页。
④ 龙榆生主编：《词学季刊》（中），北京，国家图书馆出版社，2015 年，第 655 页。
⑤ 龙榆生主编：《词学季刊》（中），北京，国家图书馆出版社，2015 年，第 653 页。
⑥ 龙榆生主编：《词学季刊》（下），北京，国家图书馆出版社，2015 年，第 381 页。
⑦ 龙榆生主编：《词学季刊》（中），北京，国家图书馆出版社，2015 年，第 660 页。
⑧ 龙榆生主编：《词学季刊》（中），北京，国家图书馆出版社，2015 年，第 653 页。
⑨ 龙榆生主编：《词学季刊》（下），北京，国家图书馆出版社，2015 年，第 383 页。

的精神共鸣和情感认同。这组图、诗、词缱结朱祖谋离世前的现实场景与传钵继学的集体寄望,作者群围绕"授砚"发声,"彊村授砚"进而被赋予传承、推广传统诗词的象征意义,成为当时标志性文化事件,该系列作品也因此具有传世纪念的功能。

其三,助力龙榆生开展词学活动,推动民国词学的学术研究。夏敬观绘图填词后,龙榆生以"词宗传人"的身份步入词坛中心。夏孙桐称:"代兴坛坫,画图谁主谁客。"[1] 陈三立亦寄语勉励:"侍郎词冠绝一代,盖与其怀抱行谊风节相表里。榆生探本而求之,他日所树立,衍其绪而契其微者,必益有合也。"[2] 借由此,龙榆生在词坛展开一系列重要的学术活动,主要体现在整理彊村遗稿和创办《词学季刊》二事。

《彊村遗书》的校役之功受到肯定,"抱书出入兵火窟,杀青卒竟一篑功"(曹经沅诗)。编校使得龙榆生在词坛声名鹊起,他效仿朱祖谋创办沤社也发起词社之召,创办《词学季刊》,在词学研究的众多领域有所突破。

由于新文化运动和白话文的推行,旧体诗词在20世纪30年代逐渐退出主流文学圈。从内容与意格上看,词发展至清季已呈现衰落垂暮之象;从声律上看,词乐失传,即使墨守四声也无法付之歌喉,南音北曲难以契合。词学难以发展,遑论词学研究。但在"彊村授砚"的影响和龙榆生的邀约下,《词学季刊》刊登了众多词学大家的词学创作和理论研究,其中不少是《授砚图》的题咏者,如陈衍、张尔田、夏孙桐、汪兆镛。龙榆生将20世纪30年代的词坛大儒、新学后进紧密联系在一起,叶恭绰、张尔田、吴梅、夏孙桐、夏承焘、唐圭璋、赵尊岳、丁宁、易大厂等成为《词学季刊》最重要的撰稿人。夏承焘的六篇词人年谱刊发于《词学季刊》,这批文章成为夏承焘词学研究中最重要的成就;唐圭璋在《词学季刊》上发表六篇学术水平极高的辑考论文,运用文献互补的方法,辑出晏殊、李之仪、陆游等词人词作,拓展辑佚之学的研究路径,为当时治词学者提供材料和思路,由此奠定现代词学家的地位。平心而论,20世纪三四十年代是龙榆生词学成就最大、词学活动最活跃的时期,借由"彊村授砚"和创办刊物,他编织了一个强

---

[1] 龙榆生主编:《词学季刊》(中),北京,国家图书馆出版社,2015年,第653页。
[2] 张晖:《龙榆生先生年谱》,上海,学林出版社,2001年,第42页。

大的词学关系网,团结词学前贤后学,共同推进民国词学艰难地朝着现代化方向转型,而《授砚图》系列作品恰是"见证者"。

总体而论,《授砚图》诗词文系列有不少应制之作,不可避免有邀誉扬名之嫌,但作者们赋诗、填词、为文的初衷是真诚的,他们真切地盼望昔日朱祖谋等词学祭酒在纷繁乱世中力创的词学盛景能重回现实,盼望重建被战争炮火碾碎的诗酒流觞、恣意骋怀的美好生活,盼望砚台象征的词学研究能够继往开来、薪火相传,他们把20世纪三四十年代旧式文人郁结于心的复杂心态与艺术旨趣都交付了"彊村授砚"图诗词文系列。

四、"授砚"之痛:暗雨飘灯迷处所

"彊村授砚"所承载的师生之谊深刻地影响龙榆生的一生。由于前辈的推重和《授砚图》诗词文系列作品的推广,"彊村授砚"成为龙榆生人生之里程碑,他亦以朱祖谋精研词学的学术精神培育词学后进。他赠徐培均《小重山》,词云:

淮海维扬一俊人,相期珍重苦吟身。词田万顷待耕耘。熏风里,百卉自芳芬。
回首忆彊村,榻前双砚授,意殷殷。韶光催我再传薪。桐花凤,何日遏行云。①

徐培均晚年对词做了解读:"下阕以朱彊村病榻授砚为例,嘱我继承薪火,搞好词学,毋使中断。谆谆教诲,感人肺腑。结句化用唐人李商隐写给韩冬郎的诗句'桐花万里丹山路,雏凤清于老凤声'相勉,这是对我的鼓励、期盼,也是一种鞭策,至今令人难以忘怀。"②

龙榆生去世后,亲朋、好友、门生将"彊村授砚"写入追悼挽联、追忆诗词中。吕贞白作挽联:"交谊夙相钦风华早挺生花笔,清词难再

---

① 张晖主编:《龙榆生全集》第四卷,上海,上海古籍出版社,2015年,第328页。
② 张静:《"词苑幽深欲探微"——徐培均研究员访谈录》,《文艺研究》2018年第11期,第80页。

得佳誉争传授砚图。"施蛰存题："复雅歌残乐府新声叹寥落，忍寒人去彊村遗砚失音徽。"冒效鲁《七绝》（1967年）情挚音悲："萧萧风雨起龙吟，受砚硁硁守一灯。到死不曾辜死友，相哀毕竟是书生。"①

1965年，卧病的龙榆生将夏敬观、吴湖帆所画《上彊村授砚图》赠予浙江博物馆，并赋《望江南》三首。词曰：

> 论风谊，长忆上彊村。乐苑一灯传教外，骚心九畹识真源。旧梦待重温。

> 棲神处，长忆道场山。梦杳衣冠劳怅望，溪清苕霅漾微澜。兀傲许谁攀。

> 兰成赋，萧瑟动江关。暗雨飘灯迷处所，春阳焕彩状波澜。鼓吹换人间。②

三词读来顿挫沉郁，令人唏嘘。想来，晚年的龙榆生每每展阅《上彊村授砚图》，应是百感交集。词中，他深情地回忆那段流金岁月，朱祖谋授砚传灯，启知"真源"，欲"重温""旧梦"，却是幽暗无影"劳怅望"。三十年间，诸多坎坷，"暗雨飘灯"，他却一直期待"春阳焕彩"，绽放人间。

要之，"彊村授砚"图诗词文系列作品见证、影响砚台新主人的文化、学术甚至命运走向，记录文化事件所勾连的民国词人圈的集体记忆，承担该事件文化传播、抒情言志的功能，映射了那个特殊时代特殊群体的共同心声。

第三节 通变革新：五份刊物的创刊思路与编辑进路

龙榆生是20世纪的词学的一面旗帜。除了在词学研究中取得重大的理论创新，他还开展了一系列丰富的词学活动——推广传统词学的创作、传播，推进新体乐歌的创制、实践。推广传统词学属于传统文化领

---

① 张晖：《龙榆生先生年谱》，上海，学林出版社，2001年，第283页。
② 张晖主编：《龙榆生全集》第四卷，上海，上海古籍出版社，2015年，第397页。

域，创制新体乐歌偏向新文化领域。龙榆生致力于探索新旧文化的融合与发展，由此推进词学的现代化进程，而这样的融合与发展经常以词学活动、词学争论等多种形式呈现，承载这些形式的主要平台是创办刊物。

龙榆生创办或主要参与编辑的与诗词相关的刊物有三种类型。第一种类型是专业旧体诗词学刊物《词学季刊》和《同声月刊》，涉及诗词创作、词史研究、词籍整理、词艺评论等。第二种类型是探索旧体诗词与新体乐歌相融合的杂志《音乐杂志》（龙榆生投稿为主）和《夏声》月刊。第三种类型是打破以旧体诗词为代表的旧文化与以白话文为代表的新文化之间隔膜的文学杂志——《求是》。

这五份刊物在内容安排、办刊形式、受众群体等方面各有侧重，但其创刊宗旨和编辑思想始终行进于"期复中夏之正声，挽西山之斜日"的轨道上。龙榆生通过创办刊物达成传统词学与新兴文学的融合与传播，实现发扬词学、复兴诗教的理想。从龙榆生办刊经历可见民国"媒体人"的时代气质、传播意识，亦可见民国词学观念之变迁。

一、《词学季刊》与《同声月刊》：展现20世纪三四十年代词学面貌

由龙榆生主编的《词学季刊》是词学史上第一本专门研究词学的学术期刊。从1933年创办至1937年停刊，《词学季刊》共出版11期。《同声月刊》亦为龙榆生主编，从1940年年底创刊至1945年7月停刊，历时5年，共出版4卷39期，内容在旧体词学基础上增加诗歌创作与诗歌理论研究。这两份刊物在抗日战争时期成为连接海内外词学家的载体，构筑了发布丰富词学活动、发表重要词学理论的平台，反映了现代词学在新旧文学传承过程中的动态与生态，在推动现代词学研究体系的建构、影响现代词学的形成等方面具有重要的地位，而龙榆生的词学思想也融入刊物的创办中。

（一）建立现代词学研究路径与分类

龙榆生在治词之初便思考如何为词学建立现代化研究路径。1931年，他在《最近二十五年之词坛概况》中将晚清至民国以来词学研究

的主要内容分为三部分：整理、制作、研究。"整理部"分为校刻、影刊、辑佚、编纂四类，"制作部"分为词社、词刻，"研究部"分为词史、词话、词人年谱、词集证笺四类。站在全景视角，龙榆生对诸家词学成就进行扫描，构建了较为完整的词学研究框架，并将框架中的内容落实为《词学季刊》栏目。《词学季刊》在"编辑凡例"注明刊物设置了论述、专著、遗著、辑佚、词录、图画、余载、通讯、杂缀等栏目①：

论述：专载关于词学之新著论文；
专著：专载关于词学之新著专书；
遗著：专载昔人未经刊行或已绝版之词学著作；
辑佚：辑录古人佚词及有关词学之佚稿；
词录：选登近代及现代人词；
图画：选登有关于词之各项图画摄影；
余载：登载词话及有关词学之纪述或诗文；
通讯：登载有关词学书札；
杂缀：词籍介绍和词坛消息。

由《词学季刊》栏目的设置可以看出，龙榆生对现代词学研究所展现的形式已经十分清晰：从图画到文本，从词作到词论，从文章到著述，从遗著到佚稿，从论述到通讯，甚至还有词籍介绍和词坛消息。上述九个栏目可与"整理部""制作部""研究部"对应。归入"整理部"的有"辑佚"和"图画"，归入"制作部"的有"词录""通讯"和"杂缀"，归入"研究部"的有"论述""专著""遗著"和"余载"。其中"研究部"内容最多且最丰富，这也从另一个侧面说明《词学季刊》是一本以发表词学研究成果为主的专业刊物。除此之外，《词学季刊》还设有过刊"要目"、民智书局书序等内容，显示了办刊者已具有较强的市场意识。

丰富齐备的栏目全方位收录这个时期的词坛现状、研究成果和前沿观点。这表明，龙榆生已将词学视为一个有机体系，将体系中的词学文

---

① 参见张晖《龙榆生先生年谱》，上海，学林出版社，2001年，第46页。

献目录学、词学批评学、词体发展史与词学创作等各个门类的研究成果以上述九种栏目形式展现。《词学季刊》各栏目的内容相互关联、融合互补,比如张尔田在四声平仄、标举苏辛等词学问题中的理论主张便是通过"通讯"和"论述"等方式表达出来的。《词学季刊》刊载了大量词学活动、词籍发布、词坛动向等重要消息,"从栏目所刊'消息'看,以《词学季刊》为代表的现代词学刊物在反映词坛动态、联系各地词社和词家、引导词学研究等方面均起到重要作用,已成为事实上的词学中心"①。

龙榆生在办刊实践中积极思考现代词学研究的领域与分类。1934年4月,他撰写了《研究词学之商榷》,发表在《词学季刊》第一卷第四号,率先提出"词学"与"填词"之区别:"取唐、宋以来之燕乐杂曲,依其节拍而实之以文字,谓之'填词'。推求各曲调表情之缓急悲欢,与词体之渊源流变,乃至各作者利病得失之所由,谓之'词学'。"②龙榆生将词学理论与创作区别开来,可视为现代词学学科与传统词学研究的分水岭。他概括出词学研究的八个方向:图谱之学、词乐之学、词韵之学、词史之学、校勘之学、声调之学、批评之学、目录之学——将纷繁芜杂、错综交叉的词学研究内容分门别类,这标志着龙榆生对现代词学的研究领域和分类已有成熟的思考。

(二)嗣彊村词学以挽旧体诗词衰败之势

一代词宗朱祖谋是传统词学界的大儒,晚岁主持南方旧学词坛。朱祖谋去世后,词学界一时沉寂,加上国势不稳,旧体词学在创作和研究上渐趋颓势。"万劫此心长耿耿,可怜传钵意云何",正如龙榆生诗句所写,他深知朱祖谋授砚于己,不惟托付整理遗稿,更有盼其继承学术之愿。以龙榆生当时的资历,尚不足以成为朱祖谋这样的词坛执耳,他在词坛的号召力也极为有限。在此情形下,整理彊村词学、发扬彊村词学精神,需要另觅他途,创办专业性的词学刊物便是一条大道。

《词学季刊》的创办是成功的。有"彊村传人"身份的龙榆生不仅

---

① 朱惠国:《词学刊物与现代词学研究格局的构建——以〈词学季刊〉'词坛消息'栏目为例》,《社会科学战线》2016年第2期,第144页。
② 龙榆生:《研究词学之商榷》,张晖主编《龙榆生全集》第三卷,上海,上海古籍出版社,2015年,第241页。

重组词社,更将 20 世纪 30 年代的词坛大儒、新学后进紧密联系在一起,叶恭绰、张尔田、吴梅、夏孙桐、夏承焘、唐圭璋、赵尊岳、丁宁、易大厂等学者成为最重要的撰稿人。一批在 20 世纪产生深远影响的词学论述在这个时期发表,比如夏承焘的六篇重要词人年谱发表在《词学季刊》上——这批文章成为夏承焘词学研究中最重要的成就。再如唐圭璋在《词学季刊》上发表的六篇辑考论文:《从永乐大典内辑出〈直斋书录解题〉所载之词》《汲古阁所刻词补遗》《石刻宋词》《四库全书宋人集部补词》《两宋词人时代先后考》《宋词互现考》。唐圭璋运用文献互补法,辑出晏殊、李之仪、陆游等词人的词作,拓展辑佚之学的研究路径,为当时治词者提供材料和思路,这批文章也奠定了唐圭璋的词坛大师地位。

在《词学季刊》"杂缀"栏目中,龙榆生刊布了《彊村丛稿》的编纂工作,详细介绍《彊村遗书》的内容和再版情况。他在《词学季刊》其他栏目上还发表了与朱祖谋相关的图册、纪念文章,如《吴昌硕吴待秋王竹人合作彊村校词图》、《彊村遗书序》(张尔田撰)、《彊村语业跋》(龙榆生撰)、《朱彊村先生行状》(夏孙桐撰)、《彊村老人词评三则》(龙榆生辑)、《彊村本事词》(龙榆生撰)等。借助这样的传播,朱祖谋的词学成就得以弘扬,其词学号召力也得以延续。这种影响惠及龙榆生,他借此走入词学学术中心。夏孙桐填《壶中天》赞曰:"不负授稿殷勤。丹铅几度,定本重搜佚。也比词龛题校梦,天外彊山分碧。手泽千秋,心香一瓣,应许渊源识。代兴坛坫,画图谁主谁客。"[1] 继承"南宗衣钵",为之"代兴坛坫",龙榆生终不负彊翁所托。夏承焘为《词学季刊》影印本题词时说:"盖词之为学,久已不振,旧学既衰,新学未兴。龙君标举《词学》(按:指《词学季刊》),使百年来倚声末技,顿成显学,厥功甚伟。"[2] 词学在当时"顿成显学"的结论也许略有夸大,但挽救词学颓势确为的论。

(三)重视词之声律、音韵研究

龙榆生重视词之声律、音韵、音乐的研究,这个思路在办刊中亦有

---

[1] 龙榆生主编:《词学季刊》(中),北京,国家图书馆出版社,2015 年,第 653 页。
[2] 龙榆生:《词曲概论》,北京,北京出版社,2004 年,"序"第 1 页。

体现。在《同声月刊》上，关于声律之学、词韵之学的文章较《词学季刊》多。由于主编龙榆生的强势推重，重视词之音乐性的研究风尚在词坛渐渐兴起。

《词学季刊》发表了大量论述声律之学、词韵之学有关的文章，如龙榆生的《选词与选调》《晚近词风之转变》，陈能群的《填词句读与平仄格式》《诗律与词律》《词用平仄四声要诀》《辟方音说》，夏敬观的《〈词律拾遗〉补》《〈词律拾遗〉再补》《词调索引》《戈顺卿词林正韵纠正》，吴眉孙的《与夏瞿禅书》《致夏瞿禅书》《与友人论填词四声书》《宋词阳上作去辨》《四声说》《与张孟劬先生论四声第一通》《与张孟劬先生论四声第二通》，冒广生的《倾杯考》《东鳞西爪录》，张尔田的《与龙榆生论四声书》，施则敬的《与龙榆生论四声书》，俞陛云的《花犯四声之比勘》等。上述关于平仄四声的文章在发表后形成重要的词学争论——"四声之争"。除此之外，夏敬观的《词律拾遗补》《词律拾遗再补》亦有重要的词学文献学价值，他共补词调四十五种，词体一百二十体。

在创办《同声月刊》时，龙榆生更为重视文本与音乐的关系，他着力推出一批论述词乐之学的文章，如高齐贤的《乐史零缣》，赵尊岳的《歌词臆说》《玉田生讴曲旨详要》《读乐学轨范札记》，陈能群的《词用平仄四声要诀》《诗律与词律》《论曲犯》《论鬲指声》《论四清声寄煞》《论宋大曲与小唱之不同》《论燕乐四声二十八调》《论月律》，夏敬观的《论古乐音阶与今乐音阶之比例》《论九宫大成谱》《宋法曲大曲索隐》，冒广生的《宋曲章句》，钱万选的《宫调辨歧》《姜夔鬲溪梅令曲谱说明》，刘云翔的《吴歌与词》，等等。词是音乐与文字相结合的韵文，在不被管弦的民国词坛，大量研究词律、词韵、词谱的文章形成规模，这些来自音乐史和文学史的观照与思考推进了词乐之学研究的系统化。

（四）以唱酬建立词学交际网络

《词学季刊》大量刊载词人词作，其中亦有不少女性词人的词作发表在女子词录专栏上。词作发表数量较多的词人龙榆生、张尔田、夏承焘亦是《词学季刊》的主笔。另外，夏敬观、邵瑞彭、易孺等传统文人，赵尊岳、李宣倜、廖恩焘等政界人士，黄侃、吴梅、唐圭璋等大学教授，吴湖帆等书画界人士均在刊物上发表了词作，词人们的文墨旨趣与生活情态在刊物中得以呈现。

在《词学季刊》上发表词作的女性词人群体主要来自广东、浙江和江苏，例如，况周颐的女弟子刘家慎是广东人，章太炎的妻子汤国梨是浙江人，丁宁是江苏人。这些女性词人职业以教师、媒体人居多。比如，吕碧城和汤国梨，既是教师，亦是报人。《词学季刊》发表女词人的词作，不仅丰富了词坛词风、词作、词境的多样性，也助力女性词人群体步入主流词坛，有效地推动了女性词人与词坛的互动深度。

20世纪30年代，词人创作群体壮大，圈层广泛，形成了一个以《词学期刊》为传播平台，以众多研究型、学者型主笔为核心的词学交际网络。尽管这些词人以传统文人为主，但也不乏具有现代研究思路和气质的学者、官员，以及具有新思想的独立女性词人，这使得《词学期刊》成为一个具有现代气息的文化传播场域。

综上所述，在创办这两份刊物的过程中，龙榆生具有现代意识的词学思想和词学主张一直在场。他以极大的热情投入到刊物的组稿、写作、发行等日常事务中。他建立词学分目的构想、挽救词坛衰败之势的热忱、重视词乐关系的主张、辑佚和保存词作词话的努力始终贯彻办刊过程。然世事难料，两份刊物都有休刊之日。在《同声月刊》的《休刊启事》中，他曾感慨："五载金陵，只余酸泪。感时伤逝，亦复何言。徒殷声气之求，转切乱离之痛。"①《词学季刊》流播甚广，"行销所至，远及檀香山，僻至甘肃的边地"，交流至与日本京都的东方文化所②。《词学季刊》《同声月刊》展现了20世纪30年代中期至40年代中期中国词学发展面貌与成果，在现代词学史上有不可估量的价值，龙榆生居功至伟。

二、《音乐杂志》与《夏声》月刊：华夏新声学的实践基地

1933年，龙榆生任教于上海国立音乐专科学校，参与组织成立音乐杂志文社，蔡元培任社长，叶恭绰任副社长，干事会成员有龙榆生和

---

① 张晖主编：《龙榆生全集》第九卷，上海，上海古籍出版社，2015年，第382页。
② 张晖主编：《龙榆生全集》第九卷，上海，上海古籍出版社，2015年，第256页。

萧友梅、黄自、韦瀚章、刘雪庵等音乐家，同时创办了《音乐杂志》。这份杂志的编辑重点不在于传统词体的文本研究，而在于创制新诗体的音乐实践。龙榆生创作新体乐歌，在《音乐杂志》中发表了《过闸北旧居》《新庐山谣》等歌词。这些歌词吸收了旧体诗词平仄、用韵、意境等方面之优长。

在创办《夏声》月刊时，龙榆生的编辑思路又做调整：不再是单纯的音乐实践，而是实践与文本研究并重。1936 年，龙榆生在广州中山大学任教期间倡立"夏声社"，在《词学季刊》三卷一号"词坛消息"栏中刊登《夏声社之发起词》、三卷二号刊登《征稿条件》。他明确提出建立华夏声学的路径：一是把传统的诗词曲剧歌舞和有关民生疾苦的地方诗歌、散曲、小调、民谣，甚至杂剧等收集起来谱制乐曲，这一类乐曲刊入"曲录""风谣"栏目；二是"创作歌谱（中西乐不拘）"，刊入"乐谱"栏目。前者是抢救、恢复旧体诗词曲调，从民俗学的视域搜集、整理活态证据，为新文体研究提供资料；后者是创制新体乐歌。经由两途，龙榆生希望融词之文学性和音乐性为一体，创造出适合民国社会风气的"华夏声学"。

这两份刊物体现了龙榆生词学研究的新思路：创制新体乐歌，倡导华夏声学。从办刊设想看，《夏声》月刊对词乐理论的研究思路更为前沿：遍求各地风谣，从传统诗乐出发，与西洋新乐并轨，民间文化与国外文化双线推进。《夏声》月刊的创办仍停留在设想阶段，这一阶段有关诗与歌、词与乐的研究未见深入，龙榆生的"华夏声学"未成燎原之势。

三、《求是》杂志：面向青年的博闻杂刊

1944 年 3 月 1 日，龙榆生创办《求是》杂志，任社长；纪果庵任主编。1944 年 3 月至 1945 年 3 月，《求是》在一年内共发刊八期，其名来由为"取实事求是，不尚夸张之意"[1]，并且要求刊出稿件的作者都署真名，"以明责任心"[2]，可见龙榆生办刊初心。

---

[1] 张晖：《龙榆生先生年谱》，上海，学林出版社，2001 年，第 133 页。
[2] 张晖：《龙榆生先生年谱》，上海，学林出版社，2001 年，第 134 页。

从传播对象来看，《求是》的受众是年轻学子。龙榆生在给夏敬观的信函中表明创办心迹："为办一专对青年而发之刊物，名曰《求是》。"[1] 从办刊宗旨来看，《求是》旨在启发青年健全思想人格，承担"现代中国人的责任"[2]。他在《编辑凡例》中提出："本刊以诱导青年努力向上为宗旨，对于人格之修养，知识之增进，同时并重。"[3] 这个时期的龙榆生已不是20年前初来沪上的青年，他在大学从事教职逾20载，对诗词在整个教育体系中的位置、对教育在被战火席卷的国家中的作用有了更深的理解。龙榆生将这种期待和理想倾注于青年的成长中，他在《求是》发刊词中阐明："认定'匹夫有责'的这句名言，大家同心一德的从自己做起，把思想人格体魄知识，逐渐的健全起来，好好的做成一个健全的国民，准备着将来共同担负这个复兴中国的大任。"[4] 基于此，《求是》栏目在办刊实践中跳脱了龙榆生熟悉的诗词和音乐领域，定位为一份主要面向青年读者的博闻杂刊，这从《编辑凡例》中可以看出：

> 三、本刊关于研讨学术之文字，不拘文言白话，要以明白晓畅，深入浅出为主，期能获得社会各方面之同情。
> 四、本刊不拘何种稿件，概取积极的建设的态度，不偏不倚，绝对避免私人意气之争。
> 五、本刊关于身心修养之文字，一出以诚恳热烈之态度，务去陈腐，力求新鲜。
> ……
> 七、本刊内容，不固定项目。以收稿性质为衡，然大致约分心身修养、文史研究、科学杂俎、美术、音乐、常识、丛谈、生活纪录、随笔杂感、青年园地、社会通讯各栏。[5]

---

[1] 张晖：《龙榆生先生年谱》，上海，学林出版社，2001年，第134页。
[2] 龙榆生：《求是发刊词》，张晖主编《龙榆生全集》第九卷，上海，上海古籍出版社，2015年，第321页。
[3] 张晖：《龙榆生先生年谱》，上海，学林出版社，2001年，第133页。
[4] 龙榆生：《求是发刊词》，张晖主编《龙榆生全集》第九卷，上海，上海古籍出版社，2015年，第322页。
[5] 张晖：《龙榆生先生年谱》，上海，学林出版社，2001年，第134页。

《求是》刊物设有"青年园地",其他栏目涉及德、智、乐、美等方面,这是20多年前新文化运动所倡导的培育新青年的方向。由于受众年轻化,刊物整体呈现自由的风格,比如"不拘文言白话""不拘何种稿件",这意味着杂志允许新旧文化同时登场,鼓励新学者、年轻人畅谈新文化,打破了《词学季刊》《同声月刊》杂志多为旧文化、传统文人发声的局面。

"新旧合德"是发刊词中值得注意的关键词。龙榆生在《求是》发刊词中对国民文化现状有所阐发:

> 我们感觉国人年来的大病,只在一个隔字。举凡官吏和人民、文人和武士、老辈和青年,新文化和旧文化,学校和社会,理论和事实,中间都像存着一条界限似的,不能够毫无隔阂的调和配合起来,以致社会上发生许多矛盾冲突的现象。①

龙榆生寄望于这份刊物的创办能够打破新旧文化之间的隔膜,化解新旧文化之间的冲突:"希望这个小刊物出世以后,能够尽点邮传的责任,务使上下一致,文武调和,老少同心,新旧合德,乃至一切的一切,都能够名实相副,沟通融洽起来。"②《编辑凡例》后两条的"投稿要求"显示了办刊者接纳、拥抱新文化的态度:打破隔阂,新旧相融。这种办刊的变化似乎也暗示了新文化的力量已经势不可挡,旧文化、旧体诗词的影响力急遽萎缩,民国旧体诗词的创作和传播只能满足小众消费,远不能承载"文化中兴"之重担。

四、小结:期复中夏正声

龙榆生创办或主要参与编辑的刊物有《词学季刊》、《同声月刊》、《音乐杂志》、《夏声》月刊和《求是》。梳理五本刊物在内容、风格、

---

① 龙榆生:《求是发刊词》,张晖主编《龙榆生全集》第九卷,上海,上海古籍出版社,2015年,第322页。
② 龙榆生:《求是发刊词》,张晖主编《龙榆生全集》第九卷,上海,上海古籍出版社,2015年,第322页。

受众以及传播范围之异同可见龙榆生作为民国"媒体人"所展现的时代气质与传播意识；他的创刊宗旨和编辑思想因"势"调整，但致力于通过创办刊物实现发扬词学、复兴诗教的理想从未改变。借由办刊，龙榆生推动民国传统词学与新兴文学的融合、发展与传播；他通过创办不同刊物、设置各式栏目、发布相关资讯等不断吸引年轻群体，引导刊物的传播走向，增强文学尤其是词学的传播效应，民国词学观念的变迁也在办刊中得以体现。

（一）词学理论研究之变化：重视词之音乐性研究

词是文本与音乐之结合体，但至晚清民国，唐宋宫律、词律构成的"图谱之学"已停留在纸面。龙榆生希望词学家能加强"声调之学"和"词乐之学"的研究，以图词学再兴。龙榆生办《夏声》月刊是"决于本刊（按：指《词学季刊》）之外，更图拓展……昌明华夏学术，发挥胞与精神，期以中夏之正声，挽西山之斜日"①。"西山之斜日"当指旧体诗词以不可避免的颓势在衰落，若要挽救颓势，须让这种文体恢复声情相谐的传统，这便是"声调之学"之于词学研究与发展的不可或缺性。《夏声》月刊并未真正办起来，龙榆生将推求声调之美的思路延续至《同声月刊》。他在《同声月刊缘起》中表达了与音乐家合作再造新声的期待："欲创恢伟壮丽之辞，复诗乐合一之旧，又非求得诗人与乐家之合作，精研各体递嬗之根由，末以创新声而符国体。"②《同声月刊》的投稿者多为旧体诗词研究者，尽管刊物刊登了大量与词乐之学、声调之学相关的考证文章，但多囿于古体诗词之范畴，未能延续华夏新声之研究。尽管目标未达成，但诸多学者通过梳理词乐文献和理论辨析，重新审视了旧体词今日之困境，部分地纠正了民国词坛因追求艺术技巧而忽视情感内容的弊病，推进了旧体词学在词乐方面的研究。

（二）词学文体观念之变化：创制新声以重振雅音

20世纪三四十年代，龙榆生与叶恭绰等旧式词学家从传统词学理

---

① 龙榆生主编：《词学季刊》（下），北京，国家图书馆出版社，2015年，第411～412页。
② 龙榆生：《同声月刊缘起》，张晖主编《龙榆生全集》第九卷，上海，上海古籍出版社，2015年，第228页。

论出发，与精通西方乐理知识的音乐家合作，创制出适合民国社会、新式学校传唱的新体词，即"新体乐歌"。创制新声是旧体词在新时代的再发展，也是恢复"词有乐，可便歌"传统的一次实验。据此理念，龙榆生在创办《同声月刊》时对《夏声》月刊的思路予以调整。其一，合并"曲录""风谣""乐谱"三个栏目的内容，并为"乐谱"栏目，"专载中西音乐之创作歌谱，或旧谱之绝少流传者。其古今中外之译谱，亦当酌载，以供同好之研讨"。其二，龙榆生新设"歌剧"栏目，"专载近人所撰歌剧，体裁不拘新旧，惟新体以有声韵之美，兼附歌谱者为合格"①。这个变化说明，龙榆生对"乐歌"之"新体"又做尝试："新体乐歌"可以是一首歌，还可以是一个系列、一整套曲目的"歌剧"。

"新体乐歌"在旧体诗词领域难以推进，有着新思维的青年一代才是接受新声的主要群体。《求是》杂志虽然并非专为创制新体乐歌而生，但也承载着龙榆生的希望，他特别为杂志写了两篇纪念文章以期"重振雅音"：《乐坛怀旧录》（一卷二号，1944 年 3 月 15 日出版），纪念新文化、新诗乐之代表人物萧友梅；《乐坛怀旧录续》（一卷四号，1944 年 6 月 15 日出版），纪念传统诗词之代表人物易大厂。

（三）词学创作观之变化：变应酬之作为现实之作

龙榆生利用广泛的社交网络组稿、约稿，稿件的选登具有示范性与导向性，体现了办刊宗旨和编辑方针。在其构建的庞大关系网中，唱酬之作是刊物重要的内容之一。沪上词坛活动丰富，结社唱酬频繁，杂志上刊登的词作难免有内容空泛、词境浅薄、沽名钓誉之作。张尔田在给夏承焘的函中谈道："今天下纷纷宫词，率有年学子，无病而呻，异日者，谁执其咎？则我辈倡导者之责也……古有所谓试帖诗，若今之词，殆亦所谓试帖词耶？每见出杂志，必有诗词数首充数，尘羹土饭，了无精彩可言。榆生所编词刊，较为纯正，然也不免金鍮互陈，尚未尽脱时下结习。"②张尔田"试帖词"之讥并非针对龙榆生主编的《词学季刊》，但也指出《词学季刊》刊登了"充数"之作。《词学季刊》撰述

---

① 龙榆生：《同声月刊缘起》，张晖主编《龙榆生全集》第九卷，上海，上海古籍出版社，2015 年，第 229 页。
② 夏承焘：《天风阁词学日记》1934 年 10 月 11 日条，《夏承焘集》第五册，杭州，浙江古籍出版社、浙江教育出版社，1997 年，第 326～327 页。

群体的身份和教育背景大多相似,圈层效应明显,师承关系盘根错节,这份刊物注定不能"免俗"。

龙榆生意识到"试帖词"的问题,在《同声月刊缘起》中抨击了此种风气,"近代诗风日弊,古意荡然,举缘情绮靡之功,为酬应阿谀之具,连篇累牍,尽属肤陈,短咏长谣,全乖丽则"①。他在办刊筹备工作中强调不再刊发此类应酬之作。《夏声月刊征稿条件》言:"一切无聊酬应之作,与靡曼淫僻之词,皆所摈弃。"②《同声月刊·编辑凡例》亦称,"凡普通酬应之作,恕不揭载"③。龙榆生誓要跳脱刊物选用人情稿之风气,"排庸滥之俗调,展胞与之壮怀"④。

然而,"凡例"提出的要求并未彻底堵住刊载酬应作品之路。以李宣倜为中心的"桥西草堂雅集"常有聚会,龙榆生与陈方恪、黄默园、陈伯冶、何岂斋、曹靖陶、张次溪、岳仲芳、白坚甫、陈道量等人是座上宾,聚会所作常刊载于《同声月刊》,如第二卷第十号刊《桥西重九诗录》、十一号刊《桥西重九诗录续》、十二号刊《桥西重九诗录再续》。"今词林"栏目亦有应酬和作,刊登午社词集和为东坡生日、放翁生日聚会所赋之词。然而,从办刊的整体情况来看,酬应之作的占比还是有所控制。

(四)词学受众群体之变化

由于龙榆生坚持"创新声而符国体"的办刊理念,《同声月刊》吸引了全国各地、各派词人投稿。《同声月刊》"今词林"栏目刊登了表现战争内容和乱世情怀的现实主义作品,这些作品内容充实、风格激荡,不乏救亡图存之音,体现词坛寻求变革的自我要求,进一步扭转陈腐僵化和盲目趋赴梦窗、清真之词风,成为展现时代词风与文学心态的重要文献资料,词人群体的作品比较全面地展现20世纪40年代词坛概

---

① 龙榆生:《同声月刊缘起》,张晖主编《龙榆生全集》第九卷,上海,上海古籍出版社,2015年,第228页。
② 《夏声月刊征稿条件》,龙榆生主编《词学季刊》(下),北京,国家图书馆出版社,2015年,第412页。
③ 龙榆生:《同声月刊缘起》,张晖主编《龙榆生全集》第九卷,上海,上海古籍出版社,2015年,第229页。
④ 龙榆生:《同声月刊缘起》,张晖主编《龙榆生全集》第九卷,上海,上海古籍出版社,2015年,第228页。

貌和抗战时期沦陷区词人心灵史①。

（五）词学使命职责之变化

刊物在传播词学、发展文化中起到的作用各有侧重，承载着龙榆生对促进新旧词学、新旧文化融合发展的良好愿望。相较而言，《词学季刊》《同声月刊》专业性更强，理论水平更高，因而品牌认知度也更广。这两本杂志的阅读、投稿群体主要是民国教授、政要、传统词坛诗坛名宿，对于形成品牌效应、推动发行都大有裨益。《音乐杂志》、《夏声》月刊和《求是》面对的群体是接受中西文化熏陶的年轻学子，龙榆生意在培养年轻人扎实的人文素质和对历史文化负责的责任感，寄望学子在传承诗词文化的同时，冲破中西文化、新旧文化之间的藩篱，让文化传播的渠道更为顺畅。

龙榆生以极大的热忱投入到刊物的组稿、写作、发行等日常事务中。限于财力、人力，又恰逢战争年代，办刊耗费了他相当大的精力。办刊逾十载，然而在学界，龙榆生更多的是作为词学家而为学者所熟知、研究，其"编辑"身份常为研究者忽略，《夏声》月刊和《求是》的编辑思路更是淹于史料，鲜见钩沉。综合五刊之创刊理路和编辑特点可知，龙榆生为现代文学与文化的传播做出了积极贡献，这些杂志引领民国词学创作、学科发展的潮流，引导新旧文化相融的走向，他的办刊思路与编辑思想也因此具有较强的现代性与时代感，在民国编辑史上理应有其一席之位。

---

① 参见傅宇斌《现代词学的建立——〈词学季刊〉与20世纪三四十年代的词学》，北京，商务印书馆，2013年，第255页。

结语：龙榆生词学研究的独特风貌

新文化运动前后，传统词学因为汗漫式的点评、无病呻吟的创作遭遇了理论匮乏的危机，中西两派学人在对话中不断激发、构建、强化传统词学与现代学理的关联。回到文学现场，龙榆生实为词学在现代学科坐标中找到其应有之地的研究者之一，他的研究别开生面，初具现代词学研究之意识，渐成学科研究之体系，在民国词学研究中展现出独特风貌。

一、学科建制：构建专门之学

清末民初，朱祖谋、况周颐、王国维、刘毓盘等一众词学研究者为延续旧体文学生命而骎骎以述。龙榆生是推动词学终成专门之学的集大成者，他继承并发展了前辈学人为词学研究划定的基本框架，在对学科渊源的探寻、演变轴线的勾勒中实现了词学研究的现代转向，使得词学研究有了清晰的学科脉络。

龙榆生构建了以图谱之学、音律之学、词韵之学、词史之学、校勘之学、声调之学、批评之学、目录之学为科目分类的现代词学体系。彭玉平在《词学的古典与现代——词学学科体系与学术源流初探》中指出，"真正将词作为一门学问或科学来看待的，应该从龙榆生开始"[①]。陈水云认为，"龙榆生《研究词学之商榷》一文的发表，提出词学研究之'八科'说，成为中国现代'词学'走向成熟的一大标志"[②]。龙榆生打通了古典词学到现代词学的发展之路。

今天来看，其所建构的学科分类仍未完美。比如学科内容有交叉。

---

① 彭玉平：《词学的古典与现代——词学学科体系与学术源流初探》，《中山大学学报》（社会科学版）2006年第1期，第7页。
② 陈水云：《现代"词学"考论》，《兰州大学学报》（社会科学版）2012年第2期，第9页。

图谱之学、音律之学、词韵之学与声调之学的内容掺杂并论；校勘之学和目录之学在研究中难以完全割离，若统领为文献学似更为合理。再如，他对学科内容的理解有偏差。彭玉平指出，龙榆生"词史之学"实为"年谱之学"："以张宗橚《词林纪事》、王国维《清真先生遗事》及夏承焘《唐宋词人年谱》为已有词史研究的典范，即在学理上难以自足。"① 彭玉平还认为，龙榆生"对词的别集和总集就显得重视不够，虽然'目录之学'涉及到词集的提要，但'提要'与系统的研究毕竟尚有很大的距离"②。

但是，瑕不掩瑜。在20世纪30年代，龙榆生成为词学研究的一面旗帜，他将传统与现代思潮的交锋、碰撞啮合在一起，使得分置中西两极的理论传统以圆融的方式在当代延续。他在热闹的文化表象中抽取本质，指明现代词学应着力研究的方向，强调声调之学、批评之学、目录之学在现代的发生与意义，为现代性视野下的词学研究提供了学科框架。故彭玉平论："从学术史的角度来看，此后词学的展开都基本上是在龙榆生所立体系基础上的调整增补而已。"③

二、词学批评：成就经典范式

龙榆生提出的"批评之学"不为常州词派的理论所囿，他有明确的目标和强烈的社会责任感，批评论述有详尽的推理过程，要求尽量用客观的标准选词、评论，展现了评论家的专业精神。

1934年，龙榆生在《研究词学之商榷》中就如何改进传统词学的研究思路、词学批评如何适应时代需求等问题进行了探索。在他看来，近代词学批评始于王国维的《人间词话》和况周颐的《蕙风词话》，"庶几专门批评之学矣"④。相较而言，《蕙风词话》更为精审："况氏历数自唐以来，下迄清代诸学之词，抉摘幽隐，言多允当。自有词话以

---

① 彭玉平：《词学的古典与现代——词学学科体系与学术源流初探》，《中山大学学报》（社会科学版）2006年第1期，第8页。
② 彭玉平：《词学的古典与现代——词学学科体系与学术源流初探》，《中山大学学报》（社会科学版）2006年第1期，第8页。
③ 彭玉平：《况周颐与晚清民国词学》，北京，中华书局，2021年，第430页。
④ 龙榆生：《研究词学之商榷》，张晖主编《龙榆生全集》第三卷，上海，上海古籍出版社，2015年，第250页。

来，殆无出其右者。"① 在研究吴词的众多著作中，龙榆生以陈洵的《海绡翁说词》为最好，此书"为学者指示读词方法，是词话中之生面别开者"②。《蕙风词话》《人间词话》和《海绡翁说词》"言多允当"③，但仍未跳出传统词话的藩篱。他认为，传统词学批评有其弊端。

一是"或述词人逸事，或率加品藻，未尝专以批评为职志"④。传统词话常用大量篇幅记载传闻逸事或者进行史料考证，只是梳理了词人逸事，未有科学体例，理论性弱，内容杂糅。另外，有的词家在进行批评时妄下断语，这种没有以词学批评为职志的态度导致词学批评存在粗制滥造的现象。

二是"但凭主观之见解，又或别有用意，强人就我，往往厚诬古人"⑤。囿于宗派之见，传统词话存在评骘不够客观的现象。词学作品是词学批评的文本对象，它的艺术价值、历史价值和社会价值不能纯以批评家的个人爱好或词派主张为标准来判定。龙榆生以周济的《介存斋论词杂著》和《宋四家词选·序论》为例说明："各标宗旨，自立准绳，以成一家之学。"⑥ 周济的两本词选是常州词派文艺批评观的体现，反映了与浙西词派不同的词学主张。以词派理论选词容易造成对作品和词家的误读，难以准确发掘词作的审美意义，此谓"厚诬古人"。

三是理论阐释不够明晰、通达，不利于学习者理解词学理论。龙榆生以刘熙载《艺概》为例，"刘书持论甚精，而言多未尽，可以语治词有得之士，未足以使一般读者了然于某一作家利病得失之由也"⑦。传统词评常以片段式、结论式体悟示人，普通读者只能知其然而不知其所

---

① 龙榆生：《研究词学之商榷》，张晖主编《龙榆生全集》第三卷，上海，上海古籍出版社，2015年，第250页。
② 龙榆生：《最近二十五年之词坛概况》，张晖主编《龙榆生全集》第三卷，上海，上海古籍出版社，2015年，第106～107页。
③ 龙榆生：《研究词学之商榷》，张晖主编《龙榆生全集》第三卷，上海，上海古籍出版社，2015年，第250页。
④ 龙榆生：《研究词学之商榷》，张晖主编《龙榆生全集》第三卷，上海，上海古籍出版社，2015年，第250页。
⑤ 龙榆生：《研究词学之商榷》，张晖主编《龙榆生全集》第三卷，上海，上海古籍出版社，2015年，第250页。
⑥ 龙榆生：《研究词学之商榷》，张晖主编《龙榆生全集》第三卷，上海，上海古籍出版社，2015年，第250页。
⑦ 龙榆生：《研究词学之商榷》，张晖主编《龙榆生全集》第三卷，上海，上海古籍出版社，2015年，第250页。

以然。龙榆生批评道:"前辈治学,每多忽略时代环境关系,所下评论,率为抽象之辞,无具体之剖析,往往令人迷离惝恍,莫知所归。"①评论家的表述如镜中月水中花,言辞通透灵动却不易捕捉,往往用玄妙的论述解释抽象的概念。

鉴于传统词话论词有上述弊端,龙榆生别立"批评之学":"必须抱定客观态度,详考作家之身世关系,与一时风尚之所趋,以推求其作风转变之由,与其利病得失之所在。"② 其一是去"我见","后人从事批评者,正不容以一人之私见,而率意加以褒贬也"③。他主张从作家作品出发,先批评鉴赏词作的风格特色,继而评判各类词作风格和词派主张在词史中的地位与价值。其二,结合时代背景和作家生平、性情、学养、经历等因素,详考词家在各个阶段的词作风格与变化。其三,由词风转变推求词派产生之原因,分析词派理论主张的利弊得失。其四,批评论述务必讲求推理过程。龙榆生的词学批评大多由"详考—推求—分析"三步骤演进而论,摈弃传统词评抽象的表述方式,力求评骘用语和推论方法具象化、清晰化。

龙榆生的词学批评主要是以论文、论著的方式呈现④,另外还有一些以通信⑤和散落在序跋、题词、评点、题识、随笔、笔记中的词话、词论⑥的形式呈现。这些文章展现了龙榆生在词学批评中的现代意识。

---

① 龙榆生:《研究词学之商榷》,张晖主编《龙榆生全集》第三卷,上海,上海古籍出版社,2015年,第250页。

② 龙榆生:《研究词学之商榷》,张晖主编《龙榆生全集》第三卷,上海,上海古籍出版社,2015年,第250页。

③ 龙榆生:《研究词学之商榷》,张晖主编《龙榆生全集》第三卷,上海,上海古籍出版社,2015年,第253页。

④ 主要文章有《周清真评传》(1930年)、《清季四大词人》(1931年)、《论贺方回词质胡适之先生》(1933年)、《选词标准论》(1933年)、《两宋词风转变论》(1934年)、《我对韵文之见解》(1934年)、《东坡乐府综论》(1935年)、《清真词叙论》(1935年)、《漱玉词叙论》(1936年)、《南唐二主词叙论》(1936年)、《诗教复兴论》(1940年)、《晚近词风之转变》(1941年)、《论常州词派》(1941年)、《陈海绡先生之词学》(1942年)、《试论朱敦儒的樵歌》(1956年)、《苏门四学士词》(1957年)、《试谈辛弃疾词》(1957年)。

⑤ 《词学季刊》《同声月刊》载词人通信近200通,其中有龙榆生与友人论词的内容;中华人民共和国成立后,他亦与友人通信论词,较为重要的有《与吴则虞论碧山词书》(1956年)等。

⑥ 如《朱幡瘦石词序》(1937年)、《寒螿碎语》(1940年)、《读词笔记》(1941年起连载于《同声月刊》)、《疏筐阁杂缀》(1941年起连载于《同声月刊》)、《迎秋馆杂缀》(1942年)、《藕香馆词序》(1941年)、《读王船山词记》(1963年)。

第一个特点是整体意识强，既"深"又"专"。龙榆生的词学批评融合了词史断代研究、词作鉴赏论、词人专题研究等，点面结合，既有专论，又有综论，因此他的词学批评显得客观、公允，也因为摒弃了传统摘录式评价而具备现代词学批评的形貌。

如龙榆生结合词体产生的创作背景论词流派与风格的形成。论令词在西蜀南唐发展，龙榆生说，"南唐立国，近四十年；锦绣江山，免遭兵燹……一时风气所趋，故倚声而作之歌词，在南唐遂益发展"①。论南宋豪放词发展背景时说，"自金兵南侵，二帝北狩；江山仅余半壁，繁华尽付流水……不平则鸣，于是横放杰出之歌词，宛若天假之以泄一代英雄抑塞磊落不平之气"②，"自南渡以迄于宋亡，此一系之作者，绵绵不绝"③。论清词盛放的原因，龙榆生仍从时代背景入手，"同治、光绪以来，国家多故，内忧外患，更迭相乘。士大夫怵于国势之危微，相率以幽隐之词，借抒忠愤"④。

词学流派、词史发展中的重要词人如李煜、苏轼、周邦彦、贺铸、辛弃疾、李清照、清季四大词人、陈洵等，龙榆生写有多篇专论。曹新华认为，"龙氏较早地以其众多的'综论'式词人评论文章为后人树立了典型，促进了二十世纪词学批评方式的'现代'化"⑤。

龙榆生注重个体区别，细致考察不同词人因境遇、学养、交游等不同造成的词风差异。他从"后主之嗜好""后主之性情""后主之宗教信仰"和"后主之家庭环境"四个方面分析李煜词境高绝的原因，认为嗜好和家庭环境"养成其技术"，"性情"和"宗教信仰""培植其

---

① 龙榆生：《中国韵文史》，张晖主编《龙榆生全集》第一卷，上海，上海古籍出版社，2015年，第103页。
② 龙榆生：《苏辛词派之渊源流变》，张晖主编《龙榆生全集》第三卷，上海，上海古籍出版社，2015年，第172页。
③ 龙榆生：《中国韵文史》，张晖主编《龙榆生全集》第一卷，上海，上海古籍出版社，2015年，第121页。
④ 龙榆生：《中国韵文史》，张晖主编《龙榆生全集》第一卷，上海，上海古籍出版社，2015年，第183页。
⑤ 曹新华：《论龙榆生的词学研究贡献》，张晖编《忍寒庐学记——龙榆生的生平与学术》，北京，生活·读书·新知三联书店，2014年，第236页。

词心"①。论周邦彦词,称"词学之最大成就,当在重入京师时"②,此时周邦彦词学技巧成熟,人生阅历丰富,重回政治中心后又主掌大晟府,制词得天时地利人和,因而创作出《大酺》《六丑》《兰陵王》等名篇。论秦观词,龙榆生区分淮海词前后期的不同风格,"少游词初期多应歌之作,不期然而受《乐章》影响。中经游宦,追念旧欢,虽自出清新,而终归婉约。晚遭忧患,感喟人生,以环境之压迫,发为凄调。论《淮海词》者,正应分别玩味,不当以偏概全也"③。他论晚近词人也是从生平事迹入手,评郑文焯词"尝与其性情境地,相挟俱变"④,论文廷式词"虽力崇北宋,而因性情环境关系,不期然而与稼轩一派相出入"⑤。

不少词人都有被谪贬的经历,龙榆生认为,"文人一旦失意,往往因过度刺激,发为哀怨悱恻之音,词益工而志益苦,沉郁顿挫"⑥。李煜、苏轼、辛弃疾、李清照、周邦彦、柳永等大词人都经历过人生的跌宕起伏,词境为之一跃。在分析李煜词的词境为何高于温、韦词时,龙榆生亦从人生经历探求原因,"盖亦环境迫使然,不可与温、韦诸人同日而语也"⑦,"李后主以绝世聪明,历尽人间可喜可悲之境;两重身世,悬隔天渊;所受刺激愈深,其所流露于外者,乃尽为心头之血。后主词境之高绝,后主之不幸也"⑧。

以细致考察词人生平为基础,龙榆生剖析同一词人在人生不同阶段

---

① 龙榆生:《南唐二主词叙论》,张晖主编《龙榆生全集》第三卷,上海,上海古籍出版社,2015年,第348~349页。

② 龙榆生:《清真词叙论》,张晖主编《龙榆生全集》第三卷,上海,上海古籍出版社,2015年,第321页。

③ 龙榆生:《苏门四学士词》,张晖主编《龙榆生全集》第三卷,上海,上海古籍出版社,2015年,第264页。

④ 龙榆生:《清季四大词人》,张晖主编《龙榆生全集》第三卷,上海,上海古籍出版社,2015年,第85页。

⑤ 龙榆生:《清季四大词人》,张晖主编《龙榆生全集》第三卷,上海,上海古籍出版社,2015年,第77页。

⑥ 龙榆生:《周清真评传》,张晖主编《龙榆生全集》第三卷,上海,上海古籍出版社,2015年,第44页。

⑦ 龙榆生:《南唐二主词叙论》,张晖主编《龙榆生全集》第三卷,上海,上海古籍出版社,2015年,第347页。

⑧ 龙榆生:《词史要略》,张晖主编《龙榆生全集》第二卷,上海,上海古籍出版社,2015年,第377页。

词风之转换。龙榆生论李煜词分前后两段,"其前后两期绝端相反之生活,乃所以促成其词境之高超,其作品亦判若两人"①。论李清照词,他以赵明诚去世前后为界划分两期,"易安性格则风流跌宕,环境则前期极唱随之乐,后期多流离之痛……由此推知《漱玉词》之全部风格,实兼有婉约、豪放二派之所长而去其所短"②。

龙榆生关注作家词论,考察词论对创作的影响。不少词家既创作也评论,用词学主张指导创作,故龙榆生研究词作时重视将词家的评论思想与创作实践综合考量。如龙榆生论李清照词时说,"除已明了其性格与环境外,即其对于词之见解,及诸作家之批评,亦应加以注意"③。李清照嫌苏轼词"不协音律"、论《淮海词》"专主情致而少故实"、以柳永词"词语尘下"为病,龙榆生综合这些论点,结合胡仔《苕溪渔隐丛话后集》对李清照词的分析,推断出李清照为"妙词"所定义的标准:协率、铺叙、典重、情致、故实。用李清照这五条标准再解读其词,便可知易安词"文辞与音律兼重,乃为当行出色"④。再如,况周颐《词话》有守律专论,龙榆生结合其词论进行推衍,认为况周颐对于四声清浊的追求过于严谨,作品时有艰涩之象,因此况周颐词学四声理论对于普通词学者而言并不适用。龙榆生结合词家词论考察词作、理解词作,能够更接近词作本身,有利于体悟作品与理论的关系也。

"言'批评之学'者,所以首宜注意于作家之身世关系也。"⑤ 龙榆生熟练地运用这种知人论世、分期论词的方法来考察历代词家。在他编选的《唐宋名家词选》和《近三百年名家词选》中,读者可以看到同一作家在不同时期不同风格的作品,感知作家的创作变化和成长路

---

① 龙榆生:《南唐二主词叙论》,张晖主编《龙榆生全集》第三卷,上海,上海古籍出版社,2015年,第348页。
② 龙榆生:《漱玉词叙论》,张晖主编《龙榆生全集》第三卷,上海,上海古籍出版社,2015年,第338页。
③ 龙榆生:《漱玉词叙论》,张晖主编《龙榆生全集》第三卷,上海,上海古籍出版社,2015年,第337页。
④ 龙榆生:《漱玉词叙论》,张晖主编《龙榆生全集》第三卷,上海,上海古籍出版社,2015年,第338页。
⑤ 龙榆生:《研究词学之商榷》,张晖主编《龙榆生全集》第三卷,上海,上海古籍出版社,2015年,第251页。

径,"一家之作,亦往往因环境转移,而异其格调"①。经由此,龙榆生重新审定前人词论,提出自己的不同见解,如前文所论李煜词不能以"旨荡"评、李清照词不可仅以"清俊"论。这种实证与批评相结合的方法建立在扎实的文献材料的基础上,由此推出的结论是让人信服的。

第二个特点是化抽象之辞为具体之解剖。中国传统词话常脱离环境批评,且评论用语抽象。龙榆生发微阐幽,批评时尽量使用现代化的词学语言和概念,将传统词评家的抽象之意化为具体之词,因此他的批评既能宣诸奥蕴,也避免伤于破碎②。

试看龙榆生对陈洵词学观的批评。陈洵填词标举"志学""严律""贵养""贵留""以留求梦窗""由大几化""内美""襟度"九目,龙榆生赞赏"贵养""贵留"二目最为精微。陈洵论"贵养"云:"词莫难于气息,气息有雅俗,有厚薄,全视其人平日所养,至下笔时则殊,不自知也。"③论"贵留"云:"词笔莫妙于留,盖能留则不尽而有余味。离合顺逆,皆可随意指挥。而沉深浑厚,皆由此得。虽以稼轩之纵横,而不流于悍疾,则能留故也。"④这两段论述都是传统词话的表达方式,"气息"所指为何?"贵留"要"留"什么?造诣不深的学词者恐怕难以理解其中深味。龙榆生结合苏、辛、周、吴各家词风展开论述:

> 外形内美,人巧天工,二者能兼,斯称极致。前人贵于词外求词,固当于气韵辨之。苏、辛、周、吴,于气韵各有偏至,则由身世际遇,与平日学养之不同。阳刚阴柔,主气主韵。气息清雄,韵味隽永。运密入疏,寓浓于淡。由此以学苏、辛,则无横悍叫嚣之习;学周、吴,则无涂饰堆砌之病。至于沉深厚浑,为词家之极轨,而以一"留"字为能尽运笔之妙,亦犹书家所谓"无垂不

---

① 龙榆生:《研究词学之商榷》,张晖主编《龙榆生全集》第三卷,上海,上海古籍出版社,2015年,第251页。
② 龙榆生评《蕙风词话》:"其书虽讲究极精微,而亦颇伤于破碎。"参见龙榆生《陈海绡先生之词学》,张晖主编《龙榆生全集》第三卷,上海,上海古籍出版社,2015年,第542页。
③ 唐圭璋编:《词话丛编》,北京,中华书局,1986年,第4840页。
④ 唐圭璋编:《词话丛编》,北京,中华书局,1986年,第4840页。

缩",学者所宜佩以终身者也。①

龙榆生指出,"贵养"属于词人修养,"贵留"属于词笔运用,两者结合才能写出好词。经此解释,读者对陈洵所论一目了然:"气息"指的是词人气质、气韵,"气息"源自学养、修养,词家通过不断提高修养以在创作中达到深沉厚浑的词境。龙榆生举苏、辛、周、吴四家例子来论证,阐述深刻精准又具学理性,方便读者理解陈洵的词学思想。

龙榆生的一些著作是为初入门的学词者而写,他尽量用简单易懂的语言带领读者去鉴赏诗词、理解词学评论。周济《宋四家词选目录序论》言"寄托":

> 夫词,非寄托不入,专寄托不出。一物一事,引而伸之,触类多通,驱心若游丝之罥飞英,含毫如郢斤之斫蝇翼,以无厚入有间,既习已,意感偶生,假类毕达,阅载千百,謦欬弗违,斯入矣。赋情独深,逐境必寤,酝酿日久,冥发妄中,虽铺叙平淡,摹绩浅近,而万感横集,五中无主,读其篇者,临渊窥鱼,意为鲂鲤,中宵惊电,罔识东西,赤子随母笑啼,乡人缘剧喜怒,抑可谓能出矣。②

周济解释言此意彼,后世不少词学初学者读来如坠云雾。龙榆生化繁为简论周济的"寄托":

> 什么叫做"寄托"呢?也就是所谓"意内而言外","言在此而意在彼"。怎样去体会前人作品哪些是有"寄托"的呢?这就又得把作者当时所处的时代环境和个人的特殊性格,与作品内容和表现方式紧密联系起来,予以反复钻研,而后所谓"弦外之音",才能够使读者沁入心脾,动摇情志,达到"赤子随母啼笑,乡人缘

---

① 龙榆生:《陈海绡先生之词学》,张晖主编《龙榆生全集》第三卷,上海,上海古籍出版社,2015年,第544~545页。
② 〔清〕周济:《介存斋论词杂著》,北京,人民文学出版社,1959年,第12页。

剧喜怒"那般深厚强烈的感染力。①

　　龙榆生的解释酣畅明了，他指出周济所言"能入"和"能出"是欣赏和创作的两种境界，作品的言外之意是"寄托"。随后，他还引用李煜的《相见欢》和辛弃疾的《摸鱼儿》《祝英台近》《汉宫春》《瑞鹤仙》等词作展开论述。

　　词学批评中经常见到用"色""香""味"等概念说明词境。如刘熙载《艺概》（卷四《词曲概》）："词之为物，色、香、味宜无所不具。以色论之，有借色、有真色。借色每为俗情所艳，不知必先将借色洗尽，而后真色见也。"② 这些词论常让人在细细琢磨之余也未能全解其意。龙榆生从词的音乐组织结构方面予以解释："由于词的语言艺术最主要的一点是和音乐结着不解之缘，所以要想去欣赏它，首先得在'声'和'色'两方面去体味。'声'表现在'轻重抑扬，参差相错'的基本法则上面，'色'表现在用字的准确上面。"③ 他用李清照的《声声慢》引导读者理解"真色"，这首词不曾用一个典故，在寻常言语中创意出奇，达到用语境界的顶峰，"情真语真，结合得恰如其分"④。所谓"借色"（又称"藉色"），"最常见的是用替代词"，龙榆生引导读者通过周邦彦《解花语》、吴文英《宴清都》词去理解："用'桂华'和'蟾蜍'来代'月'，本意也只是为了声响和色彩的调匀，却使读者产生'隔雾看花'的感觉，反而要'损其真美'。"⑤ 王国维《人间词话》（卷下）亦有"生香真色"的说法，龙榆生提醒读者理解这种境界，"得向作品的意格和韵度上去求，要向整个结构的开阖呼应上去求"⑥。

---

　　① 龙榆生：《词学十讲》之第十讲"论欣赏与创作"，张晖主编《龙榆生全集》第二卷，上海，上海古籍出版社，2015年，第131页。
　　② 〔清〕刘熙载撰：《艺概》，上海，上海古籍出版社，1978年，第120页。
　　③ 龙榆生：《词学十讲》之第十讲"论欣赏与创作"，张晖主编《龙榆生全集》第二卷，上海，上海古籍出版社，2015年，第127页。
　　④ 龙榆生：《词学十讲》之第十讲"论欣赏与创作"，张晖主编《龙榆生全集》第二卷，上海，上海古籍出版社，2015年，第133页。
　　⑤ 龙榆生：《词学十讲》之第十讲"论欣赏与创作"，张晖主编《龙榆生全集》第二卷，上海，上海古籍出版社，2015年，第133～134页。
　　⑥ 龙榆生：《词学十讲》之第十讲"论欣赏与创作"，张晖主编《龙榆生全集》第二卷，上海，上海古籍出版社，2015年，第132页。

当然,龙榆生的解析也并非全都精准,有时因为追求言简意赅而忽略了词评原句所包含的更广阔的深意。如"色""香""味"这样的诗词批评概念在不同的语境下有不同的意味。再如论王国维的"三境界"说,龙榆生从欣赏词作的角度予以解释,认为这是读词的三个层次:

> 第一境是说明未入之前,无从捕捉,颇使人有"上穷碧落下黄泉,两处茫茫皆不见"之感。第二境是说明既入之后,从艰苦探索中得到乐趣来。第三境是说明入而能出,豁然开朗,恰似"踏破铁鞋无觅处,得到全不费功夫"。我们对于前人名作的欣赏,以及个人创作的构思,也都必须经过这三种境界,才能做到"真实为吾所有而外物不能夺"①。

王国维的"境界说"是一个深邃、多元、综合的美学理论,带有浓厚的哲学色彩,龙榆生的阐述写实,并框定为读词的三个时间步骤,如此理解王国维的"三境界"在一定程度上削弱了理论的力度。

第三个特点是选词、评词均要去"我见"。

龙榆生在《两宋词风转变论》曾定下词学研究的根本标准:"吾人研究词学,不容先存门户之见,尤不可拘于一曲以自封。"②这可视为龙榆生从事词学批评的重要准则。他评词跳脱常州词派理路,选词力求全面,在评论中对历代词家已形成的传统看法提出不同的主张。温庭筠词风格香软缱绻、内容无关忠爱,其所代表的花间词派常为后世词评者所诟病。对此,龙榆生予以反驳,"取助清欢,何有乎忠爱?治古文学者,固不可以轻率出之;而索解过深,翻违本旨"③。他认为温词自有其独特风姿,代表那个时代最高词学创作水平,后世词评家以"关乎忠爱"审视温词是不合理的。再如,浙西词派对梦窗词多有微词,原因之一是宗尚姜、张而蔽于一偏之见。龙榆生认为梦窗词有利病两端,

---

① 龙榆生:《词学十讲》之第十讲"论欣赏与创作",张晖主编《龙榆生全集》第二卷,上海,上海古籍出版社,2015年,第131页。

② 龙榆生:《两宋词风转变论》,张晖主编《龙榆生全集》第三卷,上海,上海古籍出版社,2015年,第296页。

③ 龙榆生:《词史要略》,张晖主编《龙榆生全集》第二卷,上海,上海古籍出版社,2015年,第363页。

它有长于造语绮丽、虚实兼到的独到之处，也"确实有'凝涩晦昧'的毛病"①，但不可以此否定梦窗词的艺术价值，论曰："岂容以其有过晦涩处，而一概抹杀之？"②

龙榆生去"我见"的文史学家视野建立在深入研究的基础上。历代词评家对周邦彦词的评价毁誉参半。何以如此？龙榆生认为"大抵多未深考其生平，时或不免'窥豹一斑'之憾耳"③。周词传播力强，对后世词风发展有创新之功，南宋大家姜夔、吴文英、张炎等人都深受感染，未深考其生平便不能理解周词在当时产生的背景、词风的转换以及对后世的影响。刘熙载赞赏周邦彦词成律精审、富艳精工，但是认为周词格调不高，龙榆生提出不同意见："刘氏谓周词'当不得一个贞字'且以'旨荡'二字诋之，未免拘迂之习。"④ 如果评价词境高下的视角依然停留在是否反映忠君爱国等内容上，而不是站在词史迁衍的角度看待词作的意义及影响，得出的结论必然是狭隘的。龙榆生结合周邦彦生平深考其词在各个时期的特点后发现，周邦彦被人诟病的"软媚之作"大抵成于少年日居汴京时，而其失意时期的词则沉郁顿挫，"旨荡"二字不能统领各时期词的特色。历代词家论周词，龙榆生以冯煦、况周颐和王国维所论最到位。冯煦论周词曰"浑"，"词至于浑，而无可复进矣"⑤。况周颐曰"厚""雅"，"愈朴愈厚，愈厚愈雅，至真之情，由性灵肺腑中流出，不妨说尽而愈无尽"⑥。王国维曰："拗怒之中，自饶和婉，曼声促节，繁会相宜；清浊抑扬，辘轳交往。"⑦ 三家所论的关键字词"浑""厚""繁会"均有繁复、多层之意味，亦有兼

---

① 龙榆生：《宋词发展的几个阶段》，张晖主编《龙榆生全集》第三卷，上海，上海古籍出版社，2015 年，第 660 页。
② 龙榆生：《中国韵文史》，张晖主编《龙榆生全集》第一卷，上海，上海古籍出版社，2015 年，第 127 页。
③ 龙榆生：《周清真评传》，张晖主编《龙榆生全集》第三卷，上海，上海古籍出版社，2015 年，第 54 页。
④ 龙榆生：《周清真评传》，张晖主编《龙榆生全集》第三卷，上海，上海古籍出版社，2015 年，第 58 页。
⑤ 冯煦：《蒿庵论词》，唐圭璋编《词话丛编》，北京，中华书局，1986 年，第 3589 页。
⑥〔清〕况周颐原著，孙克强辑考：《蕙风词话》，郑州，中州古籍出版社，2003 年，第 20 页。
⑦ 王国维：《清真先生遗事》，〔宋〕周邦彦著，孙虹校注，薛瑞生补订《清真集校注》，北京，中华书局，2007 年，第 467 页。

容并蓄、融为一体的意思，与龙榆生在层层剥茧、明察秋毫的研究思路下得出的结论最为接近，这亦是他去"我见"的体现。

在词学批评的研究理路上，龙榆生长于将词学批评与词史研究绾合而治。他充分考虑词家所生活的社会环境及时代，将选评重点放在对"词体演进"和"词派流变"起到关键作用的词人词作上，系统梳理、论述了历代词学派别的渊源承衍与理论谱系。

在词学批评方式上，龙榆生注重文献考证与逻辑思辨，化自由的感悟式批评、松散的点评式批评、抽象的概念式批评为析理透彻、周密翔实、科学具体的现代词学批评方式。龙榆生对唐宋元明的词学批评大多是考证与推理并重；对清季、近世词人的词学研究和批评则是鲜活生动的，实证与实用并举。对于龙榆生所处的时代而言，他对晚清和近世词人的词学批评是当代文学批评，他不惧处于文学批评的风口浪尖，积极展开"四声之争"等重要文化论争，勇于任事敢于发声，兑现了他认为批评家应视批评为职志的专业精神。

在词学批评观上，龙榆生放下宗派之说和尊体之言："纯取客观，以明真相，宗派之说，既无所容心；尊体之言，亦已成过去。"① 这既是龙榆生选词的标准，也可视为他从事词学批评的准则。他相对客观地看待各种词派出现的背景、主张与词风，平和地看待词评家们对理论的推进、批评与修正。龙榆生的词学批评重推理、重论述，层次分明，体大精深，其论述思路之敏锐和行文表达之新锐走在同时代词评家前列，故龙榆生的词学批评也是深具现代性的。

总之，在词学批评中，龙榆生结合词史发展、欣赏创作、流派推衍等词学领域的内容，专论综论并举，改变了传统批评的思维理络和考察角度，他的词学批评也因此成为现代词学批评的经典范式。

三、理论所指：回答时代课题

回答时代之问，这样的学术理论是富有生命力和说服力的。

20世纪前半叶的中国身陷民族危机，以迸发的文学唤起国民斗志、

---

① 龙榆生：《选词标准论》，张晖主编《龙榆生全集》第三卷，上海，上海古籍出版社，2015年，第208页。

振兴民族精神成为时代之需。龙榆生回溯中国文学传统，力图在词学的推广、普及中建构"文化中兴"的文学语境，唤醒民众尤其是青年学子的家国情怀与民族认同。

龙榆生编选的《唐五代宋词选》面向青年学生和词学爱好者。他在词选的"导言"中表明写作缘起："目的是想借这个最富于音乐性而感人最深的歌词，来陶冶青年们的性灵，激扬青年们的志气，砥砺青年们的节操。"① 他选辛弃疾词 33 阕、苏轼 15 阕、贺铸 11 阕，"侧重于所谓'豪放'一派"②。国难之际，龙榆生期望在词史传统中提取能彰显民族伟大精神的词人词作，弘扬爱国奋进的苏辛词风，激发词学的社会政治功能，实现"诗乐合一"的理想，其借古治今之心耿耿。1944 年，龙榆生主编《求是》，他号召青年人："认定'匹夫有责'的这句名言，大家同心一德的从自己做起，把思想人格体魄知识，逐渐的健全起来，好好的做成一个健全的国民，准备着将来共同担负这个复兴中国的大任。"③

除了思想人格体魄，龙榆生认为文化素养的复兴要从"诗教"入手："诗教复兴而国运亦随以昌隆。"④《风》《骚》旨格代表中国诗歌传统正声，在近三百年词的评价体系中，他特为重"意格"，即好词应重视作者性情襟抱与时代抒写，"以鸣此旷古未有之变局"⑤。龙榆生以民族国家话语重释古典文学文本，寄望《近三百年名家词选》能给予年轻人启发，担负起复兴国家之重任。

中华人民共和国成立后，文脉孱弱，百废待兴。文艺界亟须培育人才、繁荣创作，需要生产更多传播当代中国价值观念、体现中华文化精神的优秀作品，以鼓舞人心、涵养精神。面对这个时代课题，龙榆生编

---

① 龙榆生：《唐五代宋词选·导言》，张晖主编《龙榆生全集》第八卷，上海，上海古籍出版社，2015 年，第 15 页。

② 龙榆生：《唐五代宋词选·导言》，张晖主编《龙榆生全集》第八卷，上海，上海古籍出版社，2015 年，第 15 页。

③ 龙榆生：《求是发刊词》，张晖主编《龙榆生全集》第九卷，上海，上海古籍出版社，2015 年，第 322 页。

④ 龙榆生：《清真词叙论》，张晖主编《龙榆生全集》第三卷，上海，上海古籍出版社，2015 年，第 427 页。

⑤ 龙榆生：《近三百年名家词选》，张晖主编《龙榆生全集》第八卷，上海，上海古籍出版社，2015 年，第 454 页。

纂了集制词的现代实用性与古今通约性为一体的《唐宋词格律》,为国家培养紧缺的戏曲创作研究人才。《唐宋词格律》创造性地将谱例与词史、词论、词乐、词格等知识融为一编,设计了一条赏析与创作的通途,将精微遥远的格律知识以易懂易学的方式呈现,"由于龙先生的词律讲得精细易懂,同学们很快学会填词的方法。有些天资聪颖的同学马上在课堂上填起词来"①。

"务通古今之邮而以致用为归。"② 龙榆生词学思想中体现出的现代意识以本土语境为基础,以时代需求为研究目标。他教书育人四十载,视词学的推广与普及为神圣之事业,以赓续传统文化、重塑词学荣光为根本遵循。他乐于与青年交流,乐于吸收不同背景和不同民族的文化。借助东西文化的相互理解与沟通,龙榆生积极探索词学新体的变革,回应时代之问,其理论闪烁现代之光,其词学研究的生发逻辑和内在肌理有别于同时代固守传统的词家思想。

四、注重创新:推动词学转型

注重创新是现代思维的特质之一。龙榆生在词学研究的诸多领域展现了他的创新意识。

在"声调之学"领域,龙榆生的创新体现为"创学"与"创体"。他整理出词情与声情相谐的填词法式,欲创"倚声学";他将声学研究成果运用于创制新体乐歌中,与音乐家合作谱写了一批适应时代所需的新诗词,探索传统词体在新文学环境下的变革。

在"词史之学"领域,龙榆生将词体置于韵文史中予以观照,理清"词与诗""词与曲"之关系,创造性地提出研词应区分"学词"与"词学"之概念,将词学创作从传统词学的研究体系中剥离,展现了深具现代意识的词史观。他分期研词,从音乐、文本双线综合考察唐宋词史,推演了词体在各个阶段的发生原因、发展面貌和变化特点,他的分期论也因此对唐宋词史研究产生了极大的影响,体现出深邃的理论

---

① 徐培均:《待漏传衣意未迟——忆龙榆生师在研究班的教学》,张晖编《忍寒庐学记——龙榆生的生平与学术》,北京,生活·读书·新知三联书店,2014年,第96页。
② 龙榆生:《陈东塾先生手书团扇题记》,张晖主编《龙榆生全集》第九卷,上海,上海古籍出版社,2015年,第198页。

眼光。在清词史至近代词的研究中，龙榆生从"渊源流变"入手构建词史，对清以来蔚为大观的词作进行系统梳理，使得三百年词史在当时已有清晰的面貌。他摈弃门户之见，以词史家之态度编纂了《近三百年名家词选》，深具现代性的清词选本就此成熟，展现了词学研究者的责任使命与自觉担当。

龙榆生重视词人在创作中展现出来的创新意识和创新笔法。唐宋词中，苏轼以一代天才之纵笔解放"曲子词"，宕开词格，别开词境，扩展词体，这种精神一直为龙榆生所激赏。近三百年词中，龙榆生注重挑选有创新气质的词家词作。

这种创新是形式的创新。顾贞观《金缕曲》二首（寄吴汉槎宁古塔，以词代书。丙辰冬寓京师千佛寺冰雪中作）①被龙榆生选入《近三百年名家词选》中，词曰：

季子平安否？便归来，平生万事，那堪回首？行路悠悠谁慰藉？母老家贫子幼。记不起从前杯酒。魑魅搏人应见惯，总输他覆雨翻云手。冰与雪，周旋久。

泪痕莫滴牛衣透。数天涯依然骨肉，几家能彀？比似红颜多命薄，更不如今还有。只绝塞苦寒难受。廿载包胥承一诺，盼乌头马角终相救。置此札，君怀袖。

我亦飘零久。十年来，深恩负尽，死生师友。宿昔齐名非忝窃，试看杜陵消瘦，曾不减夜郎僝僽。薄命长辞知己别，问人生到此凄凉否？千万恨，从君剖。

兄生辛未我丁丑。共些时冰霜摧折，早衰蒲柳。词赋从今须少作，留取心魂相守。但愿得河清人寿。归日急翻行戍稿，把空名料理传身后。言不尽，观顿首。

这两首词如写家书，思念别情娓娓道来，没有高深境，俱是寻常语。龙榆生在《中国韵文史》评："以书札体入词，已为创格；而语语

---

① 龙榆生：《近三百年名家词选》，张晖主编《龙榆生全集》第八卷，上海，上海古籍出版社，2015年，第271页。

真挚，字字从肺腑中流出，真可歌可泣之作也。"①

这种创新是词境的创新。龙榆生对陈维崧评价极高，认为他"具有创作天才，固宜其不为前人所囿矣"②，他选陈词 34 阕，小令、长调皆有所取。陈维崧作品之多，堪称古今词家之冠。如何选？仍在一个"创"字。短调选词境新奇之作，长调选词境纵笔之作："'波澜壮阔，气象万千'（陈说），亦开古今小令未有之奇"③；"长调纵笔所之，雄杰排奡，不复务为含蓄，一如'元祐体'之诗；词体之解放，盖到维崧而达于最高顶矣"④。如陈维崧《沁园春》（十万琼枝），全词充满画面感，词藻清丽，意境起转，下阕有"叹一夜啼乌，落花有恨；五陵石马，流水无声。寻去疑无，看来似梦，一幅生绡泪写成。携此卷，伴水天闲话，江海余生"⑤ 句，情感悲凉幻灭，表达词人复杂的遗民心绪。龙榆生并引陈廷焯《白雨斋词话》评："情词兼胜，骨韵都高，几合苏、辛、周、姜为一手。"⑥ 再如，龙榆生选曹贞吉词也重其"创"，即使豪中带"粗"，亦言瑕不掩瑜："其词宁为创，不为述，宁失之粗豪，不甘为描写。"⑦

注重"创"，即注重词人由于个性、学养、人生经历不同而使得词风、词境呈现出的唯一性与独特性。这份"创"在浩浩词海中展现了闪亮而珍贵的特质。龙榆生说："写作的动机和作用各不相同，当然就会产生和他的内容相适应的不同风格。"⑧ 以选小令为例，他把握不同

---

① 龙榆生：《中国韵文史》，张晖主编《龙榆生全集》第一卷，上海，上海古籍出版社，2015 年，第 168 页。
② 龙榆生：《近三百年名家词选》，张晖主编《龙榆生全集》第八卷，上海，上海古籍出版社，2015 年，第 236 页。
③ "陈说"指陈廷焯评。龙榆生：《中国韵文史》，张晖主编《龙榆生全集》第一卷，上海，上海古籍出版社，2015 年，第 170 页。
④ 龙榆生：《中国韵文史》，张晖主编《龙榆生全集》第一卷，上海，上海古籍出版社，2015 年，第 170 页。
⑤ 龙榆生：《近三百年名家词选》，张晖主编《龙榆生全集》第八卷，上海，上海古籍出版社，2015 年，第 245 页。
⑥ 龙榆生：《近三百年名家词选》，张晖主编《龙榆生全集》第八卷，上海，上海古籍出版社，2015 年，第 245 页。
⑦ 龙榆生：《近三百年名家词选》，张晖主编《龙榆生全集》第八卷，上海，上海古籍出版社，2015 年，第 264 页。
⑧ 龙榆生：《词学概论》，张晖主编《龙榆生全集》第一卷，上海，上海古籍出版社，2015 年，第 265 页。

词人的不同风格，选词各展其色。毛奇龄是经学家，精音律、工诗词，又学《花间》，龙榆生录其词七阕，皆为小令，盖因"其词旨精深而体温丽"①。王士禛，特工绝句，以诗法填词，龙榆生评"故专以小令擅胜"②。龙榆生选王词四阕皆为令词，其中三阕是最负盛名的《浣溪沙》"红桥赋"。同样擅长小令的还有纳兰性德，龙榆生录纳兰性德词25阕，其中小令21阕，皆"清新秀隽，自然超逸"③。配合集评，读者能读出不同的风致：毛奇龄词"造境未深，运思多巧；境不深尚可，思多巧则有伤大雅"（按：引陈廷焯评）④；王士禛词"以风韵胜"（按：引陈廷焯评）⑤；纳兰性德词"纯任性灵，纤尘不染"（按：引况周颐评）⑥。

在词学目录学领域，龙榆生踵朱祖谋之余绪，致力于晚清词集的校勘、辑佚、补失和目录题解，整理了《彊村遗书》，保存清代词家词作、近人词作。他跳脱以小学、经学注词的研究思路，在笺注中拈出重点，对词风词貌间有发微，在现代词学文献学中开创、拓展了与词评、词史相结合的研究方法。

总之，从理论本体到批评论述再到创作实践，龙榆生的词学研究体现了难能可贵的现代意识，这种现代意识蕴含着中国文学忧世情怀与政治关怀传统。冲破古典词学传统的藩篱，他坚定地走出现代词学研究之路，堪称20世纪以来建构词学现代体系化最关键的学人之一。他在词学各领域中的研究成果不是孤立的，而是相互关联并能融通转化的，这些成果为传统词学研究的现代化转型贡献了新路径与新活力，在我国现代词学发展史上显现出独特风貌与重要价值。

---

① 龙榆生：《中国韵文史》，张晖主编《龙榆生全集》第一卷，上海，上海古籍出版社，2015年，第169页。

② 龙榆生：《中国韵文史》，张晖主编《龙榆生全集》第一卷，上海，上海古籍出版社，2015年，第168页。

③ 龙榆生：《近三百年名家词选》，张晖主编《龙榆生全集》第八卷，上海，上海古籍出版社，2015年，第275页。

④ 龙榆生：《近三百年名家词选》，张晖主编《龙榆生全集》第八卷，上海，上海古籍出版社，2015年，第235页。

⑤ 龙榆生：《近三百年名家词选》，张晖主编《龙榆生全集》第八卷，上海，上海古籍出版社，2015年，第263页。

⑥ 龙榆生：《近三百年名家词选》，张晖主编《龙榆生全集》第八卷，上海，上海古籍出版社，2015年，第282页。

"词田万顷待耕耘。熏风里，百卉自芳芬。"① 一生坎坷，半世沧桑。在自己热爱的学术领域，龙榆生始终满怀热情，他在求索真理之路上体现出了超乎寻常的执着，这份痴迷学术的初心在今天看来依然是令人动容的。

---

① 龙榆生：《小重山》，张晖主编《龙榆生全集》第四卷，上海，上海古籍出版社，2015年，第328页。

主要参考书目及论文

书目一：龙榆生著作

龙榆生：《中国韵文史》，北京，商务印书馆，1934年。
龙榆生编选：《唐宋名家词选》，上海，开明书店，1934年。
龙榆生校笺：《东坡乐府笺》，上海，商务印书馆，1936年。
龙榆生编选：《近三百年名家词选》，上海，古典文学出版社，1956年。
龙榆生编撰：《唐宋词格律》，上海，上海古籍出版社，1978年。
龙榆生：《词曲概论》，上海，上海古籍出版社，1980年。
龙榆生：《词学十讲》，福州，福建人民出版社，1988年。
龙榆生：《龙榆生词学论文集》，上海，上海古籍出版社，1997年。
龙榆生：《忍寒诗词歌词集》，上海，复旦大学出版社，2012年。
龙榆生主编：《词学季刊》，北京，国家图书馆出版社，2015年。
龙榆生著，张晖主编：《龙榆生全集》，上海，上海古籍出版社，2015年。
龙榆生选注：《古今名人书牍选》，上海，上海古籍出版社，2016年。
龙榆生选注：《苏黄尺牍选》，上海，上海古籍出版社，2016年。
龙榆生选注：《曾国藩家书选》，上海，上海古籍出版社，2016年。
龙榆生著，倪春军编：《龙榆生未刊诗学稿》，上海，复旦大学出版社，2022年。

书目二：

王鹏运：《半塘定稿》，清光绪三十二年刻本（藏中山大学图书馆）。
卢前：《词曲研究》，上海，中华书局，1934年。

任二北：《词学研究法》，北京，商务印书馆，1943年。

缪钺：《诗词散论》，上海，上海古籍出版社，1982年。

唐圭璋：《词学论丛》，上海，上海古籍出版社，1986年。

胡适：《胡适古典文学研究论集》，上海，上海古籍出版社，1988年。

叶纯之、蒋一民：《音乐美学导论》，北京，北京大学出版社，1988年。

缪钺、叶嘉莹：《词学古今谈》，长沙，岳麓书社，1993年。

林玫仪主编：《词学论著总目》，台北，"中研院"文哲所，1995年。

魏绍昌主编：《中国近代文学大系1840～1919（史料索引集）》，上海，上海书店，1996年。

钱仲联主编：《中国近代文学大系1840～1919（诗词集）》，上海，上海书店，1996年。

夏承焘：《夏承焘集》，杭州，浙江教育出版社，1997年。

叶嘉莹：《清词论丛》，石家庄，河北教育出版社，1997年。

詹安泰著，詹伯慧编：《詹安泰词学论集》，汕头，汕头大学出版社，1997年。

张宏生：《清代词学的建构》，南京，江苏古籍出版社，1998年。

沙先一、张晖：《清词的传承与开拓》，上海，上海古籍出版社，2000年。

王兆鹏：《词学史料学》，北京，中华书局，2004年。

吴熊和主编：《唐宋词汇评（两宋卷）》，杭州，浙江教育出版社，2004年。

陈水云：《清代词学发展史论》，北京，学苑出版社，2005年。

朱惠国：《中国近世词学思想研究》，上海，上海古籍出版社，2005年。

朱惠国、刘明玉：《明清词研究史稿》，济南，齐鲁书社，2006年。

孙克强：《清代词学批评史论》，上海，上海古籍出版社，2008年。

王兆鹏：《词学研究方法十讲》，北京，北京大学出版社，2008年。

刘梦溪：《中国现代学术要略》，北京，生活·读书·新知三联书店，2008年。

陈廷焯著，彭玉平导读：《白雨斋词话》，上海，上海古籍出版社，2009年。

张研、孙燕京主编：《民国史料丛刊》，郑州，大象出版社，2009年。

莫立民：《近代词史》，北京，人民文学出版社，2010年。

胡云翼：《宋词研究》，长沙，岳麓书社，2010年。

胡建次：《中国古典词学理论批评承传研究》，南京，凤凰出版社，2011年。

彭玉平：《人间词话疏证》，北京，中华书局，2011年。

曾大兴：《20世纪词学名家研究》，北京，中华书局，2011年。

彭玉平：《中国分体文学学史·词学卷》，太原，山西教育出版社，2013年。

傅宇斌：《现代词学的建立——〈词学季刊〉与20世纪三四十年代的词学》，北京，商务印书馆，2013年。

张晖编：《忍寒庐学记：龙榆生的生平与学术》，北京，生活·读书·新知三联书店，2014年。

杨传庆编著：《词学书札萃编》，天津，南开大学出版社，2015年。

彭玉平：《王国维词学与学缘研究》，北京，中华书局，2015年。

曹辛华主编：《民国旧体文学研究》，北京，国家图书馆出版社，2016年。

刘毓盘：《词史》，北京，商务印书馆，2017年。

陈水云：《清代词学思想流变》，北京，社会科学文献出版社，2018年。

张瑞田编：《龙榆生师友书札》，杭州，浙江古籍出版社，2019年。

张晖：《龙榆生先生年谱》（增订本），上海，上海古籍出版社，2020年。

彭玉平：《况周颐与晚清民国词学》，北京，中华书局，2021年。

论文：

屈万里：《关于龙沐勋》，《首都晚报》"寒山寺副刊"1946年5月4日。

龙顺宜：《一个没有学历的大学教授——集美校友龙榆生》，《集美校友》1974年第1期。

宋路霞：《现代词人龙榆生及其词学贡献》，《文学遗产》1990年第4期。

吴世昌：《读〈近三百年名家词选〉》，《罗音室学术论著》第二卷《词学论丛》，北京，中国文联出版公司，1991年。

唐玲玲：《〈东坡乐府〉的版本及对龙榆生〈东坡乐府笺〉的评论》，《东坡乐府研究》，成都，巴蜀书社，1993年。

段晓华：《浅析龙榆生的词学观》，《江西师范大学学报》（哲学社会科学版）1998年第4期。

严迪昌、刘扬忠、钟振振、王兆鹏：《传承、建构、展望——关于二十世纪词学研究的对话》，《文学遗产》1999年第3期。

龙厦材：《记父亲的一篇佚文》，《文教资料》1999年第5期。

张樾晖：《陈寅恪与龙榆生的诗函往来》，《文教资料》2000年第1期。

刘扬忠：《新中国五十年的词史研究和编撰》，《文学遗产》2000年第6期。

王兆鹏：《20世纪前半期词学研究的历程》，《文学遗产》2001年第5期。

吴宏一：《析论龙沐勋的〈唐宋名家词选〉》，《九州学林》2003年冬季号。

张宏生、张晖：《龙榆生的词学成就及其特色》，《江西社会科学》2004年第3期。

徐秀菁：《龙沐勋词学之研究》，台湾"中央大学"中国文学研究所硕士学位论文，2004年。

孙维城：《清季四大词人词学交往述论》，《文学遗产》2005年第6期。

彭玉平：《词学的古典与现代——词学学科体系与学术源流初探》，《中山大学学报》（社会科学版）2006年第1期。

张晖：《龙榆生：徘徊在文化与政治之间》，《粤海风》2006年第5期。

彭玉平：《民国时期的词体观念》，《文学遗产》2007年第5期。

刘经富：《书香氤氲的凫鸭塘——龙榆生先生的家学》，《中国文化》2008年第1期（总第27期）。

沙先一：《论〈近三百年名家词选〉选词学价值》，《徐州师范大学学报》（哲学社会科学版）2009年第2期。

施议对：《中国词学学的奠基人——民国四大词人之三：龙榆生（一）至（六）》，《文史知识》2010年第5～10期。

王兆鹏、刘学：《20世纪词学研究成果量的阶段性变化及其原因》，《学术研究》2010年第6期。

曹旅宁：《叶恭绰的李后主去世一千年纪事词墨迹——兼谈黄永年先生与龙榆生先生的交往》，《中国典籍与文化》2010年第3期。

赵晓兰、佟博：《龙榆生〈东坡乐府笺〉与傅干〈注坡词〉》，《辽东学院学报》（社会科学版）2010年第4期。

虞万里：《马一浮与龙榆生》，《中国文化》2010年第1期（总第31期）。

熊烨：《龙榆生先生词学研究》，南开大学硕士学位论文，2010年。

傅宇斌：《现代词学研究的现状与展望》，《中国韵文学刊》2011年第1期。

朱惠国：《晚清、民国词风演进历程及其反思》，《武汉大学学报》（人文科学版）2011年第1期。

兰玲：《论〈词学季刊〉对现代词学的建构》，《青岛大学师范学院学报》2011年第1期。

朱惠国：《论中国传统词学的现代化进程》，《贵州社会科学》2011年第3期。

赵丽萍、胡永启：《龙榆生创办〈词学季刊〉的宗旨与举措》，《昌吉学院学报》2011年第3期。

张耀宗：《走出文学史的视野：朱祖谋〈词莂〉的历史语境与晚清词学》，《杭州师范大学学报》（社会科学版）2011年第4期。

曾大兴：《龙榆生的词学主张与实践》，马兴荣等主编《词学》第25辑，上海，华东师范大学出版社，2011年。

彭玉平：《唐圭璋与晚清民国词学的源流和谱系》，《南京师大学报》（社会科学版）2012年第1期。

查紫阳：《民国词人集团考略》，《文艺评论》2012年第10期。

傅宇斌：《龙榆生"声调之学"论衡》，《文艺评论》2012年第12期。

彭玉平：《关于王国维词学评价的若干问题》，《中山大学学报》（社会科学版）2013年第2期。

马晴：《龙榆生的词学思想与批评》，《文艺评论》2013 年第 8 期。

曹辛华：《论民国词体理论批评的发展及其意义》，《学术研究》2014 年第 1 期。

许菊芳：《龙榆生〈唐宋名家词选〉选学价值探微》，《北京社会科学》2014 年第 2 期。

惠联芳：《〈彊邨遗书〉编纂过程考》，《社会科学论坛》2014 年第 10 期。

徐培均：《嘤其鸣矣 求其友声——龙榆生与夏承焘词学因缘述论》，马兴荣等主编《词学》第 32 辑，上海，华东师范大学出版社，2014 年。

李遇春、戴勇：《民国以降旧体诗词媒介传播与旧体诗词文体的命运》，《文艺争鸣》2015 年第 4 期。

袁志成：《午社与民国后期文人心态》，《湖南人文科技学院学报》2015 年第 3 期。

徐培均：《试论龙榆生先生的词与词论及其学术地位》，《北京大学学报》（哲学社会科学版）2015 年第 4 期。

胡永启：《日记所见夏承焘与龙榆生交游——以〈天风阁学词日记〉所载书札为中心》，《泰山学院学报》2016 年第 1 期。

傅宇斌：《龙榆生的唐宋词研究》，《文学遗产》2016 年第 2 期。

陈水云：《现代词学的发生及其时代主题》，《中国社会科学报》2016 年 8 月。

马强：《叶恭绰词学述论》，《南阳师范学院学报》2017 年第 7 期。

张文禄、张馨：《龙榆生：一个不应忘却的上音人》，《音乐艺术（上海音乐学院学报）》2017 年第 4 期。

韩胜：《论民国时期旧体诗词变体与创体的创作实践》，《文学评论》2018 年第 1 期。

李雪涛：《岁寒难致同心侣——汉学家霍福民与词学家龙榆生》，《诗书画》2018 年第 1 期。

曾娟：《接受、尝试与焦虑：民国后期旧式文人心态探析》，《中国文学研究》2018 年第 3 期。

孙启洲：《现代文学家的词体变革之争及其文学史意义——以"词的解放运动"为中心》，《现代中国文化与文学》2018 年第 2 期。

王星、欧阳丹：《黄侃先生词学交游考论——以况周颐、汪东、龙榆生为中心》，《中国韵文学刊》2019年第3期。

李飞跃：《重审唐宋词体研究的现代音乐学视角》，《浙江大学学报》（人文社会科学版）2019年第5期。

雷淑叶、施议对：《略论文章体制与声调之学》，《中国诗歌研究》2019年第2期。

虞思徵：《龙榆生致夏敬观书札四通考释》，马兴荣等主编《词学》第43辑，上海，华东师范大学出版社，2020年。

孙文婷：《近三十年民国时期清词论研究述略》，《山西大同大学学报》（社会科学版）2020年第2期。

彭建楠：《论近代词学史上的"声调之学"》，《文艺研究》2020年第6期。

马强：《沤社与清末民国诗词社团交游考论》，《南阳师范学院学报》2020年第5期。

赵家晨：《论民国江西词人群体》，《南阳师范学院学报》2020年第5期。

彭国忠、刘泽华：《反思与开拓：上海词学研究70年述评》，《文艺理论研究》2020年第6期。

胡建次：《民国时期词学批评中的辛弃疾论》，《齐鲁学刊》2020年第6期。

汪海洋：《龙榆生与夏承焘交游考》，《开封文化艺术职业学院学报》2020年第11期。

王琛：《龙榆生与钱仁康：新体乐歌的创作实践研究初探》，《天津音乐学院学报》2020年第4期。

杨淑尧：《新见丰子恺佚简三通释读》，《新文学史料》2021年第3期。

傅宇斌：《龙榆生与现代词学目录学的建立》，《社会科学战线》2021年第4期。

张文昌、朱惠国：《现代文艺专刊与民国旧体词的创作——以四种民国刊物为例》，《南京师范大学文学院学报》2021年第1期。

胡建次：《民国时期词学批评视野中的苏轼论》，《古代文学理论研究》2021年第1期。

孙启洲：《"风格"批评的流衍与中国词学的现代转型》，《安徽大学学报》（哲学社会科学版）2021年第5期。

姚鹏举：《论龙榆生〈唐宋词格律〉的书名、体例与宗旨》，马兴荣等主编《词学》第45辑，上海，华东师范大学出版社，2021年。

倪春军：《龙榆生〈历代词选〉讲义手稿》，马兴荣等主编《词学》第47辑，上海，华东师范大学出版社，2022年。

王平：《香草美人的别样书写：朱祖谋词本事探微与隐喻系统建构》，《文学与文化》2022年第3期。

孙克强：《民国词话的传统与新变》，《文艺研究》2022年第6期。

姚鹏举：《从声调治学到倚声学——论龙榆生的倚声学理论》，马兴荣等主编《词学》第48辑，上海，华东师范大学出版社，2022年。

汪超：《论龙榆生〈东坡乐府笺〉的校笺特点及其意义》，马兴荣等主编《词学》第48辑，上海，华东师范大学出版社，2022年。

傅宇斌：《"意格"论：龙榆生〈近三百年名家词选〉的词史建构与词学批评史意义》，《古代文学理论研究》2023年第1期。

后　　记

　　2019年12月底,我从工作了数十年的媒体被引进高校工作,成为一名专任教师。2021年,《龙榆生词学研究》有幸入选国家社科后期资助项目。这对转型入高校的我而言,是一份鼓励。

　　彭玉平师曾在《况周颐与晚清民国词学》的"后记"中写道:"况周颐词学其实承载着整个晚清民国词学的发展源流,他当然有属于自己的词学思想,但他同时也是那个时代词学的聚合体。从一定程度上来说,读王国维是读作为词学个体的王国维;而读况周颐,则像是在读一个时代。"同样的,龙榆生是民国最重要的词学家之一,其词学理论、词学创作、词学交往、词学活动、词学传播不仅代表了那个时代词学研究的最高水平,也因为其作为一个词学活动家而勾连了词坛的词史词论,牵动了时代的词学文脉,他的词学思想应从其文本出发,更应置于学术史中予以考量。我谨遵师嘱,请益亦勤,数易此稿。结项呈稿,先生颔首:"年龄与阅历益增,重读材料可得新见。"我想,这其中或有一份认可,但更含一层期待。

　　我和彭师的因缘,最早可追溯到本科的大二年级。那时先生为我们讲授"唐宋文学史"。他的课讲得海阔天高,于要处又精妙提点,故声名远播,外系的小伙伴也常常来蹭课,我们不得不早早去占位,听课自然也是格外认真。工作多年之后,我有幸考入先生门下攻读古代诗文与诗文批评方向的博士学位。彭师学问深厚,指导读书娓娓清谈,温然如春。工作后再读书,如同重读材料,有着别样的情感与体认,对求学的时光更为珍惜,对学术尤为敬畏,也因此有些紧张。这时候,我总会翻翻彭师透着"松弛感"的朋友圈:他的镜头里有清奇傲娇的一棵树,有呆萌高冷的一对猫头鹰,有铺满阳光的大草坪,有落英缤纷的林荫道——是人间烟火郁郁葱葱,也是长空万里御风而行。彭师治学严谨、热爱生活,他的繁忙非一般人所能比,每每念及此,我便再没有退缩的借口。

　　黄仕忠先生是我的硕士生导师。仕忠师是戏曲文献学的权威专家，也是一位非常负责的好导师。他认为我保研之后更要抓紧时间学习，不可松懈，于是提出用一年的时间一对一地为我导读《史记》。先生授课，风雨不辍。有一次，他缠着纱布来上课，原来他与海鸥师、彭师打篮球时受伤，而他没有取消这本不在教学大纲中的课程。算上大四，我随先生读了四年的课程，深感幸运。我读研期间，仕忠师往东瀛访学一年。他以电子邮件指导我读书，函札往还，嘱学殷勤，月必数通。

　　张海鸥先生是我读本科时的班主任。燕师天性通脱，同学们称其为"伟大的诗人"。他为贺我们班毕业而作的诗直抵人心，广为传诵，是师生聚会之保留节目。

　　感谢中山大学中文系诸位老师的培养。

　　我还要感谢其他的诸位先生：吴承学教授、孙立教授、蒋述卓教授、史小军教授等。他们提出的修改意见直接提升了本书的质量。另外，国家社科办委托的诸位专家也提出了意见，我一一对照修改；中山大学出版社的嵇春霞、曾育林、陈芳三位老师为编辑本书做了大量琐碎而艰苦的工作，谨此一并致谢。

　　这世界从来没有所谓的轻松，如果有，那一定有人替你分担。多年以前，我放弃继续深造的机会，任性地离开学校，这让父母多少有些伤心，但他们依然尊重了我的选择。多年以后，我又任性地回到学校读书，一些本该由我承担的家庭责任，年迈的父母又为我扛下——谢谢爸爸和妈妈！家里两个"小伙子"——我的大朋友 TT、我的小朋友 DD，你们呵护着我的文学之梦与对学术的敬畏之心，给予我前行的勇气和力量。谢谢你们！

　　此书写毕，竟是中山大学百年华诞。作为本硕博均在中山大学中文系就读的我，每每忆起坐在图书馆窗边的读书岁月，便觉得有一束光照进内心。谨以此书献给我的母校！

童雯霞
2024 年 10 月